# 古典文獻研究輯刊

六 編

曾 永 義 主編

第 6 冊

規訓或懲罰：重審公案中的酷刑

蔡 娉 婷 著

國家圖書館出版品預行編目資料

規訓或懲罰：重審公案中的酷刑／蔡娉婷 者 — 初版 — 新北
市：花木蘭文化出版社，2012〔民 101〕
目 4+242 面；19×26 公分
（古典文學研究輯刊　六編：第 6 冊）
ISBN：978-986-254-950-6（精裝）
1. 公案小說　2. 刑罰　3. 本文分析
820.8　　　　　　　　　　　　　　　　　　101014838

ISBN-978-986-254-950-6

9 789862 549506

古典文學研究輯刊
六 編 第 六 冊　　　　　　　　ISBN：978-986-254-950-6

## 規訓或懲罰：重審公案中的酷刑

| 作　　　者 | 蔡娉婷 |
| --- | --- |
| 主　　　編 | 曾永義 |
| 總 編 輯 | 杜潔祥 |
| 出　　　版 | 花木蘭文化出版社 |
| 發 行 所 | 花木蘭文化出版社 |
| 發 行 人 | 高小娟 |
| 聯 絡 地 址 | 新北市永和區中正路五九五號七樓 |
| | 電話：02-2923-1455／傳真：02-2923-1452 |
| 網　　　址 | http://www.huamulan.tw 信箱 sut81518@gmail.com |
| 印　　　刷 | 普羅文化出版廣告事業 |
| 初　　　版 | 2012 年 9 月 |
| 定　　　價 | 六編 18 冊（精裝）新台幣 30,000 元 |

# 規訓或懲罰：
## 重審公案中的酷刑

蔡娉婷　著

## 作者簡介

蔡娉婷，臺灣新竹人，中央大學中文所博士，現職亞太創意技術學院通識教育中心副教授、曾任開南大學數位華語文學系兼任副教授。研究專長以詩論、中國古典小說、臺灣文學、華語教育為主，近年發表多篇中國古典小說及現代文學之論文，編有《大學國文選》、《文類紛呈的女世界：台灣當代女作家文選》、《茶文化與生活》等書，專著有《劉辰翁評杜研究》。

## 提　要

　　本書以傅柯的權力論述為基礎，從規訓、懲罰與酷刑之間彼此的辯證關係中，可觀察出權力的運用非常關鍵，權力可使得身體內化為柔順馴服，身體可作為一種文化符碼，從身體承受的刑罰，來體現刑罰如何實現，執法者按職權不同而予以細分，如清官、酷吏、衙役、獄卒、劊子手等等，討論其濫用酷刑時，身體與權力／身體與意志的交鋒。藉由相關文本，分析酷刑在不同階段、不同場合呈現的樣貌，並分析酷刑書寫產生的原因，在在受到傳統專制統治的壓抑及扭曲，鑄成獨特的民族性格，以及奇特的酷刑書寫現象。

　　內容共分六章，敘述研究動機與目的、研究範圍與研究方法，從公案的精神內涵作為切入的進路，從文化意義的角度剖析公堂空間的權力感知，並為為古今中外的酷刑論述考察源流，探討文本中酷刑之名稱，並從歷代法制史中考察法內與法外之刑，以實際文本細讀重審公案，抉發酷刑中有關身體的哀鳴之處，提出榮格的「集體無意識」說明傳統民族性格何以能吸納並接受「異」的現象，隱然有俄國形式主義「陌生化」的寫作策略，藉由激烈的懲戒手法，不但展現執法者的權力，亦藉由酷刑書寫發洩集體意識。從公案文本的酷刑實例中歸納發現酷刑書寫的密碼，以人間亂象、替罪羔羊、看客心態、因果流轉來解讀酷刑書寫現象，闡述執法者運用懲罰或酷刑時，不僅是對受刑者的懲處，也是對圍觀者的一種規訓與借鏡。最後回歸到規訓體系之內，討論中國的獄訟體制走到清代末年，沈家本對於人性的終極關懷所作的努力。

　　對公案文本的細讀中，不難發現酷刑書寫現象帶有統治者的專制威逼及暴力手法，亦有民族性格自私怯懦的一面，交織成一面複雜的人性與司法網絡，並由此引發一系列與規訓和懲罰相關的政治、法律、權力觀，見證中國傳統社會是如何通過酷刑對身體的瘋狂肆虐，呈現對精神的普遍隱形暴力，而達到規訓人民的目的。

# 目

# 次

# 第一章 緒 論

## 第一節 論題釋名與研究範圍

### 一、論題釋名：規訓、懲罰與酷刑之間的關係

　　本書企圖通過公案，探討其中的酷刑書寫所具備的規訓、懲罰之意義，論述基礎，採自傅柯的權力理論，主要來自傅柯的《規訓與懲罰》一書。〔註1〕規訓及懲罰，本爲制裁犯罪者的手段，實施程度之重者到達某一臨界點，便成爲「酷刑」。透過「重審」酷刑，目的是從文本細讀中找出酷刑書寫的現象與成因。論題中的「審」字，具有「重讀」「重看」的意味，並呼應公案「審案」之「審察」、「審理」之意義。

　　司法制度雖然賦予執法者相關的權力，但以審案之名，行酷刑之實，這樣的情況在公案中屢見不鮮，甚至製造無限恐懼感，使得未犯罪者或讀者從中得到警惕。公案故事在斷案、決案之後所作的司法懲處，與「規訓」、「懲罰」之間的關係如何？規訓及懲罰，在何種情況下便會瀕臨酷刑？至於規訓、懲罰與酷刑之間，如何運用傅柯的理論說明三者之間的辯證關係呢？亦爲本論題意欲涵納的討論內容。由於本書欲站在傅柯的《規訓與懲罰》理論之上審視中國傳統公案中的酷刑，故須先對傅柯的論述作一番釐清與認知。

---

〔註1〕 參見〔法〕傅柯（Michel Foucault）著，劉北成、楊遠嬰譯：《規訓與懲罰——監獄的誕生》（台北：桂冠圖書公司，2003 年 12 月）。「Foucault」一名兩岸的翻譯名字不盡相同，本書凡提到 Foucault，統一以「傅柯」稱之。若有書名使用其他翻譯字，則尊重該書之用法，視之爲專有名詞，不予更動。

（一）傅柯對「懲罰」變遷至「規訓」的思考

　　傅柯認爲人類在十九世紀之前，國家法律對囚犯往往是施以酷刑和儀式化的處決，來顯示囚犯確有罪行，並證明權力的存在，以及對其施加控制的努力。但是，慘不忍睹的酷刑和極端殘暴的處決，諸如肢解、車裂、火燒、絞刑、砍頭、四馬分屍等形式，在展示統治者權力運作的同時，也常常在參觀展示的民眾中煽動了仇恨和不安的情緒，使處決場所常常成爲「非法活動的中心」，誘使打架鬥毆，酗酒鬧事，以及用石塊打擊劊子手等事件頻頻發生。

　　隨著人性的日漸覺醒，理性、正義和道德精神不斷高漲，群眾對官方公開處決那些緣於生存而被迫違法之罪犯的抗議日漸增多，促使官員考慮有必要結束公開的處決與刑罰，轉變爲柔性或隱性的壓制與規訓。從十八世紀末開始，歐洲許多國家逐漸進入刑事司法的新時代，建立一套新的刑罰體系，並在如下方面作出重大變革：一是取消酷刑，取消對肉體的殘暴性懲罰，轉向對犯人乃至整個人類的精神性懲罰與奴役。具體而言，在十七世紀之前的那種作爲一種公眾景觀、公開展示權力存在的酷刑，如「撕裂、火燒、在面部和臀部打上犯罪的烙印、示眾柱刑和暴屍」等不人道的現象由於過分暴露權力的專橫、暴虐、報復心以及用刑罰取樂的殘忍，被逐漸廢除或取消，懲罰越來越有節制，對肉體的直接懲罰大大減少，死刑也開始只應用於殺人犯。懲罰的形式變得越來越巧妙、溫和，而且日益理性化和官僚化。身體不再是懲罰的主要目標；強加給犯人的那些無法忍受的肉體折磨被剝奪其權利之類的措施所取代。

　　這種變革了的刑罰和處決方式證實一個雙重進程：一是行刑的示眾場面消失，二是處決的肉體痛苦消除；而且過去「千百種形式的死刑」都簡化爲一種嚴格意義上的死刑，展現了一種關於懲罰行爲的全新道德。這種萬化爲一的死刑在道德上具有三重意義：一是無論罪犯具有何種身份和地位，相同的罪行將受到相同的懲罰，對一切死刑犯都將使用同一種死刑；二是瞬間完成對每一個犯人的死刑，不再使用拖延時間從而十分殘酷的處決方式；三是懲罰只是針對罪犯本人，既不株連九族，也將犯人家庭的恥辱減少到最低程度。

　　既然肉體不再是法律懲罰的主要對象和目的，那麼不可避免的懲罰也就必然要轉嫁到與肉體緊密相關的靈魂之上，也即曾經降臨在肉體的死亡應該

被代之以深入靈魂、思想、意志和欲求的懲罰。〔註2〕也正是由於懲罰物件的改變，依次導致人們對犯罪的定義、罪行的等級、赦免的限度、實際所容忍的和法律所許可的界限等等都相應地發生變化。比如反對國王或某個領袖人物不再構成犯罪；許多與某種宗教權威的行使或某種經濟活動相關的罪行已不再成為罪行；褻瀆神明不再是罪過；走私、通姦和偷竊也不再是重罪。另外，司法機關在進行判決時，儘管確定的罪行都是法典規定的司法對象，但是法官也同時針對人的情欲、本能、變態、疾病、失控、環境和遺傳等多種因素導致的後果，進行綜合性地審視與裁決。這樣一來，有關犯罪、罪行和法律方面的知識，就為符合事實的判決提供了基礎；並進而使得對罪犯的評估、診斷、預測和矯正性裁決逐漸在刑事審判中佔據一席之地；結果使得司法機關把罪行的認定變成了一種奇特的科學和司法綜合體；使得法官在審理罪行時，既要考慮案情以內的要件，也要考慮案情以外的因素，把審判的權力部分地轉移到審理罪行的法官以外的其他權威手中，不僅使得法官不再是純粹的和唯一的懲罰者，也使得整個司法運作吸收了超司法的人員和各種與司法相關的複雜要素。

在這種懲罰程序日益變得社會化與寬鬆的現象背後，人們不僅看到懲罰作用點的置換，也看到通過這種置換出現了一個新的物件領域，一個新的事實真理體系以及一大批在刑事司法活動中一直不為人們所知的角色。〔註3〕在這裡，一整套知識、技術和科學話語已經形成，並且與懲罰權力的實踐日益糾纏在一起；使得整個懲罰機制一般都發生如下變化：一是法律的懲罰機制不再限於酷刑、暴力和鎮壓，而是在懲罰機制有可能產生的一系列積極的效應中，使得懲罰行為變成一種複雜的社會工程。二是把懲罰行為變成一種依靠多種知識和技術領域相互合作的權力方式和政治策略。三是把權力技術學變成刑罰體系人道化和對人的認識這兩者的共同原則。四是要保證在使靈魂進入刑事司法舞臺和一套科學知識進入法律實踐之後，權力關係干預肉體的方式真正地較以前發生改變。〔註4〕刑罰日益變得有章可循，依罪量刑。具體地說，懲罰機制的變化使更多的人日益理解人類、靈魂之言行。

傅柯最重要的規訓手段即為「監獄」的設置，他認為當統治階級把一種

---

〔註2〕 參見傅柯：《規訓與懲罰——監獄的誕生》，頁15～17。
〔註3〕 參見傅柯：《規訓與懲罰——監獄的誕生》，頁21。
〔註4〕 參見傅柯：《規訓與懲罰——監獄的誕生》，頁22。

規訓技術從處罰機構擴散到整個社會有機體之後，就會在全社會產生一種「監獄群島」，形成一幅「鐵籠式圖景」，其中「全景敞視建築」就是一個使官員們有可能全面監視罪犯的技術結構。〔註5〕這種建築的特定形式之一就是中央有一座瞭望塔的環形監獄，監管者從塔裡守望可以看到所有囚室。這種持續的可見性使主體陷於許多小籠子、小舞臺，其中的每個「演員」都是赞赞孑立、清楚可見。這不僅能夠減少官員與犯人之間在身體上的對抗，也會由於權力的增強，迫使犯人加強自我控制。在這裡，知識、技術和權力之間建立起清楚的聯繫。

　　監獄之設置，則是現代規訓權力技術之體現，透過權力的策略可使身體逐步地柔順服從，此即為法律規訓人類的具體手段。使對非法活動的懲罰和鎮壓變成一種有規則的功能；它不是要懲罰得更少些，而是要懲罰得更有效些；它或許會減輕懲罰的嚴酷性，但目的卻在於使懲罰更具有普遍性和必要性。換句話說，新的懲罰形式少了一些儀式和展覽的意義，卻增加了對廣大人群的威懾、規整、引導和教育的意義；使外部的權力變成內部的要求，使外在的力量變成內在的技能。在此基礎上，傅柯進一步將這種懲罰在意義上的變化與更為廣闊的社會「規訓」相聯繫。

## （二）公案對「懲罰」轉變為「酷刑」的演示

　　當我們翻閱中國法制史，會發現傳統法制對於極刑的規定，有愈晚愈人道的趨勢，死刑由先秦時代殘忍之五刑——夏商周秦至漢時為「墨」（臉上刺字）、「劓」（割去鼻子）、「剕」（砍去腿或足）、「宮」（割去生殖器）、「大辟」（死刑），至後代以絞刑、斬刑為主，〔註6〕就這個部分來說，已減少許多罪犯的痛苦與尊嚴剝奪。但是，刑訊逼供的刑罰，卻仍在判官自由心證下「逍遙法外」。反觀中國的規訓方式——審判制度，也經歷了長遠的艱辛過程。古代法律的主要任務是維護君主專制體制的政體，及以貴族官僚的特權地位，「法」與「律」幾乎等同於「刑」，審判程序為偵查、起訴、定罪、量刑等，而審判的目的，主要是對罪犯進行報復，所以十分嚴厲。〔註7〕特別是對於重大罪刑如謀反叛逆等，一律處以死刑，並實施連坐，將九族甚或十族全部株

---

〔註5〕　參見傅柯：《規訓與懲罰——監獄的誕生》，頁199。
〔註6〕　參見戴炎輝：《中國法制史》（台北：三民書局，1998年10月），頁90～97。
〔註7〕　參見程維榮：《中國審判制度史》（上海：上海教育出版社，2001年8月），頁3～10。

連，動輒上百上千人，這種報復式的審判，使罪犯完全沒有機會重新犯罪或
復仇，也讓其他民眾有所震撼並警惕，藉此來鞏固執政者的權威。爲達到執
政者想實施的報復目的，通常以口供爲主，忽視其他客觀證據，而口供的取
得則以刑訊逼供來達成，因而造成大量的冤案。

　　刑訊，是爲了獲取受刑者承認自己有罰而設。這類酷刑有些雖然在施刑
方式法有定制，但由於缺乏有效的監督機制，以及專制政體下有罪推定的制
度預設，酷吏在使用這類酷刑時，往往不依照法律規定的情形和輕重來進行。
同時，法外用刑的情況極多，尤其在非民主法治的朝代更是比比皆是。有些
則是歷代酷吏在形訊逼供過程中自訂創新的酷刑。就這種法外之刑而言，實
施之時往往超出法定範圍，考察用於公案文本之中使用的情況，更是混亂，
因此給予小說、戲劇源源不絕的故事材料。

　　就眞實的中國律法來觀察，愈是接近現代，愈向西方民主靠攏，根據戴
炎輝《中國法制史》所見之歷代法定執行死刑的方式來看，從先秦時代的車
裂、腰斬、絞縊等不合乎人道的痛苦極刑，經過歷代的簡化乃至如今的槍決，
確已走向人權，成爲現代化的一環。〔註8〕本書通過對傅柯及傳統律法的理
解，觀察公案中的刑罰，是否眞與律法朝向人性化的發展若合符節，或者有
左右擺盪的情況，甚至正好相反，形成愈演愈烈的態勢？就本文所見之資料
分析顯示，公案敘事中有關規訓與懲罰的書寫，並非如西方（至少像傅柯所
描述的社會文明進程般）有這樣對於身體尊重的自覺，甚至有可能時代愈
晚，其酷刑書寫愈爲極致，甚至時至晚清，當清官的既定形象從創作思維上
根本發生崩裂、瓦解之時，公案的寫作及正義的追求，亦成爲渺不可及的幻
夢，酷刑書寫的發展在小說創作及小說傳播的複雜因素中，摻入了許多藝術
加工的意圖，使得公案中呈現出的「懲罰」，並非如傅柯理想中走向「規訓」，
而是轉向朝著更加官能刺激、極致快感的方向，形成解構的、狂歡的境地。
尤其在陰間地獄的公堂懲戒，則完全不受陽世法制的牽絆，除了有警世的意
味，亦可用來說明，公案文本之中的酷刑書寫，並不依附於傅柯展現出來的
規訓意義，小與中國傳統律法的現代化腳步大相逕庭。因此，本書雖以傅柯
理論作爲規訓與懲罰論述的根據，但所觀察得來的酷刑書寫，具有不同於法
令人性化演進的呈現情況，反而朝向極端的恐怖／暴力，本書的核心議題，

---

〔註8〕　參見戴炎輝：《中國法制史》，頁90～97，本文根據戴氏研究整理製表爲【附
　　　　錄一】。

即為探究其中所演示的現象，歸結出權力在其中扮演的角色。

## 二、研究範圍的取樣說明

　　本書的研究範圍，借鑒加拿大原型批評理論家諾思羅普・弗萊〔註9〕觀賞繪畫的原理，作為取法對象。弗萊認為，賞畫時鑑賞者與對象的距離不同時，著眼點也不同，近觀時辨別的是筆觸刀法，遠觀時可欣賞整體構圖，再更遠一些可理解畫家的整體構思。因此弗萊提出：「在文學批評中，我們也同樣經常需要從詩歌『向後站』，以便清楚地看到它的原型組織。」〔註10〕這種「向後站」的鑑賞模式不妨也可借鑒於本書之取樣範圍中，本書所謂的公案，不僅存在於小說中，亦廣義地存在各種類型的文本之中，因此可將公案視為一種「文學因素」、「文學成分」或「情節單元」。本書所取樣「公案」文本，具備「作案」、「斷案」兩大要項即可屬於「公案」討論的範圍；〔註11〕故本書題以「公案」名之而非「公案小說」，乃具有宏觀的企圖，所採用的文本範圍，凡具備公案情節或公案題材者，即屬公案作品的文學因素之一，並以酷刑作為斷案、判案手段或執刑方式者，即可成為本書的取樣對象，因此有可能形成跨越次文類的現象。〔註12〕取捨的文本，以是否含有「酷刑」書寫作為最主要的指標，同時為了呈現從古到今的酷刑書寫之歷時性，取樣時代甚至涵納現代文學具有酷刑書寫之部分。

　　本書取材之文本範圍，從唐代之傳奇、變文寶卷始，宋代志怪筆記《夷堅志》、元雜劇，明代公案如《包公案》，清代則有《清風閘》、《三俠五義》等，另以談論鬼神仙怪的《聊齋誌異》為上承六朝及宋代志怪之餘脈，較多討論的是其冥判及異聞之刑，以及晚清出現的官場公案小說如《活地獄》、《老

---

〔註9〕　諾思羅普・弗萊（Northrop Frye, 1912～1991），是加拿大重要的文學理論家，也是整個英語世界重要的文學批評家之一。一生著作甚豐，共二十六種，影響最大的是研究布萊克的《威嚴的對稱》（1947）、文學批評專著《批評的剖析》（1957）和研究聖經的紀念碑式的論著《偉大的代碼》（1982），《批評的剖析》是第二次世界大戰以後西方最有影響的文學批評和文學理論著作之一。

〔註10〕　參見〔加〕諾思羅普・弗萊（Northrop Frye）著，陳慧、袁憲軍、吳偉仁譯：《批評的剖析》（天津：百花文藝出版社，1998年11月），頁156。

〔註11〕　此定義參見黃岩柏：《公案小說史話》（瀋陽：遼寧教育出版社，1993年9月），頁1，另於本書第二章第一節專章詳述。

〔註12〕　次文類即傳統意義上所謂「世情小說」、「歷史小說」、「俠義小說」、「神魔小說」、「志怪小說」……等等。

殘遊記》等等，同時，以現代小說乃至具有類似手法的西方小說作爲參照，觀察酷刑不僅僅止於公案，甚至時常逸出公案的範圍，現代小說之中亦存有酷緒。所取樣的經典文本雖不完全是以「公案」爲名，但有共同之特徵，皆有「酷刑」之書寫成分，便一併列入本書的討論範圍。故簡言之，本書欲通過「公案」，探討一連串在公案敘事文本中的酷情書寫。

小說是現實的投射，當小說中的案件，在客觀上形成訴訟活動，審案者也可應用陰、陽兩界的協助來執法審理，更甚者，執法者可以是現實世界中的官吏，也可以是各路陰間的鬼神。例如《聊齋誌異》的〈席方平〉，在人間尋求正義未果，向陰間向冥王、郡司、城隍告狀，雖然屬於荒誕不經、難以用物理世界解釋的志怪情節，但往往可視爲對社會現實的折射，以陰間的仲裁者影射陽間官府，以昏瞶的冥王、郡司、城隍嘲弄現實生活的貪官酷吏，寄寓強烈的批判意味，其中的酷刑描寫，不啻是陽間現象的誇大寫照。故懲罰或酷刑的發生，並不限於人間，亦有許多來自陰曹地府。

本書仔細探究古典文本中有關酷刑的書寫時，企圖打破時代的藩籬、文本的界限，將幾部具有代表性的公案，依其酷刑性質分類，從中抽剝分離，依類歸納，予以論述。因爲同一部文本可能具有兩種以上的性質，無法偏廢，爲將該文本的特色予以抉發，必須按其特點區分。例如中酷刑發生的地點既可見於人間的衙門，也發生於陰曹地府，不論《夷堅志》、《包公案》、《聊齋誌異》都有同樣的情形；而論酷刑產生的性質，刑訊、果報、復仇均是其原因。此外，因應小說的虛構元素，超自然力量的酷刑也大量出現在公案中，有別於正式法制史料，形成相當特殊的一種現象。

本書欲通過傅柯的權力論述來討論有關公案中的酷刑書寫，以及酷刑書寫所呈現的恐怖／暴力美學現象，從身體痛苦與精神壓抑兩大方向進行探討，故不作版本源流、作者問題方面的考述，探討方向以文字文本爲主，故無法將舞台表演方式的公案劇納入研究範圍，採用的是雜劇文本材料。此外，本書之研究雖以古代小說爲主，現當代小說之酷刑相關討論，亦列之於後。有關酷刑、酷虐、地獄酷刑等等圖像，中西方皆有不少畫片、壁畫、照片或繪本，並非本書專注之方向，暫以形諸文字的文本爲主，這部分是未經探究的領域，值得未來一探究竟。至於公案酷刑書寫的出版現象、續書問題、傳播與接受等方面之探索，亦有待日後作爲進一步分析研究的方向。

# 第二節　研究動機與研究目的

## 一、研究動機

### （一）正義？暗角？——對公案的省思

公案小說是人類社會的產物，它反映的是多元、複雜的現實，自封建時代以來，始終存在於人世之中。法律和判決的公正與否，都是維繫人性尊嚴與生命財產的關鍵，官吏和升斗小民之間的對應關係，也常受因緣際會而有不同的境遇，自古以來，有關公案的事件不斷上演，史傳記載、口耳相傳或隨筆散記亦斑斑可考。公案小說之中，往往情、理、法兼而有之，人性與私利的呈現數見不鮮，是極爲忠實的社會寫照。一旦有偷竊、搶奪、殺人、強姦等犯罪行爲產生，就必須用偵破、審判、刑罰、處決等司法行爲來仲裁。官員如何判案？神判、拷訊、偵查都是取得嫌犯口供的方式，但小說的公堂之上，往往是不查而辦、拷打而訊，爲了取得口供無所不用其極，因此，一連串的酷刑招式應運而生。在司法及正義的背後，酷刑像一個巨大的陰影，籠罩著自古以來人治的社會，也反映在歷代小說之中。

小說所寄託的道德教化意義，向來是公案存在的重點，人們希望司法以公平正義的方式得到補償，對於清官向來多所期待，即使陽世遍尋不著，亦希望藉著幽冥的力量得到善惡之報的肯定。公案一直扮演著「文學正義」的角色，人們創作、閱讀公案之際，莫不希望善惡果報還諸於民，由於寫作手法與西方推理小說抽絲剝繭、逐步破案不同，其犯案、作案過程並非讀者最感興趣的部分，而是最後如何看到善者善報、惡者伏法，滿足讀者的正義期待。

不過，有司審案時，爲了取得口供，反而使公堂之上不時上演著爲求口供而進行的逼供拷訊，也可能因執法過當而使犯人凌虐至死。公堂之上，雖可還諸無罪者清白、亦可審斷犯案者有罪，使善惡有報，大快人心；但這個司法制度落實的終極場所，是否淪爲司法正義的暗角，使得殘酷的刑罰假正義之名而公然存在？法律原本是規範人類行爲的後設機制，具有規訓及懲罰的性質，但若爲了實現司法的效果及滿足執法者個人的行政效率，進而動用極端的、違背人性的懲戒方式，則已涉入酷刑的範圍。規訓、懲罰與酷刑三者之間的分際，如何拿捏？史上眞實制度及虛構小說之中對於這三者的使用情況如何？

閱讀傅柯的《規訓與懲罰》一書，給予筆者一股觸發及聯想：人性，是一定歷史條件下和社會制度中形成的人的本性，也指人所具有的正常感情和

理性。愛護人的生命、關懷人的幸福、尊重人的各種權利,是人性中的積極面;而仇恨、嫉妒、踐踏人的尊嚴和隨意剝奪人的生命,則是人性中的消極面。無論施刑還是受刑者,對刑罰的感知必須以人性爲基礎。傅柯說:

> 排除酷刑的懲罰,這種要求最先被提出來,因爲它是出自內心的或
> 者說是出於義憤的呼喊。即使是在懲罰最卑劣的凶手時,他身上至
> 少有一樣東西應該受到尊重的,亦即他的「人性」。〔註13〕

傅柯的「規訓」展現在監獄的設置,藉身體的拘禁來使內心達到服從;對中國民族性格而言,「規訓」意即道德感化的層次,統治人民最終目的應是以德服民,而非一味嚴刑峻法,這也是中國公案小說可貴的基本精神內涵。

但當犯罪者所犯之罪已臻十惡不赦,則必須採取嚴厲的手段,給予法律上強制的仲裁與懲處,甚至剝奪其生命,這樣才能保障無辜被害者,並還予受害者一份公道,矯正群眾視聽,進而達到社會國家的安定和諧。

儘管這是法律樹立的善良美意,但中國是屬於人治的社會,執法者擁有至高無上的權力,不可否認,從審案到判決,時常有逸出法律規定的範圍之情況,至少在公案小說中可以找到許多例子。酷刑現象的存在,眞的是古今中外司法現象一種不可或缺的「必要之惡」嗎?究竟公案是維持司法公平公正的正義使者,還是掩護非法酷刑的暗角?此爲研究動機之一。

(二)屈打能否成招?

在公案之中,隨著物質文明的進步,刑具器械愈來愈精良,在拷訊的敘事中,酷刑施行的描寫篇幅有愈來愈增加的趨勢。翻閱包公系列小說時,便可以發現,在《百家公案》、《包公案》成書時期,包拯審案首重情理,除非罪證確鑿,不輕易用刑,刑之所加,必爲作惡之人,鮮有濫施無辜的現象;但到了清代《三俠五義》及其續書,刑具名稱、施刑描寫逐漸增多,直至晚清時代的官場系列小說《活地獄》中的公案,簡直不忍卒睹,這其中不無西方物質文明的影響,羅列用刑方式及放大身體痛苦的哀嚎,儼然有獵奇、搜奇的殘忍意趣在其中,何以時風所至,對身體痛苦的描寫成爲當時公案小說普遍共有的價值定位?酷刑的使用,究竟能否達到規訓及懲罰的目的呢?即使屈打成招,是否眞能求得事實的眞相呢?

錢鍾書《管錐編》〈三五李斯列傳〉寫史傳所載屈打成招的案件,對於「屈

---

〔註13〕參見傅柯:《規訓與懲罰──監獄的誕生》,頁72。

打成招」有一段精闢的闡述，原文茲錄於下：

> 「趙高誣斯，榜掠千餘，不勝痛，自誣服。」按屈打成招，嚴刑逼
> 供，見諸吾國記載始此。〈張耳·陳餘列傳〉貫高不肯供張敖反，「吏
> 治榜笞數千，刺剟身無可擊者，終不復言」；蓋非盡人所能。《太平
> 廣記》卷二六七〈來俊臣〉（出《御史臺記》）記武則天召見狄仁傑
> 等，問曰：「卿承反何也？」仁傑等對：「向不承已死於枷棒矣！」；
> 卷二六八〈酷吏〉（出《神異經》）記來俊臣與其黨造大枷凡十，各
> 有名字，其四曰「著即承」，其六曰「實同反」，其七曰「反是實」。
> 夫刑，定罪後之罰也：不鈎距而逕用枷棒，是先以非刑問罪也，如
> 《水滸》第五二回高廉審問迪進所謂「不打如何肯招」，第五三回馬
> 知府審問李逵所謂「快招了『妖人』，便不打你」。信「反是實」而
> 逼囚吐實，知反非實而逼囚坐實，殊塗同歸；欲希上旨，必以判刑
> 爲終事，斯不究下情，亦必以非刑爲始事矣。古羅馬修詞學書引語
> 云：「嚴刑之下，能忍痛不吐實，而不能忍痛者吐不實。」（原文略）
> 蒙田亦云：「刑訊不足考察眞實，祇可測驗堪忍。」（原文略）酷吏
> 輩豈盡昧此理哉！蓄成見而預定案耳。〔註14〕

在這段引文裡，所舉之例有李斯、貫高、狄仁傑等等，李斯和狄仁傑屈從於
酷刑榜掠，因爲禁不住嚴刑，但行刺劉邦的貫高則堅持主謀是自己，不連累
趙王，熬刑過程備極艱辛，身無可擊，仍不誣服。所以，酷刑的使用，目的
何在？屈打眞能成招否？若不能，酷刑的用意又是什麼？「夫刑，定罪後之
罰也；不鈎距而逕用枷棒，是先以非刑問罪也。」爲了使案情水落石出，運
用酷械使人民招認，這個過程本來就充滿人性的試煉，經由肉體的痛苦而使
人心生畏懼，而不得不承伏，然而承伏的「事實」究竟是事情的眞象，還是
執法者意欲得到的答案？這又屬於另外一個層次的問題。錢鍾書引古羅馬修
詞學書引語云：「嚴刑之下，能忍痛者不吐實，而不能忍痛者吐不實。」此語
一針見血地指出了刑訊的最大缺陷。能忍痛則不必吐實，凡吐實者均爲不能
忍痛者，那麼睽諸公案，「人是賤蟲，不打不招」〔註15〕情況比比皆是，是否
透露人性中不光明的卑劣所在？

　　蓋身體受到極度的酷虐，鮮有能夠完全忍受者，貫高是一個特例，彰顯

---

〔註14〕參見錢鍾書《管錐編》第一冊（香港：中華書局，1990 年 4 月），頁 333。
〔註15〕參見［明］臧晉叔編：《元曲選》（北京：中華書局，1979 年 6 月），頁 1507。

出身體與意志的對抗！能忍受酷刑者必有過人的意志力，但非人人能如此，元雜劇裡的竇娥也是一個特殊的例子。一旦見了械具便心生畏懼，或者挨打不過只好招認，這就是公案中最常見的場景。但受刑者招了什麼？招的是眞象嗎？人間法律的最高指導原則是「道德」，地獄酷刑不依道德，那麼又依循什麼呢？此爲研究動機之二。因此本書企圖從儒家傳統的道德進路，檢視公案裡數見不鮮的酷刑，省思酷刑背後存在的意義。

（三）導異爲常的恐怖／暴力美學？

公案文本中的懲罰，關乎肉體之極刑，並儼然發展成爲一種獨特的美學，究竟這種美學應歸屬於恐怖抑或是暴力的呢？

「恐怖」，它源於對危險即將降臨而無法自主控制的未知，或許是直接面對鮮血淋漓的生命屠殺的顫慄，抑或是生命對於死亡吞噬的恐懼，雖然恐怖是令人毛骨悚然的心理和生理反映，卻可能轉化成欣賞或享受的對象，並在其中獲得某種程度的快感。例如觀賞恐怖電影、看西班牙鬥牛賽、古羅馬圍觀人獸相鬥，乃至各種冒險活動如跳傘、賽車等等，反映了人類雖害怕恐怖，卻可將之成爲消閒行爲而加以戲弄恐怖、遊戲恐怖。恐怖的來源有許多種，表現形式五花八門，予人的刺激容或有深淺輕重之別，但究其本質莫不與生命有關，是人類對於死亡來臨或可能來臨的本能心理反映。

而現代社會中，暴力文化無所不在，電影工業是最常見的合法暴力典範。好萊塢戰爭片爭斥著血肉橫飛的場面，某些犯罪紀錄電視劇，更以活靈活現的鏡頭複述著罪犯的心理動機、實施暴力前的技術分析和施暴過程。文學作品、小報小刊或電子遊戲中，青少年亦很容易接觸到暴力畫面。這樣的氛圍中，人們很容易滑向暴力崇拜的罪惡深淵，原本應該很高雅的文化藝術，也出現了血腥味的作品，暴力文化甚至進一步被包裝成暴力美學。

閱讀公案中的酷刑書寫，令筆者對其中暴力現象產生聯想，甚至認爲當時作者有意無意在其中開展出一種特殊的暴力美學現象。這種暴力不同於個人或群體受到侵犯時，用行爲表達出憤怒和反擊，而是對於政治上的弱者或法制上受支配者的的一種不合理侵犯，亦可視爲一種無形的暴力。這種暴力美學，顯示在執法者的權力運作、刑罰的名稱和執刑的過程中，無視於身體的哀鳴和痛苦，一味以執法者的殘忍興味來進行。藉由文字提供的畫面，讀者彷彿聽到身體的慘叫呼之欲出，與影像呈現的暴力美學特質，似乎有某種程度的關連？

此外，在志怪系統的文言筆記小說中，存在著一類難以邏輯解釋的異刑。

因此，本書認為，其中涵納著傳統民族性格「導異為常」的論述基礎於其中。學者劉苑如早在 1996 年應用「導異為常」理論，完成《六朝志怪的文類研究：導異為常的想像歷程》博士論文，其中思索志怪文類獨特的美感規範與世界觀照，認為志怪題材具有天人感應與人文風俗的意涵，認為「在『異』的主題之外，發現怪異思維往往是在『常』的結構和秩序對比中所建立起的參照性價值系統」。〔註 16〕六朝志怪雖然是一種超乎現實的荒謬佚趣，但在歷代口耳相傳到筆錄的傳衍過程中，必有一種自我文化的建立，「不同於一般的哲學、宗教或抒情文體的論述，它既屬集體的意識，也不無編撰者個人的生命的關懷。」〔註 17〕故劉氏認為，將六朝志怪之「異」看作是日常生活與社會文化的一環，將它放置在小說學中，以「常」作為志怪的隱性結構，是可行的一種美感規範和觀照。

因此筆者讀到公案中酷刑書寫的暴力與特殊美學，不禁要試問，創作者是否企圖使得身體痛苦的想像成為一種文字上的真實？這其中不無「導異為常」的寫作策略，成為公案中一道特殊的暴力美學風景。這種美感的來源，與傳統對於「美」的愉悅的感知不同，是因為「奇異」而產生的醜怪「美學」。

長遠以來公案中表現出來的酷刑書寫，可否視為民族的壓抑心理之一？這種壓抑甚至扭曲為視「異」為「常」來表現嗎？其中是否摻雜創作者以語言「陌生化」的企圖來達到譁眾取寵、引人側目的寫作策略？酷刑書寫可視之為恐怖美學或是暴力美學呢？此為本書研究動機之三。

## 二、研究目的

究竟審判定罪的場所——公堂，扮演的是正義的終極落實、還是剝離人性的暗角？傳統公案小說強調的道德教化，遇到嚴刑逼供、屈打成招之時，是否已然旁落？而懲罰與酷刑的分別與界限在哪裡？規訓、懲罰與酷刑三者之間的辯證關係，身體與權力之間的對應關係？酷刑書寫現象背後的文化成因，例如導異為常的暴力美學，如何由影像特徵轉嫁到古代公案的文字中，其中有哪些受壓抑的民族心態？這些都值得一一玩味。

本書的研究目的，便是從這些研究動機中，為公案文本中的酷刑書寫作

〔註 16〕參見劉苑如：《身體・性別・階級：六朝志怪的常異論述與小說美學》（台北：中央研究院中國文哲研究所，2002 年 12 月），頁 16。
〔註 17〕參見劉苑如：《身體・性別・階級：六朝志怪的常異論述與小說美學》，頁 16。

一番仔細的閱讀，從書寫現象中抉發中國古代的公案作者，是用何樣的心理狀態及心理因素進行酷刑的書寫，其中是否涉及集體意識下的歷史暴力，為古代司法制度上不可避免之「惡」；或者源於人性底層的嗜血心態，以揭發人性之「惡」為創作樂趣。前者觸及統治者所握有之「權力」展現，包括規訓與懲罰的輕重與方式，屈打成招下的替罪現象，以及執法者的個人人生哲學；後者則涉及民族格中的看客心態、怯懦自私心理，並以嗜血殘暴的人類天性為窺伺目的，並在同一時代中是否具有群起效應。傅柯關於權力的研究中，將權力分為硬權力和軟權力兩種，前者以顯著的形式出現，如監獄、法庭、刑罰等有形的機構，軟權力則通常以隱性存在的方式出現，如輿論、道德、思想、文化等對人無形中的精神控制。酷刑涉及規訓和懲罰，其中權力的握柄具有絕對性的意義。此外，超脫於現象界的另一種酷刑——地獄審判，也是研究中不可或缺的重點，探討宗教對於公案文本創作宗旨有何影響，皆為本書的研究目的。

## 第三節　文獻回顧與成果探討

### 一、文獻回顧：多元的研究議題

　　本書名曰「重審」，自然企圖對公案的研究作一番全面的、綜合的探索，研究中發現，目前學界大部分的探討，集中在個別小說文本或時代群體中小說文本或小說史的研究，亦有小說寫作藝術手法、觀念理論或文化現象的探究。亦有跨領域、跨越文類現象的解讀，例如觸及社會、法律、宗教……等等，展現「公案」主題豐富的多義性和多元化。史學大師陳寅恪先生所開之「詩史互證」研究方法，〔註18〕頗值得吾人借鑒，開啟文學與法律互涉的新途徑。

　　（一）公案在小說史的探討

　　1. 專書的研究成果

　　小說史本身的部分，將公案置於宏觀的小說流變中予以探討的，有黃岩柏

---

〔註18〕陳寅恪以詩考史、釋史，以唐代為多，認為唐詩的史料價值最高，乃因唐詩作者二千餘人，能充分反映各層社會之生活與思想，例如從元、白之詩可觀政治、社會、文化等，亦可用歷史事實來箋證詩歌。參見汪榮祖：《陳寅恪評傳》（南昌：百花洲文藝出版社，1992年8月），頁132～142。

的《中國公案小說史》〔註19〕、曹亦冰的《俠義公案小說史》，〔註20〕針對公案小說歷代流變作了詳細的鋪陳，孟犁野的《中國公案小說藝術發展史》〔註21〕對於歷代公案小說的寫作特色及形象塑造之發展，作了詳盡的探討。一般咸認為，公案小說從宋代《太平廣記》〈精察〉類的濫觴之後，宋朝城市經濟繁榮及市民階層興起，社會活動產生變化，尤其是娛樂事業「瓦舍勾欄」的出現，帶動了「說話」技藝，南宋灌園耐得翁《都城紀勝‧瓦舍眾技》中的「說公案」視為公案小說的雛型，〔註22〕歷經明清的發展之後，於清代公案與俠義題材有合流的現象。〔註23〕此外黃岩柏《公案小說史話》〔註24〕及張國風《公案小說漫話》〔註25〕以較為輕鬆的筆調，以單篇主題作為區分，陳述正史以外的民俗觀點，內容較為通俗化。惟以上專書均作表層現象的流變陳述，雖資料羅列豐富詳贍，但未能從作品內部的產生、彼此之關係或對其他作品造成之影響作進一步的深入探討。

　　魯迅《中國小說史略》〔註26〕、《中國小說的歷史的變遷》及胡適《中國章回小說考證》，〔註27〕以及孫楷第《中國通俗小說書目》、《日本東京所見小說書目》，〔註28〕在中國古代小說研究的範式中仍居於屹立不搖的地位，阿英

---

〔註19〕參見黃岩柏：《中國公案小說史》（遼寧：人民出版社，1991年5月）。

〔註20〕參見曹亦冰：《俠義公案小說史》（浙江：浙江古籍出版社，1998年12月）。

〔註21〕參見孟犁野：《中國公案小說藝術發展史》（北京：警官教育出版社，1996年9月）。

〔註22〕南宋灌園耐得翁《都城紀勝‧瓦舍眾技》云：「說話有四家。一者小說，謂之銀字兒，如煙粉、靈怪、傳奇、說公案，皆是搏刀趕棒及發跡變泰之事。」參見黃岩柏：《中國公案小說史》，頁2～3，以專章篇幅探討其中的意含，因為句讀的不同，有的把「說公案」看成與「小說」並列的一個家數，以「搏刀趕棒及發跡變泰之事」作為具體內容；亦有將「說公案」和煙粉、靈怪、傳奇並列。有關耐得翁的引文並見於多處，如張國風：《公案小說漫話》，頁2；孫遜、孫菊園編：《中國古典小說美學資料匯粹》（台北：大安出版社，1991年1月），頁8；孟瑤：《中國小說史》（台北：傳記文學出版社，1986年），頁187。本書採取胡士瑩之說法，將「說公案」視為「小說」之子目。參見氏著《話本小說概論》（台北：丹青圖書公司，1983年5月），頁650。

〔註23〕參見黃岩柏：《中國公案小說史》，頁226；孟犁野，《中國公案小說藝術發展史》，頁176。

〔註24〕參見黃岩柏：《公案小說史話》（瀋陽：遼寧教育出版社，1993年9月）。

〔註25〕參見張國風：《公案小說漫話》（台北：遠流出版社，1990年9月）。

〔註26〕參見魯迅：《中國小說史略》（台北：風雲時代出版社，1996年7月）。

〔註27〕參見胡適：《中國章回小說考證》（台北：里仁出版社，1982年1月）。

〔註28〕孫楷第：《中國通俗小說書目》、《日本東京所見小說書目》二書乃合訂出版（台

《晚清小說史》中有關公案的論述亦稱精闢；胡士瑩的《話本小說概論》以專章討論明清的「說公案」，認爲話本小說發展到清代，短篇話本逐漸衰歇，而公案及俠義小說卻在長篇話本中有長足的發展，〔註29〕指出明清話本對於清官斷獄的描述並不多，筆鋒主要朝向昏庸的官吏和黑暗的社會生活，因此俠士顯得重要。

　　公案至晚清，理論及觀念均受到西方的衝擊而有很大的轉變，研究晚清小說的學者前輩不乏其數，就敘事手法而言，陳平原《中國小說敘事模式的轉變》〔註30〕和黃錦珠《晚清小說觀念之轉變》〔註31〕給予筆者很大的啓發；理論剖析的部分，康來新的《晚清小說理論研究》〔註32〕對於晚清文學的評點現象和大師理論建構有清楚的析評，這些論著對於筆者的理論架構建立有莫大的幫助。陳文新、魯小俊、王同舟的《明清章回小說流派研究》則分析明清公案小說的文體生成、形象與審美論述，認爲明清公案小說是「通俗文學讀物，又可以向廣大民眾傳播、普及法律知識和倫理道德」。〔註33〕2000年中研院明清文學研究會所發表的諸篇論文，從戲劇、法律、歷史、宗教等觀點切入，集結出版爲《讓證據說話》，〔註34〕盱衡中西，論述詳贍，足資作爲筆者研究公案文化的參考。

　　與「公案」有密切關係的「官場」，相關研究論著亦值得關注，林明德主編的《晚清小說研究》〔註35〕諸多單篇論文剖析了晚清官場小說群起的現象。陳平原的《二十世紀中國小說史‧第一卷》闡述了「從官場到情場」，提出「忠奸對立模式消解」及「官民對立模式轉化」這兩種觀點來論述晚清官場小說，提到了很重要的觀念，即晚清作家並不以爲「清官」和「貪官」構成對立，皆與民爲敵，〔註36〕呼應了李贄「清官比貪官更可恨」的想法（李贄的觀念

北：天一出版社，1974年10月）。
〔註29〕參見胡士瑩：《話本小說概論》，頁650。
〔註30〕參見陳平原：《中國小說敘事模式的轉變》（台北：久大出版社，1990年5月）。
〔註31〕參見黃錦珠：《明清時期小說觀念之轉變》（台北：文史哲出版社，1995年2月）。
〔註32〕參見康來新：《晚清小說理論研究》（台北：大安出版社，1999年11月）。
〔註33〕參見陳文新、魯小俊、王同舟：《明清章回小說流派研究》（湖北：武漢大學出版社，2004年3月），頁365。
〔註34〕參見熊秉眞編：《讓證據說話——中國篇》（台北：麥田出版社，2001年8月）。
〔註35〕參見林明德編：《晚清小說研究》（台北：聯經出版社，1988年3月）。
〔註36〕參見陳平原：《二十世紀中國小說史：第一卷》（1847～1916）（北京：北京大學出版社，1997年7月），頁231～241。

後來被劉鶚援引至《老殘遊記》）。王德威《被壓抑的現代性：晚清小說新論》專章論及公案與俠義在晚清成為「虛張的正義」，真實的和平和秩序渺不可得，並論及晚清譴責性與諷諭中的官場文化為「荒涼的狂歡」；〔註37〕《歷史與怪獸：歷史、暴力、敘事》中藉《檮杌萃編》抨擊禮教失落、官場失序的狀態。〔註38〕筆者意欲站在這些基礎上，更為深刻地剖析晚清官場小說中的公案所開展的現代性。

　　另有一類標名「官場」的專書，較偏向通俗故事的講述及羅列，少有理論的發揮，例如清代汪龍莊《中國官場學》是清人為官必備書目，〔註39〕陸士諤《社會官場秘密史》〔註40〕、曾錚《清代官場奇聞》〔註41〕、李喬《清代官場百態》，〔註42〕以及郭建《師爺當家：明清官場幕後傳奇》、《衙門開幕》、《古代法官面面觀》，〔註43〕陳捷先〈中國古代官場貪瀆之風〉，從側面描寫了古代官場眾生相，〔註44〕這些均屬通俗社會現象之研究，提供本文對於官場制度的先備認知，瞭解古代（尤其在清代）師爺幕府的運作情形，以及中國官場的傳統習氣。

　　2. 學位論文研究成果

　　在學位論文部分，參見本書所附之【附錄二】，詳細列舉了台灣地區有關公案小說的博碩論文，時間斷限自 1987 年至 2012 年。有關公案文本自身的研究，筆者將之區分為：一、個別公案小說的文本研究（15 本）；二、單一時代的公案小說文本研究（3 本）；三、跨時代的公案本研究（4 本）；四、公案劇研究（4 本）；五、跨文類的研究——公案與俠義、偵探（2 本）。

　　在第一類型中，針對單一公案之成書、性質、翻譯現象、案件分類、寫

〔註37〕 參見王德威著，宋偉杰譯：《被壓抑的現代性：晚清小說新論》（台北：麥田出版社，2003 年 8 月），頁 163～232；245～319。
〔註38〕 參見王德威：《歷史與怪獸：歷史，暴力，敘事》（台北：麥田出版社，2004年 10 月），頁 139～144。
〔註39〕 參見〔清〕汪龍莊、萬楓江著，祁曉玲譯：《中國官場學》（台北：捷幼出版社，1993 年 5 月）。
〔註40〕 參見陸士諤：《社會官場秘密史》（天津：百花文藝出版社，1993 年 8 月）。
〔註41〕 參見曾錚：《清代官場奇聞》（北京：華文出版社，1993 年 5 月）。
〔註42〕 參見李喬：《清代官場百態》（台北：雲龍出版社，1991 年 6 月）。
〔註43〕 參見郭建：《師爺當家：明清官場幕後傳奇》（台北：實學社出版社，2004 年2 月）；《衙門開幕》（台北：實學社出版社，2003 年 8 月）；《古代法官面面觀》（上海：上海古籍出版社，1993 年 12 月）。
〔註44〕 參見陳捷先：〈中國古代官場貪瀆之風〉（《歷史月刊》，72 期，83 年 1 月）。

作手法及藝術價值等等作探討，對於單一著作的認識有很大的幫助，例如柯玫文《三俠五義研究》闡明《三俠五義》所蘊含之天道思想及俠義精神，對於《三俠五義》之情節安排、人物刻劃、文字技巧等藝術成就進行討論；楊淑媚《施公案研究》探討版本問題、案件分類、人物類型分類；廖鴻裕《海公案研究》探討明代海公故事的成因、編排方式、婦女形象、情節構成的時代背景及上承宋元話本及影響案公小說專集及明末擬話本的情形。但單一主題文本的研究，終究著眼較為片面，即使如鄭安宜《《龍圖公案》之公道文化研究》以公案小說的探討公道為研究主題，擇取《龍圖公案》劃分婚戀題材、官僚題材、神鬼設置等六個主題，由文化意義作為討論的進路，朝向小說的公道文化，較多觸及道德文化等現象，仍局限於某一本公案小說之研究成果。

第二種類型屬於橫向的研究，對於明代公案小說的書寫風格、成書等現象作研究，黃琬甯《通俗的性暴力——晚明公案小說集的書寫風格》以明代複雜變動的社會背景下，公案小說集透過犯奸暴力故事呈現的面貌來傳達對社會文化的想法，李淳儀《明代公案集研究》探討明代訴訟文書與公案小說集成書之間的關係。

第三種類型則是縱向的斷代研究，王琰玲博論《明清公案小說研究》探討明清兩代的公案小說成書現象、案件分析及社會背景，是承接鄭春子的《明代公案小說研究》之論述而展開。吳佳珍《唐宋獄訟故事研究——以文言作品為主》以跨越唐宋兩代文言案獄故事為討論範圍，選取《太平廣記》、《夷堅志》和其他唐宋筆記小說的故事，分成純粹陽判故事、事涉神鬼故事和官吏的形象三個部份來分析，名之「獄訟」而不用「公案」，是為了避免文意上的混淆，將宋代說公案以後的作品和早期文言的折獄斷案類故事作個區隔。丁肇琴博論《俗文學中包公形象之探討》考掘包拯其人其事，並就小說、話本、說唱文學等俗文學中的包公形象作一番探討；翁文靜《包拯故事研究》針對包拯故事的發展和變化，提出適當的觀察結果和詮釋，分就文類型式、內容類型、辦案方式和包拯形象等方面加以歸納。

第四種類型，以元代公案劇之探討為主，王緯甄《元雜劇中的獄訟劇研究》從果報思想的角度研究元雜劇中獄訟劇。曾子玲《元雜劇中官場之探討》從元雜劇的發展角度探討官場題材的社會意義。龍潔玉《元雜劇包公戲與明包公小說研究》從包公戲與包公小說為比較文本，探討何以包公比其他被神

化之人物更能深入民間，並比較雜劇與小說中的包公形象有何差異。陳佳彬《元雜劇公案劇情節類型分析》從藝術研究的角度以亞里斯多德的戲劇行動作爲探討元雜劇結構的理論基礎。

第五種類型開始，則偏向跨文類的探究，陳智聰於 1995 年碩論《從公案到偵探——晚清公案小說敘事模式的轉變》詳述了公案小說在晚清向偵探小說靠攏的內外在演化過程，筆法新穎而理論多所建樹；霍建國博論《從公案到俠義——《施公案》《三俠五義》《彭公案》小說研究》則掌握清代公案蛻變爲俠義之時，三部公案小說所呈現的樣貌及小說文體內在演化的過程。

上述研究成果對於公案各種角度及論述的構成，均作了一番努力，對學術界有許多幫助，亦爲本書論述展開之前的基石。

（二）文學研究的法律向度

近幾年來，隨著研究議題的創新與多元化，跨學科、跨領域的交叉研究方興未艾，愈來愈多的研究者埋首於文學領域之時，亦將眼光放在文學外部的研究，或者學有專精的法學人士，援引文學界的文本進行法律專業的探討。

無論司法檔案、方志、戲曲小說、家規族訓、野史筆記、詩歌謠諺等，其敘事角度，相對來說是民間化的，而其敘述的法律故事，大多數都貼近於庶民生活、市井商販，且故事的廣泛流傳，可看出他們對敘述內容的可接受度。因此，這類故事在一定程度上可以「折射」出他們的法律心態，亦即他們的法律思想或法律意識。

亞里斯多德曾指出：

> 詩比歷史更富有哲理、更富有嚴肅性，因爲詩意在描述普遍性的實踐，而歷史則意在記錄個別事實。所謂「普遍性的事件」是指某種類型的人或出於偶然，或出於必然而可能說的某種類型的話、可能做的某種類型的事……。〔註45〕

這裡的「詩」即泛指今日的文學藝術作品，這段話從理論印證了以文學藝術作品爲素材進行社會學研究的可行性，而法律問題則是社會現象的一環。

此外，從方法論上看，圍繞著文學作品進行分析與研究法律問題的最大優點，是文學作品的開放性、可解釋性。這不同於法學界主導的從概念和法條切入的理性思辨分析，文學作品提供了人們從不同視角去考察問題的對

〔註45〕詳參苗力田主編《亞里斯多德全集》卷九，（北京：中國人民大學出版社，2009年 4 月），頁 654。

象、自由切入對話場域的空間，是具有包容性的寬廣空間，因此，以文學作品爲素材來思考社會中的法律問題，不僅是可行的，且具有獨到的優點。

1. 專書的研究成果

推源文學與法律的激盪風潮最早發生在美國，法學教授詹姆斯‧伯艾德‧懷特（James Boyd White）於 1973 年出版了《法律的想像》〔註46〕一書，掀起一股法律與文學結合討論的風氣，同年具有相同法學背景的理察‧波斯納（Richard A. Posner）亦出版了《法律的經濟學分析》〔註47〕與之分庭抗禮。當時波斯納的法律經濟學影響甚大，並對法律與文學運動多所抨擊，認爲法律與文學的研究會曲解文學理論或曲解法律，對雙方都有不良的傾向。不過到了 1988 年，波斯納居然也出版了一本《法律與文學──一場誤會》，〔註48〕有趣的是，他在十年後新版的《法律與文學》刪去了「一場誤會」的副標題，〔註49〕揭櫫了法律與文學的研究影響之大，並推動了美國的法律與文學研究，在法律的視野下探討文學問題，此後中西方相關討論蠭起，〔註50〕有不少具有法律背景背的專家從文學中汲取題材，用法學的眼光予以檢視分析。

例如大陸地區有余宗其提出的《法律與文學的交叉地》，對法律與文學進行了哲學思考，看到法律與文學的外部聯繫：文學描述必須遵守法律，法律亦應捍衛合法文學活動的自由。他更看到了兩者之間的內部聯繫：「人既是法律與文學聯姻的媒介，又是二者聯姻的產兒。」並強調「社會生活是法律與文學互相影響的立足點。」〔註51〕使得法律研究不再是冰冷無感覺的學科領域，注入了情感與生命的衝突。這類的討論不同於對法律文書及法制文學的寫作技巧、寫

〔註46〕 James Boyd White, *The Legal Imagination: Studies in the Nature of Legal Thought and Expression.* Little, Brown, and Company, 197 3.

〔註47〕 Richard A. Posner, *Economic Analysis of Law*, Little, Brown, and Company, 1973.

〔註48〕 Richard A. Posner, *Law and Literature, A Misunderstood Relation*, Cambridge, Harvard University Press. 1988. 此書說明他起初站在法律經濟學的立場所作的批判，並提出新的觀點：一、法律文本，特別是法院的意見，很像文學文本，有很多修辭；二、法律程序，特別是英美的陪審抗辯制，有重要的戲劇化向度等。這樣的轉變，波斯納稱之爲「一場誤會」。

〔註49〕 台灣已有中譯本，見楊惠若譯：《法律與文學》（台北：商周出版社，2000 年2 月）。

〔註50〕 有關波斯納與懷特這段法律與文學擦出火花的過程，參見蘇力：〈學生兄弟的不同命運──波斯納《法律與文學》代譯序〉，《法律與文學：以中國傳統戲劇爲材料》（台北：元照出版社，2006 年 9 月），頁 427～433。

〔註51〕 參見余宗其：《法律與文學的交叉地》（瀋陽：春風文藝出版社，1995 年），頁428。

作方法的探討，而是著重在評論法律文學的法律內容、法學意義和價值。他還提出了「涉法文學」的概念，認為只要是法律與文學這兩種相對獨立的意識形態相互影響、合而為一的產物，都可納入文學法律學的研究範圍，不必區分其體裁、時代、國界，使得與法律有關的法律描寫，無論直接的法律描述或間接的法律隱喻都可以涵納在內，使其呈現另一番特殊的風貌。

法學界另有許多熱衷參與的人士，如廣州中山大學教授徐忠明《包公故事：一個考察中國法律文化的視角》、《法學與文學之間》、《思考與批評：解讀中國法律文化》，〔註52〕有多篇取材中國古典小說的法律議題；梁治平的《法意與人情》，主要以古代文人的筆記、小品、故事為材料，比較中西法律文化差異，提出及闡發法律的問題；〔註53〕北京大學法學院教授蘇力《法律與文學：以中國傳統戲劇為材料》；〔註54〕張中月編的《元曲通融》是元曲中有關法律的研究；〔註55〕馮象所著《木腿正義》，專擅的是智慧財產權的法律問題，並關注法律與文學的敘事問題，提出法律作為控制社會體制的一部分，對於與之互補的文學有道德教化的作用。值得注意的是徐忠明有許多研究透過文學作品來看待法理學，他著重「民間視角」，從古典小說中尋找研究中國古代法律制度的材料；而蘇力認為文學作品隱含著某些時代或人們對法律的思考，可供我們分析不同時代的法律制度。

國內亦有不少優秀的法律人提出二者交融會合的單篇論述，如邵瓊慧律師〈尋找卡夫卡——法律世界與文學心靈〉、〈傾聽文學的聲音〉〔註56〕、李念祖、林詩梅律師〈法律人從文學中獲得什麼？〉，〔註57〕使法律的探討多了人性的期待；學者張麗卿〈曹雪芹《紅樓夢》中王熙鳳四個事件的古事今判〉

---

〔註52〕 參見徐忠明：《包公故事：一個考察中國法律文化的視角》（北京：中國政法大學，2002 年 7 月）、《法學與文學之間》（北京：中國政法大學出版社，2000 年 1 月）、《思考與批評：解讀中國法律文化》（北京：法律出版社，2002 年 10 月）。

〔註53〕 參見梁治平：《法意與人情》（台北：海天出版社，1992 年）。

〔註54〕 參見蘇力：《法律與文學：以中國傳統戲劇為材料》（台北：元照出版社，2006 年 9 月）。

〔註55〕 參見張中月編：《元曲通融》（太原：山西古籍出版社，1999 年 8 月）。

〔註56〕 參見邵瓊慧：〈尋找卡夫卡——法律世界與文學心靈〉（台北：《律師雜誌》第 290 期，2003 年 11 月），頁 20～31：〈傾聽文學的聲音〉（台北：《律師雜誌》，第 325 期，2006 年 10 月），頁 1～3。

〔註57〕 參見李念祖、林詩梅：〈法律人從文學中獲得什麼？〉（台北：《律師雜誌》第 290 期，2003 年 11 月），頁 2～4。

等等論述，〔註 58〕其一系列「法律與文學」的專欄內容，〔註 59〕以深入淺出的學理，縱橫於法律與文學兩大領域之間。惟台灣目前學術累積的成果僅有單篇文章較多，尚無較有規格、有系統的的專著出現。1995 年第十九屆全國比較文學會議以「文學與法律」爲主題，會後出版爲《文學・法律・詮釋——全國比較文學會議論文選集》；〔註 60〕另外民間司法改革基金會主編的《看電影學法律》，以電影作爲法律議題的切入，使司法知識不再遙不可及，成爲普羅大眾都可以親近的先備知識。〔註 61〕此外蔡兆誠的《法律電影院：精闢解析 18 部經典法律電影》通識教科書，〔註 62〕提供兩大領域互相融攝的研究新視野，亦可作爲本研究的參考。

　　值得注意的是台灣歷史學者對於法律的關注與研究，如中央研究院歷史語言所將 2005 年的研討會論文出版爲《明清法律運作中的權力與文化》〔註 63〕一書，認爲法律史的研究對象不僅是法律制度而已，更包括廣泛的民間社會秩序，論文議題網羅社會與經濟在司法運作之下的現象，但各篇論文均不見特別對權力進行討論，而是將權力內化爲政治體系運作的一部分。在熊秉眞主編的《讓證據說話》中亦有史語所研究員邱澎生所寫的〈眞相大白：明清刑案中的法律推理〉，〔註 64〕即以《刑案匯覽》、《折獄明珠》等等歷史檔案文書解讀古代法律刑案，認爲必須藉由案例的蒐羅與研讀，才能眞正在法學領域內發現眞相。

---

〔註 58〕　參見張麗卿：〈曹雪芹《紅樓夢》中王熙鳳四個事件的古事今判〉（台北：《月旦法學》，16 期，2009 年 6 月），頁 109～127。

〔註 59〕　參見張麗卿：〈第一講　哈代「黛絲姑娘」性犯罪被害人〉（台北：《月旦法學教室》40 期，2006 年 2 月），頁 62～71。〈第二講　施耐庵及羅貫中的「水滸傳」武松殺人，饒不得也〉（台北：《月旦法學教室》44 期，2006 年 6 月），頁 83～94。〈第三講　羅曼羅蘭「約翰克利斯朵夫」——正當防衛與聚眾鬥毆〉（台北：《月旦法學教室》51 期，2007 年 1 月），頁 75～85。〈第四講　羅貫中《三國演義》王允與貂嬋的連環記——正犯後的正犯〉（台北：《月旦法學教室》58 期，2007 年 8 月），頁 88～96。

〔註 60〕　參見馬健君、廖炳惠主編：《文學・法律・詮釋——全國比較文學會議論文選集》（台北：中華民國比較文學學會出版，1996 年 3 月）。

〔註 61〕　參見民間司法改革基金會主編，《看電影學法律》（台北：元照出版社，2002 年 12 月）。

〔註 62〕　參見蔡兆誠：《法律電影院：精闢解析 18 部經典法律電影》（台北：五南出版社，2007 年 3 月）。

〔註 63〕　參見邱澎生、陳熙遠編：《明清法律運作中的權力與文化》（台北：聯經出版公司，2009 年 4 月）。

〔註 64〕　參見邱澎生：〈眞相大白：明清刑案中的法律推理〉，《讓證據說話——中國篇》，頁 135～185。

　　不僅法律人上縱橫於文學之中，不少文學領域的專家也涉足法律，南京大學苗懷民著有《中國古代公案小說史論》，〔註65〕按法律角度將公案小說分為析產繼立描寫、婚戀奸情描寫和市井鄉村描寫三個方面，分別探討其文學表現和文化義蘊，並將官員審案、判詞寫作等法律內容置於歷史和文學視野中考察，運用比較的方法發現了小說中的法律與現實中的法律之不同特點。呂小蓬所著《古代小說公案文化考察》，〔註66〕在文化考察之外，亦運用法學理論來解釋文學作品，將歷代小說中的公案抽繹出來，討論其變遷與文學史上的演化。

　　法制史的運用亦為重要的參考，其中包括制度與文化的交會，如：金良年《酷刑與中國社會》〔註67〕、王永寬《中國古代酷刑》〔註68〕、包振遠、馬季凡《歷代酷刑實錄》；〔註69〕刑法類如：沈家本《歷代刑法分考》、《行刑及行刑之制考》；〔註70〕刑具的性質及分類如：楊玉奎《古代刑具史話》〔註71〕、李古寅《中國古代刑具的故事》，〔註72〕這一類屬於物質文化的研究；西方酷刑史料如：布瑞安・伊恩斯（Brian Innes）《人類酷刑史》〔註73〕、卡爾・布魯諾・賴德爾《死刑的文化史》〔註74〕、凱倫・法林頓（Karen Farrington）《刑罰的歷史》；〔註75〕法制史著作如：戴炎輝《中國法制史》〔註76〕、張晉藩《中國法制史》〔註77〕、瞿同祖《中國法律與中國社會》〔註78〕、程維榮《中國審判制

〔註65〕苗懷明認為：「公案小說對案獄之事的反映和敘述，既非對現象生活的忠實摹寫，也非一味的想像虛構，而是在現實生活的基礎上，根據作者的思想理念、創作旨趣以及文學傳統，進行了一定程度的文學加工。」參見苗懷明：《中國古代公案小說史論》（南京：南京大學出版社，2005年9月），頁284。

〔註66〕參見呂小蓬：《古代小說公案文化研究》（北京：中央編譯出版社，2004年1月）。

〔註67〕參見金良年：《酷刑與中國社會》（浙江：人民出版社，1991年6月）。

〔註68〕參見王永寬：《中國古代酷刑》，台北：雲龍出版社，1998年4月。

〔註69〕參見包振遠、馬季凡：《中國歷代酷刑實錄》（北京：中國社會出版社，1998年）。

〔註70〕參見沈家本：《歷代刑法分考》（台北：台灣商務印書館，1976年10月）；《行刑及行刑之制考》（台北：台灣商務印書館，1976年11月）。

〔註71〕參見楊玉奎：《古代刑具史話》（天津：百花文藝出版社，2004年6月）。

〔註72〕參見李古寅：《中國古代刑具的故事》（北京：中國文史出版社，2005年1月）。

〔註73〕參見〔美〕布瑞安・伊恩斯（Brian Innes）著，李曉東譯：《人類酷刑史》（長春：時代文藝出版社，2001年5月）。

〔註74〕參見〔德〕卡爾・布魯諾・賴德爾著，郭二民編譯：《死刑的文化史》（北京：三聯書店，1992年12月）。

〔註75〕參見〔英〕凱倫・法林頓（Karen Farrington）著，陳麗紅、李臻譯：《刑罰的歷史》（廣州：希望出版社，2004年3月）。

〔註76〕參見戴炎輝：《中國法制史》（台北：三民書局，1998年10月）。

〔註77〕參見張晉藩：《中國法制史》（台北：五南出版社，1992年9月）。

度史》〔註79〕……等，都是相當重要的參照。

2. 學位論文的研究成果：

在本書的【附錄二】還有一類是跨領域的研究——文學與法律（5 本）。胡龍隆從比較文學的觀點提出博論《文學、道德與法律的辯證：以包公故事爲例》，從包公故事找到文學書寫與法律材料之間平衡點，闡明文學用來書寫道德，而法律以道德爲制定標準，其目的皆與教化人心與規範思想行爲有關，認爲道德是形而上的，也是法律的最高指導原則，這項研究思路是較爲創新的議題，與本書想從規訓與懲罰的角度探討道德有類似之處，但偏向法條的評析與比較。簡齊儒博論《明代公案小說「法律與文學文本」的融攝》從明代文牘、日用類書與明代公案之間的關連，考察其中是否具有法律知識運用小說創作的情形，較偏向文學創作的法則及小說生成原因的探討，文末實例中，爲顯示「正義難以實現」來實證公案小說的有效性，舉出婚外情欲的罪狀與「罪罰失衡」的情形來說明；可惜限於篇幅，未能提供更多的佐證來增強說明力，假以時日應可再開展更多的論述角度。霍建國碩論《《三言》公案小說中的罪與法》援用法制素材來觀察小說中法制運用的情形，並考證訴狀、判決書的格式與內容的真實性，是較爲嚴肅的制度考證，用意在於縮合小說虛構與現實法規之間的密合度，不過也大大限制了作爲小說合理虛構的敘事藝術空間。陳麗貞碩論《正義的神話？！——《施公案》、《三俠五義》與《彭公案》中文學與法律的互文關係》從皇權、清官、俠客、法律審判程序，探討誰的正義得以生成？得出的結論是俠義公案小說中清官與俠客一派和諧，聯手剷除亂黨，順利偵破種種疑案的情節，是一種只存在文本中，而不存在現實世界的「詩學正義」，其中亦提到刑訊與刑罰的問題，但只用一小節的篇幅來處理，仍有意猶未足之處。陳華的《《施公案》與清代法制》挾著法律的專業視角，分析《施公案》在管轄、受理、勘驗、檢驗、稟詳、傳拘、緝捕、押禁、審訊、判決、覆覈、上控等刑事案刑事案件的審理程序、分析比較作者對清代法制的看法，是否與當時律例規定一致，歸納出小說作者對當時法制的大致看法，哪些可能是作者對律例施行的情形做寫實的描述，基本上這是一種文學的法律研究，與本文企圖朝向文化研究的方向有一段出入。

---

〔註78〕 參見瞿同祖：《中國法律與中國社會》（北京：中華書局出版，2003 年 9 月）。
〔註79〕 參見程維榮：《中國審判制度史》（上海：上海教育出版社，2001 年 8 月）。

　　除此之外，本書的【附錄三】，蒐錄了「法律、哲學與倫理」的相關研究，這一類型的學位論文並非傳統中文領域的視野，所根據的文本不見得是文學文本，而是律令、刑罰制度或獄政規則等等，與本書有較直接關係的是有關傅柯的研究，附在本節中一併論述。

　　其中陳建宇的《傅科《規訓與懲罰》的法律倫理研究》從法律倫理的角度看待傅柯的這本書，從中說明法律與權力，以及人的關係，並從古代的酷刑到現代的監獄處境中，權力歷經過哪些變化，此研究對於本書想闡釋的規訓與懲罰提供了哲學的思維。鄭瑞濱《傅柯的「權力」概念》中意識到，對「權力」的敘述不再圍繞掌權者的身上，傅柯試圖以一種不同的角度來觀察「權力」的另一種面向，而且各種「權力」的發生地不限定在社會上層的人、事、物，也會從家庭、環境等公共場合看到「權力」運用的機制。

（三）小說研究的宗教觀照

　　由於本書討論公堂審判時，除了陽世間的公堂刑訊，亦述及幽冥界的地獄審判，不免涉及宗教（主要是佛教）的因果輪迴、善惡有報等果報觀念。這方面的論著汗牛充棟，茲擇較為主要的參酌依據加以說明。

1. 專書的研究成果

　　例如陳登武《從人間世到幽冥界──唐代的法制、社會與國家》，〔註80〕雖集中討論的是唐代的法制制度，但因為唐代已發展出較為成熟的冥律，故對於陰曹地府的職能想像已趨成熟，其中對於敦煌出土的《佛說十王經》及敦煌地獄版畫提供本書重要的圖像參酌。蕭登福《漢魏六朝佛道兩教之天堂地獄說》，〔註81〕則提供了從漢魏以來佛道宗教之中，對於天堂地獄的想像及研究論述，並考據地獄分為十八層之說，是本書闡述有關地獄審判時的參據。敦煌變文、寶卷的出土，學人研究及參與者已有豐碩成果，如周紹良編《敦煌變文彙錄》、王重民等合編的《敦煌變文集》，潘重規再根據王編重校修訂為《敦煌變文集新書》，對於佛典經文、變文、賦文等有諸多新的考證，是筆者參考「目連故事」的第一手資料。

　　單篇文章部分，鄒文海〈從冥律看我國的公道觀念〉，從政治思想的角

〔註80〕參見陳登武：《從人間世到幽冥界：唐代的法制、社會與國家》（台北：五南出版社，2006 年 3 月），頁 285～367。

〔註81〕參見蕭登福：《漢魏六朝佛道兩教之天堂地獄說》（台北：學生書局，1989 年11 月）。

度，討論「冥律」彰顯的「復仇公道觀」，以及為何「冥律」未發展成為自然法等問題，〔註82〕但對於地獄結構觀念並未多述及。楊聯陞〈報——中國社會關係的一個基礎〉以社會秩序的基本觀念談論報應、報償、還報等觀念，以及自然與人之間的關係，甚至可衍生到佛教的因果論，作者舉出許多儒家經典，說明中國帝制之下允許產生分殊主義，亦即可以用交互報償原則來對待五倫關係。〔註83〕這亦可以用來說明陰間的酷刑懲戒，實則是陽世果報思想的延伸。

2. 學位論文的研究成果

近年來，有關宗教（主要是佛教）的果報觀念應用在中國古典文學中的研究，方興未艾，自1967年王世榕的《因果觀念在民間社會的流衍》以政治角度觀察果報意識後，幾乎每年都有不同文本的研究，已累積至少有24本的博碩士論文的豐厚成果。〔註84〕

咸恩仙博論《話本小說果報觀研究》，提到晚明話本小說家幾乎都強烈的具有「有責在身」的社會意識，於是透過具有教化之功能的因果報應之說來懲惡勸善，冀能使讀者在閱讀中受潛移默化，而達到教育的作用，因而話本小說中普遍存在著因果報應思想，研究中以《三言》《二拍》為範圍，對其所呈現的果報觀作一分析歸納，探索小說的社會功能，並依果報之產生、內容、方式作一番闡述。

劉雯鵑博論《歷代筆記小說中因果報應故事研究》，以歷代筆記小說為研究對象，認為果報故事中所反映之宗教觀念與行為中，冥界觀因地獄罪罰為惡報中一個重要部分，就此說明歷代冥界觀之發展差異、冥界的官僚組織、地獄的受刑者以及地獄故事的目的，極具參考價值。

另外以唐朝為斷代的研究有劉滌凡博論《唐前果報系統的建構與融合》，透過思想史的角度，以傳播學的方法詮釋果報系統的建構。〔註85〕陳敏瑄碩論《唐代佛教果報地獄小說研究》，以《太平廣記》為主要研究題材，闡述佛

---

〔註82〕參見鄒文海：〈從冥律看我國的公道觀念〉（《東海學報》，1963年5月），頁109～125。

〔註83〕參見楊聯陞著，段昌國譯：〈報——中國社會關係的一個基礎〉，《中國思想與制度論集》（台北：聯經出版社，1979年5月），頁349～372。

〔註84〕相關博碩士論文請參考本論文的【附錄四】。

〔註85〕劉滌凡：《唐前果報系統的建構與融合》，中正大學中文所博論，1998年，已由台北學生書局出版，1999年8月。

教傳入前後的冥界思想差異，整理與比較代佛教果報地獄小說的敘事模式及藝術表現，並論及創作意圖、所反映的社會意義。蔡明眞《唐人小說報意識研究》歸納出報恩、復仇與善惡報應等類型的基本結構，泛論唐人小說中的「報」意識。以宋代爲斷代討論的碩論有劉靜貞的《宋人果報觀念》、邱芳津《宋代果報故事研究》，明代話本有《三言》及《二拍》之果報故事研究等，清代則有《聊齋誌異》之地獄思想、果報故事等研究。

## 二、成果探討：研究現況之評議

### （一）公案主體性的開展空間

現今可見的《公案小說史》或《俠義公案小說史》等類型的書籍，或者同一公案文本、同一時代公案文本研究的學位論文，大多羅列各個時代的公案小說，予以輪番介紹，討論其合流或分支的問題；或者分析案情發生的原因及破案的手法；或者考證版本、作者、續書及流傳的問題，以及明代公案與案牘文書之間的同異關係。過去的研究長期以來較爲單調貧乏，對於寫作藝術技巧及形式研究投注很多氣力，以致於公案本身能開展的議題發展受到局限。公案本是依附於文明社會之中的產物，與人的生活、社會的脈動息息相關，其中牽涉到社會、經濟、法律、私情種種面相，公案文本的存在不僅是記錄案件的發生，它還呈現出人類活動的文明軌跡，本身具有豐富的人文精神內涵，故應從公案本身的主體性，掌握公案生成原因背後的文化與權力現象，方能有更大的開展空間。

### （二）跨領域探討的可行性

在【附錄二】所整理的第一種類型裡，個別公案文本的研究佔了絕大部分，對於小說文本的敘事方法、表現原理，固然有許多深刻的挖掘，但公案本身富涵多樣化的研究角度，若能跳脫文學文本的研究視角，將眼光投向其他學科領域，往往會有新穎的研究視野。例如近年兩岸三地對於中國古典小說的討論，已不只是小說領域本身的研究，亦關心物質文化〔註86〕與身體隱

---

〔註86〕例如康來新近年有關《紅樓夢》開展的物質文化研究，參見〈讀物找東西：《紅樓夢》中的物質文化與物質文化中的《紅樓夢》〉（超越文本——多元文化史視野中的物質文化國際論壇，國家圖書館，2008 年 9 月 19 日）、〈肉·眼·書：從物質文化發展看明清小說變遷〉（2009 敘事文學與文化國際學術研討會，台灣師大，2009 年 11 月 28 日）。

喻，〔註87〕公案的研究是否亦能有如此多元化的演繹，有待學界的努力。誠然，跨學科的研究是不容易的，牽涉到專業的知識、判準的眼光與清晰的邏輯思維，例如公案跨越法律，必須對司法律令的閱讀及篩選流暢無礙；橫渡歷史，則必須嫻熟於史傳文書檔案的運用。雖然其他領域的先備知識不盡然必須十分嫻熟，最起碼不能說錯話、表錯情。目前公案與其他領域的會通，也就是與法律、歷史兩項的互涉最多，學界已有一些良好的示範成果，期待未來有更多的研究者投入，拓展更多元化的研究視域。

（三）援引西方理論的新取向

中西方文化背景迥異，使用西方理論套用在中國傳統文學中，必然有方法不符或結果不合的危險，因此傳統的中國文學研究向來較少使用。但近年來研究風氣已漸朝西方理論邁進，並非不再謹慎，而是適度地使用西方理論，不但可以獲得更多視角的切入及關照，亦可使得中國文學的研究得到更多元化的啟發。例如陳智聰梳理傳統公案小說的共同模式時，採用俄國形主義先驅普洛普（V. Propp）的研究路徑，借用其《民間故事形態學》以故事結構為分析時的分類依據，頗有新意，但所劃分的人物類型，以及公案的基型結構的討論，仍有落入傳統窠臼之現象，未能開展出更廣的含義。〔註88〕胡龍隆《文學、道德與法律的辯證：以包公故事為例》博論則以許多西方文本（例如《伊里亞德》、《美蒂亞》）與包公故事的復仇觀及道德、法律態度作比較，並提出許多西方學者的論點，據以分析法律與文學，例如保羅・利科（Paul Ricoeur）把法律書寫當成是一種「說故事」（storytelling），提出伊恩・瓦德（Ian Ward）借助文學的各種理論來分析法律，並以德沃金（Dworkin）的論述說明文學對法律的作用。〔註89〕但畢竟傳統中文學門的研究較不擅以西方理論作為論述的支撐，這也是本書試圖突破的現象之一。

---

〔註87〕例如李欣倫從中國古典小說傳繹出身體的論述：〈詩意的文本——《紅樓夢》及身體及疾病隱喻〉，《2005年海峽兩岸明清小說研討會論文集》（江蘇省社科院、江蘇省海峽兩岸關係研究會、台灣中央大學，2005年11月），頁375～391；李欣倫：《《金瓶梅》之身體感知與性別辯證：一個跨文本與漢字閱讀觀的建構》（中央大學中文所博論，2008年）。

〔註88〕參見陳智聰：《從公案到偵探——晚清公案小說敘事模式的轉變》，淡江大學中文所碩論，1995年。

〔註89〕參見胡龍隆：《文學、道德與法律的辯證：以包公故事為例》，輔仁大學比較文學所博論，2008年，頁293、24、25。

# 第四節　問題的提出、章節安排與理論應用說明

## 一、問題的提出

　　本書秉持第一節「問題意識的展開」所討論，提出幾個尚待解決的問題，希冀透過其後的論述而展開探索。例如：公案是維持司法公平公正的正義使者，還是掩護非法酷刑的暗角？屈打能否成招，在懲罰與酷刑之後，道德的標準何在？酷刑的懲戒中是否有違中國傳統法制中德主刑輔的觀念？中國向來以儒教治國、行為準則以禮義仁智為先，但施刑之時真能講求其正當性、如同儒家尊重生命的精神本質嗎？酷刑依審案程序分為刑訊與執刑兩大階段，刑訊之後，執刑之時還有許多令人匪夷所思的招式，放進儒家重視「仁愛」、「道德」的精神體系中省思，其中的落差顯示出什麼現象？

　　在身體與權力的交鋒下，身體受到任意的支配，刑具的使用使身體受到極度的酷虐，許多時候並非是對身體執行處決的時刻，而僅僅是為了執法者追求效率、逞一時權力之快的縱情，嫌犯便已受到許多不人道的待遇，施刑的正當性如何？刑具的使用是否符合所犯罪行應有的懲罰，檢視公案中的敘事，本研究企圖從文本中檢視酷刑的使用現象，並參酌當時的法制規範與公案文化，瞭解其書寫策略與用意。

　　此外公案中的酷刑書寫，是否成了未來影像的暴力美學之前趨，在壓抑的創作者與圍觀群眾的心理震憾下，使得酷刑書寫成了導異為常的現象？並以「陌生化」作為書寫策略，成為普遍的一種「感覺結構」？公案的精神特質，原以發揮社會價值與道德判斷為依歸，但假若以暴力美學這樣的寫作手法來塑造一種普遍化，不啻將「異」變成「常」，這個「異」既是跳脫凡人可理解的常理之外，亦是不甘於平淡的溢惡為美，企圖達到一種戲劇性的衝突與張力，並使讀者感受到「窺伺殘忍」的獵奇心態，這種現象衍伸至晚清以玩弄酷刑的《活地獄》，乃至西方的性虐酷異書寫（諸如薩德的作品），無論施刑者或觀刑者，甚至文本創作者，都難以脫離「以異為常」的集體潛意識，遠離「溫柔敦厚」的道德正義，並以感官刺激為目的，其中創作手法是否涉及標新立異以達到「陌生化」（defamiliarization）的效果，如同什克洛夫斯基從成規的偏離與否來討論文學性的存在，〔註90〕甚至從英國文化研究大師雷

---

〔註90〕參見什克洛夫斯基：〈作為手法的藝術〉，什克洛夫斯基等著，方珊等譯：《俄國形式主義文論選》（香港：三聯書店，1989 年 3 月），頁 6。

蒙‧威廉斯的「感覺結構」，是否可以用來討論時至晚清愈來愈多的酷刑書寫，都有許多可討論的空間。

　　職是之故，在分析公案酷刑書寫現象背後的壓抑心理時，筆者企圖從創作者的角度，以暴力美學原理討論酷刑書寫的創作手法、導異為常的創作心態及「陌生化」寫作策略；並以旁觀者的角度，分析這種搜奇、窺伺的心態，與傳統壓抑的民族心理有何關連。

　　這幾項問題，將隱含在第三章之後的論述中，一一尋求可能的解釋或現象思考。倘若無法得到確定的答案，最起碼亦提供公案的研究邁向新的研究領域的可能。

## 二、章節安排與理論應用說明

　　本書共分六章，第一章為緒論，先對論題闡釋命意旨趣，兼述傅柯之理論作為本文之認識根據，並闡明「規訓」、「懲罰」、「酷刑」三者之間的關連。研究動機與目的，提出三項問題意識，並以傅柯的權力論述作為檢視公案中規訓、懲罰與酷刑的理論方法。其次回顧過去相關文獻，以「公案本身的小說探討」、「文學研究的法律向度」、「小說研究的宗教觀照」三大前提檢討研究現況，並作述評。第三節提出本書研究範圍與研究方法進路，第四節提出問題意識，並說明章節安排與理論應用情形。

　　第二章「公案的論述基礎」，先檢視公案的論述基礎，從名詞義界到發展、流變，再討論公案的精神內涵，區分為儒法融攝、德主刑輔、懲惡揚善與人治社會四項。其次討論「公堂」這個充滿複雜意義的場所，從文化意義的角度剖析公堂空間的權力感知，分為人間世與幽冥界兩大分野，冥界又分為文字建構與圖畫想像兩大類。公堂的抽象空間觀念引用傅柯的「異質空間」說明公堂的反烏托邦意義；以布爾迪厄的場域理論來說明空間的權力。

　　第三章「身體的哀鳴」，為古今中外的酷刑論述考察源流，探討文本中酷刑之名稱，並從歷代法制史中考察法內與法外之刑，作為本書的法制論述基礎。其後以實際文本細讀重審公案，抉發酷刑中有關身體的哀鳴之處。文本細讀時，咀嚼傅柯的規訓、懲罰與酷刑之間的辯證，作為切入思考的重點，並將三者性質作一番比較，制定出其性質之主從關係與文化背後的意義。傅柯《規訓與懲罰》書中並詳細討論了酷刑使用的原則及現象，可資參佐。酷刑的種類，按發生的原因和性質，區分為拷訊問刑（又分為人間與地獄兩類）、

酷虐施刑、異聞用刑三項，透過受刑者在文本中透露的哀鳴聲，反思屈打是否成招，並分析文本中的酷刑敘事及文化意義。另外有關現代小說中涉及「酷刑」描述的文本亦參採之，以求酷刑書寫歷時性的完整。史傳或諸子典籍有關規訓與懲罰之論述，可作爲佐參或印證，亦不偏廢筆記、雜記、文集等涉案描寫的文字，以求闡明司法見解、記載當時文人見聞的目的。

　　第四章「壓抑的心理」，以導異爲常的民族壓抑心理思維，提出榮格的「集體無意識」說明傳統民族性格何以能吸納並接受「異」的現象，隱然有俄國形式主義「陌生化」的寫作策略，藉由激烈的懲戒手法，不但展現執法者的權力，亦藉由酷刑書寫發洩集體意識；另援用英國文化研究大師雷蒙・威廉斯的「感覺結構」，說明晚清具有諷刺譴責的公案之群起效應。其次，從公案文本的酷刑實例中歸納發現酷刑書寫的密碼，以人間亂象、替罪羔羊、看客心態、因果流轉來解讀酷刑書寫現象，闡述執法者運用懲罰或酷刑時，不僅是對受刑者的懲處，也是對圍觀者的一種規訓與借鏡。討論圍觀者的心理分析時，提出蘇珊・桑塔格的《旁觀他人之痛苦》的思維，分析觀賞文本（一如視覺影像）給予人們的心理感受。另外並分析刑具使用的物質文化呈現，以及酷刑寫作的恐怖／暴力美學，如何成爲壓抑心理之下的一種變形審美觀念。

　　第五章內，從規訓、懲罰與酷刑之間彼此的辯證關係中，可觀察出權力的運用非常關鍵，權力可使得身體內化爲柔順馴服，身體可作爲一種文化符碼，從身體承受的刑罰，來體現刑罰如何實現，執法者按職權不同而予以細分，如清官、酷吏、衙吏、劊子手等等，討論其濫用酷刑時，身體與權力／身體與意志的交鋒。應用傅柯的理論，探究何以中國公案文本並未實現「規訓與懲罰」的終極目的。最後回歸到規訓體系之內，討論中國的獄訟體制走到清代末年，沈家本對於人性的終極關懷所作的努力。

　　第六章「結語」，就本書開頭之問題意識提出回應，並作總結與檢討，歸結本書大致研究結果，敘述研究內容的承先啓後意義，以及尚待發揮的空間，作爲日後繼續努力的方向。

# 第二章　公案的論述基礎

## 第一節　公案的起源、發展與流變

　　傳統中，公案故事具有「教化」的道德意義，辨忠奸、懲罪惡的同時，亦帶有導正民心的作用。本節從公案的成型、發展、轉化作一番釐清，繼而探討公故敘事特質中的精神內涵。

### 一、公案的起源——初出成型

　　「公案」一詞的出現及發展，可謂淵源甚早。論及「公案」兩字的含義，大陸學界已有眾多討論，〔註1〕台灣亦有不少學者專文闡釋。〔註2〕綜合而言，最初指公堂上的桌案，後來發展為官府機構所用的案牘，佛教禪宗以佛祖機緣應物開示，亦稱公案。

---

〔註1〕　參見黃岩柏：《中國公案小說史》，頁 1～3；張國風：《公案小說漫話》，頁 1
　　　　　～2；孟犁野，《中國公案小說藝術發展史》，導論頁 4；曹亦冰：《俠義公案小
　　　　　說史》，頁 4。
〔註2〕　參見王瓊玲：〈洗冤補恨：清初公案劇之藝術特質與其文化意涵〉，熊秉眞編：
　　　　　《讓證據說話——中國篇》（台北：麥田出版社，2001 年 8 月），頁 21～22；
　　　　　李玉珍從禪宗的角度，分析「公案」爲祖師將體悟的道理透過機緣傳授給弟
　　　　　子的「以心傳心」，參見李玉珍：〈當頭棒喝：禪宗文學之公案〉，《讓證據說
　　　　　話——中國篇》，頁 109～110；何大安從語言學的角度，闡述「案」與「按」
　　　　　兩字有語詞上的脈生關係，「案」字詞義再擴爲公牘的簡稱，參見何大安：〈論
　　　　　斷符號：論「案」、「按」的語詞關係及案類文體的篇章構成〉，《讓證據說話
　　　　　——中國篇》，頁 321～324。

　　推原「公案」成爲獨立的分類，是始自宋朝，城市經濟繁榮及市民階層興起，社會活動有了許多變化，尤其是娛樂事業「瓦舍勾欄」的出現，帶動了「說話」技藝，南宋灌園耐得翁《都城紀勝·瓦舍眾技》分「說話有四家」，〔註3〕吳自牧《夢梁錄》分「說話」「有四家數」，〔註4〕羅燁《醉翁談錄·小說開闢》則分八項，〔註5〕並列出篇目，一般便將「說公案」視爲公案的雛型。

　　學者王爾敏認爲，最早的公案當始自戰國時文候手下西門豹治鄴的故事，且云其事蹟源自《史記》卷一百二十六〈滑稽列傳〉。〔註6〕今《史記·滑稽列傳》中太史公所述僅存淳于髡、優孟、優旃等人，西門豹治鄴之事當爲褚少孫所補，內容著重河伯娶親，旨在破除民間迷信的歪風。然而把西門豹革除積弊的良舉視爲突梯滑稽之流，適當與否頗引起學者質疑，〔註7〕所敘事件尙不能以公案文學視之。

　　六朝時期具有公案情節的作品，如干寶《搜神記》〈東海孝婦〉、〈嚴遵〉；劉義慶《幽明錄》〈賣胡粉女子〉；嚴之推《冤魂志》〈徐鐵臼〉、〈弘氏〉。唐代伊始，儒、釋、道並存，尤其儒、道的譯籍和經典質量繁多，開放而多元的社會型態，使得小說在肥沃的土壤中植基，才子佳人接觸頻繁與科舉取士的推波助瀾，小說有更豐富多采的藝術呈現，傳奇故事中不乏俠義與公案揉和的書寫，如李公佐的〈謝小娥傳〉、沈亞之的〈馮燕傳〉、皇甫氏《原化記》中的〈車中女子〉、薛調的〈無雙傳〉、裴鉶的〈昆侖奴〉〈聶隱娘〉、袁郊的〈紅線傳〉……等等，正如魯迅在《中國小說史略》所說：「小說亦如詩，至唐代而一變，雖尙

〔註3〕　南宋耐得翁云：「說話有四家：一者小說，謂之銀字兒，如煙粉、靈怪、傳奇、說公案，皆是搏刀赶棒及發迹變泰之事。」，參見〔南宋〕耐得翁：《都城紀勝》，《叢書集成續編》240冊（台北：新文豐出版公司，1991年8月），頁270。

〔註4〕　吳自牧云：「說話者謂之舌辨，雖有四家數，各有門庭。且小說名「銀字兒」，如烟粉、靈怪、傳奇、公案朴刀杆棒發發踪參之事。」，參見吳自牧：《夢梁錄·小說講經史》（西安：三秦出版社，2004年5月），頁465。

〔註5〕　羅燁云：「有靈怪、烟粉、傳奇、公案、兼朴刀、桿棒、妖術、神仙。自然便席上風生，不枉教座間星拱。」其下並列公案之篇目有：「言《石頭孫立》、《姜女尋夫》、《憂小十》、《驢垛兒》、《大燒燈》、《商氏兒》、《三現身》、《火杴籠》、《八角井》、《藥巴子》、《獨行虎》、《鐵秤槌》、《河沙院》、《戴嗣宗》、《大朝國寺》、《聖手二郎》，此乃謂之公案。」參見羅燁：《醉翁談錄》（台北：世界書局，1965年3月），頁3～4。

〔註6〕　見王爾敏：〈清代公案小說之撰著風格〉，《中國文哲研究集刊》第3期（1994年3月），頁125。

〔註7〕　吳福助云：「西門豹有功於鄴，蓋賢令也。今徒以一時權詭而遂列滑稽，非是。」參見吳福助：《史記解題》（台北：河洛圖書出版社，1979年4月），頁152。

不離於搜奇記逸，然敘述宛轉，文辭華豔，與六朝之粗陳梗概者較，演進之迹甚明，而尤顯者乃在是時則始有意爲小說。」〔註8〕小說形貌得到較大篇幅的展現，但仍未有完整的、可稱爲公案類型的小說。黃岩柏認爲：

> 《醉翁談錄‧小說開闢》說：「說話」藝人「幼習《太平廣記》，長
> 攻歷代史書」。說話人之「習」之「攻」，無非爲了「說」；《太平廣
> 記》爲宋人所編類書，一向公認爲子部小說類。宋人列爲〈精察〉
> 的，我們有理由視爲公案例證。〔註9〕

此段說明《太平廣記》〈精察〉類的諸多偵案故事，可視爲可稽之公案小說，且沒有戰國時期「神判」的色彩。王夢鷗亦認爲《太平廣記》〈精察〉類，實爲後代公案小說的濫觴。〔註10〕宋人是話本小說分類的先趨者，自始亦出現以「公案」爲名的諸多文言短篇小說，如蘇軾《東坡志林》中的〈高麗公案〉、洪邁《夷堅志》中的〈何村公案〉、〈艾大中公案〉等。有宋一代，城市經濟的發達與文化消費能力增長，社會轉型後促使經濟活絡，瓦舍說書行業興盛，文人從市井小民汲取創作題材，使前代諸多公案母題得以不斷改編、重塑。〔註11〕

　　對於公案起源的說法，固然眾多紛紜，但政治因素是相當重要的一項，曹亦冰認爲：

> 刑法體系和獄訟制度的建立，是公案小說產生的政治因素。公案小
> 說的主題思想正是體現了刑法和獄訟的思想實質，公案小說中的故
> 事情節就是文學化的獄訟過程。〔註12〕

先秦時代所制定的刑律、刑法，鞏固執法的地位，並進而以威權式的手段來處理案件，並給予了小說政治上的支撐。此外，曹亦冰也提到兩個重要因素，一是先秦以降出現的清官形象，也建立了剛正不阿、秉公審案的良好形象；另一是史傳與諸子百家的刑法獄訟故事，提供了公案小說產生的文學素

---

〔註8〕　參魯迅：《中國小說史略》（台北：風雲時代出版社，1996年7月），頁85。
〔註9〕　參見黃岩柏：《公案小說史話》（瀋陽：遼寧教育出版社，1993年9月），頁5。
〔註10〕　參見王夢鷗：《唐人小說校釋》下冊〈崔碣〉敘錄（台北：正中書局，1998
　　　　年11月），頁60。另可參見林美君：〈從《太平廣記》〈精察類〉看「公案小
　　　　說」的雛型〉（台北：《國立台北商專學報》，1996年6月），頁283～301。
〔註11〕　參見康來新：《發跡變泰——宋人小說學論稿》（台北：大安出版社，2000年
　　　　11月），頁288～290。
〔註12〕　參見曹亦冰：《俠義公案小說史》（浙江：浙江古籍出版社，1998年12月），
　　　　頁4。

材，〔註13〕促使公案小說埋下了豐沛的創作種籽。

「公案」成為一種小說的分類，是自宋代話本興盛後必然的趨勢。黃岩柏對於公案小說這一個文學類型，所作的定義如下：

> 公案小說是中國古代小說的一種題材分類；它是並列描寫或側重描寫作案、斷案的小說。就是說，並列描寫作案與斷案的；側重描寫作案，而斷案只是一個結尾的；側重描寫斷案，作案的案情自然夾帶於其中的；這三種大的類型，全是公案小說。作案通常指犯罪，在公案小說中，包括犯罪與「正義作案」；斷案，包括破案和判案兩步。如果作案部分只寫犯罪，未寫「正義作案」；或只寫「正義作案」未寫犯罪；斷案部分只寫破案，未寫判案；或只寫判案未寫破案（有的案件一目了然）；都屬於公案小說。〔註14〕

這個定義描述得很詳細，標準也很寬鬆，只要具備「作案」、「斷案」兩大要項，其中或側重、或集中，都可以列入公案小說之列。這個標準，也是根據宋人的公案小說文本概括出來的。其中黃岩柏指出，作案包括「犯罪」和「正義作案」，正義作案即指清代之後以俠義之名、行犯案之實的公案小說。而「破案」通常是具有公案情節的小說必要的部分，也是傳統讀者最終想看到的結果，少數案件並將判案官員的判詞寫出，作為小說文本的一部分，〔註15〕甚至只寫判案未寫破案，都可視為公案小說之一。

曹亦冰的《俠義公案小說史》則認為：

> 公案小說是以公案事件為題材的，公案小說理應包括作案、報案、審案（偵破）、判案等幾個環節。然而公案小說在產生初期就不那麼完備，因為公案小說是從公案故事發展起來的，所以公案小說在萌芽和成長時期往往是不完整的。有的只寫了作案和破案的經過，有的只有作案、報案的過程，還有的則只有報案、審案和判案的內容。
> 〔註16〕

---

〔註13〕參見曹亦冰：《俠義公案小說史》，頁4～5。
〔註14〕參見黃岩柏：《公案小說史話》，頁1。
〔註15〕例如〈胭脂〉，破案之後並附判詞；〈席方平〉，頁1345。參蒲松齡：《聊齋誌異》（台北：漢京文化事業，1984年4月），卷十，頁1374；《包公案》諸篇故事亦都於文末附上判詞，參見〔明〕無名氏撰：《包公案》（台北：三民書局，1998年1月）。
〔註16〕見曹亦冰：《俠義公案小說史》，頁4。

曹氏亦主張凡以公案事件爲題材者即公案小說，且早期是從公案故事發展而成，所以初期只有粗胚形式，不見得四個公案要素：作案、報案、審案、判案一一具備。而細究曹氏的四個要素，實則亦可濃縮爲黃氏的兩大要素，即作案、斷案（斷案），所以本論文依從黃氏的定義，從公案小說的源流中，抽取頗具代表性的公案題材故事，作爲探樣、討論的依據。

所以，一篇公案，必須有作案、報案、審案、判案等程序，徐忠明簡化其定義，認爲公案文學是指「敘述或描寫案件的文學故事」，〔註17〕應爲中肯至論。

班固著錄〈藝文志〉時，將小說列入「子部」，允許它有獨立想像的空間，雖然唐代歷史學家劉知幾《史通》開創性地將小說列入「史部」，使得小說具備了「敘事」的功能，成爲正史之遺，然而清代紀昀在編纂《四庫全書》時，仍舊劃歸小說於「子部」，重新賦予了小說「虛構」的自由，〔註18〕因此小說具有獨特的虛構特性。也正因爲如此，當我們檢視公案小說時，其中儘管涉及民事、刑事、行政案件，但未必可視爲眞實；雖然它未必是眞，但某個程度上必然是現實生活的投影。儘管文學作品不盡然等同於眞實律法，但刑律規定與文學描述之間，仍存在著相互辯證的關係，文學往往可以反映現實，這樣的「現實」，可能具有正史以外的補遺作用，例如古典小說及文藝作品所反映的歷史社會生活，可能比正史之著述更加貼近庶民生活與型態。例如從歷史與社會角度來看，陳寅恪、黃仁宇、賴惠敏等等現代學者的研究成果，〔註19〕恰可提供現實生活的可信參照。

## 二、公案的發展──蓬勃興盛

從明代中葉弘治至萬曆（西元 1487～1620 年）間約莫一百三十餘年，是

---

〔註17〕　參見徐忠明：《包公故事：一個考察中國法律文化的視角》，頁 166～169。

〔註18〕　有關小說在子部與史部劃分上的演變，詳參陳文新：《中國筆記小說史》（台北：志一出版社，1995 年 3 月），頁 1～34。

〔註19〕　參見陳寅恪：《柳如是別傳》（上海：古籍出版社，1980 年 8 月），被譽爲「以詩證史，以史釋詩」的經典代表；黃仁宇：〈從《三言》看晚明商人〉，收入黃仁宇：《放寬歷史的視界》（台北：允晨文化實業股份有限公司，1990 年 10 月），頁 1～32；賴慧敏、徐思泠：〈情慾與刑罰：清前期犯姦案件的歷史解讀〉，收入《近代中國婦女史研究》第六期（台北：中央研究院近代史研究所，1998 年 8 月），頁 37～72；賴慧敏、朱慶薇：〈婦女、家庭與社會：雍乾時期拐逃案的分析〉，收入《近代中國婦女史研究》第八期（台北：中央研究院近代史研究所，2000 年 8 月），頁 1～40。

明代小說極爲繁榮的發展期，公案繼承著前代的發展傳統，出現了大量的包公審案故事，對照政治時代，恰也是史治不肅、政權腐敗的時期。嚴嵩父子專權，萬曆宦官魏忠賢爲所欲爲，朋黨營私，光宗及熹宗時「挺擊」、「紅丸」、「移官」等三大案的發生，原爲官中內鬥情事，卻成爲朝野兩大黨爭鬥之依據。社會環境方面，晚明出現棄儒、棄官從商的現象，商人地位抬頭，黎庶地位躍升，對封建型態的社會產生衝擊，以利益爲導向的社會價值，使人心慾望無限擴張，造成犯罪案件層出不窮，也使得公案小說不斷出現寫作題材。表現形式受到民間說書文化的影響，明代擬話本和章回小說廣泛流行，從明代萬曆年間大量公案小說刊行的盛況來看，可知公案在明代已成一特定的作品，普遍爲讀者閱讀，甚至故事內容被不斷重複和一字不漏地互相抄襲著，可說到達難以置信的程度。〔註20〕

　　刊於明朝成化年間（1465～1488）的北京「永順堂」說唱集中就有《包待制出身》，萬曆本《包孝肅公百家公案演義》、《海剛峰先生居官公案》等，其中包含民事、刑事案件，大致有案發、告狀、補訴、判詞。今根據明代公案小說所載之內容，及張晉藩《中國法制史》所闡述，明代律法在經濟、刑事、司法三項，均有清楚的制定，〔註21〕不可否認，法律仍爲維持社會的安定基石。反映在公案中，以法律訴訟案件和精明的判官包公爲主題的文學傳統，一方面以精明的查案技巧和玄奇的情節吸引讀者；另方面是繼續吸收「同題材不同人物」的審案故事，以擴充自身的內容。由於精采具戲劇性的法律案件和精明的法官主題是有限的，於是，可以看到相似的案例逐一出現於各種公案集中，相互抄襲風氣下脫穎而出的《龍圖公案》，便有這種情形。

　　晚明出版印刷術有長足發展，公案小說在質與量上都有空前蓬勃的發展，標爲「公案」的短篇小說集蠭出，至少有十二本之多，〔註22〕且彼此之

---

〔註20〕目前能見到明代短篇公案小說專集有十二部之多，現代研究者針對版本和內容進行專著論討論者甚多，可參閱胡士瑩：《話本小說概論》〈第十六章　明清說公案〉，頁 650～675；黃岩柏：《公案小說史》，頁 136～138。各種公案小說版本的研究，馬幼垣在〈明代公案小說的版本傳統──「龍圖公案」考〉一文及其後註釋所列甚詳，收錄氏著《中國小說史集稿》（台北：時報文化出版公司，1987 年 3 月），頁 147～173。

〔註21〕參見張晉藩：《中國法制史》，台北：五南圖書公司，1992 年 9 月，頁 428～449。

〔註22〕此處根據黃岩柏：《中國公案小說史》，頁 139～147；另可參阿部泰記：《明代公案小說的編纂》，《綏化師專學報》，1989 年第四期、1991 年第一期。

間有題材交互、文學文本與法律文書相互融攝使用的現象。〔註 23〕其中以演述包公神判斷案的情節最多，李玉珍認為，「明清的公案小說，就結合禪宗解謎和清官辦案的雙重意旨。」〔註 24〕以《百家公案》為本進一步改編的《包公案》，便強調宋代清官包拯的智慧解謎、理性判案，風靡於世，包拯也成了清官的代名詞，以包拯為判官的書籍踵繼不絕，時間亦集中於曆年間至明末。〔註 25〕另外擬話本中具有公案情節的《三言》、《二拍》，據呂小蓬統計亦有 61 篇之多，〔註 26〕大多為奸情、私情引發的訴訟，受到晚明情文學對理學的反動影響，創作意識思欲掙脫禮教的牢龍，創作題材取自生活現實，公案情節往往是小說進行中不可或缺的環節。即使未以「公案」命名的明代章回小說，亦充斥著公案的情節，不勝枚舉，以《金瓶梅》為例，現代學者徐忠明便統計出 31 處含有公案的描寫。〔註 27〕若以較廣義、更寬泛的視角觀之，人類社會不免爭執，追求公平正義乃是人之常情，這也就使得明清以後小說中的公案情節更為增加，題材更為多元化。

　　明清之際筆記作品的公案固然不乏其數，清代更有《施公案》、《三俠五義》等長篇製作的出現，且「公案武俠化」也是清代公案小說迥異於明代的新風貌。「俠義」與「公案」的合流，俠士與清官緊密結合，由審理盜竊、凶殺等案件逐漸轉向偵破奸臣的謀反叛逆案件，長篇通俗作品《施公案》、《彭公案》、《三俠五義》、《小五義》、《續小五義》、《仙俠五花劍》等，在揄揚勇俠、盛美公斷，而不背於忠義的創作基礎上，背後隱含統治者的規範，清官被政權收編成為皇帝的附庸、俠客又被收編成為清官的附庸。縱使在表現手法、敘事技巧、情節鋪陳、故事結構等達到十分圓熟的地步，但創作的社會價值心態仍有許多值得玩味之處。

---

〔註 23〕晚明小說特意取材案例彙編的簡約材料，創添成數倍篇幅的公案故事，並挾帶訴訟文書、評點按語，形成當時知識圈中普遍的現象。參簡齊儒：《明代公案小說「法律與文學文本」的融攝》，花蓮東華大學博論，2007 年。

〔註 24〕參見李玉珍：〈當頭棒喝：禪宗文學之公案〉，《讓證據說話──中國篇》，頁 110。

〔註 25〕呂小蓬將《百家公案》至明末《龍圖公案》等十二本依年代編排成表格，參氏著：《古代小說公案文化研究》（北京：中央編譯出版社，2004 年 1 月），頁 79。

〔註 26〕參見呂小蓬：《古代小說公案文化研究》，頁 84。

〔註 27〕參見徐忠明：《法學與文學之間》（北京：中國政法大學出版社，2000 年 1 月），頁 77～82。

## 三、公案的流變——扭曲轉化

由於有清一代中國舊有的成規與文化，仍然蹈襲於傳統公案中，受到包公故事的影響，話本長篇小說光燄大盛於清中葉，繼《施公案》後，十九世紀中《彭公案》、《三俠五義》的模寫或續編，在此後的光宣和民初年間，仍受到廣泛的傳誦。這種獨特的文化現象，使得公案原有的窠臼仍內植於創作者心中。晚清小說內容著重於反映官府腐敗、惡霸橫行的黑暗社會現實，所寫的許多案件都屬於官吏貪贓枉法而造成的冤假錯案。晚清最多的小說類型——官場公案，其反映官場醜態、揭露時弊，作品具有強烈的現實主義色彩，從內容來看，預示了一種傳統局限的扭曲與現代性的啟蒙。

首先，小說這種文體在晚清成為「新小說」文學革命的火車頭，既反映時事、諷諭時攻，且瓦解了中國數千年來對官僚體制不容懷疑的信仰。隨著印刷術快速起飛，報紙刊物的迅速流傳，文學成為可以立即反映現實的利器，而小說對於時人欲藉之一吐胸中塊壘的實踐需求是最方便的文體。在內容方面，官場公案承載著先秦以來人民對於司法的想像，時至晚清，不免呈現出大量的局限與扭曲，統治階級與社會黑幕不斷被揭露，專權體制一再被提出來質疑的同時，舊有的行政、司法不分之作風，成了人民欲除之而後快的沈疴。這種創作上的自覺，導引了官場公案的蓬勃。晚清官場公案的現代性表現在敘事手法、題材呈現、司法判決等諸多方面，瞭解晚清官場公案盛行的原因，必能更完整描繪出晚清的社會樣貌。

一八九〇中葉起，西方的法治、人權、科學等知識觀念，以及各種翻譯小說的盛行，透過通商口埠不斷在中國蔓延開來，清末知識份子因應傳統法制的思考、人權的重視、科技的發達、神鬼的無稽等衝擊，對司法、審判等改革有一定程度的影響，加上大量翻譯小說（尤其是偵探小說），[註28] 對傳統公案造成不小的衝擊，中西不同的審案模式也促使二者之間被不斷拿來作比較，使得公案在西潮之下擺盪不已，[註29] 傳統公案模式顯出了陳舊的疲態，企望於西方偵探技巧中有所借鑑。創刊於 1902 年《新小說》第一號已刊載英國柯南·道爾的《福爾摩斯探案》，風靡全國，又如《禮拜六》、《紅雜誌》、《小說海》等雜

---

[註28] 阿英認為翻譯小說佔的數量甚至達到三分之二以上。參見氏著：《晚清小説史》（台北：台灣商務印書，1992 年 11 月），頁 234。

[註29] 參見陳智聰：《從公案到偵探——晚清公案小說敘事模式的轉變》，頁 36，說明了晚清公案小說在傳統和創新之間擺盪的現象。

誌中偵探小說的篇幅亦相當大，受到西方敘事模式相異的巨大衝擊，也促使中國公案小說作者採用西方橫向移植的敘事技巧，例如《九命奇冤》，其敘事技巧受到西潮轉化，已有諸多篇章討論之。〔註30〕晚清公案小說的偵察情節也逐漸向西方靠攏，從《冤獄緣》〔註31〕這類作品可見一斑，企圖用寫情小說的標題，以西方偵察案情的手法辦案。清末荷蘭外交官及漢學專家高羅佩（Robert Hans van Gulik, 1910～1982）從翻譯《武則天四大奇案》到進行個人之公案小說創作，形塑了筆下另一個有別於包公的箭垛人物，把東方公案傳奇大故事套小故事的結構與西方偵探小說的懸念、推理手法巧妙地結合在一起，刻劃了唐朝名相狄仁傑栩栩如生的藝術形象，差可擬爲中國的福爾摩斯。

　　除了創作手法、表現形式上的轉變之外，創作意識亦轉爲壓抑沈重。晚清小說在中國敘事小說史上，可謂面臨空前的複雜與多元，王德威喻之爲「被壓抑的現代性」。〔註32〕的確，在晚清官場公案裡除了大量的諷刺、譴責、狂歡以外，還充斥著制度的暴力。官場公案中處處隱含著意識形態與心理機制，來自國族的、階級的、身體的想像，這些制約幾千年來「合理」地加諸於中國人的身心，是君主專權式的暴力。從先秦乃至晚清文獻中所詳載的各式酷刑，更是一種具體的合法暴力，本來在《史記》〈酷吏列傳〉那樣的酷吏與酷刑，較少受到必要性的質疑眼光，但在晚清大量名曰「官場」的公案中，成了普遍存在的現象與儀式。酷刑的使用，是公案中常用的手法，然而縱觀先秦至晚清公案，很明顯發現，宋代以前審案時並不特別彰顯酷刑的使用；明代包公審案故事中，縱使可見穿插其中的拷刑問訊，但非必要並不會特別渲染強調。但至晚清小說中，則酷刑不只是取得犯人口供之必須手段，甚至成爲創作時標新立異的鮮明旗幟。酷刑書寫之集大成者，直可以另一本書名以

〔註30〕如吉爾伯特：〈《九命奇冤》中的時間：西方影響和本國傳統〉，收入 [ 捷 ] 米列娜（Milena Dolezelová Velingerová）編、伍曉明譯：《從傳統到現代——19至 20 世紀轉折時期的中國小說》（北京：北京大學出版社，1991 年 10 月），頁 117～130。黃錦珠：《明清時期小說觀念之轉變》，台北：文史哲出版社，1995 年 2 月；拙作：〈論《九命奇冤》的敘事技巧〉（《親民學報》，第八期，2003 年 12 月），頁 207～218。

〔註31〕參見《冤獄緣》八回，書題「知非子著」。據《中國通俗小說總目》云，「知非子」疑即「清寧都魏禧」，此書於光緒乙酉十一年（1885 年）由「修竹社」刊行問世。

〔註32〕參見王德威：《被壓抑的現代性：晚清小說新論》〈第一章：被壓抑的現代性〉（台北：麥田出版社，2003 年 8 月），頁 19。

概括之：《活地獄》。種種官場中的暴力，在小說藝術中形成獨特、殘酷的暴力美學，其中糾葛者制度的弊病與人爲的恣虐手段，人性的呼喊夾雜在黎庶聲聲慘嚎之中，成爲公案另一種獨特的現象。

# 第二節　公案的精神內涵

在公案發展的長遠時期裡，除了形式上的拼貼組合、題材不斷翻新重塑、創作意識隨時代背景與文化積累，而有不同的風貌；但公案總還是有一些不變的基本精神、不可磨滅的文化內涵，值得讓讀者投注大量的關切。筆者認爲以下四個特色，是公案文學存在最基本的精神內涵。

## 一、儒法融攝──傳統法制的精神

中國傳統的法制，深受儒家思想與法家思想的影響，一方面爲了維持社會秩序並鞏固政權，另方面須以禮樂制度教化人民，乃在法律制度上融合了儒家、法家思想的精華，而塑造出獨特的中國法律體制。

這種獨特的中國傳統法律體制，並非一夕可成，而是歷代不斷的塑造、融攝而致，歷史學者余英時指出「儒學法家化」的觀點，漢儒拋棄了孟子的「君輕」論，荀子「從道不從君」論代之以法家的「尊君卑臣」論，是漢初儒學法家化的表現。余英時並認爲「儒學的法家化並不限於漢代，它幾乎貫穿了全部中國政治史。」〔註33〕所謂儒，係指春秋戰國時期專門從事教育及執掌禮儀的人，儒者在秦、漢之際即參與禮儀制定之工作，受到肯定，見諸《史記》〈秦始皇本紀第六〉中記載：「二十八年，始皇東行郡縣上鄒嶧山立石，與魯諸儒生議刻石頌秦德，議封禪望祭山川之事。」〔註34〕《史記》〈禮書第一〉亦記載：

> 今上（即漢武帝）即位招致儒術之士，令共定儀十餘年不就。……
> 故聖人一之於禮義則兩得之矣，一之於情性，則兩失矣，故儒者將
> 使人兩得之者也，墨者將使人兩失之者也，是儒墨之分。〔註35〕

〔註33〕參見余英時：〈反智論與中國政治傳統──論儒、道、法三家政治思想的分野與匯流〉，《歷史與思想》（台北：聯經出版公司，1976年12月），頁31～37。
〔註34〕參見司馬遷：《史記》〈太史公自序第七十〉（台北：台灣商務印書館，1967年），頁1231～1232。
〔註35〕參見司馬遷：《史記》〈禮書第一〉，頁387～388。

這些記載都說明了儒家與禮義的密切關係，故一般法制學者談到儒家思想時，總將之與禮劃上等號，例如瞿同祖談及儒家思想與法家思想時，便將「禮」與「法」、「德」與「刑」對舉，認爲儒家重視尊卑、長幼、親疏、貴賤之異，禮爲維持社會秩序的行爲規範，而法家則主張歸一於同，反對尊卑、長幼、親疏、貴賤之分；而法家爲達到社會秩序的後設管制工具。兩家爲了達到不同的理想社會秩序，而使用了不同的工具而已。〔註36〕儒家思想中主張教化人民、序君臣之禮、列夫妻長幼之別，這些思想自漢代以來，透過諸儒的努力，逐漸爲法律制度所吸收。魏晉之後，儒家、法家思想透過兩種途徑在中國傳統法制產生融合，一是使禮制系統完備，達到以禮教化人民之目的；另一是將儒家思想所主張之夫妻長幼有別，分親疏、貴賤、長幼、尊卑的觀念漸被法律所吸收。瞿同祖在其〈中國法律的儒家化〉一文亦指出，秦、漢的法律皆爲法家系統，原不含有儒家禮教的成分，儒家化自漢代開端，而至魏晉南北朝方大體完成，〔註37〕這可見出儒家以禮入法的企圖，從漢代便已開始，受到條文的限制，只能從經義決獄的方式以法條治世，但胚胎早已植基，於是曹魏之時儒家化的法律才應運而生。

　　禮教乃儒家根本之行爲準則，講求君君、臣臣、父父、子子等倫常關係。先天的倫理之情和後天的禁例法律，是維持社會秩序的兩大支柱，若能認清法律的根本性質和目的，以此懲惡揚善，自然免去嚴桔，達成教化的功能。馮夢龍於《增廣智囊補》評論賈彪與柳公綽兩則斷案故事時云：「天倫王法，兩者持世之大端，彪捨賊寇而案殺子，公綽置贓吏而舞文，此種識力，於以感化賊盜贓吏有餘矣。」〔註38〕馮氏將立法原則作爲執法依據而觀之，則「上好禮，則民莫敢不敬；上好義，則民莫敢不服；上好信，則民莫敢不用情。」〔註39〕上行下效，自然有利於社會和諧與秩序。

　　清初，仕進出身、位居知縣的藍鼎元，參與平臺事件之後所寫的〈與臺灣道府論殺賊書〉，曾提出「以殺止殺」的主張，云：「某非立意嗜殺，無仁

〔註36〕參見瞿同祖：《中國法律與中國社會》（北京：中華書局，2003 年 9 月），頁309。

〔註37〕參見瞿同祖：〈中國法律之儒家化〉，《中國法律與中國社會》附錄，頁369、373。

〔註38〕參見〔明〕馮夢龍：《增廣智囊補》（台北：新文豐出版公司，1979 年 5 月），頁17。

〔註39〕參見〔宋〕邢昺疏：《論語注疏》，〈子路〉第十三（台北：中華書局，1986 年 11 月），不著頁數。

人好生之心，正惟好生，不得不以殺止殺。亂賊不殺，害及善良，刑法將安所用？而亂賊尚不可殺，則又何賊不可為？將刑法亦不勝其用。」〔註40〕「以殺止殺」源於法家思家，商鞅說：「以刑去刑，刑去事成。」〔註41〕「以戰去戰，雖戰可也；以殺去殺，雖殺可也；以刑去刑，雖重刑可也。」〔註42〕韓非也有「以刑去刑」的觀點：「行刑，重其輕者，輕者不至，重者不來，此謂以刑去刑。」〔註43〕藍鼎元雖以儒家觀點為立身行事準則，但此觀點並非立意嗜殺，而是認為刑法必須以維護善良為立意根本，倘不能除奸鏟惡，勢必使良民飽受威脅，姑息縱奸，則失去刑罰的原意。

以上諸例，均想說明中國的法制傳統中，不時摻揉著儒與法的精髓，《漢書‧循吏傳》云孝武之世，外攘四夷，內改法度，民用凋敝，奸軌不禁，當時時少能以化治稱者：「惟江都相董仲舒、內史公孫弘、兒寬，居官可紀。三人皆儒者，通於世務，明習文法，以經術潤飾吏事，天子器之。」〔註44〕儒者能「通於世務，明習文法，以經術潤飾吏事」，表示能夠逐步將戰國以降的法制傳統漸次傳向「儒法結合」，與孝武帝「罷黜百家，獨尊儒術」的政策有關。

## 二、德主刑輔──公案以懲罰為手段

中國法制發展到唐律，始有「一準乎禮」的條件，唐律名例篇所謂「德禮為政教之本，刑罰為政教之用，猶昏曉陽秋相須而成者」之基礎因而確立。〔註45〕唐律指出刑罰既為政教之用，這一點遙遙呼應了西漢劉向所云：「教化所恃以為治也，刑法所以助治也。」〔註46〕儒家從禮治思想出發，認為法制最終的目的並非懲罰惡者，而是透過懲罰而達到告誡、警惕的目的，使其棄

---

〔註40〕 參見《東征集》卷三，〈與臺灣道府論殺賊書〉（南投：臺灣省文獻委員會編印，1997年6月），頁31。
〔註41〕 參見朱師轍：《商君書解詁定本》第三卷，〈靳令〉第十三（台北：中華書局，1974年7月），頁48。
〔註42〕 參見朱師轍：《商君書解詁定本》第四卷，〈畫策〉第十八，頁64。
〔註43〕 參見陳奇猷校注：《韓非子集釋》，〈飭令〉第五十三（台北：漢京文化事業公司，1983年5月），頁1123。在《商君書解詁定本》頁48亦有相同的字句，朱師轍表示應為韓非子承襲商君書而來。
〔註44〕 參見《二十五史‧漢書》，〈循吏傳〉第五十九（上海：上海古籍出版社，1992年8月），頁700。
〔註45〕 參見《四庫全書提要》：「唐律一準乎禮。」〈明史志〉第六十九，刑法一，亦謂「唐撰律令，一準乎禮以為出入。」
〔註46〕 參見《二十五史‧漢書》，〈禮樂志〉，頁469。

惡從善，因而有「德主刑輔」的原則。西漢董仲舒也說「天之任陽不任陰，好德不好刑」，〔註47〕並有一段話將德與刑以陰陽喻之，顯示其「任德不任刑」之主張：

> 陽爲德，陰爲刑，刑主殺而德主生。是故陽常居大夏，而以生育養長爲事，陰常居大冬，而積於空虛不用之處，以此見天之任德不任刑也。……王者承天意以從事，故任德教而不任刑，刑者不可任以治世，猶陰之不可任以成歲也。〔註48〕

這段話中可以看出，儒家肯定並推崇教化的重要，施政於民應主德而不主刑，官吏應以德化民，而非以刑治民，方可說順承天意而行事。

以結果論而言，法家無疑可收立竿見影之效，以最準確的目標、有效的方式來達到預期的效益，故而否定仁義道德的價值，韓非子云：「法者，憲令著於官府，刑罰必於民心，賞存乎愼法，而罰加乎姦令者也，此臣之所師也。」〔註49〕法家的管理方式是只要人民不敢爲惡，便達到管束制約的目的，並不在乎心中是否想要爲惡。政府明文頒行法令後，賞罰制度必須深植民心，謹愼守法的人固然可受到獎賞，觸犯法令的人亦依規定受到懲處。所以，刑並非濫施或必施，而是當人民行爲踰越雷池之時，才應受到懲罰。

有關「德」與「刑」之間的辯證，諸儒對此看法頗多，孔子推崇德治，以北辰比喻爲政以德；又云：「道之以政，齊之以刑，民免而無恥。道之以德，齊之以禮，有恥且格。」〔註50〕荀子亦持教化重於施刑的觀點：

> 故上好禮義，尚賢使能，無貪利之心，則下亦將萘辭讓，致忠信，而謹於臣子矣。……故賞不用而民勸，罰不用而民服，有司不勞而事治，政令不煩而俗美。百姓莫敢不順上之法。〔註51〕

---

〔註47〕 參見董仲舒著，賴炎元註譯：《春秋繁露》（台北：商台灣務印書館，1992年11月），頁306。陰陽的觀念，荀子已經吸收在他的哲學之中，但是並沒有陽爲德，陰爲刑的觀念。例如〈天論〉篇中說：「列星隨旋，日月遞炤，四時代御，陰陽大化，風雨博施，萬物各得其和以生，各得其養以成，不見其事而見其功，夫是之謂神。」參見王先謙：《荀子集解》卷十一，〈天論篇〉第十七（台北：華正書局，1988年8月），頁206。

〔註48〕 參見董仲舒：《春秋繁露》，頁290～291。

〔註49〕 參見陳奇猷校注：《韓非子集釋》卷十七，〈定法〉第四十三，頁906。

〔註50〕 參見邢昺疏、何晏集解：《論語・爲政篇》卷二（台北：台灣中華書局，1986年11月），頁1～2。。

〔註51〕 參見王先謙：《荀子集解》卷八，〈君道篇〉第十二，頁152。

荀子重視人為的教化感召，唯教化可使社會長治久安，與法律之強制施行相較，前者治本，後者治標。嚴刑峻法固可收一時之效，然教化人民應從內心出發，以德治感召民心。此可說明禹湯、文武之以德化天下，暴秦瞬息滅亡的道理。

　　先儒曾有「治亂世用重典」之說，可追溯到《周禮》卷三十四，曰：「大司寇之職，掌建邦之三典，以佐王刑邦國，詰四方。一曰，刑新國用輕典。二曰，刑平國用中典。三曰，刑亂國用重典。」〔註52〕這種「刑亂國用重典」之說，後來即俗化為「治亂世用重典」。這種說法從此以後即被鑲嵌進了中國儒法兩大領域的法律論述體系中，並成為長期糾纏的「輕重之辯」。例如，《孔叢子》曰：「刑以止刑，則民懼矣。」〔註53〕《商君書解詁》謂：「禁姦止過，莫若重刑。」〔註54〕兩句話看似對立，但刑罰必須使用得當，折衷說法如《荀子》云：「故治則刑重，亂則刑輕。」〔註55〕刑罰只是治標之工具，不可仰賴威刑，否則難以服眾。況且老子曾曰：「民不畏死，奈何以死懼之？」〔註56〕《尹文子》也說：「老子曰民不畏死，如何以死懼之。凡民之不畏死，由刑罰過。刑罰過，則民不賴其生。生無所賴，視君之威末如也。」〔註57〕假如刑罰不足以對人民構成威脅，空有重刑亦是徒然；如果刑罰太重，反而可能鼓勵出人們不犯則矣，一犯則犯大案的心態。另外，歷代儒者也指出，重典治國可能有極大的後遺症，如西漢賈誼有一段剴切的話：

> 夫禮者禁於將然之前，而法者禁於已然之後，是故法之所用易見，而禮之所為生難知也。若夫慶賞以勸善，刑罰以懲惡，先王執此之政，堅如金石，行此之令，信如四時，據此之公，無私如天地耳，豈顧不用哉？〔註58〕

賈誼認為法是必要之措施，可以懲罰人民於已然之後，且法令應嚴明堅定，無私大公，才能收威信之效。不過，賈誼也說：

---

〔註52〕參見《周禮鄭注》卷三十四（台北：中華書局，四部備要本，不著出版年月），頁8～9。
〔註53〕參見孔鮒：《孔叢子》，〈刑論〉第四（台北：台灣商務印書館，1968年3月），頁24。
〔註54〕參見朱師轍：《商君書解詁定本》，頁66。
〔註55〕參見王先謙：《荀子集解》卷十二，〈正論篇〉第十八，頁219。
〔註56〕參見王弼：《老子注》第七十四章（台北：藝文印書館，1975年9月），頁148。
〔註57〕參見《尹文子》（台北：中華書局，四部備要本，不著出版年月），頁16。
〔註58〕參見《二十五史‧漢書》〈賈誼傳〉第十八，頁576。

> 以禮義治之者，積禮義；以刑罰治之者，積刑罰。刑罰積而民怨背，
> 禮義積而民和親。故世主欲民之善同，而所以使民善者或異。或道
> 之以德教，或歐之以法令。道之以德教者，德教洽而民氣樂；歐之
> 以法令者，法令極而民風衰……秦王置天下于法令刑罰，德澤亡一
> 有，而怨毒盈於世，下憎惡之如仇讐，既幾及身，子孫誅絕，此天
> 下之所共見也。〔註59〕

這段話符合種什麼因而得什麼果的想法，端看為政者想從治民的手段中得到
何種結果，刑罰積累到一定程度，必然激起民心向背，一如秦王的統治導致
「怨毒盈於世，下憎惡之如仇讐」，這豈是統治者所樂見的結果？

　　由此來看，中國傳統之治道是德主刑輔──以德化民，以刑導民，太史
公於《史記》中分撰〈循吏列傳〉與〈酷吏列傳〉，充分肯定循吏的作為，並
微言大義地為〈循吏列傳〉作了引言：「法令所以導民也，刑罰所以禁姦也。
文武不備，良民懼然身修者，官未曾亂也。奉職循理，亦可以為治，何必威
嚴哉？」〔註60〕這段話寫來語重心長，對照太史公本身的際遇，的確令人覺
得發自肺腑，假設法令制度未臻健全，民眾仍能服從順良，乃因官紀未嘗敗
壞，以德政服人，那麼何必使用酷械呢？足見官箴十分重要，動輒以夏楚威
逼，刑訊迫人，則非民眾所期。

　　我們也可以對照傅柯的觀點，在《規訓與懲罰》一書提出權力如何馴服
身體，他提到「在紀律（規訓）中，懲罰僅僅是獎──罰雙重體制中的一個
因素」，〔註61〕也就是應先以柔性的規訓來達到實施紀律的目的，而非一味地
懲罰。傅柯並表示：

> 在規訓權力的體制中，懲罰藝術的目的既不是將功補過，也不僅僅
> 是為了壓制。它同時進行著五種截然不同的運作。它把個人行動納
> 入一個整體，後者既是一個比較領域，又是一個區分空間，還是一
> 個必須遵循的準則。〔註62〕

傅柯強調規訓與懲罰必須具有矯正性，從正面來看，有助於社會制度實行於
正常的軌道，規範著符合社會期待的紀律。因此懲罰具有建樹的積極意義，

---

〔註59〕同前註。
〔註60〕參見瀧川龜太郎：《史記會注考證》卷一百十九〈循吏列傳〉（台北：洪氏出
　　　　版社，1986年9月），頁1277。
〔註61〕參見傅柯：《規訓與懲罰──監獄的誕生》，頁180。
〔註62〕參見傅柯：《規訓與懲罰──監獄的誕生》，頁182。

而非任意的剝奪和羞辱。

## 三、懲惡揚善——公案文化的「文學正義」使命

善有善報、惡有惡報，自古以來就是善良人們的美好願望。何謂善，西方對善的定義可舉亞里斯多德的說法：「善不外乎兩種：其一為事物之本身為善，其二為獲致善之工具，即因前者之故而成其為善。……我們追求此等事物是為了達到某一更遠之目標，但此等事物之本身仍不失其為善。」〔註63〕為善是理性的內心活動，表彰善意、善念、善行，更是不分國族、不分宗教，古今中外皆然的，故亞里斯多德云：「人之善乃是靈魂依照美德的一種活動。」〔註64〕人皆好善惡惡，因為「善」使人愉快而「惡」使人怨憎。善還可分為外在的、精神的、身體的，這是人類共同的理想精神活動，明是非，分善惡，知榮辱，並使之成為人們內心深處的道德情感和道德信念，使人的行為樹立符合社會發展所需要的榮辱觀。榮譽與恥辱是相對應的道德範疇，是社會賞罰的結果，也是社會道德機制的重要形式。

中國的公案小說和西方偵探小說對於斷案執法者、情節構造、敘述視角、破案方式之迥異，經常被拿來作比較，〔註65〕中國公案小說的故事進行中，讀者透過作者的全知敘事觀點，非常清楚犯罪者為誰及作案手法如何，只等待清官的明察秋毫或神跡顯靈，破案偵結，懲惡揚善，大快人心；而西方偵探小說則多屬限知視角，需待民間私家偵探從各種蛛絲馬跡抽絲剝繭，最後案情水落石出，真相大白。中國重視破案後的懲惡揚善，正義得彰；西方則偏重查案過程之智慧推理、大膽推測並小心求證。張國風在《公案小說漫話》有一段話：

> 按照傳統的觀點，小說必須寓有道德教訓的意味才有存在的價值，
> 這種教訓體現在故事之一，特別明顯地體現在故事的結局中。所以，
> 作者十分注意小說的結局，注意人物的命運，要使小說體現「善有

---

〔註63〕〔古希臘〕亞里斯多德著，高思謙譯：《尼各馬科倫理學》（台北：台灣商務印書館，2006年1月），頁11。

〔註64〕參見亞里斯多德：《尼各馬科倫理學》，頁16。

〔註65〕例如本論文第一章第一節引用金介甫〈中西推理小說的比較〉之語：參見黃永林：《中西通俗小說比較研究》（台北：文津出版社，1995年10月），頁119～129；黃永林：〈中國「公案小說」與西方「偵探小說」的比較研究〉（台北：《外國文學研究》，1994年第3期）。

善報、惡有惡報」的規律，以達到勸人為善的目的。〔註66〕
所以懲罰惡人、表揚善人，是公案文學被賦予的使命，這也是公案文學的「文學正義」所在。正義，或稱「公道」，為公案最重要的基調，〔註67〕清官司理案件後，摘奸發伏、還民公道，就是正義的實現。

不僅陽世公案是如此，地獄審判亦然，佛教因果輪迴的思維，使得果報觀念在人心中深植，現實生活中無法如願的曲直，充分反映在小說裡，其透過鬼神精怪情節所蘊含的規訓和懲戒，並不亞於陽世間，並且因為地獄審判屬虛構的想像世界，可以涵納各種可能的懲戒與儀式，因陽世作惡而在地獄承受的酷刑懲罰，往往較陽世有過之而無不及，其目的也都在勸人為善，戒人為惡。不管是陽世或陰間，公案故事均展現了當時的社會生活、文化內涵，體現民間宗教思維，亦反映了當時人們的思想以及佛教與中國傳統文化的衝突與融合，宗教勸人向善，公案小說凡寫地獄審判亦多強調果報，用來提醒人們多多行善。

我們從從公案的發展史來看，從宋時《太平廣記》的〈精察類〉以迄明清，以單篇、短篇形式逐漸發展為清初的筆記體，再衍化為清中葉後的長篇鉅構，明、清兩代的公案，在數量和表現型態上均遠遠超越前代，固然涉及創作意識和社會閱聽大眾的喜好與志趣寄託，然而這種題材為何一再被大眾摹寫、改寫，顯然與社會正義、公道文化的追求有莫大的關係。文學一種群體的現象呈現，尤其在通俗小說之間，相互模習、衍化的跡象更為明顯。「公案」題材歷時數百年仍具吸引力，能輕易擄獲讀者的關注，尤其「邪不勝正」的結局不會因時代而改變，最主要原因是人類樂於見到正義戰勝邪惡的結果，所有公案故事，不論起因於何種犯罪動機，故事內容必朝公平正義的期待發展。藉由作者之筆使讀者看到「邪不勝正」、「因果報應」，以司法正義使善者得到應有的補償，因此對於專制政體的不滿，可藉由公案故事得以抒發。

例如包公身為中國文化中的清官，代表司法人員無上的尊榮，其影響力不僅逾千年不衰，在傳統中國社會以及亞洲地區長期受到矚目與崇敬。包公正直的形象之所以深植人心，民間戲曲、通俗文學及至近代電視劇的傳頌功

---

〔註66〕 參見張國風：《公案小說漫話》，頁9。
〔註67〕 中國傳統經典並無「正義」一詞，只有「義」，先秦諸子雖有相關論述，但孟子談「義」常「仁義」並列，荀子談「義」則常「禮義」並用。西方稱為 justice，或譯作「公道」，更能符合公案小說欲傳達的理念。相關論述可參考朱堅章：〈泛談正義——生活中的公道〉（戴華、鄭曉時編：《正義及其相關問題》，台北：中央研究院中山人文社會科學研究所，1991 年 10 月），頁 1。

不可沒；但細究包公形象能如此受歡迎，且歷來傳唱不輟，它呼應大眾人民心理，滿足社會各階層對公牛正義的渴求，期待是非曲直能夠實現，使善惡有報，應是不容忽視的深層原因。

在懲惡揚善的具體行為中，以道德回報是人們以物質或精神作為對個體行為善惡責任或其道德品質高低的一種特殊評價和調節方式，即社會中的組織或個人，在自覺或自發的評價道德主體行為動機和效果的基礎上，對行為主體進行的物質、精神獎勵和褒貶，包括對行善者的獎和對行惡者的處罰。亞當·史密斯在《道德情感論》中指出：

> 對我們來說，某一行為必定顯得該受獎賞，如果它看起來是適當且被認可感激對象；同樣的，某一行為必定顯得該受懲罰，如果它看起來是適當且被認可的怨恨對象。所謂獎賞，就是回報，就是報答，就是以德報恩，以好處回報得到的好處。所謂懲罰，也是回報，也是報答，不過是以一種不同的方式：它是以牙還牙，以傷害回報受到的傷害。〔註68〕

照史密斯看來，行為主體因其道德行為而應到的報償或懲罰。道德回報必須制度化，使善有善報、惡有惡報成為必然，才能使人民自覺地棄惡揚善，趨榮避辱，道德回報制度化就是要把道德回報的內容、道德回報的評價機構、道德回報的實施機構，以及道德回報的方式，用制度的形式固定下來，讓人們能在盡自己的本分之後得到社會的認可和嘉許，而讓作惡的人及時得到社會的批評、懲罰。

史密斯並舉例說明，當我們閱讀羅馬暴君尼祿（Nero）的事蹟時，對於其殘暴行徑必然心生憎惡與反感：

> 我們對受害者心中的怨恨所產生的間接同情，則比這種直接反感更為強烈。當我們設身處地體會那些主要當事者被那些好比是瘟神的惡人踐踏、殺害或背叛的處境時，我們怎能不對這樣傲慢與殘酷不仁的世間暴君感到義憤填膺呢？〔註69〕

內心的道德使命感，會使人樂於聽聞惡人受到懲罰，得知受害者得到痛苦，必然也會更加憎恨使他們受苦的對象，這些都是人類的同情共感。史密斯讚

---

〔註68〕參見〔英〕亞當·史密斯（Adam Smith）著，謝宗林譯：《道德情感論》（台北：五南出版社，2007年1月），頁117。

〔註69〕參見亞當·史密斯：《道德情感論》，頁132～133。

許爲了執行正義的法律，而以懲罰不法的方式來克制善人的傷害，因爲只有當違背正義的人接受正義的法律制裁，才能將將擾亂公共安寧的人被移除於世，並且讓其他人不敢仿效。所以，施加懲罰與讚許懲罰，是基於社會整體利益的考量。

## 四、人治社會──公案以清官爲故事中心

　　情、理、法，一直是法律的三個不同面相，而其中「情」居首位，透露了中國傳統社會裡，「情感」本是維繫和連接人際之間與社會秩序的原則，政治的基礎可說也是情感，它的發生、養成、表達和功能，與社會文化有關。徐忠明在〈訴諸情感：明清中國司法的心態模式〉一文中便指出：「傳統中國具有『情感本體』的文化特徵。」〔註70〕並認爲「『道德化』實際上就是『情感化』的一種反映，因爲傳統中國道德的根基植於『情感』。」〔註71〕的確，從早期儒家的「世界大同」觀與五倫關係，都意味著中國社會對「仁」的崇尚，亦即群我關係中情感的外延性，在人類的群居模式中，法律是仲裁糾紛、化解衝突、懲處罪犯、維繫倫常的一項規範，它與人類生活息息相關，是一套複雜精密的知識體系，因此無處不在、無時不存。中國傳統社會組織的「法律」，向來是由統治者自行認定，法律的功能與其說在判明是非曲直，不如說是追求矛盾與糾紛的平息。所以當法律糾紛出現時，重要的並非明確兩造的權利、義務關係，而是盡力勸息雙方當事人放棄本身的權利，更直接地說，是根據「中國式的正義平衡觀：情理」來尋求具體妥當的解決。這乃自古以來行政與司法不能清楚劃分的問題，與中國傳統的「人治」基礎有絕對的關係。

　　站在「人治」的角度，人民必須尋求公平正義的申張時，「清官」角色的重要性無與倫比。它代表著人類文化演進歷程中另一種信仰，清正與否直接攸關生民大計。清官角色的扮演與轉化與時推移，皆可從公案小說中窺知。在「人治」社會中的「清官」，集檢調、司法、判決於同一階級，透過公案作品反映的清官，成爲饒富意味的文化思考對象。

　　從古典小說中、尤其是公案小說，發現清官的形象隨時代有不同面目，在創作意識、形象塑造、法制觀念方面，與時俱移，筆者觀察大致有以下變化：

---

〔註70〕參見徐忠明：〈訴諸情感：明清中國司法的心態模式〉，《情感、循吏與明清時期司法實踐》（上海：上海三聯書店，2009 年 4 月），頁 6。
〔註71〕參見徐忠明：《情感、循吏與明清時期司法實踐》，頁 10。

（一）創作意識：頌美揚善／揭醜刺惡

在中國人的道德傳統中，真、善、美三者最講求的是「善」，善可以涵容一切，甚至不美，除開了善，就鮮少有美可言。因此剛正清廉的包拯在戲劇、筆記、說唱藝術中形象尤其完美，體驗民情、不畏權貴的特質博得「清官」的理想典型。「清官」一詞在舊社會裡無疑是除暴安良，使社會秩序相對穩定，人民生活財產受到保障的良官。這一個源流使人看到，「公案」為題材的小說反映了人民樸素善良的願望和激憤的民主要求。至於晚清的諷刺小說如《老殘遊記》、《官場現形記》、《二十年目睹之怪現狀》……等，基調也是一樁一樁的公案，但已看不到廉正不阿的判官，相對地以刻劃貪官贓吏為寫作主要內容，官吏折獄的事件已不再圍繞某一位特定官吏，而是醜惡的眾官底蘊。

（二）形象塑造：浪漫虛幻／飽滿現實

人性、人情不是抽象的道德符號，就某種意義而言，它們均是特定文化心理的一種物化形態，透視人的情感世界，也是對文化心理的深掘。公案判官這些創作模式與成因，亦與封建時代法制的無上威權與君權神格化有密切關係，判官受到愛戴，正因與貪官、昏官不同，這種二分法的敘事方法，也存在於清中葉盛行的公案小說中，直到晚清方有所改變。

清官的形象，自古以來莫不具有絕對至上的威權，即使在神判或包公式的自由心證斷案，只要還民清白、惡人得逞，事件便圓滿結束，鮮少對這位清官的臉作細部的白描，黑中透紫、額有月牙的包公畢竟是戲劇中的臉譜，宋史並未記載；施公雞胸羅鍋、麻面歪嘴，彭公面如滿月、目如朗星，亦僅見於小說之中。至於小說對清官內心世界的描述，更是付之闕如。從內心世界空白的神格化乃至落實為凡人，晚清公案小說中的清官始有自己的人格與思考。

（三）法制觀念：人神兼判／人治偵查

科學落後、民智未開的時期，公案情節總不能脫離刑訴或神判，法制掌握於判官手中，形成自由心證與一人獨斷，暴露司法制度的不符人性與人民缺乏申訴管道的缺陷。清朝法制的基本特點是它的完備性，也是中國封建專制主義中央集權制度極端強化的時代，作為國家意識形態的清朝法律，維護專制主義，確保以皇帝為樞紐之國家機器的運轉，比起宋明兩朝的法律規定更有過之而無不及。也就在鞏固中央集權的法制意識上，神判的公案情節已

不敷時代需求，轉而以一位統領著歸順朝廷的俠客的模式，四處為國除害、為民伸冤，既有收攬統治威權的公信，又能收編綠林懷柔人士，符合社會的正義期待，因此公案的俠義化自不可避免。

　　徐忠明統計整理歷代的《循吏列傳》時發現，在廿五史中，共有廿部正史撰寫了循吏（包括良吏和能吏），其中直接和間記載循吏捕賊彌盜與聽訟折獄的事例有 213 人，〔註72〕且從其中的記載，發現不少對於循吏的讚譽用的是「民之父母」和「吏民懷愛」之類的情感措詞，並認為，考明察明清時期循吏的司法實踐，其獨特之處是以「仁愛」為核心思想，以「教化」為具體途徑。〔註73〕古代中國的「人治」社會，大抵便是以「清官」為主要訴求的司法社會。

## 第三節　公堂的空間權力感知

### 一、形式空間──從人間世到幽冥界

#### （一）人間的公堂

　　在小說、戲曲的描寫中，公堂之上，「秦鏡高懸」匾橫掛於廳堂正後，師爺案桌邊側立，衙役手執庭杖兩排肅立，升堂或州官審訊爭辯紛雜時，「威武」兩字齊聲吶喊，音高而長，足令堂下屈跪者喪膽。這樣的場景屢見於《包公案》、《施公案》等等公案小說的公堂中。

　　一般而言，公堂頂桌上置案山、文房四寶、令簽〈火簽〉，下桌一對板杯交叉擱立，「肅靜」、「威武」執事牌廟內兩旁擺立，神龕帳外，排爺兩邊站伺，帳內諸神之主神奉於正中爐前，兩旁文、武、印、劍將協侍，當州縣長官審案時，刑名師爺即坐在幕後聆聽，由長隨負責傳遞公文或便簽，來往於州縣長官之間。〔註74〕一旦案件發生，告到官府，主審者即傳訊有關證人，或者依罪證進行拘提，將原告、被告兩造對簿於公堂之上。不僅審案、判案場所

---

〔註72〕參見徐忠明：《情感、循吏與明清時期司法實踐》，表二：〈正史《循吏列傳》所載司法事迹統計〉頁 99～119。
〔註73〕參見徐忠明：《情感、循吏與明清時期司法實踐》，頁 119～120。
〔註74〕參郭建：《師爺當家》（台北：實學社出版社，2004 年 2 月），實際情形可由書前彩色照片「刑名師爺『堂後聽審』模型」揣摩一二；另參陶希聖：《清代州縣衙門刑事審判制度及程序》（台北：食貨出版社，1972 年 1 月），書前有圖片摺頁，繪製的正是「衙門聽訟」。

在公堂，小說所描寫的酷刑實施場所絕大部分就在公堂，但奇妙的是，鮮少有小說為它作細部的描寫，我們僅可從戲曲、文學中對公堂明鏡高懸等物及威嚴氣氛的描述、描繪審案情形的畫報，或者晚清西方人鏡頭下或畫筆下的公堂，〔註75〕想像一二。

坊間對於公堂中執行公務的描述很多，《中國古代告狀與判案》中將公堂點名聽審稱為「過堂」，原告、被告與證人都須跪地聽審，然而有特殊身分地位的人則不必跪著，甚至可不必親自出庭，由部屬或親屬代理訴訟。〔註76〕審案時執法者尤須「五聽」，據《周禮》，「五聽」包括辭聽、色聽、氣聽、耳聽、目聽，其下鄭玄注云：「觀其出言，不直則煩；觀其顏色，不直則赧然；觀其氣色，不直則喘；觀其聽聆，不直則惑；觀其眸子視，不直則眊然。」〔註77〕意指被訊問者假如是理虧，其言語便繁雜無條理，神色也因羞慚而轉赤，呼吸不順，同時由於心神不寧，往往聽不清楚別人的話，眼神也閃爍不定，「五聽」其實頗合審判心理學的理論。判官觀察嫌犯的言辭神色，再綜合各種證據及跡象，認定被告的嫌疑甚大，但被告仍不肯認罪的情況下，方可拷掠。《魏書‧刑罰志》所引北魏《獄官令》云：「諸察獄，先備五聽之理，盡求情之意，又驗諸證信，事多疑似，猶不首實者，然後加以拷掠。」〔註78〕則有類似的意義。

在中國傳統的小說敘事中，封建社會最低層次的行政機構是縣衙，而公堂既是衙門的核心，它的威嚴性質不容懷疑，但它最令人不寒而慄的並非它的擺設、裝飾，而是肅殺的氣氛、衙役的喝斥，以及響如爆竹的驚堂木。小說或戲曲中，不時可見公堂中呈狀、緝拿、宣犯、審問，「快快從實招來！」「招不招？」暴喝聲不絕於耳，一旦遇有隱匿或狡辯者，隨即是鋪天蓋地的刑訊伺候。無怪乎有人形容中國審案是「板子加棍子」嚴刑逼供的過程。小說裡的審案過程，其目的並非以證據或理由服人，是用來表現官員的威權執法，以及搬出的一套套酷刑展示，執法公堂成了血腥場所，其血淋淋的恐怖氣氛，雖非地獄，去之不遠。在探討公案的基本精神內涵時，強調的是「儒

---

〔註75〕 參見沈弘編著：《晚清映像：西方人眼中的近代中國》（北京：中國社會科學出版社，2005年6月），頁213。

〔註76〕 參見呂伯濤、孟向榮：《中國古代告狀與判案》（台北：台灣商務印書館，1999年2月），頁89。

〔註77〕 「五聽」源出《周禮‧秋官‧小司寇》：「以五聲聽獄訟，求民情。」參見《周禮鄭注》（台北：中華書局，不著出版年月），頁2。

〔註78〕 參見《二十五史‧魏書》，〈刑罰志〉卷111，頁2489。

法融攝」、「德主刑輔」、「懲惡揚善」、「人治社會」，也就是中國傳統儒教的基本精神，但是，公案裡的「公堂」空間中，卻不時溢出這樣的傳統規範。

（二）冥界的公堂

1. 文字描述

相對於人間的公堂景象，冥界亦有一套審案的公堂議事規則與職稱。在佛教傳入中國之前，先秦之時即已有屬於自己的地獄觀，例如《左傳》：「不及黃泉，無相見也。」〔註79〕「黃泉」是指地下埋骨之所。又如《楚辭·招魂》：「魂兮歸來！君無下此幽都些。」〔註80〕而「幽都」是指地下之冥界。秦漢方士喜談的「蒿里」、「泰山」〔註81〕、漢末魏晉又有北陰酆都掌鬼說……等，皆爲中國本土地獄觀的稱謂。

佛教傳入中土後，佛經中有關地獄的種種描述亦隨之傳入，其中對於地獄的描述，非常詳細，根據蕭登福的考證，有關地獄的地點、種類、性質，便有許多區分，〔註82〕僅僅流傳於魏晉南北朝時期的地獄說法，就有四地獄、六地獄、八地獄、十五地獄、三十地獄、六十四地獄，甚至有無邊無量地獄等等，〔註83〕而佛教中普遍宣揚的死後審判、因果輪迴思想，使得人們相信爲惡者到了陰間必須面對「十殿閻王」的審判及「十八層地獄」的酷刑。有關地獄中的最高審判長——閻羅王，審問鬼魂的想像與畫像，陸續見諸敦煌出土與地獄十王有關的手寫卷本，今分藏於巴黎、倫敦、北京、日本。〔註84〕其中有一部《佛

〔註79〕 參見〔春秋〕左丘明著、〔晉〕杜預集解、〔日〕竹添光鴻會箋：《左傳會箋》（台北：天工書局，1988年9月），頁24。

〔註80〕 朱熹注曰：「幽都，地下后土所治也。地下幽冥，故稱幽都。」參〔宋〕朱熹集注：《楚辭集注》（台北：文津出版社，1987年10月），頁136～137。

〔註81〕 相關之論述，可參見〔明〕顧炎武：《日知錄》（台北：台灣商務印書館，1978年6月）第五冊，卷卅〈泰山治鬼〉：「如中國人死者魂神歸泰山也。」頁28；余英時：〈中國古代死後世界觀的演變〉，《中國思想傳統的現代詮釋》（台北：聯經出版事業公司，1987年8月），頁124～125。余英時認爲，「蒿里」等等的用法，「無意間卻反映了早期流傳下來的一種地下世界觀。這正是社會心理學家所說的『集體的下意識』（the collective unconscious）」，頁142。

〔註82〕 地獄之地點有山邊、曠野之分；依受苦性質分寒地獄、熱地獄；依受苦程度輕重，分爲大地獄、小地獄，此爲佛家經論提到的地獄種類，參見蕭登福：《漢魏六朝佛道兩教之天堂地獄說》（台北：學生書局，1989年11月），頁71～72。

〔註83〕 參見蕭登福：《漢魏六朝佛道兩教之天堂地獄說》，頁85～100。

〔註84〕 參見黃永武收錄之《敦煌寶藏》，台北：新文豐出版公司，1986年8月。

說十王經》，已奠定了地獄觀的體系化及精緻化，〔註85〕甚至美國羅格斯大學學者于君方注意到，明清盛行的「寶卷」文學中反映的地獄觀，「比大乘經典更直接的影響，可能是唐朝以後流傳開來的目連救母傳說、盂蘭盆法會、玉歷鈔傳、冥府十王信仰。」〔註86〕這些文獻都可以一窺地獄界中不斷「擴編」的素材。

發展至唐代中葉以後，甚至開展出「冥律」的規模，鄒文海云：「所謂冥律，指地府或陰司所採用的法律。」〔註87〕它伴隨著庶民根植於心的宗教信仰，可發揮「王法所不及」的作用，經常可發生比正式法令制度更大的喝阻作用，達到約束人民守法守分的目的，進而維護社會秩序。

經過唐宋的發展，地獄被整編為普遍接受的「十八地獄說」，〔註88〕明清時期出現了一些「善書」，對於破壞道德、禮法、社會秩序的行為，按其罪惡之輕重，予以不同的輪迴制裁，如《玉準輪科輯要》、《玉定金科例誅輯要》、《玉歷鈔傳》等等，〔註89〕尤其是《玉歷鈔傳》，被視為現代的地獄觀來源，大多來自此書，郭立誠說，該書使十殿閻君和十八層獄之說定了型，成為民間的通俗信仰，流傳至今，不但支配了大眾的思考觀念，亦對違法犯紀有嚇阻作用。〔註90〕日本學者澤田瑞穗稱之為「庶民的地獄經典」，〔註91〕可見地獄之戒規與懲治，對於庶民法律觀念的形成有深入的影響。

2. 圖像描繪

今日對於地獄的景像，可用歷代圖畫或畫軸來想像，對於地獄的種種建構，

---

〔註85〕此處可參見蕭登福：〈敦煌寫卷《佛說十王經》之探討——兼談佛、道兩教地獄十殿閻王及獄中諸神〉，《敦煌俗文學論叢》（台北：台灣商務印書館，1988年7月），頁175～250；石守謙：〈有關地獄十王圖與其東傳日本的幾個問題〉，《中央研究院歷史語言研究所集刊》第56本第3分冊，1985年9月。

〔註86〕參見于君方：〈寶卷文學中的觀音與民間信仰〉，《民間信仰與中國文化國際研討會論文集》（台北：漢學研究中心，1993年4月25～28日），頁347。

〔註87〕參見鄒文海：〈從冥律看我國的公道觀念〉（《東海學報》，1963年5月），頁109～125。

〔註88〕參見江玉祥：〈中國地獄「十殿」信仰的起源〉，《古代西南絲綢之路的研究》第2輯（成都：四川大學出版社，1995年），頁161～186。

〔註89〕參見〔日〕仁井田陞：〈大木文庫印象記——有關官箴、公牘與民眾之間關係的資料述略〉，收入田濤編譯：《日本國大木幹一所藏中國法學古籍書目》（北京：法律出版社，1991年），頁170。

〔註90〕參見郭立誠：《中國人的鬼神觀：揭開禁忌、迷信的神秘面紗》（台北：台視文化出版社，1992年），頁111。

〔註91〕參見〔日〕澤田瑞穗著，蔡懋棠譯：〈玉歷鈔傳〉（《台灣風物》第26卷第1期，1976年3月），頁72。

主要均來自於宗教的教義內容，以佛、道為主。初唐時期，出現了一批有關「地獄」主題的寺觀壁畫，名曰《地獄變》的繪畫，相傳是張孝師創作的，至唐為吳道子所創新。唐代吳道子善畫寺觀壁畫，達三百多幅之多，創作時不墨守成規，往往自出新意。曾觀摩張孝師之畫，而創為《地獄變》，吳道子創作同一題材時，卻不畫刀山、湯鍋、牛頭、馬面等像，而使整個畫面淒慘陰森，達到變形變異之效，使觀者毛骨聳然，不寒而慄。〔註92〕段成式形容他畫在常樂坊趙景公寺的《地獄變相》謂：「南中三門裡東壁上，吳道玄白畫地獄變，筆力勁怒，變狀陰怪。覩之不覺毛戴，吳畫中得意處。」還說：「慘淡十堵內，吳生縱狂跡。風雲將逼人，鬼神如脫壁。」〔註93〕足見吳道子筆下鬼神如躍壁上，使人如親睹眼見，十分逼真。《唐朝名畫錄》記載吳道子畫景雲寺地獄變時，「京都屠沽漁罟之輩，見之而懼罪改業者，往往有之，率皆修善，所畫並為後代之人規式也。」〔註94〕屠沽漁罟皆殺生之行業，以屠宰生靈、活捉魚蝦為生，不免造下許多違背萬物生長之孽，見了吳道子的畫，因恐懼死後魂魄受苦而紛紛轉行，修身行善，足見吳道子的作品有一股震撼人心的力量。

　　山西省稷山縣青龍寺創建於唐朔二年（西元 662 年），內有許多聞名中外的壁畫，現存腰殿和垛殿壁畫為元人所畫，其中北壁之十六尊者與地獄冥罰，為明永樂年間補繪的。〔註95〕畫的是陰曹地府的鬼卒們正在對人施用種種酷刑，有凌遲、炮烙、剖腹、挖心、上刀山、下油鍋等等。其中還有一種刑罰是鋸人，畫面上有一名男子被兩塊豎起的長木板夾緊，頭朝下倒立著，木板和人捆綁在一起，固定在另一根豎直的木框上。兩名鬼卒站在兩邊架著鋸對拉，鋸口把兩快木板和木板中間的人同時鋸下，鮮血順著鋸縫向下流淌，被鋸的人似乎正在發出陣陣慘叫。

　　前美國在台新聞處處長 Neal Donnelly（唐能理）在 1969 至 1981 年間，投入台灣民間宗教藝術研究，並蒐集了二百餘尊佛像。1990 年曾研究「十殿

〔註92〕　參見黃伯思：《東觀餘論》〈跋吳道玄地獄變相圖後〉（收入《邵武徐氏叢書》，不著出版年月）：「了無刀林、沸鑊、牛頭、阿旁之像，而變狀陰慘，使觀者腋汗毛聳，不寒而栗。」卷下，頁 53。

〔註93〕　參見〔唐〕段成式：《酉陽雜俎續集・寺塔記（上）》（台北：漢京文化事業公司，1983 年 10 月），頁 249。

〔註94〕　參見〔唐〕朱景玄撰：《唐朝名畫錄》，收入《古畫品錄——外二十一種》（上海：上海古籍出版社，1991 年 8 月），頁 364。

〔註95〕　參見中國美術全集編輯委員會：《中國美術全集：寺觀壁畫》（台北：錦繡出版社，1988 年 3 月），頁 54。

閻王地獄圖」，爲每幅卷軸內容人物詳細標注中英文名稱，出版了「中國地獄之旅」，〔註96〕其中每幅皆有地獄十殿，每一殿由一位殿王執掌，繪出生前罪孽死後應受何懲罰，文圖並茂，色彩鮮麗，創作時代應在十八世紀末至十九世紀初，〔註97〕是瞭解道教地獄對各種罪行之不同懲罰的參本。

## 二、社會文化結構

公堂作爲一種社會結構的空間之一，背後有許多文化的成因，有關空間在人文社會學科的地位與影響，是近年來普遍被探討的問題。公堂隸屬於社會、法制中重要的空間，其存在的意義，亦即社會運作的一項重要環節。

王志弘〈空間與社會：邁向社會優位的空間理論〉一文引用曼威・柯司特（Manuel Castells）的說法認爲：

> 空間不僅是社會結構之配佈的某種場面，而是每個社會在其中被特定化的歷史總體之具體表現。……綜言之，空間在此是被社會過程所結構的，是社會運作之所在與反映。〔註98〕

空間存在著人的活動歷史，所以空間不是歷史的可有可無的要素，而是構成整個歷史敘事的必不可少的基礎，所有的歷史事件都必然發生在具體的空間裡，因此，公堂即是承載著各類歷史案件、集體記憶、家國情操的空間，要使歷史更貼近事件的原始存在狀態，史學家便應該在空間維度上進行編排和創造，賦予歷史事件一種空間性的結構。

例如台南地方法院舊址，是日人佔領台灣後，1912 年開始興建、直屬台灣總督府轄下的地方法院，以巴洛克風格爲主調，精緻華美，宏偉富麗，建築風格特殊而優美。在日治時期卻是血淚斑斑、留下不少歷史傷痕的場所，1915 年 8 月 25 日，日本當局在地方法院內審理台灣最後一次、也是最大規模的武裝抗日行動——西來庵事件，經過六十天審訊後宣判死刑者高達 866 名。消息傳出，舉世譁然，迫於輿論壓力，總督府不得不宣告減刑，然而包括主事者余清芳在內的 95 人卻早已被絞殺身亡。今法院原址尚在，成爲一個重要的文史空間見證。

---

〔註96〕參見〔美〕唐能理（Neal Donnelly）著：《中國地獄之旅》（A journey through Chinese hell）（台北：藝術家出版社，1990 年 9 月）。

〔註97〕參見美國國家自然歷史博物館館長保羅・泰勒之〈序〉，頁 5。

〔註98〕參見王志弘：〈空間與社會：邁向社會優位的空間理論〉，《流動、空間與社會：1991～1997 論文選》（台北：田園文化事業有限公司，1998 年 11 月），頁 5。

很多時候，空間的存在，亦即對歷史、文化、社會的見證，它的存在，是紀念，也是警世。北京圓明園勝跡，仍保留斷垣殘壁，供後世憑弔，空間即使不帶有任何批判意味，它的存在本身，就是對文化、歷史、社會最好的示範和教訓。王志弘在〈文化概念的探討：空間之文化分析的理論架構〉一文又引曼威‧柯司特的說法：「從社會理論的觀點看來，空間是共享時間之社會實踐的物質支持。」〔註99〕在空間中所存有的各種物質，也是社會性的一部分，故人類社會的整體生活（亦即文化），與空間有密切的依存關係。

## 三、異質空間觀念

傅柯早期曾提出「異質空間」（heterotopia）的概念，〔註100〕認為「異質空間」是存在於既有空間中的特有空間，其功能異於甚且與其它空間相反，具有兩極性的外在功能，一是創造另一個真實且又完美的空間，剛好與現實世界雜亂無章的空間相對，即「真實空間」（real space）；另一則是創造幻想的空間，使得我們居住真實的空間相較之下更顯得不真實，即「虛構空間」（utopia）。而「異質空間」介於真實與虛構之間與之外。由此可見異質空間除了相對於既有空間的法則之外，本身帶有多重可能，容許相互衝突的異質共存。這種微妙複雜的關係，傅柯用鏡子作為比喻，有精闢而具體的析論，傅柯認為，鏡中的自己是一個虛構空間的投射，該虛構空間是相對應於真實空間的一個所在，鏡子即為一個異質空間。〔註101〕用這樣的定義，可以用來討論離散社群，當他們在現實生活中遭受主流社會打壓與內在自我唾棄等狀況，有如「反烏托邦」（dystopia）的情況；另一方面對於漂泊離散中的人民而

---

〔註99〕參見王志弘：〈文化概念的探討：空間之文化分析的理論架構〉，《流動、空間與社會：1991～1997論文選》，頁71。

〔註100〕愛德華‧索雅（Edward W. Soja）在《第三空間》（*Thirdspace*）一書中本於拉弗布弗（Henri Lefebvre）空間、時間、社會的三元意識，亦提出後現代人類的思維應本於「空間性──時間性──社會性的三元辯證」（trialectics of spatiality-historicality-sociality），而「第三空間」就是真實的「第一空間」（First space）與想像的「第二空間」（Second space）綜合之後既真實又想像的「它者」（an-other）空間。參見〔美〕愛德華‧索雅（Soja）著，王志弘、張華蓀、王玥民譯：《第三空間》（台北：桂冠出版社，2004年4月）。傅柯的異質空間是索雅諸多第三空間的模式之一。

〔註101〕參見王志弘：〈空間與社會：邁向社會優位的空間理論〉，《流動、空間與社會：1991～1997論文選》，頁8～9。

言，能夠共同屬於一個想像的社群並以之為抗拒與歸屬的基地，又有著「烏托邦」（utopia）的理想。筆者認為，公案小可屬於一種異質空間建構下的文學，它一方面創造了名公判案的美好理想，另方面也映照出公堂裡真實世界的醜惡不法。當人們歌訟清官，欲在小說裡建構完美的司法桃花源時，作為公案發生場域的公堂，卻時而倒轉著這樣的烏托邦。

傅柯定義下的異質空間雖然與社會正常規範互相衝突，具有顛覆常規的力量，是一種反空間。若以異質空間的理論來探討主要著眼於異質空間與「烏托邦」及「反烏托邦」相互辨証的關係，更能貼切地勾勒出小說虛構與真實律令的分裂歧異，而又時時在空間性、文化性與社會性上交會。特別在處理公案中虛實並存的司法手段中，異質空間一詞更能表達其幻想性、實質性與異質性並存的意義。

## 四、場域與權力象徵

公堂和監獄一樣構成了專制時代專制性空間的兩端，按照既定的遊戲規則，規訓、懲罰著用不合法方式意圖挑戰威權的人。公堂，即是所有公案小說描寫過程中不可或缺的重要場域，任何冤假錯案或者惡人伏誅，罪證成立與否都須通過「公堂」這個空間的判決動作，公堂也是審判、行刑的場域，無論邪不勝正、冤假錯判，都在公堂裡進行。公堂以空間位置對應權力關係，當代律令賦予審判者的職權，俱在這裡發揮。

若借用布爾迪厄〔註102〕的場域理論，「公堂」亦可看做是一種「場域」，是一種政權賦予影響力的力場。布爾迪厄對於「場域」的界定如下：

> 一個場域可以被定義為在各種位置之間存在的客觀關係的一個網絡（network），或一個構型（configuration）。正是在這些位置的存在和它們強加於占據特定位置的行動者或機構之上的決定性因素之中，這些位置得到了客觀的界定，其根據是這些位置在不同類型的權力（或資本）——佔有這些權力就意味著把持了在這一場域中屬害攸關的專門利潤（specific profit）的得益權——的分配結構中實際的和潛在的處境（situs），以及他們與其他位置之間的客觀關係（支

---

〔註102〕皮耶・布爾迪厄（Pierre Bourdieu，1930～2002）為法國社會人文大師，以左派精神見著，代表作有《區異：判斷的社會批判》、《再生產》、《論電視》、《文化場域的生產》等，其中心概念是場域、習態與資本。

配關係、屈從關係、結構上的對應關係，等等）。〔註103〕

公堂何嘗不是這樣的一種微型社會，判官身負國家社會賦予的職務權力，在一定的制度法規之中運作、操縱律令，基層衙役擁有稽押、杖鞭嫌犯的權力，獄卒拘提罪犯的同時暗中進行收賄的動作，權力分配的網絡中，層層負責，也層層相因，公堂存在著支配關係（上級支配下級），也存在著屈從關係（罪犯屈從於判官），結構上具有多重的對應關係：原告對被告、官吏對嫌犯……。在公堂這個空間裡，「場域」充斥著權力的效果，也是一個「爭奪」的空間，許多隱而未發的力量和正在活動的力量同時存在於這個「場域」之中，布爾迪厄還說：

> 場域中位置的占據者用這些策略來保證或改善他們在場域中的位
> 置，並強加一種對他們自身的產物最為有利的等級化原則。而行動者
> 的策略又取決於他們在場域中的位置，即特定資本的分配。〔註104〕

判官即是這個公堂這個空間的的權力占有者，尋求各種策略來導引或決定他的支配者（罪犯），而罪犯按其在社會的資本實力，亦不時尋求對其有利的行動策略，例如有人情背景者採取關說態度、有經濟實力者運用賄賂手段……等等，然而以中國古代的公堂場域而言，主導與支配權還是在於占據者判官的手中。

在傅柯的空間概念中，空間即譬喻了權力，「對傅柯而言，空間乃權力、知識等論述，轉化成實際權力關係之處。」〔註105〕其權力概念不只是統治階層，甚至無所不在，抽象方面可將空間視為掌握權力的象徵；具體方面則是公堂、囚室、監獄等空間。囚室、監獄是執法者支配、制約罪犯的場所固不待言，而公堂即是行使權力的第一個關口。

## 第四節　本章小結

本章是為了展開下一章的核心論述之前的觀察，先將筆者對於公案源流、公案的精神內涵及公堂這個重要的空間，論述個人的研究心得，作為研討公案敘事的先聲。

首先釐清公案一詞的來源，由案几之案、衙門案牘及禪門公案之名，而

〔註103〕李猛、李康譯，〔法〕皮埃爾・布迪厄、〔美〕華康德著，鄭正來校：《實踐與反思：反思社會學導引》（北京：中央編譯出版社，1998年2月），頁133～134。
〔註104〕皮埃爾・布迪厄、華康德：《實踐與反思：反思社會學導引》，頁139。
〔註105〕參見夏鑄九、王志弘編譯：《空間的文化形式與社會理論讀本》（台北：明文書局，1993年3月），頁376。

後成為宋代以後小說的分類之一。公案經過了相當長的演變過程，從宋代初有公案之名伊始，《太平廣記》中的〈精察〉類故事展現了公案的雛型風貌，從黃岩柏、曹亦冰等人的定義顯示，一篇公案，必須有作案、報案、審案、判案等程序，徐忠明簡化其定義，認為公案文學就是指「敘述或描寫案件的文學故事」而言。

元代興起的公堂劇，反映了人民面對貪腐體制的種種不合理制度之下，人心思求解脫與救贖的管道，演變成為「衙門從古向南開，就中無個不冤哉」，〔註106〕不僅作者創作時反映出大環境中的思考模式，民眾透過戲劇欣賞表演，從戲劇正義中滿足對清官判案、司法正義獲得彰顯的假象，〔註107〕只是，中國傳統倫理的約束下，社會文化與訴訟程序，重視的都是維護群體的秩序與和諧，而非個人正義與權力的闡揚。

明代隨著出版印刷術進步及書籍流通快速的社會，「公案」題材蠭出並起，以包公審案為中心的故事有群起效尤的現象，案件多來自社會生活百態，以民間日常發生之騙奸、謀財、命案、婚戀糾紛為多，隨著章回小說與筆記小說的勃興，其中亦不乏公案情節。明清之際的公案趨向長篇鉅製，清官形象從「名判」成為統治階級維持社會和諧與正義的「忠臣」，並向綠林好漢招安，將其收編為替國家機器追兇緝私的工具，公案漸有武俠化之勢，長篇通俗公案在清代續書不輟的風氣下持續產生。

清代紀昀在編纂《四庫全書》時，不同於劉知幾《史通》將小說列入「史部」的視域，仍舊劃歸小說於「子部」，也給予了公案文學更大的發揮空間，使得公案所敘故事，既符合於現實社會發生的人間百態中，又能跳脫出現實的框架，有了自由獨立的敘事主體。

時至晚清，在「新小說」帶動文學革命的潮流下，公案文學成了質疑現實、諷刺體制的利器，不但暴露官場種種醜態，並尖銳道出官僚體系的貪贓枉法，廣大群眾對於文學現代性啟蒙的自覺，亦促使公案文學從傳統走向現代，從敘事模式、題材類型、語言使用、情節佈局等各方面有了巨大的轉變，甚至採用西方橫向移植的寫作理論，並大量翻譯了偵探小說及嘗試創作，且有外籍漢學家高羅佩參與創作，使得傳統公案小說走向了新紀元。

〔註106〕參見〔元〕關漢卿：《感天動地竇娥冤》，王季思：《全元戲曲》，第一卷第四折（北京：人民文學出版社，1999年2月），頁202～211。
〔註107〕參見王瓊玲：〈洗冤補恨：清初公案劇之藝術特質與其文化意涵〉，頁24～27。

　　本書所探討的公案，不拘於傳統具有「公案」之名的小說，而是視公案情節為小說中的一種「文學因素」、「文學成分」或「情節單元」，〔註108〕從中更可透過不同文類、不同寫作形式窺得公案的傳統精神內涵，大致包括：儒法融攝、德主刑輔、懲惡揚善、人治社會四項。討論此項議題的目的，在於重申公案在中國傳統歷史文化的脈絡裡，它的特質與傳統文化社會是無法分割的，公案的形成背景或歷代的政治風氣，都會對文學產生影響，儒學的法家化或者法家的法制受到儒學的調和，成為中國法制史上一種特殊的現象，且歷代文獻多主張「重德不重刑」，並以正義訴求為公案的最終指導目標，期望清官能情、理、法兼顧，給予惡人應有的報應，還諸善民應有的福祉。這是非常理想化的目標，也是公案長遠歷史中一直在扮演的角色。

　　然而，夾纏在諸多公案中的刑訊描寫，甚而其中令人髮指的酷刑儀式，卻又令人懷疑，上述的公案精神內涵，是否只是個烏托邦？為何一再強調「仁」「愛」的儒家社會，仍然存在如此殘酷的懲罰。這是一種極為衝突的現象。將公案的精神內涵放在本章的論述基礎中，也就是想強調這其中的差距，並探討原因究竟為何？回顧緒論中所提到的研究動機，屈打成招是民族性格中很重要的陳因，也和古代的法制中允許刑訊的存在有很大的關係。事實上，在陳述公案的精神內涵時，筆者隱約都留下了伏筆：一、「儒法融攝」，所以酷刑的施用保留了較多的法家精神，此時儒家信條是隱而不彰的。二、「德主刑輔」，道德內化於人們心中，道德為法律的最高指標，刑罰只是輔助，但當遇到人謀不臧時，弱勢的百姓也只能盼清官如大旱之雲霓。三、「懲惡揚善」，往往公案裡的判決，滿足了文學的正義，但並非個人的正義，懲罰往往在「懲惡」的前提下，被狠狠地以「酷刑」伺候；而是否雪冤理枉，則是另一回事。四、「人治社會」，過度依賴判官，則有脫法的危險，中國傳統講情面、論關係，也就產生了「鐵打的衙門流水的官」、「三年清知府，十萬雪花銀」、「無事見官，脫落四兩肉」〔註109〕等等的陋習。在中國文本的意義中，「教化」、「勸懲」是以道德言說或感化，達到「規訓」的作用，二者均與傅柯的「規訓」意義有類通之處，但不完全等同。

　　有關公案故事的「空間」，是值得深思的一個議題。公案發生地點，具體

〔註108〕參見本書第一章〈緒論〉第一節，頁7。
〔註109〕參見李喬：《中國官場百態》（台北：雲龍出版社，1995年9月），頁219、233、240。意思分別為：官員流動性甚高、為官的油水之多、小民懼於見官的心態。

而言，就是公堂，公堂是判官執行職權、審問犯人、判決案情，也就是刑訊最常發生的地點，甚至有可能因下手太狠使公堂成為犯人喪命的刑場。有形的公堂固然以陽間最為常見，在地獄故事或志怪筆記裡，幽冥界也有公堂，且受到佛故因果輪迴思想的影響，幽冥界公堂裡上演的酷刑比陽世更烈，旨在警世。任何一種空間形式都有它特定的、命定的意識形態，具有它被規定的價值取向，從倫理價值、美學價值到政治價值，都有特殊的指標和意涵。它最簡單的架構可能是磚石泥瓦等材料建構的屋舍，是一種建築的空間形式，也是一個被賦予使命的有形空間。換句話說，「公堂」不單單只是普通的有形屋宇，它是被政治化的空間，無論其功能是辦理政務、司法治安、教化百姓、下情上奏，其過程中，審判者將自己至高無上的絕對權力放在公堂之中，使得公堂也擁有無上的權力。

此外，除了有形的空間以外，筆者還分別從社會文化結構、異質空間觀念、場域與權力象徵等角度進行公堂空間的探討。王志弘將空間的文化分析諸面相整理成一張表格，分析文化概念多元角度下的空間文化，一共有七個不同角度的文化概念。其中，可以用來詮釋「公堂」這個社會文化場域的是前三項：

1. 文化作為一種整理生活方式：空間之文化形式乃是人類社會整體生活方式的空間再現。（社會與空間的互相建構）

2. 文化作為意識形態支配機制：空間之文化形式乃是意識形態支配機制的空間再現；是權力幾何學的呈現。

3. 文化作為承載意義的正文：空間之文化形式乃是承載意義之正文；亦即空間形式是空間書寫與閱讀的文本。〔註110〕

這三點恰好可以用來印證本節的論述，第一項亦即公堂的「社會文化結構」所論述的重點，第二項即公堂的「權力象徵」強調的支配意義。第三項，則為本論文第三章所要討論的重點：公堂，是公案最重要的敘事空間。所以王志宏說：「空間的表徵就其廣義而言，即處理空間之文化形式的問題，而其主要操作方式與樣態是呈現、再現與表達實踐。」〔註111〕對於傅柯而言，權力與知識的關係乃深植於權力、知識及空間的三元辨證之內，因此公堂的空間論述異常重要。

---

〔註110〕參見王志弘：〈空間與社會：邁向社會優位的空間理論〉，頁76。
〔註111〕參見王志弘：〈空間與社會：邁向社會優位的空間理論〉，頁75。

# 第三章　哀鳴的身體：文本中的酷刑書寫

## 第一節　拷訊問刑

　　酷刑本是法治制度下懲罰的一環，以現代刑罰的觀點，酷刑是官方行為，是代表政府的一方所為的行為，包括審問時的「拷刑問訊」和執行時之「執法施刑」兩種階段。

　　刑訊一般認為是源自遠古的「神判」，在人類的智慧無法判明孰是孰非時，便只好借用神明來考驗當事人，證明其有罪與否。「神判」通常用水火來考驗，或把受驗者捆綁投入水中，若淹死則為有罪；或令受驗者把手伸入沸油中撈取物件，或手捧燒紅的器物，燒熨傷者則為有罪。〔註1〕「神判」除了是借神明的力量判定是非曲直外，同樣亦是借神明之手對有罪者加以立即和嚴厲懲罰。神判後來發展出刑訊，水火亦由笞杖所取代，可是二者的基本假設是不變的——經由當前皮肉的苦難，來測試當事人所言是否屬實，是否清白無辜。

　　「拷刑問訊」或稱為「刑訊」、「拷訊」、「拷鞫」，是司法人員在審判過程中，以強暴或精神折磨等手段取得口供自白的制度。在古代中國及歐洲的刑事訴訟中，審判官以刑求取得口供，是法律所明文規定允許的，是被容許的合法暴行。長久以來，東西方司法審判都非常重視被告的口供自白，以自白

---

〔註1〕　參見夏之乾：《神判》（上海：三聯書店，1990 年 8 月），頁 1～22；有關神判的起源和內容的簡要說明，詳參《中國大百科全書‧法學卷》，陳光中「神明裁判」條，（北京：新華書店，1986 年 3 月），頁 523。

作為嫌犯是否犯罪的重要證據，即使罪證確鑿，但未取得其口供及畫押簽名，不能定案，故執法者往往動用刑具，以收威喝恐懼之效，進而使嫌犯招認。拷刑問訊遂成為東西方訴訟取證的重要手法。十七、十八世紀，歐洲各國陸續禁止拷刑問訊，但中國一直遲到廿世紀初，清朝變法修律時才正式廢除。拷刑問訊確實曾經是中國法制史上的重要制度，刑訊的對象並不限於被告，有時證人甚至原告都有可能遭到拷掠，這是中國刑訊制度的一大特色。

歷來小說、戲劇、影視中，常見官吏口中大喝「從實招來！」、「招不招！」、「快快招來！」等語，正說明了套取「口供」時，常以威嚴逼迫，刑具相交，受刑人熬不過，往往只得招供的情形。因此，多少小說在公堂之上，上演著夏楚加身、威刑逼迫的戲碼。若有罪便罷，倘遇昏官，即使無罪，因官僚相護或收受賄賂，亦可以打成有罪；倘遇清官，亦有誤判之時，只是得了一頓毒打，並沒有如今日民主社會那般的冤獄賠償金可以討回公道。有司若任意運用刑訊，除了很有可能懲罰了並未犯罪的人，使清白無辜之人因為懼於肉體痛楚而屈打成招；〔註2〕亦有可能使有罪之人承受了高過於其罪應承受的刑罰。

李光燦、張國華的《中國法律思想通史》云：

> 酷吏法律思想的另一表現，是「刑罰萬能」，用中國古代法律語言表述，就是「三木之下，何求不得」。刑訊，本來是對封建法制固有的一個主要內容和特點。無論是唐代，還是唐代前後，都有關於允許審案時用刑的規定，有時甚至作為審案的第一要件。〔註3〕

公堂上以拷訊來問刑，行之有據。打的數量，根據《刑統》二十九卷〈斷獄律〉「不合拷訊者取眾證為定」條「杖罪以下，不得過所犯之數，拷滿不承，取保放之。」〔註4〕和議之解釋曰：「杖罪以下，謂本犯杖罪以下，答拾以上，推問不承，若欲須拷，不得過所犯答杖之數，謂本犯壹陌杖，拷壹陌，不承，取保放免之類。」〔註5〕就算是以拷訊之名義杖打囚犯，亦不可作不合理的拷打，而在罪證確鑿、犯人也認罪的情形下，更不可拷打。此外〈斷獄律〉亦明訂拷

---

〔註2〕 類此情節，實在不勝枚舉。例如著名的六朝志怪〈東海孝婦〉及其衍生的元雜劇《竇娥冤》、唐傳奇《錯斬崔寧》、明話本《沈小官一鳥害七命》、清代名案「楊乃武與小白菜」……等等。

〔註3〕 參見李光燦、張國華：《中國法律思想通史》（山西：人民出版社，2001 年 3 月），頁 398。

〔註4〕 參見竇儀等撰：《刑統》二十九卷〈斷獄律〉（台北：文物出版社，1982 年 10 月），不著頁數。

〔註5〕 參見《刑統》二十九卷〈斷獄律〉。

打的次數與總數：「諸拷囚不得過叄度數總不得過貳佰，杖罪以下不得過所犯之
數。」〔註6〕此外，弘治、萬曆年間的《問刑條例》中記載如下一例：

> 內外問刑衙門，一應該問死罪，并竊盜搶奪重犯，須用嚴刑考訊。
> 其餘止用鞭扑常刑。若酷刑官員，不論情罪輕重，輒行梃棍、夾棍、
> 腦箍、烙鐵等項慘刻刑具，如一封書、鼠彈箏、攔馬棍、燕兒飛等
> 名色，或以燒酒灌鼻，竹簽釘指，及用徑寸懶杆，不去稜節竹片，
> 亂打覆打，或打腳踝，或鞭脊背，若但傷人，不曾致死者，俱奏請，
> 文官降級調用，武官降級，於本衛所帶俸；因而致死者，文官發原
> 籍爲民，武官革職，隨舍餘食糧差操。若致死三命以上者，文官發
> 附近，武官發邊衛，各充軍。〔註7〕

這裡明令何種程度的罪刑應受到怎樣的刑罰，倘若官員不能分辨而施刑，則
受到或降級調用、或革職發邊等處分。明代律例修訂以前，條例難以規範，
或一事多例，而前後處置不一，或臨時定制，朝令而夕改，或就事論事，零
散而混亂，其法律地位自然難以提高，衙門之內錯打或重打之情況難有明文
規範。《問刑條例》是明代中後期最重要的刑事條例書，歷經三次修訂頒行，
其中所載弘治條例，字句稍有不同，而懲處較輕，且末有「如因公事拷訊，
笞杖臀腿去處致死者，依律科斷，不在降調之例」，〔註8〕萬曆條已刪，可知
明代用刑失當之弊，愈是晚期愈見劇烈。

　　但儘管明文規範，有明一代，列名循吏的人數，總計不過 170 人，〔註9〕
而翻讀《明史》，則隨處可見從朝廷到地方，充斥著許多酷烈的事跡，尤以萬曆
之後爲多，慘遭荼毒的官員、百姓，不計其數。可見相關的酷刑禁令，並未確
切的執行。於是，在公堂之上，「更二千石而下，以能挫豪猾，威震郡國爲己任
者，亦比比而有。其弊也，冰慘火烈，鷹擊虎怒，以刀鋸爲治具，流膏血於境
內，急若束濕，害過屠伯。」〔註10〕「榜楚不絕，網阱交設」，〔註11〕的現象，

〔註6〕　參見《刑統》二十九卷〈斷獄律〉。
〔註7〕　參見黃彰健：《明代律例彙編》（台北：中央研究院歷史語言所，1979 年 3 月），
　　　　頁 979。
〔註8〕　參見黃彰健：《明代律例彙編》，頁 1004。
〔註9〕　參見李白莘：〈從階級本性看清清官〉（《學術研究》第三期，1966 年），據《明
　　　　史》所載的循吏 170 人對比當時地方官的 3 萬人，得出貪官「滔滔者天下皆
　　　　是也」的結論。但所謂「循謹」，是與「貪殘」對舉的（故《明史・循吏列傳》
　　　　謂「吏鮮貪殘，故禍亂易彌」），或者還應加上「酷吏」二字。
〔註10〕　參見〔宋〕王欽若：《冊府元龜》卷 697，〈牧守部・酷虐〉（南京：鳳凰出版

描摹的雖是宋代，但在明、清依然是層出不窮的。

觀覽公案文本，虛構的世界中，拷打問刑的方式更加混亂，其數量及方式，常常是自由心證，打的數目沒有具體的規定，邊打邊問，直到犯人受打不過、願意招認時為止。〔註 12〕刑訊無疑是統治者展現權力最佳的方式。傅柯提到這種痛苦和哀嚎是一種儀式：「觀眾所感興趣的是揭示真相的時刻：每一個詞語、每一聲哀嚎、受難的持續時間、掙扎的肉體，不肯離開肉體的生命，所有這一切都構成了一種符號。」〔註 13〕統治者運用法內或法外之刑訊方式，達到他想得到的口供，正因為「供詞可使事情大白於天下」。本節便分別從包公系列小說、公案劇、志怪、官場等故事，抽取集中描寫酷刑的部分，觀察其中所蘊涵的文化現象。眾所週知，小說即現實的反映，酷刑確實存在於現實生活，因此披覽文本中的酷刑書寫，世間的酷刑現象亦可思過半矣。

## 一、人間酷刑

### （一）包公系列故事

公堂問刑的小說實例，首先會聯想到包公系列的故事。以包公為主角的斷獄系列故事，早在南宋末、明初便有《合同文字記》、《三現身包龍圖斷冤》話本，〔註 14〕萬曆年間出現《百家公案》，而後初名《龍圖公案》的《包公案》，始將平凡無奇的衙門故事改寫為曲折迭盪的中篇公案，賦予包公鮮明的人格特質。清乾隆時揚州江都人著名說書人浦琳以自身經歷衍生出《清風閘》，乃至清代問竹主人根據石玉崑說唱的《包公案》刪去唱詞，編定為《三俠五義》，繼而清代學者俞樾「援據史傳，訂正俗說」，重撰第一回，並增列角色為《七俠五義》。〔註 15〕包公故事這類以法律訴訟案件和精明判官包公為主題的文學

---

社，2006 年 12 月），頁 8045。

〔註 11〕 參見《冊府元龜》卷 707，〈令長部・酷暴〉，頁 8151。

〔註 12〕 虛構文本中不時可見此類情形，拷打數量與罪名不成正比，而視當權者之喜好、情緒而定，例子不一而足，例如馮夢龍《喻世明言》卷 26〈沈小官一鳥害七命〉中，為求黃大保、小保招認無頭屍從何而來，知府「喝令手下不要計數，先打一會，打得二人死而復醒者數次。」（湖南：岳麓書社，2002 年 10 月），頁 218。

〔註 13〕 參見傅柯著：《規訓與懲罰——監獄的誕生》，頁 44～45。

〔註 14〕 前者收入明洪楩編錄之《清平山堂話本》；南宋羅燁《醉翁談錄》按小說題材分為八類時，公案項下即有《三現身》之名目，被明馮夢龍改寫收入《警世通言》〈三現身包龍圖斷冤〉。

〔註 15〕 馬幼垣以《包公案》為中心，從版本的演變探討明代各公案小說與《包公案》

傳統，吸收著「同題材不同人物」的審案故事，以擴充自身的內容，包公「箭垛」式的成因，建立了民間文學中的包公傳統，也已建立了豐厚的學術規模。

1. 《包公案》

於萬曆年間（約 1573～1620 年）成書之《包公案》，〔註16〕講述的是宋代仁宗時期包拯斷案折冤的故事。值得注意的是，《包公案》裡的包公被塑造成為一位以智慧判案、以道德感化人民的判官，不濫用刑，即使施用刑罰，也是針對已有確鑿罪證的兇嫌作出懲處，其道德形象可謂極為完美，被譽為「不僅是封建制度的維護者，還是封建道德的說教者」。〔註17〕不僅為民伸張正義，亦符合人民的道德觀感。然而在其後的系列小說如《清風閘》、《三俠五義》等書中的包公，則緣於其擁有不可質疑、不可動搖的執法威權，不時採用慘酷非法的刑罰，兩相對照，可以看出其中的差異。

在《包公案》中，刑訊之懲罰，通常施用於已有確切罪證，但兇嫌堅不吐實的情況下，為了使案情能順利結案，故而用刑使其招認。如〈鎖匙〉一文，包公因一樁命案審理被指腹為婚的一對男女，令女方瓊玉出面對質時，女不敢答，包公怒喊男子朝棟：「這生可惡！口談孔孟，行同盜跖，為何將此許多虛話欺官罔上？重打四十，問你一個死罪！」〔註18〕雖說如此，包拯心中仍存疑，只是佯喊要打，並未真打。其後因為夢中擲筶見到聖筶若八字形，知兇賊另有其人，恰好此時捕得一人名曰祝聖八，與夢境吻合，故審訊祝聖八時，為使其招認，重打四十，將其夾起。

〈黃榮葉〉一文，惡貫滿盈的趙王屢屢殺人、欺壓百姓，包公暗暗蒐證，並佯病稱亡，向仁宗推薦趙王接任，及至趙王前來赴任，包公一舉拿下，「喝令極刑拷問，趙王受刑不過，只得招出謀奪劉都賽殺害師家滿門情由」，〔註19〕

的傳承關係，參見馬幼垣：〈明代公案小說的版本傳統——龍圖公案考〉，頁147～174。

〔註16〕與《包公案》約略同時期還有《百家公案》，但因版本少見，流通亦少，其回目及篇名與《包公案》相似，且較長而拗口，故流傳不若《包公案》之廣，詳細篇目可參李漢秋、朱萬曙：《包公系列小說》（瀋陽：遼寧教育出版社，1992年10月），頁30～33。馬幼垣考證二者有先後之關係，當為《包公案》承襲《百家公案》，見〈明代公案小說的版本傳統——龍圖公案考〉，頁164～165。本書討論同時期之包公故事，以較晚出之《包公案》為主。

〔註17〕參見〔明〕無名氏撰：《包公案》（台北：三民書局，1998年1月）〈引言〉，頁3。

〔註18〕參見《包公案》卷之一，頁45。

〔註19〕參見《包公案》卷之二，頁88。

其後推出處斬。〈石獅子〉一文，崔慶被當了駙馬的乾弟弟劉英不由分說即「打得皮開肉綻，兩腿血流，監入獄中。」〔註20〕絲毫不顧念洪水之際養父救命之恩，對崔慶下此重手。其後包公知此情事，便以邀宴為由，於席間拿下劉英，「去了冠帶，拖倒階下，重責四十棍，令其供招」〔註21〕其後仁宗聖旨頒令劉英殘虐不仁，合問死罪，此判是否過當，則又是另外可探討的問題。

　　包公審案除非有十足把握，否則不輕易濫刑，縱使用刑，也都出現在故事尾聲，作為惡人得到應有懲罰的故事收尾，使讀者大快人心，滿足「邪不勝正」的心理期待。類似例子還有許多：

　　　　大怒罵道：「劫銀在此，這賊還不直招！」令左右將兄弟捆打一番，重挾長枷。二人受刑不過，只得從實招認。(〈鳥喚孤客〉)〔註22〕

　　　　初不肯認，包公罵道：「這賊好膽大。你前次搏去蔣欽穀，後又搏我的穀，還要硬爭。……」便令左右將盧一、化二捆打一百，長枷掣號，二人受刑不過，一款招認。(〈青靛記穀〉)〔註23〕

　　　　包公大怒，遂表奏朝廷，……差張龍、趙虎往京城西華門速拿王婆到來，先打一百，然後拷問，從直招了，押往法場處斬。大為痛快。(〈裁縫選官〉)〔註24〕

　　　　包公吩咐重刑拷問。陳、翁二艄見琴童在證，疑是鬼使神差，一款招認明白，便用長枷監於獄中，放回眾僧。(〈港口漁翁〉)〔註25〕

　　　　包公審實明白，隨遣公牌到江州，拘江玉一干人到衙，用長枷監於獄中根勘，江不能抵瞞，一一招認，定了案卷……。(〈紅衣婦〉)〔註26〕

　　　　包公急令拿拶棍二副，把周德、羅氏拶起，各棒二百。那二人受刑不過，只得將通姦情由，從實招供。(〈牙簪插地〉)〔註27〕

類似之審案方法，不勝枚舉。甚至還有兇嫌不待包公嚴刑拷打，則因鐵證如山，畏罪招認：

〔註20〕參見《包公案》卷之二，頁92。
〔註21〕參見《包公案》卷之二，頁93。
〔註22〕參見《包公案》卷之二，頁111。
〔註23〕參見《包公案》卷之二，頁127。
〔註24〕參見《包公案》卷之三，頁133。
〔註25〕參見《包公案》卷之五，頁221。
〔註26〕參見《包公案》卷之五，頁226。
〔註27〕參見《包公案》卷之五，頁230。

包公遂取出人犯當廳審究。汪吉見李䠛在旁邊，便有懼色，不用重
刑拷究，只得從直招出。（〈臨江亭〉）〔註28〕

包公即差集公人圍繞白鶴寺，捉拿僧行，當下沒一個走脫，都被解
入衙中，先拘過認靴的行者來，靠前排下嚴刑法具，審問謀殺婦人
根由。行者心驚膽落，不待用刑，從實一一招出逼殺索氏情由。（〈賣
皂靴〉）〔註29〕

包公拍案怒曰：「彼既病死，緣何遍身盡是打痕？分明是你不慈打死
他，還要強賴！」吩咐用刑。柳氏自知理虧，不得已將打死長孺情
由，盡以招認。（〈耳畔有聲〉）〔註30〕

包公道：「既說彼家門戶緊閉，緣何有二人席痕？分明是你謀害，幸
至不死，尚自抵賴！」即令嚴刑拷究，汪驚慌，不知所為，只得供
招。（〈龍窟〉）〔註31〕

前述幾個例子，已可看出，包公審案重視智慧解案，而非一味拷刑問訊，求
得迅速結案，且能體察民情，參酌倫常法紀，作出懲處，自《包公案》書一
出，踵繼版本流傳不絕，反映了廣大人民對於專制體制下吏治腐敗的不滿，
透過公案小說中各色故事可得到抒發，感受因果報應、正義得伸的痛快。

　　傳統人民對於訴訟觀念均有敬而遠之的念頭，「纏訟」、「久訟」最為人民
不喜，小說裡為了讓讀者感受到立即判決的快感，往往越過聽候審判的機制，
直接授予包公無限之大權，以快刀斬亂麻的方式迅速處分。例如：

包公即喚志道、大郎道：「你說半月獲利之事，今日敢不直訴！」那
二人只得直言其情。楨與元吉俯首無詞，從直供招。包公令李萬將
長枷枷起，捆打四十。……喝令芊霸、鄭昂押趙國楨、孫元吉到法
場斬首示眾。（〈氈套客〉）〔註32〕

就拘吳應審勘，招供伏罪，其銀追完。將婦人脫衣受刑：吳應以通
姦竊盜論罪，杖一百，徒三年。（〈陰溝賊〉）〔註33〕

〔註28〕參見《包公案》卷之二，頁116。
〔註29〕參見《包公案》卷之三，頁144～145。
〔註30〕參見《包公案》卷之四，頁208。
〔註31〕參見《包公案》卷之七，頁326。
〔註32〕參見《包公案》卷之三，頁163。
〔註33〕參見《包公案》卷之三，頁168。

這種果決的審理方式，恰恰使閱讀者獲得沈冤得雪的正義道德。有關「脫衣受刑」於史有據，在《百家公案》第九回亦有「去衣受杖」的刑罰，是宋元以來的刑罰傳統，清代《福惠全書》卷十九〈和奸〉條下之注亦有堂皇的解釋：「奸婦去衣受刑，以其不知恥而恥之也；娼妓留衣受刑，以其無恥而不屑知之也。」〔註34〕

　　《包公案》的酷刑書寫的特色，即幾乎都出現在案情明朗、急轉直下時，包公手中已握有十足證據，兇犯無所遁形，不是當場招認、即是受刑後承伏，幾乎不見冤曲或錯判。這樣形塑出來的包公，是位能斷家務事的清官，所審理大大小小案情均見於里巷常民的生活之中，無怪乎包公成為正義的化身，造就了「英雄式司法正義」的假象。〔註35〕從《包公案》諸多案情描寫中，可以看出宋仁宗對其審判不但信任且讚許有加，包公手中握有的權限也十分廣大，縱使不論他能夠日審陽間事、夜判陰間案，在衙門公堂之上拷訊嫌犯時，也曾將犯人當堂打死：

> 包公怒道：「汝父子皆是害民者，朝廷法度，我決不饒。」即喚過二十四名狼漢，將孫仰冠帶去了，登時揪於堂下打了五十，孫仰受痛不過，氣絕身死。包公令將尾首曳出衙門外，遂即錄案卷奏知仁宗。
>
> （廚子做酒）〔註36〕

仁宗知悉後，並未追究有司刑責，頒奏聖旨時甚至曰：「……包卿賑民公道，於國有光，就領西京河南府到任。」〔註37〕很明顯地給予他職權上的方便，一面倒地從司法正義的角度來判斷是非曲直，而未細究這樣的拷訊是否過當。在〈獅兒巷〉中，包公甚至執意要斬為非作歹的曹國舅，使得宋仁宗御駕親臨開封府去求情，包公不為所動，不惜納還官誥歸農，〔註38〕語氣十分堅決。因此王璦玲指出，「英雄的手段，可以是合法的，也可以是非法的」，〔註39〕除了滿足「文學正義」的要求，甚至不惜塑造出「幻想式的司法主義」，以

---

〔註34〕參見黃六鴻：《福惠全書》卷十九〈和奸〉：「按律和姦杖八十，有夫者，各杖九十。」下注（台北：九思出版社，1978年10月），頁221。
〔註35〕此處論述參見王璦玲：〈洗冤補恨：清初公案劇之藝術特質與其文化意涵〉，頁25。
〔註36〕參見《包公案》卷之三，頁137～138。
〔註37〕參見《包公案》卷之三，頁138。
〔註38〕參見《包公案》卷之七，頁298。
〔註39〕參見王璦玲：〈洗冤補恨：清初公案劇之藝術特質與其文化意涵〉，頁24～25。雖然是針對「公案劇」而言，但道理是相同的。

超現實能力的判案方式，來突破種種困境，頃刻之中即解決司法上的難題，維護人民期待的正義。

可值得慶幸的是，《包公案》裡包公作出最公正的判決之前，並非靠拷訊來達到目的，拷刑只是故事的環節之一，用來達到使罪犯伏承的目的，而非終極手段。刑罰過後，通常案情已了，犯人得到應有的懲戒，好人重拾公義，受到昭昭天理的擁護。

2. 《清風閘》

包公審案系列的公案小說，從南宋末年起皆以短篇形製為主，甚至不著撰人；但長篇小說《清風閘》則具有更多的情節鋪陳、人物性格的描寫，它突破了原來單回的話本，擴展為長達四卷三十二回的篇幅，主要圍繞孫大理被害的案件展開敘述，大大改變了過去以一位清官為核心人物而組織多件案子的傳統寫法，甚至受到明代世情小說的影響，大量的市井生活描寫，呈現江南庶民的生活景象。

根據李斗《揚州畫舫錄》的記載，作者浦琳是位清朝鼎盛時期的揚州說書藝人，〔註 40〕少時以乞時為生，及長因人強作媒而娶妻，之後受一茶爐老婦傳授評話技能，以此為生，並頗有名氣。有關浦琳的記載另有金兆燕《國子先生集》之《拐子傳》，較為簡略，〔註 41〕但從兩則有限的紀錄裡約略可以看出，《清風閘》是作者於揚州市井評話說書之餘記錄而成的說書底本，雖掛名包公判案，實則並未專致於包公的審案方式，而將重心移轉到江南市井下層生活的描述，尤其寫活了「皮五」這個無賴閒人，從流徙街頭的乞兒、靠蠻橫混吃及小賭吃喝度日，偶習評話之後，以自身插科打諢的天賦活出了另一種人生，奇蹟似地因此致富，改善家庭經濟後並能濟窮，儼然是清中葉發跡變泰的故事。《揚州畫舫錄》提到作者「以己所歷之境，假名皮五，撰為《清風閘》故事。」〔註 42〕顯然皮五就是作者的影子，浦琳以他最熟悉的市井人物、所見所聞、心理活動、言語行為，描寫出市井風情及人物言行，公案情

〔註 40〕參見〔清〕李斗：《揚州畫舫錄》卷九〈小秦淮錄〉（北京：中華書局，1997年 12 月）：「浦琳，字天玉右手短而撳，稱拐子。少孤，乞食城中，夜宿火房……」，頁 205。
〔註 41〕參見金兆燕：《國子先生集·拐子傳》：「不讀書，一日過市肆，聞坐客說評話，悅之。遂日取小說家因果之書，令人誦而聽之。聽之一過，輒不忘。於是潤飾其詞，摹寫其狀，為人復說。聽之者靡不動魄驚心，至有欷歔泣下者。」
〔註 42〕參見李斗：《揚州畫舫錄》卷九，頁 205。

節似乎只是引子和框架。

在人物形象的刻畫上，《清風閘》裡的包公並不若《包公案》裡如此睿智搶眼，風采完全被皮五這個角色掩蓋，全書三十二卷，包公在二十七回才出現：「再言京中特放了一位清官，鐵面無私，不愛錢財。」〔註43〕簡單的描述勾勒包公「清廉剛正」的形象，他身為巡視江南的朝官來到《清風閘》發生所在地定遠縣，一如其他官吏一樣，供奉神靈、分析案情、勘驗屍體、動用大刑，不同的只是「鐵面無私，不愛錢財」，是未被神格化的藝術形象。

在語言使用方面，以目前僅有資料很難得知浦琳的評話表演和底本之間的差距，但今所流傳的定本為嘉慶廿四年梅溪主人刊行奉孝軒本，距離浦琳說書已間隔半世紀以上，應很有可能曾因文人刊刻的增刪潤飾，即使如此，書中保有著說話人的言語風格，使用了大量的方言，如「那裡」為「那塊」，「說一會話」為「說一夕話」，「對某某講」為「望某某講」等等，全書語言直率精疏，所涉及案件均為奸殺和盜殺，小說雖有勸戒意圖，但產生這些社會現象的根源並未揭示，因此它的影響力也受到了很大的局限。

儘管如此，若將《清風閘》放在包公系列故事中來比較，有關包公用刑的描寫則有很大的變化。《包公案》裡的包公不輕易用刑，用刑之際亦多為案情已人證俱獲，而非端賴酷刑使其承伏。所述刑具亦很單純，不外乎長枷、杖棍等，施刑過程亦只輕輕帶過，點到為止。但《清風閘》對刑具的著墨則顯然增多，寫包拯離京就職，即有「鐵銄、同（銅）銄、蘆簾子，一件件刑具齊全」，〔註44〕在審毛、郎二賊徒時：

> 二賊看見包公坐在上面，猶如閻羅天子一般。見兩邊擺列刀槍箭戟、鞭鐗鎚抓，外有銅扎、鐵扎、蘆練子、大夾棍、點鎚，還有短夾棍、敲牙摘舌，百樣飛（非）刑，只嚇得渾身發抖。〔註45〕

這些刑具羅列兩側，已夠使嫌犯嚇得淪肌浹髓，何況用之？書中果然也寫出包公如何使用這些刑具，審問孫小繼時，竟「將豬鬃攢至龜頭，可憐一攢，鮮血淋淋」，〔註46〕此處所寫的包公作為，與《包公案》中「愛民如子」形象，差距可說十分地遠。至於審訊強氏，亦不因為其為女子而稍有包容之心：

〔註43〕參見〔清〕浦琳：《清風閘》第27回（上海：上海古籍出版社，1992年不著月份），頁337。

〔註44〕參見《清風閘》第27回，〈皮奉山生子，包青天出京〉，頁337。

〔註45〕參見《清風閘》第30回，〈立挈毛郎二賊，求雨壇前認屍〉，頁368。

〔註46〕參見《清風閘》第32回，〈新建包公祠，皮府大筵宴〉，頁385。

可憐十指尖尖，拶得像胡蘿蔔一樣……又加四十點鎚……又拶起來」孫小繼已受非刑招認後，強氏在門外渾然不知，仍自狡賴，於是包公再也不客氣了，「叫拶起來收緊了，又打上四十刑，他還不招；吩咐取箍子將他頭髮一根根箍下來，可憐箍血淋淋的，他還不招。又叫拿鹽鹵滴下去，可憐疼到心裡滿地亂滾，他還不招。又叫將十指摘去，他仍不招。又把腳指摘去，仍似咬住銀牙，他不招。……包公說好一個熬刑潑婦，吩咐取豬鬃將他兩乳撞進去，可憐撞去鮮淋淋往外直冒，如此非刑，他仍然不招。〔註47〕

縱使《清風閘》所刻畫的強氏，是一位水性楊花、無惡不作的狠毒女性，讀者對之已痛恨有加，但包公所施刑手段之慘烈無情，亦相當令人髮指。無怪乎李斗《揚州畫舫錄》載浦琳說書時，其聽眾「養氣定辭，審音辨物，揣摩一時亡命小家婦女口吻氣息，聞者驩咍嗢噱，進而毛髮盡悚」，〔註48〕由於浦琳工擅說笑與口技，初時聞者莫不嘻笑，但進而「毛髮盡悚」，可能為刻畫酷刑情節之故。

### 3.《三俠五義》

《三俠五義》創始者石玉昆亦為北京說書人，於嘉慶、道光年間，聲名大噪於北京，其最受歡迎的說書題材正是包公故事，而成書之筆有賴於諸多文人之手，先出現的傳鈔本為《龍圖耳錄》，反映出群眾「耳聞」說書之精采後著錄文字之特色。《三俠五義》為問竹主人在其基礎之上再加以刪訂而成。〔註49〕《三俠五義》既屢經傳鈔增刪，文筆工拙不一，但因底本來自說書的需要，於刑具的種類及使用，為了迎合群眾的獵奇心理，不免予以誇大或強調，故所述酷刑細節，比起《包公案》及《清風閘》等更為詳盡，包括人物內心活動與場面情景都鮮活無比。

例如第十一回，審問葉阡兒時，為使其招認，包公將驚堂木一拍：「好個刁惡奴才！束手問你，斷不肯招。左右，拉下去，打二十大板。」〔註50〕束手，即不動用刑具，待打得皮開肉綻方才肯招，這亦是刑訊的目的，葉阡兒

---

〔註47〕參見《清風閘》第 32 回，〈新建包公祠，皮府大筵宴〉，頁 384～387。
〔註48〕參見李斗：《揚州畫舫錄》卷九〈小秦淮錄〉，頁 205。
〔註49〕有關石玉昆說書底本化為小說文本的經過，參見李漢秋、朱萬曙：《包公系列小說》，頁 102～106；另參見石玉崑原著，張虹校注、楊宗瑩校閱：《三俠五義》，〈引言〉及《《三俠五義》考證》（台北：三民書局，1998 年 3 月）。
〔註50〕參見《三俠五義》第 11 回，〈審葉阡兒包公斷案，遇楊婆子俠客揮金〉，頁 97。

一急，才將事情和盤托出。又如第十九回細緻地描寫了包拯審「狸貓換太子」案時，起初郭槐仗著太后之勢，斷不肯招，遭到包公二十大板的重責，呲牙咧嘴，哀聲不絕，仍絞辯不誤，強詞奪理，包公復令左右拶其雙手：

> 套上拶子，把繩往左右一分。只聞郭槐殺豬也似的喊起來。包公問道：「郭槐，你還不招認麼？」郭槐咬定牙根道：「沒有什麼招的喲。」見他汗似蒸籠，面目更色。包公吩咐卸刑，鬆放拶子。時郭槐又是哀聲不絕，神魂不定。〔註51〕

這樣細緻的表情、言語描寫，在百回的《包公案》中幾乎沒有，不僅讀者見其言，亦如聞其聲。為了讓郭槐招認，包公請公孫策草擬設計一副「只傷皮肉，不動筋骨」的刑具：

> 包公接來一看，上面註明尺寸，彷彿大熨斗相似，卻不是平面，上面皆是垂珠圓頭釘兒，用鐵打就；臨用時將炭燒紅，把犯人肉厚處燙炙，再也不能損傷筋骨，止於皮肉受傷而已。包公看了問道：「此刑可有名號？」公孫策道：「名曰『杏花雨』，取其落紅點點之意。」
> 包公笑道：「這樣惡刑，卻有這等雅名，先生真才人也！」〔註52〕

這種刑具以鐵燒紅，炙烙人肉，會造成皮膚斑斑紅點，灼熱不可當，卻取其杏花紅雨點點落下的意象，不啻是種絕大的諷刺！這樣令人望而卻步的刑具，卻博得了包公的讚賞，並稱許公孫策為才人，站在人道的立場來看，不得不認為《三俠五義》中的包公，不復《包公案》裡那個體恤庶民的有司，而成為為統治階級服務的角色。果然包公吩咐用刑時，「只見杏花雨往下一落，登時皮肉皆焦，臭味難聞。只疼得惡賊渾身亂抖。先前還有哀叫之聲，後來只剩得發喘了。」而這種刑具，無獨有偶，後來在晚清《活地獄》及現代小說葉兆言《花煞》中亦有類似的出現。〔註53〕

　　包公亦曾於公堂之上，甫獲犯人的供詞，便立刻執刑。第廿七回葛登雲仗勢自己是侯爺，氣昂昂一一招認，包公登時命人用刑，請出「御刑」虎頭鍘，立時將葛鍘下人頭，又以狗頭鍘施於李保。〔註54〕

---

〔註51〕參見《三俠五義》第19回，〈巧取供單郭槐受戮，明頒詔旨李後還宮〉，頁156。
〔註52〕參見《三俠五義》第19回，〈巧取供單郭槐受戮，明頒詔旨李後還宮〉，頁156。
〔註53〕參見李伯元：《活地獄》第十一回：「似熨斗，底下有十幾箇熟鐵鑄成的奶子頭。」名喚「奶頭熨斗」，受刑的是罪名通姦殺夫的張王氏；亦見葉兆言：《花煞》（台灣：麥田出版社，1998年6月），頁132。詳參本章其後討論。
〔註54〕參見《三俠五義》第27回，〈仙枕示夢古鏡還魂，仲禹掄元雄飛祭祖〉，頁216。

讀者亦可以想見，當說書人眉飛舞地描述刑具之可怖時，必然提高圍觀群眾的注意力，因此以這類以說書爲基礎的刊本，反映了人類心理底層的旁觀心態、嗜血興味，酷刑書寫在公案題材不斷流衍傳抄過程中，加入了說書的表現型態而有了更多的藝術加工，這也是時代愈晚，酷刑描寫也就愈詳細的原因之一。

## （二）公案劇

公案劇的定義，「顧名思義，應是以牽涉司法案件，爲故事情節必要脈絡之作品。」〔註55〕幾乎每一本元雜劇，或多或少都有關於公案的描寫，無論人民對官府的直接嘲諷與批判，或者強盜流氓遭到官府的懲處，元雜劇使百姓和官方兩個階層都能得到滿足，成爲一種獨特的現象，原因在於戲劇具有的娛樂功能。歷經明、清之後，公案劇的情節的神判色彩稍爲降低，轉爲世情化，但仍部分保留了冥判的果報觀念，以達懲善罰惡的社會功能。以「公案」作爲主要題材，以戲劇的方式進行，使情節具有司法的衝擊力，這種建立在虛構創作與眞實人生之間的表現形式，從元代以來一直受到普遍的歡迎，反映並透露了一定的社會文化因素，藉著戲劇形式的上演，吐露人民心中的價值和願望。

### 1. 包拯之「權」

朱萬曙統計目前可考的公案劇中，以包拯斷案爲題材者便有廿五種左右，〔註56〕《包龍圖智賺契約文字》中稱包龍圖「青耿耿水一似，明朗朗鏡不如」。〔註57〕元雜劇有關包拯及其他清官之公案劇中，類此的詞語很多。哪怕是包拯，審判亦不免有錯，甚至在元代就有《糊塗包待制》的戲劇，〔註58〕雖然該劇已經失傳，難以看出其錯誤之處，但從元雜劇觀察有關包拯的戲劇，除了不畏權勢之外，他與其他官員幾乎沒有什麼差別，尤其在刑訊這一點上。當涉及人命之案件時，包拯急欲找出證據而不可得，同樣會大量使用刑訊。例如《蝴蝶夢》一劇中，兄弟三人爲了替父親復仇，打死了豪門子弟葛彪，

---

〔註55〕參見王璦玲：〈洗冤補恨：清初公案劇之藝術特質與其文化意涵〉，頁22。
〔註56〕參見朱萬曙：《包公故事源流考述》（合肥：安徽文藝出版社，1995年）第二章〈元代包公戲〉，今尚存12種。
〔註57〕參見〔明〕臧晉叔編：《元曲選》（北京：中華書局，1979年6月），頁432。
〔註58〕參見〔明〕臧晉叔編：《元曲選》，頁28。臧氏於〈元曲論〉一文曾收錄元代汪澤民的《糊塗包待制》的劇目，參見李春祥：〈附錄：元代包公戲新探〉，《元代包公戲曲選註》（河南：中州書畫社，1983年10月），頁301、註16。

包拯首先必須查明是誰先動手打人，就對三兄弟先後動用了刑訊：

> 休說麻槌腦撒，六問三推，不住勘問，有甚數目，打的渾身血污。
> 大哥聲怨叫屈，官府不由分訴；二哥活受地獄，疼痛如何擔負；三
> 哥打的更毒……〔註59〕

事實上，當遇到法律程序不能解決問題時，包拯還會利用各種法律外、甚至是公然違法的手段，達到審判的目的，包括欺騙、篡改死刑判決書，以及讓死刑犯冒名頂替等。〔註60〕在一個缺乏獲得可靠和充分證據的審判技術的社會中，哪怕是「清官」，遇到疑難案件，也同樣表現得無能為力，只能訴諸刑訊逼供。這種「無能」，其不是官員個人智慧和能力的問題，而是社會條件使然，甚至是民意使然。

即使今日許多小說讀者或戲劇觀眾高度讚揚包拯的智慧，但在許多情況下，審判案件時，智慧和知識都不能獨力發揮作用，必須有賴權力的支撐，才能進入司法審判的境地。包拯不單只靠智慧判案，更重要的是，他是「龍圖待制天章閣大學士」，又是當時首都開封的第一把手，若沒有了這個身分，包拯的一切智慧也無從發揮作用。如今在討論包拯時，人們總以剛正不阿、足智多謀、不畏權勢及明判善斷來形容他，卻忽略了包拯的權力握柄。包括有形和無形的物品，有形的如御賜的寶器（如尚方寶劍、金牌勢劍、紫金錘、聖旨）與刑具（如銅鍘），這些道具的使用，強化並深化包拯在人們心目中的威權印象，並成為懲善除惡時最富戲劇張力的特點；無形的握柄則，象徵著帝王的寵信與絕對的權力。

而這一點，在公案劇中，被反覆強調著。如《灰闌記》包拯登場時，首先提到的就是他「手攬金牌勢劍」，「官拜龍圖待制天章閣學士，正授南衙開封府府尹之職。敕賜勢劍金牌，體察濫官污吏，與百姓伸冤理枉，容老夫先斬後奏。」〔註61〕即使其他包公戲、清官戲中也有類似說法，一再出現。〔註62〕即使不是

---

〔註59〕參見〔明〕臧晉叔編：《元曲選》，頁637。

〔註60〕例如元雜劇中的《魯齋郎》、《蝴蝶夢》、《生金閣》、《陳州糶米》等劇。

〔註61〕參見〔明〕臧晉叔編：《元曲選》，頁1124。

〔註62〕參見〔明〕臧晉叔編：《元曲選》《陳州糶米》：「官拜龍圖閣待制，正授南衙開封府尹之職。」頁41；《蝴蝶夢》：「官拜龍圖閣待制學士，正授開封府府尹。」頁635；《魯齋郎》：「官封龍圖閣待制，正授開封府府尹。」頁853；《後庭花》：「官拜龍圖閣待制，正授開封府府尹。」頁940；《留鞋記》：「現為南衙開封府尹之職。……聖人敕賜勢劍金牌，著老夫先斬後奏。」頁1272；《盆兒鬼》：「謝聖恩可憐，加拜龍圖閣待制，正授南衙開封府尹之職。敕賜勢劍金牌，容老

包拯，換了其他清官，所述詞語與字面不盡相同，亦有類似的意思，[註63]強調清官手中握有的權力是何等崇高神聖，不可侵犯，無從置疑。雖然雜劇中所標榜的權柄作用，大多為正面的意義，但若御賜之物落入貪官手中，無異助長甚威，對於百姓的欺壓可想而知。

公案劇中對包拯的形象評價大抵是正面的，如學者羅錦堂說：

> 包待制在宋人話本裡，只是一位精明強幹的官僚。在明、清人的小
> 說裡只是一位聰明的裁判官。但在元代雜劇裡，他卻成了一位超出
> 聰明的裁判官以上的一位：不畏強悍而專和「權豪勢要」之家作對
> 頭的偉大的政治家及法官了。[註64]

此話未免對包拯有過譽之嫌，或許是因為在公案劇中揉和了他「日審陽、夜審陰」的藝術形象，增大了他的職能範圍，並且在一定程度上反映了社會所期待的「文學正義」。王瓊玲認為，公案劇由元轉入明、清的發展潛在因素，「在於劇作者對於司法不正義，已由一種消極的無奈，或祈求一種單純的拯救，轉變為對於司法所以不輕易經常維持其正義之成因的探討。」[註65]公案劇中很容易塑造出一個時代的「英雄」，亦即化解人民冤曲災厄的清官，出現並摘奸發伏、理冤雪枉，因此使戲劇人物的形象受到深化的作用。

2. 官吏之「貪」

其他清官能吏還有《救孝子賢母不認屍》和《王翛然斷殺狗勸夫》中的清官王翛然，《魔合羅》中的能吏張鼎等等。

王翛然在《救孝子》中幾句言語，可以看出他的仁心：「律意雖遠，人情

---

夫先斬後奏。專一體察濫官污吏，與百姓伸冤理枉。」頁1404；《生金閣》：「官封龍圖閣待制，正授南衙開封府尹之職。」頁1726。
[註63]　參見《竇娥冤》中的竇天章：「官拜參知政事，……加老夫兩淮提刑肅政廉訪使之職。隨處審囚刷卷，體察濫官污吏，容老夫先斬後奏。」頁1511；《救孝子賢母不認屍》中的王翛然：「老夫大興府尹王翛然，……賜予我勢劍金牌，先斬後奏。」頁772；《勘頭巾》中的完顏：「小官完顏，……今為河南府尹，……敕賜我勢劍金牌，差某往此處刷卷。使宜行事。」頁673；《魔合羅》中的完顏：「聖人親筆點差老夫為府尹。因老夫除邪秉正，敕賜勢劍金牌，先斬後奏。」頁1377；《馮玉蘭夜月注孤舟》中御史金圭「累官加至都御史之職。……聖人命俺巡撫江南。敕賜勢劍金牌，體察奸蠹，理枉分冤，先斬後奏。」頁1746。
[註64]　參見羅錦堂：〈元代「公案劇」產生的原因及其特質〉，《錦堂論曲》（台北：聯經出版公司，1977年3月），頁520。
[註65]　參見王瓊玲：〈洗冤補恨：清初公案劇之藝術特質與其文化意涵〉，頁33～34。

可推。」又以鍋中之水比喻囚犯，說了一段生動而近乎人情的心情：

> 俺這衙門如鍋竈一般，囚人如鍋內之水，祗候人比著柴薪，令史比
>
> 著鍋蓋，怎當他柴薪爨炙，鍋中水被這蓋定，滾滾沸沸不能出氣，
>
> 蒸成珠兒，在鍋蓋上滴下，就與那囚人啣著冤枉滴淚一般。〔註66〕

這番將心比心的言語，聽在有冤待伸的人心中必定涕淚交錯，能夠如此體察民意的清官，在小說或戲劇中，真如鳳毛麟角般稀有。

張鼎是負於盛名的六案都孔目，在《魔合羅》中新上任的王府尹也形容他：「下官一路上來聽得人說，這河南府有個能吏張鼎，刀筆上狠婁羅，又與百姓水米無交。」意謂清廉不貪，斷案明快，為正面的官吏形象，但他審案的方式亦不免以拷打、哄騙為主，能吏尚且如此，就更不難想像惡吏的行徑作風了。《救孝子》中的外郎，便是一個典型的惡吏，不願花心思於如何破案、尋找真兇，一味對被告嚴刑拷打，軟硬兼施、連哄帶騙，即使李氏對他提出應有的斷屍方式，亦惱羞成怒地罵：「這婆子好無理也，我是把法的人，倒要你教我這等這等檢屍。」〔註67〕到第三折時，他對楊謝祖酷刑拷打，逼其認罪，李氏忍不住痛罵：

> 【滿庭芳】……你要我數說您大小諸官府，一剗的木笏司糊突，並
>
> 無聰明正直的心腹，盡都是那絣扒吊拷的招伏，把囚人百般拴住，
>
> 打的來登時命卒，哎喲！這便是您做下的個死工夫。〔註68〕

在元代公案劇中，可以清楚看見官府設置的矛盾性，一方面對百姓發號施令，另一方面又不願承擔職責，甚至官場中的爾虞有詐，官場裡的形色百態，如萬花筒般呈現。部分官僚為鞏固個人勢力剷除異己，手段殘酷，如《哭存孝》中李存孝被車裂而死，《誶范叔》中范雎被拷打致死，《東窗事發》的岳飛慘遭凌遲，《趙氏孤兒》與《伍員吹簫》，一家滿門三百餘人被斬，奸臣無功卻得意官場，賢臣有功卻反無良遇，實是當時文人的深刻體認。

即使是低層吏員如牢子，因職務之便，對犯人必先打十或三十殺威棍，然後上押床滾肚折磨一番，一上場必說：「手執無情棒，懷揣滴淚錢，曉行虎狼路，夜伴死屍眠。」正生動地道出其職業特色，所謂「無情棒」、「滴淚錢」，掄起棍棒搜括民脂民膏時，毫不講情面，到了鐵石心腸的地步。如《雙獻功》的牢子

---

〔註66〕參見〔明〕臧晉叔編：《元曲選》，頁773。

〔註67〕參見〔明〕臧晉叔編：《元曲選》，頁766。

〔註68〕參見〔明〕臧晉叔編：《元曲選》，頁769。

張千，當孫榮對他提及往日情分時，嘴裡雖然無奈地說著：「罷！罷！罷！」但仍照樣執法不手軟，收賄不心軟，彰顯出牢子冷酷無情無義的一面。

　　3. 竇娥之「冤」

　　公案劇中的唱辭，用字遣詞皆比小說更為辛辣率直，描述事態人情更為淋漓盡致，所道出的心聲，皆為人性的共通點，在這些小人物的身上，充分看到權力與身體產生抗衡時，身體是如何地被支配，為國家機器本身即為執法者最有力的權力，是平凡百姓撼搖不動的力量。《魔合羅》劉玉娘禁不住拷打，只得承認對丈夫下藥，〔註69〕一番話：「吃棍棒打拷無數，我是個婦人家怎熬這六問三推。葫蘆提屈畫了招伏。」〔註70〕刑訊，幾乎是人性的罩門，因為血肉之軀，最難躲過這種切膚之痛，昏官惡吏僅憑刑訊問案，十之八九可以達到目的，但從這些實例可以看出，「屈打」使社會權力及性別階級的弱勢者只好「成招」，但招認不是因為他真的犯了罪，而是不得已。

　　公案劇中受到強大倫理壓迫、屈打成招的的角色，最富知名度的可說是竇娥。《竇娥冤》中她的形象本是柔弱的，初從父命、夫死從婆婆之命，又受到張驢兒父子百般威脅利誘，一樁張父誤被毒死的案子，竇娥選擇了官休，要向「明如鏡、清似水」的大人「肝膽虛實」，〔註71〕企圖以司法還她清白。固然先是基於倫理與道德而反對委身於張姓男子，並對意欲招贅的婆婆曉以大義，出了人命後遭到刑訊仍堅不肯招，堅持的是人間的正義和自我的氣節，她心中的事實只有一個，即自己是清白的。她所期待的、應扮演人間正義存在的官府，卻是個典型的貪官污吏，劇中一出場便自言：「我做官人勝別人，告狀來的要金銀，若是上司當刷卷，在家推病不出門。」〔註72〕楚州太守桃杌徹底粉碎了她的期望，還來不及應變，即受到嚴刑毒打：

　　【感皇恩】呀！是誰人唱叫揚疾，不由我不魄散魂飛，恰消停，纔蘇醒，又昏迷，捱千般打拷，萬種凌逼，一杖下，一道血，一層皮。

　　【採茶歌】打得我肉都飛，血淋漓。腹中冤枉有誰知，則我這小婦

---

〔註69〕《魔合羅》第二折：「〔旦云〕住住住，我待不招來，我那裡受的這等拷打。我且含糊招了罷，是我藥殺俺男兒來。」參見〔明〕臧晉叔編：《元曲選》，頁1367。

〔註70〕參見〔明〕臧晉叔編：《元曲選》，頁1378。

〔註71〕《竇娥冤》第二折：「【牧羊關】大人你明如鏡，清似水，照妾身肝膽虛實。」參見〔明〕臧晉叔編：《元曲選》，頁1507。

〔註72〕參見〔明〕臧晉叔編：《元曲選》，頁1507。

人藥來從何處也。天那！怎麼的覆盆不照太陽暉。〔註73〕

這樣的結果，怎不令她椎心忱痛呢？在是非不分的社會勢力與黑暗的官府勢力挾壓下，竇娥幾乎無法反擊，但她的形象卻在這種種對她不利的情境中，逐漸擴張，愈是打壓愈是堅不承伏，即使慘被打得鮮血淋漓、魂飛魄散，她亦不承認下毒於婆婆，惟當婆婆可能遭到極刑拷打時，為挺身護衛婆婆才含淚屈招，誣服毒死了「公公」。她的堅毅形象不同於竇婆婆先前放高利貸的趾高氣昂、繼而屈從於張驢兒等地痞流氓之下，而是柔順宿命、遇到惡勢力反而堅貞自持，婆媳二人形成強烈的反比。

若以「事件」作為戲劇行動的進行核心，第二折中的竇娥已經招認定罪，似無其他「事件」可再表徵第三折的高潮。但關漢卿有意的安排下，在第三折中她的凜然氣節與訴說冤屈，反而透過對天道的質疑而使戲劇達到了最高潮。她的冤情在世時不能伸，尚待死後有賴清官的到來給予沈冤得雪，更增人們內心的震撼與同情。仔細回顧，竇娥本來可以不招，這麼強烈的拷打她都捱過了；但後來屈打成招的原因不是肉體的痛苦，而是她再次屈服於傳統的倫常規範下，使婆婆免於受到刑求。當然挺住身子熬刑時，她秉持的是道德與正義，但正因為捱過可怕的刑求，一旦意識到婆婆年邁的身軀必然禁不起這種毒打後，她維護道德的信念轉為保全對婆婆的倫理之情，瞬間的轉換幾乎沒有思索的餘地，連忙道：「住住住！休打我婆婆，情願我招了罷，是我藥死我公公來！」〔註74〕竇娥所招認的毒殺罪，完全是為了拯救婆婆，才被桃杌處以斬刑，她的招罪，絕不是對於犯罪的屈服，而是基於倫理上的孝道、對於婆婆的一種倫理情感。

戲劇使人洞悉現實、瞭解人生的力量，絕不亞於小說，藉著《魔合羅》一段話，可以充分道盡官僚體系「堂上一點硃，民間千點血」的真理：

> 人命事關天關地，非同小可，古人云：「繫獄之囚，日勝三秋。」外則身苦，內則心憂，或笞或杖，或徒或流，掌刑君子，當以審求。賞罰國之大柄，喜怒人之常情，勿因喜而增賞，勿以怒而加刑。喜而增賞，猶恐追悔，怒而加刑，人命何辜。這的是霜降始知節婦苦，雪飛方表竇娥冤。〔註75〕

---

〔註73〕參見〔明〕臧晉叔編：《元曲選》，頁1508。
〔註74〕參見〔明〕臧晉叔編：《元曲選》，頁1508。
〔註75〕參見〔明〕臧晉叔編：《元曲選》，頁1380。

「掌刑君子，當以審求」，這句話是無比沈痛的發人深省。

### （三）志怪故事：《聊齋誌異》

以狐仙鬼怪為主軸的《聊齋誌異》，也有數量眾多的人間公案故事，四百九十一篇之中大約有四十多篇與官衙判案有關，橫跨陰陽兩界，蒲松齡的酷刑書寫，以陰曹之刑、衙門之刑和異聞之刑為三大主幹，在主幹之外，旁枝錯節，逸生橫蔓，使得酷刑的書寫題材有豐富的展現。本段落先就純以現實人事糾葛之篇章為主，有九篇完全緊扣人世的公案故事，純以世情判案、以人世眼光看待人間的愛、恨、貪、癡，對於《聊齋誌異》而言是非常特殊的寫法。這些篇章，大都有一位廉正明察的清官，為錯綜離奇的案件條分縷析，不冤枉好人、不縱容犯人，最後都有圓滿的結局。就寫實功能而言，《聊齋誌異》反映出了社會各種樣貌，故事描寫飲食男女及日常生活，因淫因慾，犯下凶案，在審理過程中彰顯清官的廉能及明察。由於寫作內容完全脫離神仙狐鬼等異界的力量，且文中的清官大多又確有其人，因此寫實的成份相當高，也格外值得史家一探究竟。

酷刑本是直涉「身體」感官的母題，直言之即皮肉上的「痛」字，行文愈直愈白，對讀者的感官刺激就愈強烈。蒲松齡在書寫酷刑時屢屢用典，固然與全書的行文風格、語言藝術水準有關，但若以具體的寫法來細究，可歸納為蒲氏有意用典來隱去文字所涵蘊的意義，使文字表層加上一面屏障，增加閱讀上的難度、增強文字意象的構成，使得閱讀活動不單單是直接的文字衝擊，且加上了理性的思索，這樣的緩衝作用，使得《聊齋》中的酷刑書寫，寫殘忍時有所保留，談血肉而不失風雅，有一份非常獨特的風格張力。

蒲松齡的文筆細膩，曲盡世態，所述案情各自不同，起伏跌宕，令人激賞。以此類公案故事而言，犯案手法便有：因色奸殺、奸夫淫婦合謀殺人、強徒謀殺、圖財害命案、強搶拐騙、訛賴、竊盜等案，圍繞在現實生活中，打破了蒲松齡原先給自己規定的「專志鬼狐花妖而不志人事」〔註76〕的窠臼，豪不掩飾地表露出他指陳時弊的企圖。

〈冤獄〉一篇，朱生有義，願為鄰妻承攬罪責，更可貴的是朱生之母，亦肯成全朱生的義行，以刀割臂作成血衣，這亦是朱生始料未及的，這一切小人物的仁義，都襯托出斷案官吏的迂腐，最後若非周倉藉宮標之軀挺身而

---

〔註76〕語見孟犁野：《中國公案小說藝術發展史》，頁 107。

出，直指兇手，恐怕案情無以大白。朱生蒙冤時，縣令為得其認罪之口供，以「拷掠」、「五毒」來逼迫其招認，手段殘暴，甚至強迫交出隨口胡謅之血衣，朱母絕望之中亦只好「配合演出」，入室自製血衣供其交差，一連串的威逼刑誘，實令人對於吏治的狠毒搖頭。若非其後關帝守護周倉將軍顯靈，將真正兇嫌官標擄至，此案尚無破案之時。

蒲松齡藉異史氏言曰：「訟獄乃居官之首務，培陰隲，滅天理，皆在於此，不可不慎也。……寧知水火獄中，有無數冤魂，伸頸延息，以望拔救耶！……」〔註77〕充分透露他對官箴的看法。主掌權力者若無心為民明察審案，人民是隻手無力可回天的。在〈詩讞〉一文亦可看到，嫌犯吳蜚卿乃因一支可疑的扇子而被誣殺人，「慘被械梏」，〔註78〕誣以成案，歷經十餘任官，都陳陳相因無法翻案，吳妻散財濟貧，讓人在家門訟佛以積陰德。眼見自由無望，準備服毒自盡，卻得一夢兆，即將有「裡邊吉」的援助。果因周元亮戶部侍郎上任後，看出案情一些端倪，而將之平反。「裡邊吉」正是「周」字。

在這些衙門判案的故事中，限於歌訟清官而無涉昏官的有三篇：〈折獄〉、〈新鄭訟〉、〈于中丞〉，作者對清官的訟揚，側重於其體恤民艱及對疑難案情的明察與行事之機警。例如〈折獄〉中的費禕祉，作者主要稱讚其對案發現場的仔細勘察精神，研究遺物特徵的認真態度，理出事物之間有機聯繫的思維方式，指出「事無難辦，要在隨處留心」。〔註79〕和一般官吏一樣，費禕祉亦不廢酷刑，但並非濫用酷刑。故事一開始，因殊少端緒，故並未拷掠，盡釋嫌犯，表現出以智取而不強求口供；然有十足把握而捉拿的罪犯，則「嚴梏之」，果然兇嫌伏罪。

〈新鄭訟〉一文則無曲折複雜的情節，完全憑新鄭判官石宗玉的明察秋毫，使得反咬被害人張某一口的某甲事跡敗露，石宗玉善用眼觀與心判，看出鄰人懼於某甲，擔心招來不測，乃作出偽證，石宗玉以十足的把握以刑詢嚇之，「命取梏械」，〔註80〕才突破鄰人的心防，進而使某甲無法再抵賴。

〈于中丞〉中的判官于成龍，在「故事一」之中，善於在案發後敏銳地判斷出罪犯逃脫的可能性，果斷迅速地把罪犯控制在一定範圍內，並變被動

〔註77〕參見蒲松齡：《聊齋誌異》卷七，頁977～978。

〔註78〕參見蒲松齡：《聊齋誌異》卷八，頁1135。

〔註79〕參見蒲松齡：《聊齋誌異》卷九，頁1250。

〔註80〕參見蒲松齡：《聊齋誌異》卷十二，頁1693。

為主動，牽著罪犯的鼻子走，顯示了其判斷與應變能力。「故事二」中，更無須動用任何器械，單憑其敏銳的判斷力與人情世故之邏輯做合理推斷，即可洞悉歹徒的手法，成功偵破一起強盜炮烙富室劫財的命案。馮鎮巒之評亦盛讚其冷眼之銳利，稱許兩條故事可入智囊補。〔註81〕

在這批作品中，最能顯露作者構思之精巧與完整的，可說非〈胭脂〉莫屬。洋洋灑灑的三千餘字，超出《聊齋誌異》其餘公案故事很多，但較之清代中國文言小說而言，相當於短篇中的短篇了，以這樣的篇幅，卻能呈現完整的劇情，情節饒富變化，又合情合理，是這類作品藝術的成熟代表作。

故事中真正戲謔胭脂的是王氏的姦夫宿介，而誤殺胭脂之父的主犯則為思欲染指王氏及胭脂的毛大，結果被判死刑而獲平反的，則是胭脂僅驚鴻一瞥的鄂秋隼。作者採用的是「滾雪球」式的手法，起初的事件很小，微小到微不足道——一位情竇初開的少女（胭脂），偶然在家門口遇到翩翩秀才鄂秋隼，一見鍾情，其閨中好友王氏伴言為其作媒，不料這出自謔於風月的王氏一番戲語，使得胭脂患起相思病。由王氏伴許代為媒合，到王氏的情夫宿介趁機向胭脂求歡，再使得另一位多次挑逗王氏的毛大臨時起意，一連串的陰錯陽差，毛大調戲胭脂未果而殺害胭脂之父，釀成了命案。從上可見作品如何將一件日常小事發展一樁駭人聽聞的大案，雪球愈滾愈大，作者不斷增加新的人物、新的事件、例如宿介的行為和毛大的兇殘，都使得情節大大向前推進。這些人物都非信手拈來，而是與主要人物（胭脂）有某種社會關係，所以早已潛伏在主要人物的四周，故他們的出現並不突兀。

傳統公案小說的情節，不外乎以下這樣的公式：昏庸無能的官吏，因受賄或糊塗而造成冤案；之後便出現清官，因他的公正廉明和明察秋毫，使真相大白，懲辦了真正的罪犯。但在〈胭脂〉的後半段，作品突破了這個窠臼，首先塑造了一個平反了此冤案、但也新製了另一個冤案的官吏——吳南岱。鄂生是個手無縛雞之力的文弱書生，卻因邑宰不察而「橫加梏械」，〔註82〕曲打成招，論定案件，而吳南岱平反了因昏官定案而遭死罪的秀才鄂生，「疑不類殺人者，陰使人從容私問之」，〔註83〕又進行一系列的調查研究，終還鄂生清白，透過對王氏梏械十指的逼供而追查出宿介，但是作者在此所塑造

---

〔註81〕參見蒲松齡：《聊齋誌異》卷九，頁1219。
〔註82〕參見蒲松齡：《聊齋誌異》卷十，頁1370。
〔註83〕參見蒲松齡：《聊齋誌異》卷十，頁1370。

的清官仍難脫傳統士大夫形象，認為「宿妓者必無良士」、「逾牆者何不至」，〔註84〕使得道德品質低劣、但實際並未犯案殺人的宿介陷入囹圄，如此一來，更深化了故事情節的曲折，也使得吳公南岱不同於其他明斷的清官，而擁有了獨立的人物性格。末由作者蒲松齡的恩師施愚山審案，運用心理策略，才使真兇伏案。本案呈現三種層次：一是鄂秋隼蒙受不白之冤，顯示邑宰、郡官的昏瞶愚庸；二是鄂生蒙獲洗刷，定罪宿介，表示吳公南岱辦案公正嚴明；三是殺人者無所僥倖，終定罪毛大，施學使能明察事理。

除了藝術成分較高的〈臙脂〉外，故事的紀實性都很強，幾乎都圍繞在現實生活中，閱讀這些作品，可以感受到那種貼近實際生活的、未經加工雕琢的樸素真切感。《聊齋誌異》本以記載神仙鬼狐妖怪之事為多，因此它的酷刑涉及陰曹者頗多，部分摻雜地獄果報思想，待〈二、地獄酷刑〉單元再行分析。

（四）官場故事：《活地獄》

中國的官職制度由來已久，各個時代都有不同的制度及規章，與人民生活、價值判斷可謂息息相關，在君主專權的中國歷史中形成牢不可破的霸權文化。張晉藩先生在《中國官制通史》導論中提到：

> 官是管理國家的群體和實現國家職能的具有人格的工具，中國古代
> 社會的「人治」，其實就是官治。為了發揮官制的效用，就需要有治
> 官，從而形成了人治──官治──治官──治民的政治理論。〔註85〕

治民之官逐漸形成一個特殊的階層後，在這個階層中的人們產生了屬於他們特殊習慣與處世方法，便稱之為「官場」。

在中國文學的話語空間中，「官場」也是重要的話語之一，它充滿著豐富的語境與言說可能，自《詩》《騷》傳統以來，人們目睹及親感家國歷史的良窳治亂，筆鋒便常指向統治階層，從歌誦、抨擊、感傷、譏諷等多重角度予以揭露。在中國長遠的政治風氣中，作者們深知如何在抒發與自保之間求取生存，一旦直言不諱成為毫不可能的理想時，歷代作者紛紛以不同的形式、文體，書寫出具有同情共感的文學作品，影射人世間政治社會的陰暗面。容許虛構、又與現實層面有密切關係的小說是很好的選擇。

「官場」一詞，最早見於唐朝杜甫之〈寄張十二山人彪三十韻〉，「……官

---

〔註84〕參見蒲松齡：《聊齋誌異》卷十，頁1372。
〔註85〕參見張晉藩：《中國官制通史・導論》（北京：中國人民大學出版社，1992年10月），頁1。

場羅鎮磧，賊火近洮岷。」唯當時之「官場」是指藩鎮所設收賦斂之所。杜牧詩〈冬至日寄小姪阿宜詩〉中有：「朝廷用文治，大開官職場」之句，則較接近政界之官場。1903 年李伯元《官場現形記》問世之後，大量出現以「官場」為主要描寫對象的小說，根據陳平原先生粗估便至少有十九種之多，〔註 86〕例如蜀冈蠖叟《官世界》（1905 年）、佚名《官場維新記》（1906 年）……等，另外張中的統計，以「官場」、「宦海」為名的小說有廿四部，〔註 87〕以「現形記」為書名的也有廿五部，〔註 88〕而標題雖然沒有「官場」或「現形記」等，實際上也是暴露「官場」或某一社會「現狀」者，比比皆是，〔註 89〕這些小說彼此並無人物、情節的相關，可視為時代風氣之產物，折射了晚清官僚體系的崩解與粉碎，不只徹底幻滅了宋元以前青天斷案的神聖地位，也將晚清政體作了極盡諧謔的嘲諷。這樣的創作現象與創作成果，足可形成晚清一個重要的次文類──「官場小說」，探究這些小說的同時，不禁也要正視小說作為原本不登大雅之堂的文類，至晚清何以一躍成為小說救國、小說革命的主要角色，經由這種打著「革新」旗幟的文類，如實反映當時官僚體系，並進行諷刺批判，在在都充滿著值得玩味的思索。

　　也許在早期封建專制時代，必須用隱微方式避免招來厄運，晚清新小說家借著租界的存在保證了一定程度的言論自由，〔註 90〕「無力可回天」之下以筆代劍，在小說裡恣肆地謾罵揮灑，把古已有之對官僚的諷刺批判作為整個小說創作核心，晚清小說整體傾向是一種激烈的「諷刺加謾罵」，而目光焦點又落在官場，這也是自李伯元《官場現形記》後以「官場」為名的眾多小說多達十九部之多的原因之一。

---

〔註 86〕自李伯元《官場現形記》濫觴起，清末民初湧現一大批以官場為表現對象的小說，單是書名點明「官場」的就有十九部之多，見陳平原之統計，《二十世紀中國小說史：第一卷》（1847～1916）（北京：北京大學出版社，1997 年 7 月），頁 232。

〔註 87〕參見張中：《李伯元與官場現形記》（瀋陽：遼寧教育出版社，1992 年 10 月），頁 6。

〔註 88〕參見張中：《李伯元與官場現形記》，頁 8。

〔註 89〕例如姬文：《市聲》、黃小配：《廿載繁華夢》等，認為《文明小史》和《活地獄》都是《官場現形記》的續篇。參見張中：《李伯元與官場現形記》，頁 10。

〔註 90〕胡適的〈官場現形記序〉認為：「恰好到了這個時期，政府的紙老虎是戳穿的了，還加上一種儻來的言論自由──租界的保障──所以受了官禍的人都敢明白地攻擊官的種種荒謬、淫穢、貪贓、昏庸的事蹟。」參見魏紹昌輯：《李伯元研究資料》（上海：古籍出版社，1980 年 12 月），頁 91。

　　在晚清與官場有關的小說中，雖然也都有酷刑的描寫，例如劉鶚《老殘遊記》，但筆者認為，《老殘遊記》的寫作精髓在於對「清官」的揭露與批判，因此留待第五章討論「清官」本質時再予詳論；而《老殘遊記》二編第七、第八回老殘遊地獄的情節，置於本節其後的「地獄酷刑」再予闡述。李伯元的《活地獄》可說集晚清官場酷刑書寫之大成，將種種刑罰以機械式地、不帶情感地，融合於官場文化其中，王德威引用 Lancashire 之語云此書被視為「以中文撰寫的揭露中國刑罰制度的惡行和腐敗，詳盡描述刑訊逼供的各種技術的第一部作品」，〔註91〕其中所披露之官吏貪狠、刑具使用、拷打方式，慘不忍睹，真為名副其實的「活地獄」。

　　但過去學者並未重視此書，孫楷第在《中國通俗小說書目》中，將諷刺作為獨立的小說類型，列舉二十八種白話小說，包括《官場現形記》、《文明小史》等，唯不見《活地獄》。韓國學者吳淳邦探討晚清諷刺小說時，便以此書未完成而不將之列入研究範圍內。〔註92〕早期僅有阿英花了很長的篇幅節錄楔子，並為十五個故事作了提要，讚許它出現的姿勢相當特殊，值得注意：「這是中國描寫監獄黑暗，寫慘毒酷刑的第一部書」。〔註93〕從法學、社會學角度觀之，《活地獄》則提供了相當豐富的衙門百態，包括訟師知法玩法、官吏嚴而近苛、書辦居中牟利、監獄殘忍凌虐的生態，李伯元以百科全書的方式，鉅細靡遺地羅列各種酷刑招式，充斥著司法、身體與權力的意義，演示著某種恐怖美學，作者意不在解決問題，而是陳列現象。即便小說因作者的過世或雜誌停刊而中輟，但無損於它曾經展示的現象。

　　《活地獄》的楔子說：

> 因此我要做這一部書，把這裡頭的現象，一一都替他描寫出來。雖說普天之下二十多省，各處風俗未必相同，但是論到衙門裡要錢，與那訛詐百姓的手段，雖然大同小異，卻好比一塊印板印成，斷乎不會十二分走樣的。〔註94〕

〔註91〕參見王德威著，宋偉杰譯：《被壓抑的現代性：晚清小說新論》（台北：麥田出版社，2003 年 8 月），頁 223。

〔註92〕吳淳邦說：「至於未完成之作，現在無法窺見作品全貌的諷刺風格，則不包括在研究範圍內，如李伯元的《醒世緣彈詞》、《活地獄》與《中國現在記》。」參見吳淳邦：《清代長篇小說諷刺研究》（北京：北京大學，1995 年 12 月），頁 77。

〔註93〕參見阿英《晚清小說史》，頁 184～190。

〔註94〕參見〔清〕李伯元：《活地獄》〈楔子〉（《晚清小說大系》，台北：廣雅出版社，

從李伯元義憤填膺的楔子裡，可以想見他作此書的目的，是要揭露州縣衙門裡官場的習性、百姓涉訟之後的牢獄之災，李伯元的寫作目的是在批判衙門人事制度及黑暗現象，控訴的對象，包括酷吏、刑名幕友、書辦、皂隸、官媒、捕快、地保、稿案；揭發的地域，涵蓋了山西、安徽、浙江、湖南、江蘇、陝西、河北各省，足見其揭露地區之廣。

　　全書所述十五個故事，無非官僚陰狠的奸騙敲詐行為，令人髮指的酷刑暴戾，讀之令人咋舌，可以想見，作者意欲揭弊寫惡，描繪出一幅陰森險怖的人間煉獄圖。就在晚清作者意識到，最佳的選擇不再是婉轉教化的諷刺，而是猛灑狗血的醜怪寫作風格時，這類的官場小說已經顛覆了傳統的公案寫作模式，而隨著清官形象由中心往邊緣移動並瓦解之後，必然使官場小說裡的獄訟體制前景化。不同於傳統公案小說集中描寫犯案、審案、判案的過程，《活地獄》提供了晚清州縣衙門獄訟體制的絕佳寫照。

　　李伯元嘲諷著世間見怪不怪的畸型獄訟制度，以戲擬的手法瓦解了中國自古以來「善人善報」的正義觀，顛覆了傳統「清官」固有的形象，企圖打破文學創作的公式化，不再以僵化的成規作為閱讀的引導而失去批判、反省的能力，以達到「陌生化」（amiliarization）的效果，如同什克洛夫斯基從成規的偏離與否來討論文學性的存在，他說：

> 那種被稱為藝術的東西的存在，正是為了喚回人對生活的感受，使人感受到事物，使石頭更成其為石頭。藝術的目的是使你對事物的感覺如同你所見的視象那樣，而不是如同你所認知的那樣；藝術的手法是事物的反常化（又譯為「突出化」或「陌生化」）手法，是複雜化形式的手法，它增加了感受的難度和時延。〔註95〕

官場題材的小說走到了晚清，受到資本主義的經濟侵略、新知識分子取代舊式士紳、西方文化的流佈與借鏡、從政治改革的要求到種族革命，都是晚清官場小說內心的覺醒與意欲反映的題材。因此不僅不再歌誦「清官」，依照西方法治人權觀念的傳入，以及司法審判、監獄制度的改革，連帶著也改變了小說的敘事文體。《活地獄》雖然採取明代擬話本以來的章回體，但每章之間並無絕對的關聯，他既保留了章回小說的懸念寫法、又不拘於小說篇幅的連

1984 年 3 月），頁 2。

〔註95〕什克洛夫斯基〈作為手法的藝術〉，參見〔俄〕什克洛夫斯基等著‧方珊等譯：《俄國形式主義文論選》（香港：三聯書店，1989 年 3 月），頁 6。

篇累牘限制，於每事敘完另起一事，使得創作自由度、靈活度大大提高。甚至每個故事亦未必有令讀者滿意的交代，他並不負責人物的下場，只點明現象。這種「打帶跑」的寫作方式，固然因應了當時的出版需求，也使得他可以同時創作數篇作品，難度降低、產量提高。

再看《活地獄》的楔子：

> 大堂之中，公案之上，本官是閻羅天子；書吏是催命判官；衙役三班，好比牛頭馬面；板子夾棍，猶如劍樹刀山。……唉，上有天堂，下有地獄！陰曹的地獄，雖沒有看見；若論陽世的地獄，只怕沒有一處沒有呢。（楔子，頁2）

所用的形容詞「閻羅」、「催命」、「牛頭馬面」、「劍樹刀山」，呼應了書名採用《活地獄》的原因，小說本身便帶有一種「擬真」「再現」的策略，故事固然是虛構的，但在虛構出的情節之中，又處處透顯著「真實感」，無論是腥臭難忍的班房陋規，〔註96〕弄得家產蕩然的錢財規索，〔註97〕令人悲憤難忍的凌虐手法，〔註98〕規避清律私設的班房收押，〔註99〕史冊斑斑可考。

---

〔註96〕 參見第三回，「柵欄裡面，地方雖大，鬧鬧鬨鬨卻有四五十人在內，…纔交二月，天氣著實寒冷，然那一種骯髒的氣味，未曾進得柵欄，已使人撐不住了。」頁16。第四回寫監獄裡欲少受點罪的交易規則：「進這屋市一定價錢，先化五十吊，方許進這屋。再化三十吊，去掉鍊子。再化二十吊，可以地下打鋪。要高又得三十吊。倘若吃鴉片烟，…開一回燈，五吊…這是通行大例。」頁27。

〔註97〕 第八回黃員打點家丁的牢獄之災，「從下午談起，一直談到上火，……上頭講明一千，門口五百，單是苟大爺一箇，…另外要黃家送他二百，方肯答應一齊取保出去。」頁55。處處要索規費，花樣出新，猶如市場議價。

〔註98〕 第五回寫了女囚的慘境：「列位看官不知，自來州縣衙門最是暗無天日，往往有押在官媒處的婦女，也有已經定罪的，也有未經定罪的，衙門裡頭這幾箇有權柄門政大爺，甚麼稿案、簽押、查班房的，都有勢力要如何便是如何，有的便在官媒家住宿，有的還弄了出來恣意取樂。」頁35。這種情形，古代文獻有諸多記載，婦人一入公門，免不了受辱，有因之而喪失名節者。如馮夢龍《醒世恒言》卷27〈李玉英獄中訟冤〉：「那禁子貪愛玉英容貌，眠思夢想，要去奸他。」《警世通言》卷24〈玉堂春落難逢夫〉中，玉堂春就被禁子牢頭「百般凌辱」。

〔註99〕 例如前註官媒家即為私設班房。清代監獄囚犯有一定的數量，需顧慮上司稽查，監獄之外還有「倉」、「鋪」、「柵」、「店」各種名目，皆是扣押或寄押犯人的場所，管制雖在縣官，敲詐勒索與淹留開放，則聽任捕役與獄卒。參賀長齡編：《皇朝經世文編》（台北：國風出版社，1963年），卷十四〈論監獄〉。

　　《活地獄》裡刻畫了三位令人印象深刻的酷吏，首先是陽高縣知縣姚明（諧音「要命」），桃源縣知縣魏伯貌（諧音「剝皮」），以及安徽亳州知州單贊高（諧音「善吸民脂民膏」）。藉獄吏苟大爺（諧音「狗大爺」）之口說：「真正王府裡的人，到了我這裡，也只得依我的管束。」另外管班房的副役莫是仁（諧音「莫是人」）、看守女犯的官媒，俱為這種黑暗獄政下的爪牙。任何平民百姓，一旦來到衙門或牢房，即生不如死，成為無反抗能力的身體。

　　李伯元在晚清搜羅官場各式百態，營造著各種受虐與施虐的精心描述，企圖藉著雜誌刊物的傳播媒介，販售著他的「語不驚人死不休」，也許預期著讀者可能帶著憤怒與抱屈，但也可能被小說撩撥得更嗜血亢奮，王德威說：「這樣的讀者遠離刑罰現場，安心作壁上觀，他們『消費』肢離骨碎，血肉橫飛的場景。在嘆息與戰慄中，他們慨談世道不古，卻不減興味盎然。」〔註100〕《活地獄》的情節，一方面以脫離「溫柔敦厚」的道德正義達到「反常化」的目的，另一方面又虛擬著人間的獄訟體制，冠之以「活地獄」之名，那些酷刑看似虛構未曾發生，但又是如此逼真地與中國古代酷刑若合符節。「獄訟體制」，作為一種訴訟制度，在中國法律文化中源遠流長，可以上溯至春秋，但是晚清當代資本主義消費社會裡，製造小說和消費性閱讀的系統產生了根本的變化，小說處於瞬息萬變的狀態，是作為一種被「流行」、「時尚」意識型態創造者所控制的「符號」（sign），其多重「能指」（signifer）的發散力量，為「因地制宜」的意識型態創造者———李伯元，激發了「所指」（signified）為何的指涉。晚清帝國即將消解前夕，這些批判與喧囂，都是專制瓦解前的一幕幕鬧劇。

　　酷刑的使用，是《活地獄》較同時期其他官場小說「效果」突出的重要原因，並且不以為殘忍地、不斷以展示人們的受苦受難為情節發展特色。誠然，酷刑並非中國的專利，自古世紀以來，便充斥於世界任何國家，以半合法的形式存在著，成為現代文明交響曲中一段不合諧的旋律，翻閱相關的資料，就會心驚地發現，人類對於自己的同類，某些時候是何等冷酷與殘暴！對於異己或者罪犯，其懲治或刑具的花樣翻新，極盡摧殘刁蠻之能事，人類的智慧在這方面的表現，居然能展現如此大的創造力，不由得令人驚懼。

　　茲將《活地獄》中所施刑訊整理如下表：

―――――――――――――――――――

〔註100〕王德威著‧宋偉杰譯：《被壓抑的現代性：晚清小說新論》，頁229。

| 回數 | 地域 | 施刑者 | 酷刑名稱 | 實　施　方　式 | 受刑者 | 罪　名 |
|---|---|---|---|---|---|---|
| 9回 | | | 鐵板子 | 連肉帶血一片片飛起 | 無數 | 不詳 |
| 10回 | 陽高縣 | 姚明（知縣） | 天平架跪鐵鍊燒肉香 | 兩根臂膊用根木頭撐著，一條辮子拴在桿子上，直挺挺跪在地當中，雙腿跪鐵鍊上，以香燒臂膊 | 梁亞梗 | 盜首 |
| 11回 | | | 奶頭熨斗 | 似熨斗，底下有十幾箇熟鐵鑄成的奶子頭 | 張王氏 | 通姦殺夫 |
| 12回 | 徐州府桃源縣 | 魏伯貔（知縣） | 盼佳期 | 鐵箍箍頭，使人頭痛腦脹，眼睛爆出 | 某強盜 | 不詳 |
| | | | 鐵釘鎚 | 打腳孤拐 | 某強盜 | 不詳 |
| 13回 | 不詳 | 某官 | 站磚 | 去除裹腳布站在磚上 | 朱胡氏 | 誣告殺夫 |
| 19回 | 安徽亳州縣 | 單贊高 | 站籠 | 腳懸空的木製柵籠 | 張大 | 疑似搶錢 |
| | | | 三仙進洞 | 二鐵槓，一壓胸口，一壓大腿，一鐵棍打肚，肝花五臟摽出 | 某盜犯 | 不詳 |
| | | | 五子登科 | 四根釘釘犯人手足，第五根釘在心口弄死 | 某盜犯 | 不詳 |
| 24回 | 安徽天長縣 | 蓋四（捕快手下） | 二龍吐鬚 | 命食麵後，以草蓆包裹，頭下腳上，麵從鼻孔流出 | 某犯 | 不詳 |
| | | | 老虎板凳 | 捆於板凳，磚塞腰下 | 某犯 | 不詳 |
| 33 | 浙江湖州府 | 張升（獄吏） | 冰刑 | 冰放犯人足下，奇寒徹骨 | 朱四 | 疑似引起火災 |
| 40回 | 陝西石泉縣 | 祝椿（鄉紳） | 紅繡鞋 | 鐵鞋燒紅穿在犯人腳上，從此殘廢 | 不詳 | 不詳 |
| | | | 大紅袍 | 牛皮膠熬烊，塗人身上，蔴皮按貼上去，乾後一片片撕下問供 | 不詳 | 不詳 |
| 41回 | | 胡圖丹 | 過山龍 | 彎曲通心長管，盤在犯人身上，錫管上邊澆滾開水，週流全身不歇 | 魯老大 | 被誣告 |

　　所用酷刑，多半出自官吏之手，花樣細目之多、手段之殘忍，令人不忍卒睹，其中部分另見於其他記載，例如十一回的「奶頭熨斗」，類似於《三俠五義》中包拯審「狸貓換太子」案時特製的刑具「杏花雨」。〔註101〕

〔註101〕參見《三俠五義》第十九回〈巧取供單郭槐受戮，明頒詔旨李后還宮〉，頁

自古以來，清官的歌頌意味著正義的尋索，刑訊的描寫暗示著眞理的泯滅，小說裡甚至鮮少聽到人民無助的求饒，血肉之軀逕行交付強大的權力體系，而絲毫沒有反抗的餘地。酷刑之使用，本爲取得口供，乃因封建時代，口供是定案的主要根據，爲使猾徒招罪，刑訊逼供便不可避免，官吏爲了求得速決，遂盡力屈打成招，刑求惡風因此高漲。《禮記·月令》曰：「毋肆掠，止獄訟。」〔註102〕掠，就是用笞責打犯人，迫使服罪，可見刑訊惡風古已有之。但清律規定，刑訊取供在法律上有一定的限制，囚犯因刑訊致死，要處主審者杖一百至流三千里，〔註103〕然而在《活地獄》琳瑯滿目的酷刑之中，揭示了人性的陰暗面，諸如權力慾望、虐殺趣味，握有法律權柄的官吏瞬間成爲合法的殺人者，將社會的正義與身體的痛苦牽連起來。傅柯在《規訓與懲罰》裡說：

> （紀律）主要宗旨是增強每個人對自身肉體的控制。這種紀律的歷史環境是，當時產生了一種人體藝術，其目標不是加人體的技能，也不是強化對人體的征服，而是要建立一種關係，要通過這種機制本身來使人體在變得更有用時也變得更順從，或者因順從而變得更有用。〔註104〕

在傅柯的論述中，身體的概念是權力關係運作的核心，系譜學分析把身體看成是知識的客體，是權力運作的對象。《活地獄》所強調的權力是落實在獄訟策略和執法技術層面上，而這些手法顯現了中國法律文化中權力的負面特性，那些慘絕人寰的酷刑是爲了便於管理和控制。小說和理論的對話便呈現在權力的維繫之上。

《活地獄》雖然展示了獄訟體制中身體與權力的奇觀，但是觀賞之猶如看一齣齣的默劇，無法進入人物的內心世界，卻也成爲它的限制，比起當時從另外一個角度來寫的小說：〈農家血〉泣訴農民被層層剝削、〈獄卒淚〉寫老獄卒目睹各式刑罰的泫然欲泣，〔註105〕影響力和文學價值都要大打折扣。不過此書提供專門研究司法制度者相當生動化、具象化的刑訊記載，以今天

156。
〔註102〕參見《禮記·月令》。
〔註103〕參見張晉藩《中國法制史》（台北：五南出版社，1992年9月），頁526。
〔註104〕參見傅柯著：《規訓與懲罰──監獄的誕生》，頁137。
〔註105〕兩篇俱收吳組緗、端木蕻良、時萌主編：《中國近代文學大系·小說集》（1840～1919）（上海：上海書店，1992年1月），頁876、683。

的法制實踐而言，往往會發現存在著法律「文本」和實際法制脫節的現象，法制再完備，人謀不臧仍是徒然。

## 二、地獄酷刑

由於小說具有容許虛構的特性，故可上窮碧落下黃泉，縱橫馳騁於自由的想像空間，包括人所未知的地獄世界。鬼神文化在長遠以來的民族意識中，佔有非常重要的位置。鬼神文化起源於人類蒙昧時期對自身及世界的解釋，但在人類社會的進步中，它並不會銷聲匿跡，而是作爲一種記憶痕跡存在於人類的集體無意識之中，並在不同時代與社會呈現不同的特點，成爲對特定時代的社會生活與人們心態的曲折反映。

但值得注意的是其透過鬼神精怪情節所蘊含的規訓和懲戒，展現了當時的社會生活、文化內涵，並有濃厚的宗教宣揚意味。在種種荒誕離奇又耐人尋味的故事中，體現了傳統報應觀，亦反映了當時人們的思想以及佛教與中國傳統文化的衝突與融合，對於人世間行爲到了陰間地獄的果報、輪迴轉世的描寫，有豐富的刻畫。

### （一）神仙度化

六朝尙玄談，成仙求仙之說法頗多，仙凡流轉之間，反映了人們對於仙境美好的嚮往，意即對人世的乖離多舛感到失望。對仙境的描寫或人物涉及仙界之故事頗多，例如〈劉晨阮肇〉、〈董永〉、〈蕭史〉等等，對於仙境或來自仙境之人有許多想像空間。東漢佛教傳入後，仙佛之思融合於文學作品，加入了佛教因果輪迴、阿鼻地獄的想像，成仙或成佛必須經過一番試煉，唐代李復言的〈杜子春〉即爲這樣的一種類型，它亦顯現唐人不斷追尋的成仙故事基調，藉由智慧老人的度化，展現凡人如杜子春者，面臨人生重要抉擇時，如何克服心底原始的貪婪與虛妄，拋棄我執及眼前的成見，接受命運的試煉與安排。

老人三次贈金予杜子春後，杜終達成積善的目標，塵願已了，成爲老人超度有仙緣的凡人，但試煉過程無論如何不可出聲。杜子春所經受的考驗，種種磨難，基本上是以佛教的地獄作爲參考的。考驗初始，青龍、猛虎等妖獸紛紛張口相向，風雨雷電，刀山劍樹，猛虎毒龍，狻猊獅子，妻子也被拘來，被妖魔施以酷刑威逼：

> 未頃而將軍者復來，引牛頭獄卒，奇貌鬼神，將大鑊湯而置子春前，

> 長槍兩叉，四面周匝，……及鞭捶流血，或射或斫，或煮或燒，苦
> 不可忍。

此段酷刑並未施及杜子春，先寫妻子遭到妖魔凌虐，對杜子春苦苦哀求，動
之以情，然杜子春皆不為所動，既而惹惱妖魔，將杜子春斬首：

> 斬訖，魂魄被領見閻羅王。曰：「此乃雲臺峰妖民乎？捉付獄中。」
> 於是鎔銅鐵杖、碓搗磑磨、火坑鑊湯、刀山劍樹之苦，無不備嘗。
> 然心念道士之言，亦似可忍，竟不呻吟。

杜子春被斬後被打入地獄，承受所有嚴峻的殘忍刑罰，炮烙、杖鞭、磨骨、
火山、劍、碓刺……，火坑鑊湯，莫名其妙的脅迫，難以描述的恐怖，呈現
出地獄般的震懾人心的威嚴，一一嘗盡，直至無刑可用，閻王乾脆使杜子春
投胎化身為女人，讓他生而多病、命運坎坷。這些種種看似驚悚而駭人聽聞
的歷程，凝鍊在不到數百字的描寫中，與之前老人贈金時步調之緩慢，一放
一收，一緩一急，情節鋪陳所營造出的張力，可謂強烈對比。最終杜子春竟
沒能通過成仙考驗，關鍵在於人倫之情——親情，這證明了要割捨凡塵的牽
絆，即使權勢、天災、猛獸、酷鞭、極刑……都可以通過，然人間至情卻不
容抹滅。情執既難破，母子之情更難捨得，能否克服「情」的作用，也是凡
與聖的分界所在。身體的痛苦可以忍耐，但親情至感卻使木石之人亦會泫然。
這也說明了，成仙之道的困難所在。如果成仙之路必須經過這麼多恐怖的關
卡，為什麼還有人願意朝此路邁進？這是可思考的重點。這也可與六朝時期
清談、求仙之盛的情形相呼應，凡俗的美好或痛苦，是我們可以親身感受的，
唯獨仙界不為人知，如果對現實極度失望，對生存環境有莫名的恐懼，人們
自然會朝想像的極樂世界走去，所以志怪類故事愈是描述成仙的追求，亦即
愈加襯托紅塵的不宜久居。

　　篇章之末，老者嘆曰：「仙才之難得也！吾藥可重煉，而子之身猶為世界
所容矣。」說明了凡與聖是兩個不同的世界，儘管具備仙材，未具有超脫的
出離之心，的確難以跨越凡與聖的藩籬。正因為道教信仰者所希冀著的是一
個超越於人世的人外世界，神聖清淨而不著凡塵。這個度化的過程，須以肉
身極刑與精神折磨作為通過的考驗。

　　（二）復仇意識

　　中國的鬼域經過佛教地獄說的融入與改造，才開始變得有「秩序」和系統，
《夷堅志》中的部分酷刑表現在復仇行動上，這是其中不可忽視的故事類型。《夷

堅志》全帙四百二十卷，歷時六十年，是宋代文言小說和志怪小說的代表作。它的篇幅短小，具有隨聞隨記的筆記性質，頗類段成式的《酉陽雜俎》體例，但分類混雜，以其巨幅卷帙而言，顯得雜亂無章。《宋史‧洪邁傳》云洪邁讀書「博極載籍，雖稗官虞初，釋老傍行，靡不涉獵」，〔註106〕對於歷史掌故、傳說軼聞，涉獵很廣。雖然《夷堅志》與同類型寫神鬼怪異之題材相較，在文學史上的地位前不如六朝志怪、唐代傳奇，後不及明清筆記、聊齋誌異，反而在文化學、民俗學等方面的價值高於文學史上的價值。因為鬼神崇拜之思維來自人類世界的心境投影，而鬼神文學的研究已成果斐然，只是泰半集中於六朝志怪與《聊齋誌異》。於六朝，偏重對鬼神現象原始根源的挖掘；於《聊齋誌異》，則多與社會現實靠攏。產生於南宋的《夷堅志》，距離先秦時期神鬼思維發源已然遙遠，故在神鬼世界中所融入的政治、經濟、社會生活、宗教信仰等已較六朝志怪多出幾分人文信息。記敘的多半是鬼魂對人類實施的報復，且不乏被害者的靈魂親自完成復仇工作，這種不必經過中介而親自復仇的手段，是最直接也最有效的，只要凶犯被鬼魂認出，就一定會遭到鬼魂的索命。這類被害者與加害者的直接接觸，也導致了復仇手法的殘暴。如〈黃陂丞〉（支景卷六）中的女鬼，每天都對黃陂丞賞以耳光，導致黃兩頰腫痛難消，最後不僅讓黃「舉手自剜雙目」，而且「剖出肺腸滿地而絕」，慘不忍睹。除了對加害者直接的復仇外，還有一種復仇是通過對其重視的心愛物品之戕害來達到目的，如〈蔡郝妻妾〉即通過殺死親子來達到對丈夫復仇的目的。這類傷害，是透過中國傳統「不孝有三，無後為大」的思想，以斷絕夫家香火來達到懲罰丈夫的目的。

（三）果報思想

解讀公案小說中的罪與罰，其中蘊涵著另外一種關於罪與罰的敘事，即是「果報」觀。事實上，中國果報觀念起源甚早，春秋戰國時期便見於史載，然而佛教傳入中國前，其觀念尚不成熟，佛教傳入後，促進了善惡報應習俗的迅速發展，也使其中所包含的內容擴展到古代社會的道德領域，使中國傳統社會成為一種道德法庭，由於懼於果報，使得分辨善惡、現世功利的約束，使得人們心理上產生近善戒惡的念頭。

傳統中國的報應思想，來源頗為複雜，概括言之有三：一、儒家的經典傳統；二、本土的道教信仰；三、外來的佛教思想。也因為如此，《夷堅志》

---

〔註106〕參見《宋史》卷373列傳第132（北京：中華書局，1985年），頁11570。

中有大量關於果報的情節，甚至帶著些許殘忍的快感，去描寫地獄中飽受折磨的眾生的慘狀。如生前好搬弄口舌之人，則「以鉗鉗其舌」（甲志卷十二）；生前浪費食物的人，便將其一生所揮霍的食物積攢起來，讓其「日使盡三杯」，直至喝罄為止（甲志卷十二〈高俊入冥〉條）；生前性好淫亂者，就將他拖至河邊，「持刀剖其腹，擢其腸而滌之。」（丙志卷二〈聶從志〉條）；某一女鬼，生前「妄費膏油以塗髮」，便倒懸於槺上（甲志卷十二）；生前濫殺無辜者，或破腦、或折脛、或折肱，或穴胸（甲志卷十二）；治淫鬼則剖腹滌腸胃（丙志卷第二）。似乎假設這些致淫的因素就在腸胃中，若不屈服，獄吏就遍用各種刑具，使「鬼形糜碎，死而復蘇」，進而「折鬼四肢，投以空而承以槊」，最後使鬼「屈服受辭」（丙志卷第一）。

　　這些懲罰方式，從中可以看出外來佛教文化與中國傳統儒家文化相融合的例子。所以中國的陰曹地府在很多地方體現了果報、輪迴等觀念，生死有命、富貴在天、殺生受罰、向佛有救，佛初傳入中土後，抓住中國人歷來寧可信其有不信其無的普遍性，爭取了廣大的信眾，而《夷堅志》描冥間世界的故事裡，亦將善有善報、惡有惡報這樣宗教意圖明確的情節，作了許多鋪陳，故凡偷盜、貪婪、姦淫、殺生，甚至為富不仁、搬弄口舌者，死後靈魂在陰間備受煎熬，有的縱然逃陽間懲罰的僥倖，也並不意味在陰間有同樣的好運。因此，陰曹地獄的公正公平與否，實際所反映的是人們對黑暗現實的不滿之下企圖改變生活的願望。

　　死去之人遭無常鬼抓至陰司後，尚須由生死簿查考其功過，經判官考量善惡後，便進入了「六道輪迴」。《西遊記》便曾記載：「那行善的，升化仙道；盡忠的，超生貴道；行孝的，再生福道；公平的，還生人道；積善的，轉生富道；惡毒的，沈淪鬼道。」〔註107〕沈淪鬼道的，就須飽受地獄的種種酷刑了。倒懸、肢解、挖心、剖腹、洗腸、研磨、湯鑊……等等，凡人們想得出的名堂，地獄中無一不具。《還冤記》還記錄了地獄中的「特種監獄」，與人通奸的女鬼桃英，魂魄收在「女青亭」，此為第三地獄名，在黃泉下，專治女鬼。〔註108〕在地獄受刑之後，尚需經過轉世的另一道懲罰。凡作孽的惡鬼，

---

〔註107〕參見〔明〕吳承恩：《西遊記》第十一回（台北：三民書局，1992年10月），頁90。

〔註108〕參見〔唐〕顏之推：《還冤記》，收入《叢書集成新編》82文學類（台北：新文豐出版公司，1985年），頁50。

令其改頭換面化爲畜牲，繼續受苦。《道藏輯要》載曰：

> 或作駱駝貞重之苦，或作蟒蛇積毒之苦、或作魚鱉漂流之苦、或作
> 飛禽羅網之苦、或作豬狗污濊之苦，或作騾驢償債之苦、或作牛畜
> 播種之苦、或作賤類勞役之苦……〔註109〕

然而，陽世之人看不見地獄慘酷刑懲，即使由鬼投胎而來，也因喝下了孟婆神的迷湯，既忘卻前生，也忘卻地獄中之苦。

變文中的〈大目乾連冥間救母變文〉，亦是經典的果報故事。目連之母未能依目連之囑託資助大眾，反而私匿資財、無禮於三寶，並發起毒誓否認自己的行爲，於是果然墜入阿鼻地獄中。目連逐殿尋找化爲「青提夫人」的母親，所到之處，「鐵城高峻，莽蕩連雲，劍戟森林，刀鎗重疊。」各種刑具畢備，「刀入爐炭，髑髏碎，骨肉爛，筋皮折，手膽斷。」〔註110〕後於第七隔中見刑母親，身上四十九道長釘，釘在鐵床之上，是時目連已成三寶，母親初時不敢相認，後方確定是小名羅卜的目連，長釘暫時拔除，母子相擁而泣，情狀至爲感人。但是目連之母因罪孽未除，目連所帶來之飯，未入口即變爲猛火，無法進食，可知罪業深重。對於目連母在地獄所受的苦，非常明顯爲佛家懲戒人間作惡之人應嚐的「果」。

## （四）魂訴申冤

〈席方平〉寫席方平的父親席廉與鄉里羊某不和，羊某先死，後席廉病危，對家人說，羊某賄賂陰間使官在打他，渾身紅腫，號呼而死。席方平爲父親伸冤，魂赴冥府，層層上告，而城隍、郡司都被羊某買通，非但不能爲父伸冤，自己也倍受刑罰。他又向閻王控告城隍、郡司，閻王開始還作出要查處的姿態，後被兩官疏通，就對席方平大施火床、鋸解等冥府酷刑。見席方平不屈，又好言欺騙，並將他轉生到陽世爲人。席方平三日不食而死，再次回到陰司，最後告到天神處，從閻王到鬼卒都被二郎神嚴懲。陽世或許有賄賂通私之情，一般人以爲冥府是公正無私的，在蒲松齡筆下卻賄賂公行，黑暗更甚於陽世；閻王、城隍向來被傳爲鐵面無私的法官，在本篇竟成了貪贓枉法的贓官酷吏，再加上刑罰極端慘酷，結果便如二郎神判詞所說：「金光蓋地，因使閻摩殿上盡是陰霾；

---

〔註109〕 參見〔清〕彭文勤等纂輯，賀龍驤校勘：《道藏輯要》（台北：新文豐出版公司，1977年）。

〔註110〕 參見潘重規編：《敦煌變文集新書》（台北：文津出版社，1994年12月），卷四，頁34。

銅臭熏天，遂教枉死城中全無日月。」〔註111〕其實就是陽世間官場慘酷、黑暗的藝術放大。文中席方平面對酷刑而不懼，受盡酷刑而不屈，為申訴冤枉，伸張正義，勇往直前，百折不撓，最後取得勝利。這種非凡的硬漢形象源於現實，又超越現實，閃著強烈的理想光輝，撼人心魄。

其中執刑的小鬼，相較於陽世之行刑，罕見地露出些許憐憫之心，操鋸自頭頂剖下時，尋至胸下，居然云：「此人大孝無辜，鋸令稍偏，勿損其心。」〔註112〕保了席方平的心臟，亦為故事情節的發展埋下了伏筆。無獨有偶，待席方平身體被一剖為二，冥王堂上召見，二鬼推其身合，其中一鬼抽出腰間絲帶為席方平束之，稱曰：「贈此以報汝孝。」〔註113〕頓時席方平不再痛欲復裂，恢復如常。這些描述對陽世而言是極大的諷刺，小鬼尚有人性，遑論人類呢？其次，小鬼尚有此良知，「鬼格」堪比冥王更加崇高。

〈閻羅薨〉一文，亦可略窺陰曹地府之貌，巡撫某父因班師決策失誤，致使全軍覆沒，憑增冤魂，死後遭閻王酷刑所苦，託夢於巡撫，並指點其求情之道。巡撫其後果然循著指引來到虛擬的公堂，潛伏一旁偷窺，所見之階下囚人，皆斷頭折臂，眾聲喊冤，非將某官刺入油鼎不能洩眾忿，就在牛首阿旁將其父以利叉刺入油鼎時，巡撫痛不可忍，失聲大號，頓時一切驀然消失。原來陽世偶開天眼，略窺陰間百態時，只能偷偷為之，陰陽之間還是有一道分際，而出聲則是禁忌之一。使人不禁聯想到唐傳奇〈杜子春〉亦有類似的情節。

（五）懲戒警世

《聊齋》中描寫陰間酷刑的篇數相當多，涉及玄怪、冥界，藉陰司的懲戒以收警惕之效，例如〈夢狼〉、〈考弊司〉等，大抵有影射陽間之意。況且自六朝志怪小說的敘事傳統以來，向有寓託心志憤懣於虛構世界／神鬼境域的假託，子所不語的「怪力亂神」，實則寄寓了人世間許多對於失序時代對於「秩序」的一種渴望。檢視這類的陰曹之刑，可視為自六朝志怪以降的集體文化心理。

有一類陰曹之刑頗為特殊，〈僧孽〉一篇，張某誤抓至陰間，參觀其刀山劍樹，偶遇自己的胞兄，扎股穿繩倒懸之，原來胞兄未死，冥府因其募款淫賭，懲之以股生惡瘡之刑，非倒懸於樑上不得解其苦，張某述所見聞後，其兄亦幡然改悟。此為藉陰間酷刑戒人不可為惡者。

〔註111〕參見《聊齋誌異》卷十，頁 1347。
〔註112〕參見《聊齋誌異》卷十，頁 1343。
〔註113〕同上註。

〈李伯言〉寫沂水李伯言素來正直，暴病而死後，到冥間審案，首先審理因私檔良家女致死的惡棍處以炮烙：

> 堂下有銅柱，高八九尺，圍可一抱；空其中而熾炭焉，表裏通赤。
> 群鬼以鐵蒺藜撻驅使登，手移足盤而上，甫至頂，則煙氣飛騰，崩
> 然一響如爆竹，人乃墮；團伏移時，始復蘇。又撻之，爆墮如前。
> 三墮，則匝地如煙而散，不復能成形矣。〔註114〕

陰司向有人員不足向人間「借調」的情況，李伯言即赴陰司審案三日，炮烙為商紂時之酷刑，將銅柱塗膏，加於炭火之上，使有罪者緣之而名，此處描寫三次緣登後即「匝地如煙而散」，實有之刑在小說敘事裡成為富於想像空間的幻術，符合陰曹之中虛構的想像。然後審理同邑王某買婢致死案，李伯言因心中存有左袒之意，立見殿上火生，燄燒梁棟。藉陰吏曰：「陰曹不與人世等，一念之私不可容。急消他念，則火自熄。」李伯言斂神寂慮，火果熄滅。內心想像的活動即為人性的潛藏意識，意念可主導現象，這也是文學虛構令人著迷之處，此處的描寫與《聊齋》〈翩翩〉的羅子浮稍有非份淫念即「袍袴無溫」、「悉成秋葉」〔註115〕有異曲同工之妙，暗合宗教意識裡凝想成真、如幻似實的境界。與《龍圖公案》裡諸多判官相較，《聊齋》裡描寫執法審判者顯然在潛意識、心境中較多著墨，富於彈性與人性。但明倫在此處評曰：

> 火生殿梁，遂消他念，陰曹有此，公道乃彰。天下貪邪之官，幸而
> 堂上無此火；天下屈抑之民，不幸而堂上無此火。〔註116〕

為官的個人自律，反而在陰曹之中顯現，乃由於這把超現實的「無名火」，凡塵中的老百姓，就沒有這麼幸運了！這樣的對比，也是《聊齋》的春秋筆法之一。蒲松齡在篇末藉異史氏的一段話頗耐人尋味：「陰司之刑，慘於陽世，責亦苛於陽世。誰謂夜臺無天日哉？第恨無火燒臨民之堂廡耳！」〔註117〕雖然陰司的刑罰較為苛刻，但陰司沒有走後門、拉關係、說情等事，所以雖然處罰重，受罰者無怨言。誰說閻王殿沒有天日？只怕閻王殿的正義之火，不能燒到民間的衙門上，正義只能留存於陰司，這對人間正義而言是個反諷。

---

〔註114〕參見《聊齋誌異》卷三，頁313。
〔註115〕參見《聊齋誌異》卷三，頁434。
〔註116〕參見《聊齋誌異》卷三，頁314。
〔註117〕參見《聊齋誌異》卷三，頁315。

〈李司鑑〉於康熙年間打死其妻，查審期間，李司鑑忽於肉架下拿一屠刀奔入城隍廟，登台而跪，以神責不該「聽信奸人」、「顚倒是非」自行割耳；又以神責不該「騙人銀錢」剁去左指；繼而又以神責不該「姦淫婦女」而自閹，卒昏迷僵仆。〔註118〕這類因神蹟使然而自我處以極刑，較爲少見，並省去許多公堂審判之勞，自我登上戲台於眾目睽睽之下行刑，亦可視爲城隍之神冥冥之中附身的判決。

無獨有偶，〈潞令〉寫的也是冥判，立場換成城令，「貪暴不仁，催科尤酷，斃杖下者，狼籍於庭」，猶洋洋自得於自己蒞任方百日即誅五十八人之「成績」。半年後，忽目光發直，手足亂舞，似被人騰空架起狀，自言：「我罪當死！我罪當死！」〔註119〕蒲松齡以旁觀者口氣言，幸而「陰曹兼攝陽政」，這類例子可謂作惡多端，招致冥報。

陰曹掌理世間的生死錄，如未應走到死路，亦有還陽的情形。〈遼陽軍〉寫沂水某人，充遼陽軍時遇到城池淪陷，被亂兵所殺，頭斷仍未死，夜裡執著生死簿的小鬼前來點名，發覺他陽壽未盡，於是令小鬼將其頭接續回去，「遂共取頭按項上」，〔註120〕描述歷歷，寫當時風聲簌簌，頗類眞實。

《老殘遊記二編》不同於批判清官的思維，記載了鮮活生動的地獄遊記，亦充滿著懲惡戒惡的因果觀。寫老殘被閻羅派來的差人帶到陰間，與閻羅王有一番對話，胸次坦盪的老殘回答在世是否犯過時，認爲自愛的人自然都讀過陽間的律例，而陰間律例無從知悉，亦無從趨避，但憑良心罷了。透過閻羅王之口表達了劉鶚對於陰律的看法：「陰律雖無頒行專書，然大概與陽律彷彿。其比陽律加密之處，大概佛經上已經三令五申的了。」〔註121〕意謂佛經不斷告誡人們謹守陽律，不犯殺律、盜律、淫律，惟這些戒律當閻羅王提問時，老殘坦然均答有犯，絲毫不矯揉造作。當老殘得以坐在森羅寶殿上觀看五神問案時，亦即陰間懲戒的展示。

一位大漢被阿旁帶到木椿，頭髮繞過鐵環固定，隨即被「骨朵錘」、「狼牙棒」一齊亂打，大漢疼痛得雙腳離地，又因頭髮栓住離不了地，身體四面亂蹦，可怖的是血肉與布片隨著棒起棒落紛紛飄地，如下血肉之雹。最後肉

---

〔註118〕參見《聊齋誌異》卷三，頁 426。
〔註119〕參見《聊齋誌異》卷六，頁 719。
〔註120〕參見《聊齋誌異》卷九，頁 1188。
〔註121〕參見〔清〕劉鶚：《老殘遊記》二編第七回（台北：三民書局，1999 年 2 月），頁 275。

都飛盡了，竟只剩下一付通紅的骨架。這具「還未死透」的骨骸，隨即又被又入滾燙的油鍋中酥炸，直至顏色發白。這種嚴懲即用來對付陽世作惡之人，且閻羅王表示這還算是輕刑，「陰間刑法，都為炮煉著去他的惡性的。就連這樣重刑，人的惡性還去不盡。」〔註122〕接著復展示另一個磨子，由阿旁將捆紮的人將頭朝下，往磨眼裡填，兩三轉就磨成骨頭粉子與血肉醬了。更令人驚異的是，這樣的酷刑，懲罰的對象是犯了「口過」之人。原來，在閻羅王的觀念中，造謠生非、毀人名譽，皆來自口過，殺、盜、淫看似作惡，但殺罪一次僅害一人，口過卻可一次害千萬人；盜人財帛罪小，毀人名譽罪大；淫本無罪，罪在漫無節制。

向來閱讀地獄刑罰均較人間酷烈，乃因幽冥界是醜惡的象徵，在佛道二教虛構的陰司鬼治的殘酷，人間與之比較，實在小巫見大巫，其實地獄之刑是陽間的折射，但它被賦予了想像與虛構的自由空間，故往往受苦程度要勝陽間百倍。

《夷堅志》亦記載了有關「口過」的故事。張漢英夢入冥府，到一官府，門楣極低，榜曰：「日考纖毫過惡之司」。這塊招牌說明著冥府設有專門考查纖毫之惡的機關，如廬陵歐陽生平日喜作謔詞，看見米販子米粗，作詩曰：「世間若有雷公賣，買個雷公打殺他。」就因為此，被追至冥府。閻羅王認為歐陽生有口過，雷公豈能買？幸而歐陽生善辯，才遭放回。另有一秀才訛人酒錢，被冥司記得一清二楚，被判減去六年陽壽。〔註123〕故可證陰司之刑懲較陽世為重。

# 第二節　其他酷刑

## 一、酷虐施刑

一旦嫌犯熬刑不過、或因懼於受刑而招認，則案情進入另一個階段，即執行所宣判之內容，亦為「執法施刑」。執法時的酷刑分為兩類，一類是肉刑，另一類是死刑。死刑以剝奪人的生命為主，肉刑以殘害人的肢體為主，但所受到的苦楚，亦不遑多讓，是死刑的無限次延長，差別只在於免於一死，但幾乎可算是九死一生了。酷刑的執行目的，是通過受刑人的恐懼、痛苦來達

〔註122〕參見《老殘遊記》二編第八回，頁281。
〔註123〕兩件均參見《夷堅志》戊卷第二（台北：明文書局，1982年4月），

到懲罰的目的。

　　論及這樣的執法施刑，中外皆然，美國學者布瑞安・伊恩斯（Brian Innes）以豐富的史料爲據，寫出《人類酷刑史》，說明了「殘忍」（curelty）是人類歷史上的普遍現象。單單以名稱來看，在阿根廷，酷刑被稱作「跳舞」，在菲律賓被稱作「生日宴會」，在希臘被稱作「borsd'oeuevres」、「茶點會」或「麵包茶點會」。酷刑所造成的痛苦在巴西被叫做「打電話」，在越南叫做「坐飛機」，在希臘叫「摩托羅拉」，而在菲律賓叫「叁（爪尼卡橋）」。〔註124〕從這些通俗的、日常生活的名稱來看，執法者已經將受刑者的痛苦與自己分開來看待，忘記了那是人類之一，身體簡化成了一個符號、一個標記。

　　若撇開國外不表，中國式的殘忍又獨樹一幟。每一種酷刑在中國都經歷了長期的流變，酷刑實際上是原始社會以暴易暴、復仇心態在階級社會的體現，反映了人類的自私和狹隘心理。僅回顧中國史傳記載或小說描述，酷刑的著錄便爲數甚多：廿四史中的〈刑法志〉、〈酷吏傳〉，以及《古今圖書集成》、《太平御覽》、《淵鑒類函》等等，詳載著刑法名稱、用刑方式；中國酷刑的名目繁多，手段殘忍，實已到了令人瞠目結舌、嘆爲觀止的地步。根據王永寬《中國古代酷刑》一書，論死刑，便有凌遲、車裂、斬首、腰斬、剝皮、炮烙，烹煮、抽腸、剖腹……等等，至於一般的刑罰，更是花招百出，何處有肉便割、何處最脆弱便剮，例如劓刑、墨刑、割舌、毀眼、砍手、刖足、宮刑、幽閉……等。〔註125〕連布瑞安・伊恩斯也說：「二十世紀前很久，中國有這樣一個名聲，那就是中國是一個比其他任何國家的酷刑都離奇精妙的國家，在實踐上則極其殘酷。」〔註126〕現代小說家莫言的虛構故事《檀香刑》，裡頭的德國總督克羅德見識了北京第一劊子手所造的刑具時也說：「中國什麼都落後，但是刑罰是最先進的，中國人在這方面有特別的天才。讓人忍受了最大的痛苦才死去，這是中國的藝術，是中國政治的精髓。」〔註127〕雖然是小說人物之言，亦可以見出一斑，況且這方面受到外國人士如此盛譽，我們

---

〔註124〕參見〔美〕布瑞安・伊恩斯（Brian Innes）著，李曉東譯：《人類酷刑史》（長春：時代文藝出版社，2001年5月），頁18。

〔註125〕參見王永寬：《中國古代酷刑》（台北：雲龍出版社，1998年4月）。

〔註126〕參見伊恩斯：《人類酷刑史》，頁211。在〈東方的罪惡——中國、日本和印度〉一章中，伊恩斯也說：「日本人對殘忍的著迷是臭名遠揚的，在過去的數百年間，日本的法庭一直採用酷刑作爲合法的手段。」頁216。

〔註127〕參見莫言：《檀香刑》（台北：麥田出版社，2002年1月），頁106。

內心應該五味雜陳，因爲這實在不是一種光榮的事。

由於酷刑是一種反人類的不人道的行爲，因此，酷刑的使用和存在，說明了一國統治的野蠻和不文明。筆者認爲酷刑可作如下的定義：

> 酷刑，指的是通過人身體或身體的特殊部位的肆意摧殘，引起被施刑人的痛苦、恐懼以至於死亡，從而達到警示世人、發洩憤怒或實現個人報復目的以至變相嗜好的一種行爲。

刑罰本來是對於犯罪者所作的懲罰、懲治，過分嚴厲的、故意施加的、殘忍的、不人道或有失人格的待遇或處罰，即成酷刑。中國古代的酷刑，最大的特點在於以最慘烈的行刑方式，在最公開的場合，把最大的痛苦加諸於犯罪者身上，另外以犯罪者最痛苦的受虐痛楚，對目睹這一切過程的人們發出最嚴厲的警告。當酷刑施展的時刻，其意義不僅在於對犯罪者的罪行作出懲罰，也在於對無罪的人們宣示警告，犯罪者的痛苦過程，便是對無罪者的莫名威脅。對於受罪者而言，刑罰的意義亦不僅在於懲罰，而在於徹底摧毀犯罪者的尊嚴與人格，讓他永遠必須承受自己的過失的後果，以此恫嚇一切無罪者。

因此，對於受刑者而言，必須承受的是肉體上的極度痛楚與精神上的強烈恐懼，對於觀刑者而言也未必好受，其感受的是視覺震撼與精神壓抑。此處所言的身體的哀鳴，是一種痛苦之鳴，包括有聲及無聲之鳴，亦即對肉體苦楚之下的哀嚎，以及對統治制度蠻橫的絕望之鳴。

中國自古以來酷刑其名目之多、手段之狠、受害之殘烈，在世界上是少有的，反思中國向來以儒家的思想脈絡來操作政治，竟出現這樣任由酷刑橫行的法制現象，文明與道德對酷刑的約束力量是如此微弱，以至於慘無人道的酷刑可以在維護社會秩序的名義下公然進行，這不能不視之爲奇特的現象。

雖然中國古代的法定刑有明文的規定，但法外施刑的仍大量存在，屬於執法者自由心證的一部分，因此無法可約束，有時其刑罰之殘酷亦是人類歷史上罕見的。甚至有的產生株連作用，使得一人犯重罪往往同時禍及其妻子兒女、三族、九族親人甚至朋友、鄰居。統治者利用酷刑來達到懲罰、恐嚇、確認皇權的無上權威甚至是娛樂的目的，酷刑對中國人社會生活、社會心理有久遠影響，因此公民權利意識的覺醒對擺脫酷刑文化的影響、促使中國走向法治化社會有重要影響。此點留待第五章第二節再予詳述。

清末，死刑的執行方式由「斬絞並用」演進至僅用絞刑。〔註128〕民國成

---

〔註128〕參見【附錄一】。

立後，在刑律、刑法中僅規定死刑制度，未規定採取何種方式執行，一般仍用絞首方式，並逐漸開始使用槍決。〔註129〕死刑使人痛苦，這是必然的。民國十六年李大釗等人被執行絞刑處死，過程令人讀之心驚肉跳：

> 四月二十八日，在司法部後面的地院看守所東院執行，從午後二時至五時，歷三小時才告畢事。李雙臂背剪，足鐐瑯璫，黑西服，襯衫已無領帶，面色慘白，鬚髮蓬亂，四肢顫動，由兩警挾持，唇翕舌結，怖畏至極。套入絞機後，以頸粗不得死，口溢血沫，凡三絞始畢命。其餘以次就刑。路友于、張挹蘭，姚彥本爲國民黨同志，以因同避俄使館內被捕，竟不幸偕亡。路本沈默，臨死亦無言；張爲女高師學生，頗瘦弱，連呼「啊唷」不止，以頸細，氣亦不即絕，痛楚中將高跟鞋踢出絞刑機外，慘矣！這姚彥方十九歲，美專學生，臨刑高呼三民主義萬歲，對法警說我不是共產黨，但豈容他臨時分辯？〔註130〕

民國元年至十七年，所使用的死刑概爲絞刑，據聯合報1992年8月4日第十五版，曾對絞刑死亡的過程作過描述：

> 第一期：約一分鐘。絞首後，頭部感到發熱，耳朵失聰，眼睛閃閃發亮，然後腳逐漸沈重，並失去意識。但此時若立刻深呼吸，可恢復普通狀態。第二期：從窒息到引起強烈痙攣爲特徵。約一分鐘，死因完全失去意識，手如溺水般揮動，腳則如強力步行。第三期：假死狀態。痙攣最激烈時，瞳孔放大，眼球突出，痙攣停止，呼吸亦停。這段時間約一分鐘。呼吸停止後，死囚的心臟將持續再跳動十分鐘。

兩相對照，使人膽寒。

　　另一個例子，民國三十五年，汪精衛政府下，漢奸梁鴻志被執行槍斃的行刑過程：

> 六月二十一日，執行令下了。獄中常例，早上七時啓鑰，犯人得就長廊裡散散步，十一時再閉，謂之「收封」。這一天，九時，忽提前收封，大家都變了顏色，預知同牢裡必有不幸者。不多時，武裝的法警

---

〔註129〕現代的死刑以槍決爲主，甚至有些先進國家已修法倡導廢除死刑。例如台灣已成立「廢除死刑推動聯盟」，認爲廢除死刑並非不顧受害者的人權問題，而是死刑會造成兇犯與社會永久隔離，失去自我贖罪及向被害者賠罪的機會，應予以自新、反省。死刑存廢的問題，已引起社會各界高度的重視及廣泛之討論。

〔註130〕參見高拜石：《古春風樓瑣記》，第七集（台北：民生報出版社，1981年9月），頁186。

來了，一看守到梁的監房去開鎖，手顫抖不已，久不能開。梁覺，愕然坐起，穿上長袍，強作微笑，出來時伸手到各個鐵柵裡握別。到了法庭，坐在預設的小長桌前，把玉器及相片取放案上，看了又看，取過紙筆，懸腕寫了十幾張紙……正擬再寫，看看手錶，投筆而起，嘴裡說：「時間快十二點了，不敢誤法官用飯。……」回顧法警說：「走吧！謝謝你們！」兩警挾著他走，移步繞行一匝，即在獄門刑場草坪的椅上坐下，仰首看天，嘆了一口氣。一警出木壳短槍，從梁的腦後扳發，彈不得出，梁微驚，猶稍回顧；再發，彈從口中出，墮毀兩齒，身仆血汩汩出，抽搐一二分鐘，才斷了氣。……〔註131〕

槍決的方式，看似減少痛苦的時間，但同樣令人不寒而慄。屬於法內之刑的「絞」與「槍斃」，並無使受刑人多受痛苦的本意，尚且令受刑人感到如此強烈的痛苦，其為「洩忿」「而必欲使之多受痛苦」的「閏刑」或「非刑」，受刑人所遭受的痛苦必然難以想像，此可謂「酷虐」。受刑人死後，對其屍體的惡意侵害，亦屬「酷虐」。

相對於民國之後的執法施刑方式：槍決，古代的執刑方式亦可謂酷虐之刑。例如先秦時代之五刑為法定之刑，墨、劓、剕、宮四者為肉刑，非以褫奪性命為目的，但已足以造成終身殘廢及心理的創傷。死刑又稱生命刑，執行的方式非常激烈，其概略如下表：〔註132〕

| | | 刑名 | 說　　　　明 |
|---|---|---|---|
| 五刑 | 肉刑 | 墨 | 刺字，或稱黥。 |
| | | 劓 | 割鼻 |
| | | 剕 | 斷足，或稱臏、刖。 |
| | | 宮 | 男割勢，女幽閉。 |
| | 生命刑 | 大辟 | 死刑，如炮烙、焚、烹、轘、車裂、腰斬、斬首、磔、梟首、醢脯、絞縊、棄市等。 |
| 其他 | 身體刑 | | 髡、扑、笞、杖 |
| | 自由刑 | | 徒、流 |
| | 財產刑 | | 罰鍰 |

執行死刑時，對受刑人加以凌辱，以酷虐的執行方式行刑，甚為淒慘。

〔註131〕參見高拜石：《古春風樓瑣記》，第七集，頁25。
〔註132〕根據戴炎輝：《中國法制史》第五章〈刑罰〉製表而成，參見頁90。

將「凌辱」明文化的是秦制。《睡虎地秦墓竹簡》法律答問一則云：「『譽適以恐吾心者，戮。』『戮者可如？生戮，戮之已乃斬之之謂醫。』」〔註133〕此段對話表示，贊揚敵手而令自己的軍心搖動者，應遭到戮刑。何謂戮刑呢？先活著示眾，再予以斬首謂之。

　　觀察其中「生命刑」的部分，以今日觀點而言，誠屬不可思議，直可以「酷虐」視之。「酷虐」這個文化現象，發生於特定的個體或群體之間，在虐／被虐二元對立的結構中，呈現特定個體或群體的現實處境、生存狀態、生命狀態和精神狀態。處於二元對立結構中的個體或群體，往往以強／弱、施虐／受虐、殺／被殺等主動／被動渾然一體的形式出現。「酷刑」是「酷虐」文化的重要表現方式，更著重於施刑者使用特定刑具和行刑手法，通過一定的刑罰程序，實現對受刑者肉體的懲罰、戕戮以至於毀滅，從而在觀刑者及更大的社會範圍內，達到對身體、心理、思想和精神的警戒、規訓和控制。「酷刑」在不同時代不同作家的藝術文本中，呈現出不同的存在形態，在對「酷刑」進行藝術表現所選擇的敘述方式的背後，隱藏著作家對「酷刑」現象和「酷虐」文化的不同社會心理、價值評判和道德意識，甚至連作家本人也未察覺的潛意識心理。

　　先以「凌遲」這項酷刑而言，小說中不絕如縷。《包公案》裡處決死刑所用的方式，通常是最重的罪是斬首，少數處以「凌遲」。〔註134〕小說中使用「凌遲」的例子亦不少，《水滸傳》中燕順、王倭虎等人抓到宋江後，要用他的心做一道「醒酒酸辣湯」：

> 只見一個小嘍囉掇一大銅盆水來，放在宋江面前；又一個小嘍囉捲起袖子，手中明晃晃拿著一把剜心尖刀。那個掇水的小嘍囉便把雙手潑起水來，澆那宋江心窩裏。——原來但凡人心都是熱血裹著，把這冷水潑散了熱血，取出心肝來時，便脆了好喫。〔註135〕

雖然後來宋江逢凶化吉，並未真正被剖出心來，但可見得綠林之間的草莽之氣，剖心食肉者並不乏見，「醒酒酸辣湯」的目的並非為了醒酒，而是懲罪冤家，取其心來復仇或洩憤。由於宋代使用凌遲之刑較為常見，所以民間在

---

〔註133〕參見《睡虎地秦墓竹簡》，頁445～446。
〔註134〕顧宏義注曰：「古代一種最殘酷的死刑，俗稱『剮刑』，常用以處置犯所謂『大逆』及『逆倫』等罪的人。」見《包公案》卷之四〈手牽二子〉，頁210。
〔註135〕參見施耐庵：《水滸傳》，第31回（台北：三民書局，1991年9月），頁308。

對仇人進行報復雪恨時，也仿照作爲官刑的凌遲把人攣割至死。《水滸傳》四十二回李逵撞見冒名頂替的李鬼作惡多端，並想謀害他，先下手爲強，將他的頭割了，再以其腿肉燒來佐飯。〔註136〕四十回中李逵割黃文炳的一段寫著：

> （李逵）說：「今日你要快死，老爺卻要你慢死！」便把尖刀先從腿上割起，揀好的就當面炭火上炙來下酒。割一塊，炙一塊。無片時，割了黃文炳，李逵方纔把刀割開胸膛，取出心肝，把來與眾頭領做醒酒湯。〔註137〕

以上所引用《水滸傳》中的兩段文字，可以看出宋代凌遲在執行時的大致情形，這和《宋史・刑法志》中所說的：「凌遲者，先斷其肢體，乃抉其吭」〔註138〕的做法是基本一致的。

除了酷虐殺人、凌遲殺人，《水滸傳》中亦有對凌辱的描寫：

> 當時打扮已了，就大牢裡，把宋江、戴宗兩個捆扎起，又將膠水刷了頭髮，綰個鵝梨角兒，各插上一朵紅綾子紙花，驅至青面聖者神案前，各與了一碗長休飯、永別酒。……江州府看的人眞乃壓肩疊背，何止一二千人。押到市曹十字路口，團團鎗捧圍住，把宋江面南朝北，將戴宗面北朝南，兩個納坐下，只等午時三刻監斬官到來開刀。〔註139〕

在這一段文字中，詳述敘述了待斬的宋江與戴宗前往刑場前的籌備工夫，受刑人除了要插上「犯繇牌」，頭髮上還要刷膠水、網鵝梨角、插紅綾紙花，花樣繁多，剝奪其性命之前還要當街示眾，可謂凌辱之至。在二十六回，與潘金蓮勾結謀害西門慶的王婆，被判了「剮」刑，當眾推上木驢，「兩把尖刀舉，一朵紙花搖」，一路上鑼鼓鳴喧，剮刑示眾。

只是《水滸傳》中的酷刑大部分非官刑，而是綠林草莽之私刑，類似的殺人行爲比比皆是，除了殺人、剖心、吃肉外，類似六朝志怪〈板橋三娘子〉的人肉客棧不在少數，「人肉包子店」兼「黑心客棧」至少也有四家，最有名的「旗艦店」便在十字坡，武松大鬧十字坡後，張青引他到人肉作坊，「見壁

---

〔註136〕參見施耐庵：《水滸傳》，第42回，頁420。
〔註137〕參見施耐庵：《水滸傳》，第40回，頁402。
〔註138〕參見《宋史・刑法志》。
〔註139〕參見施耐庵：《水滸傳》，第39回，頁391～392。

上繃著幾張人皮，樑上吊著五七條人腿。見那兩個公人，一顛一倒，挺著在剝人凳上。」〔註140〕無獨有偶，神行太保戴宗上梁山報信時，趕了幾天幾夜，不慎誤入一家人肉包子「分店」，吃了酒菜後被店家迷倒，「火家正把戴宗扛起來，背入殺人作房**裏**去開剝」，〔註141〕因懷裡的一紙公文透露了身分，才免於一場劫數。甚至宋江也差一點被剝皮，位於揭陽嶺的酒店是催命判官李立所開設，「先把宋江倒拖了，入去山崖邊人肉作房**裏**，放在剝人凳上。又來把這兩個公人也拖了入去。」〔註142〕另外，林沖雪夜上梁山，在山南酒店見到朱貴，朱貴向其表示：「山寨**裏**教小弟在此間開酒店為名，專一探聽往來客商經過。但有財帛者，便去山寨**裏**報知。但是孤單客人到此，無財帛的放他過去；有財帛的來到這裡，輕則蒙汗藥麻翻，重則登時結果，將精肉片為肥子，肥肉煎油點燈。」〔註143〕凡此等不經司法審判的私刑，呈現了一種野蠻失序、無政府式的世界。

　　《水滸傳》還充斥著「替天行道」式的殺人情節，成為故事中綠林好漢的基本行徑。例如第十回武松痛罵陸謙：「潑賊，我自來又和你無甚麼冤讎，你如何這等害我？正是殺人可恕，情理難容。」之後，便「把陸謙上身衣服扯開，把尖刀向心窩**裏**只一剜，七竅迸出血來，將心肝提在手**裏**。」〔註144〕為了替哥哥武大報仇，武松請來街坊鄰居，在武大靈前公開審問潘金蓮的惡行劣跡，並要眾人畫押做見證，然後殺了潘氏。私了的復仇行動成了維護公理的光榮儀式，滿足了讀者對於武大的委屈，並不自覺地接納了武松「替天行道」的法外行徑。此外，梁山的一○八條好漢，或多或少都經過「殺人」的驗證，甚至入會必須先殺一人作為「投名狀」，視殺人為無物、稀鬆平常之事。

　　《水滸傳》是一本充滿寓言性的文本，樂蘅軍認為水滸故事呈現的意義具有普遍的象徵，所出現的殺人動作其寓言意義大過於現實意義，使得它具有理想的意味，是一種追尋理想生命與「替天行道」式的固執熱情。〔註145〕因此可視《水滸傳》中的殺人行為為一種末世的寓言，不妨也可作為一種作

---

〔註140〕參見施耐庵：《水滸傳》，第 26 回，頁 265。
〔註141〕參見施耐庵：《水滸傳》，第 38 回，頁 383。
〔註142〕參見施耐庵：《水滸傳》，第 35 回，頁 348。
〔註143〕參見施耐庵：《水滸傳》，第 10 回，頁 105。
〔註144〕參見《水滸傳》第十回，〈林教頭風雪山神廟　陸虞候火燒草料場〉，
〔註145〕參見樂蘅軍：〈水滸的成長與歷史使命〉，《意志與命運》（台北：大安出版社，2003 年 5 月），290～291。

者賦予的「符號」，〔註146〕它的虛構性和文學性取代了歷史性。

## 二、異聞用刑

　　《聊齋》最大的特色，是對於非人間之「異象」的鋪陳。「異」是對現實生活的「反常化」、「陌生化」，可刺激閱讀者者的感官印象，這也是《聊齋》最鈎人魂魄之處。蒲松齡寫酷刑時扣緊著「異」，使其與酷刑並行交織，夾纏糾結，甚至有些段落使奇異的異象掩蓋過酷刑給予讀者的理解震撼，占據著敘事的前景。從具體篇章來看，由「酷刑」到「異象」的切換，目的並非抹煞或粉飾刑罰之「酷」，而在於導入另一個敘事模式，如同音樂中的賦格〔註147〕一樣，使酷刑主題產生更強烈的效果，留給讀者更深刻的印象。全書來看，酷刑與異象的關係，「異」不僅作爲複調，〔註148〕輔助陪襯各個主題，更滲透氤氳於全書字裡行間。酷刑之所以成爲蒲松齡常寫的題材，也因爲其骨子裡有某種「向異性」。《聊齋》的第一位讀者高珩，於康熙十八年的序言中評曰：「志而曰異，明其不同於常也。」〔註149〕這即是《聊齋》的藝術手法，通過對「常」的種種悖反，將讀者帶到一個「反常」之境地，進行回視「常」與「反常」之間的辯證，並凸顯「反常」。事實上，酷刑本身就是一種「反常」，並非尋常生活的一部分。

　　酷刑是對於身體施加的一種極端暴力。它並非個別偶發的行爲，而是在相當規範的情境下，依照某種制度進行的。不同於殺人害命，不見得以集團方式進行，參與的角色是確定的，故與隨機的、革命的、個人的暴力有所區

---

〔註146〕參見康珮：《《忠義水滸全書》的義理闡釋——從人性、權力與符號的角度分析》（中央大學中文所博論，2007 年），頁 183～184。

〔註147〕賦格（英：fugue，德：fuge，法：fugue，意：fuga）的主要結構是先在一個聲部上出現一個主題片斷，然後在其他聲部上模仿這個片段，是複調音樂在一個主題上構成多聲部對位效果的一種體裁，具有「呈示→發展→再現→結束」的架構。賦格原本是巴哈創作藝術重要的表現方式，此處借用「賦格」之說，藉此是在強調酷刑在敘述中的主題地位，猶如巴哈視之爲創造性的最佳表現方式，參朱秋華：《西方音樂史》（香港：中文大學出版社，2002 年不著月份），頁 71。

〔註148〕「複調」（From Wikipedia）指一首多聲部音樂作品中，有兩條或兩條以上獨立的旋律通過技術性的處理和諧地結合在一起，這樣的音樂就叫做複調音樂，其主要的三種形式指：對位曲、卡農、賦格。最早以「複調」用之於文學術語的是俄國著名的美學家巴赫金，他將杜思妥也夫斯基的小說標舉爲「複調小說」，指出其特徵是「有著眾多的各自獨立而不相融合的聲音和意識，由具有充分價值的不同聲音組成」。複調小說的要義在於「對話性」。

〔註149〕參見蒲松齡：《聊齋誌異》〈各本序跋提辭〉之〈高序〉，頁 1。

分，爲以個人身體的方式實踐的社會暴力。任何酷刑都有一個施者，一個受者，施者以某條判決的名義，在指定的時間內、特別的場所，對受害的肉體施加暴力，施暴的終極目的在於懲罰，其直接效果是痛苦的。

我們可把酷刑分解爲八個環節：施刑者、受刑者、判決、時間、場所、暴力、懲罰、痛苦。反常之「異」，也是在這些環節中產生。例如卷九〈抽腸〉一文，敘述萊陽居民晝寢所見情景，一男一女入室內，女子坦露胸腹，繼而男子抽出屠刀刺入腹中：

> ……由心下直剖至臍，蛩蛩有聲。某大懼，不敢喘息。而婦人攢眉忍受，未嘗少呻。男子口啣刀，入手於腹，捉腸掛肘際；且掛且抽，頃刻滿臂。乃以刀斷之，舉置几上，還復抽之。几繼滿，懸椅上；椅又滿，乃肘數十盤，如漁人舉網狀，望某首邊一擲。覺一陣熱腥，面目喉高覆壓無縫。某不能復忍，以手推腸，大號起奔。……家人趨視，但見身繞豬臟；既入審顧，則初無所有。眾各自謂目眩，未嘗駭異。及某述所見，始共奇之。而室中並無痕迹，惟數日血腥不散。〔註150〕

此故事充滿詭譎的氣氛，施刑者與受刑者之間，似夫妻、情侶，原手牽手進入室內，且男子催促女子靠近，似欲交歡，但隨之卻抽刀對女子施以抽腸之刑，雙方之關係令人撲朔迷離。文中並未交代受刑的女子爲何受刑？所犯何罪？若說這一切展示是爲了向萊陽某民示警，則又太牽強，某民充其量僅僅「晝寢」，並未觸犯刑責，無須接受警告。文中只述女子「腰粗欲仰，意象愁苦」，加上其腹大如鼓的條件，最合理的推斷是受妊娠之累，故表情愁苦，但男子並非外科醫生，所取之物亦非胎兒，而是一把一把的腸子，且抽之不盡，不僅肘上掛滿、椅上擺滿，連抽數十團不止。地點之反常也很明顯，選在某民的室內，無視於屋內有人，逕至榻上，刑場移至床上。男子的行爲固然暴力，但並未脅迫女子，是在其乖乖就範的情況下施刑，女子頂多「攢眉忍受」，未嘗稍呻；反倒是某民旁觀這一切，又受到男子將腸子鋪天蓋地似地丟過來，窒壓滿臉無法忍受，大叫狂奔，雙腳還被腸子纏住而絆倒。男子對女子施以極刑，承受暴力的卻還包括窺伺者這位萊陽某民，似乎懲罰的對象由女子轉移爲旁觀者，其痛苦較之受刑者該女子而言並不更少。時間之詭異出現在故事最後，某民所見一切，如同夢境，原可以夢中所見解釋之，但家人初時趨

〔註150〕參見蒲松齡：《聊齋誌異》，頁1226。

前察看時，果眞看到豬腸繞滿全身，再仔細看，則又不見豬腸，家人原本認爲是眼花看錯了，迨某民陳述剛才所見，才一陣驚奇，則某民所見一切，似又未必是夢境，而是虛與實相參，夢境與實境同軌並行。施刑者、受刑者、判決、時間、場所、暴力、懲罰、痛苦八個環節之「反常」，殊爲奇特。

再例如卷九〈邑人〉，全文如下：

> 邑有鄉人，素無賴。一日，晨起，有二人攝之去。至市頭，見屠人以半豬懸架上，二人便極力推擠之，忽覺身與肉合，二人亦遽去。少間，屠人賣肉，操刀斷割，遂覺一刀一痛，徹於骨髓。後有鄰翁來市肉，苦爭低昂，添脂搭肉，片片碎割，其苦更慘。肉盡，乃尋途歸；歸時，日已向辰。家人謂其晏起，乃細述所遭。呼鄰問之，則市肉方歸，言其片數、斤數，毫髮不爽。崇朝之間，已受凌遲一度，不亦奇哉！〔註151〕

此篇短文，所寫到的酷刑即「凌遲」，而從上述八個環節觀之，處處皆見不同程度的反常。施刑者的反常，在於操者非劊子手，而是市場的屠夫。受刑者的反常，在於主角鄉人「身與肉合」，以「半豬」的軀體承受臠割。判決的反常，在於它刑出無名，不知觸犯何罪？將鄉人攝去的二人究竟是人是鬼？動機如何？所據律條爲何？行爲半是捉弄，半是惡整；至於屠夫，雖然他對鄉人生割活臠，但他渾然不知情，不措意間完成切肉賣肉的活計，談不上是判決。時間上的反常，在於一個在夢境之中，一個在現實境地，時間密合交織於「崇朝之間」，同時進行。場所的反常，在於刑場變成市場一塊砧板。暴力的反常，在於凌遲片片碎肉的烈慘，施刑者的意識中只見到一塊豬肉，並非有意識的進行暴力殺戮，加上鄰翁的「苦爭低昂，添脂搭肉」，大量沖淡了暴力的衝擊，反而如同日常生活般家常。至於其刑責與觸犯的法條，文中更未提及，只有「素無賴」，未有具體罪狀，以凌遲之刑懲治無賴，顯然太重，而在幻夢之中施刑，顯然又太不眞切，況且凌遲是否爲了懲罰其「無賴」，故事亦未明言。

但明倫評析這篇短文時曰：「碎割之慘，令於生前受之，自口述之。鬼神或予以自新之路耶？」〔註152〕雖然在夢境之中邑人承受凌遲之苦，但畢竟只是在夢中，成爲懲罰的預示，警告作用大於懲罰作用，另個角度而言，可說是鬼神有意給自新之機會，免去日後在陰間的劫難，則幸運之至，何罰之有？

〔註151〕參《聊齋誌異》，頁1199。
〔註152〕參《聊齋誌異》，頁1199。

最後一個環節：痛苦，刑之所以稱酷刑，是因它不但製造痛苦，使之占據整個受刑人的一切感覺，將他的精神壓垮，只剩一條條扯碎的痛苦神經，隨著施刑者的手亂顫，究極而言，酷刑的極致，就是用痛苦這把刀子，把人之為人的特徵片片割除，只留下他身上最初級的感覺，最原始的獸態。但在〈邑人〉中，刀子尚未啟動，鄉人已進入獸態，從人到獸態，並非緣於刀刃之痛苦而造成。相反地，痛苦的施加，反而使「半豬」中潛在的「人」，得以還原為「人」，「一刀一痛，徹於骨髓」、「片片碎割，其苦更慘」，都是從人的角度，寫人的苦楚。被囚閉於肉塊中的邑人，正因這種痛楚，才得以保留人性。而且，人並未因成為獸態而減輕凌遲帶來的痛苦，仍如常人般感覺到痛楚，並且更符合「人」應有的特性是保有記憶，肉架上受宰割的「鄉人」，居然記住了鄰翁買肉的片數、斤數，而且「毫髮無爽」，而這種超乎尋常的記憶力，正來自苦痛之猛劇。如此看來，在〈邑人〉這篇百餘字的短文裡，施刑者、受刑者、判決、時間、場所、暴力、懲罰、痛苦這八個環節都有反常的發生，也就是「異」，使得酷刑由酷入奇，又不離酷，寫得縱橫捭闔，增強了敘事的張力。

〈抽腸〉、〈邑人〉所寫的酷刑，八個環節上雖然都有「異」的發生，但「異」的性質並不相同。加以歸納，可看出「異」主要以三種形態出現：幻怪、荒誕、神秘。

幻怪，即某一情節，照自然常態本不可能，如今卻忽然闖入一個日常的背景中，引起人物的驚愕、困惑、恐懼，擾亂他對「自然」的觀念，甚至顛覆他的理性。〈抽腸〉故事裡的幻怪表現在場所、懲罰，一對男女，擅自闖入某民的家中，如何進入？為何進入？男女的出現，已超乎尋常，況且其後的舉措。〈邑人〉裡的受刑者、時間、痛苦這三個環節上出現的異，屬於此類：豬肉之身、崇朝之夢、反獸為人之痛，都明顯地違反「自然」，而這種種神奇產生的環境，卻極其真實和貼近，在文中的「異」和自然環境的落差，正是幻怪產生的本質。

所謂荒誕，是某一種行為，照事理常態本應發生在某個情境下，遵循某種秩序，具有某種意義；如今行為本身原封未變，但被挪到全不相關的另一種情況、秩序、意義中，結果行為與場合極不協調，予人悖謬荒唐的感覺。〈抽腸〉中施刑者、受刑者、暴力及時間，予人荒誕之感。男子抽腸之舉，本應是屠宰魚類或牲畜的動作，今卻施加於女子，人體之內所能容納的腸子必然有限，而男子竟可繞滿手肘、椅背，盤纏數十團，明顯違背常理。施刑男子手段十分暴力，但不見女子反抗。若某民所見全為夢境之事，則可以解釋為

子虛烏有，但某民之家人趨前看視之時，確曾見其全身纏滿腸子，而後又倏然消失。腸從何來，又爲何消失？夢境之虛與現實之眞難以分辨。〈邑人〉中施刑者、場地、暴力這三個環節上出現的「異」，屬於此類：劊子手挪到肉市、刑場移到砧板、凌遲變成賣肉，這些錯位之所以有強烈的荒誕感，達到黑色幽默的程度，就在於它們圍繞著一個貌似同一的行爲：一個人在割肉。

所謂神秘，就是本該給出的情節，半隱半現，本該明確的意義，似有若無，文本中有許多留白處，讓人難以捉摸，產生匪夷所思之感。〈抽腸〉的神秘在於判決和痛苦。女子所犯何罪？爲何甘心受男子抽腸？文中沒有交代，甚至腸子一直被掏出來，也未發出慘嚎之聲。〈邑人〉中懲罰和判決這兩個環節上出現的異，屬於此類。無賴所受凌遲之罪與罰的關係，文中並不明示，要靠讀者的聯想，把分措兩處的語句合讀，才能產生較合理的理解。至於判決一環，在文中全然付之闕如，凌遲究因依哪條判決而行？作者無一字談及，疑問懸置未決，任讀者以各自的想像去解答。在酷刑的八個環節中，懲罰和判決本來與「神秘」最無瓜葛，因爲兩者都依「法」而立，而「法」本身的特性就是「明」，但在〈邑人〉中，充滿曖昧詭譎，絲毫無法與「明」扯上關連，於是情節之異自然油然增生。

總之，〈抽腸〉、〈邑人〉中凌遲一刑的奇異性，以幻怪和荒誕爲主，以神秘爲輔，通貫八個環節而出之。有了這八個環節，三種「異」態，我們乃可排經列緯，對《聊齋誌異》中的酷刑進行仔細的分析。

《聊齋》描寫酷刑時，有時涉及精神侮辱或心理折磨，並有意識地歸之於酷刑之列，認爲撕心之苦更甚於切膚之痛。例如：〈王大〉中寫到賭徒們在陰陽兩界，都被判處「塗面遊城」，受人揶揄，眾所指點。〈犬奸〉中的罪婦從縣衙解送部院的途中，被牟利的押役拉到數百看客之中，逼令與犬交媾。〈閻羅〉中，曹操一案歷千百年，數十閻羅無了決，而事主也就注意不斷地被提斟、吃例棒，在陰司中等待「永遠即將」到來的刑罰，其「異史氏曰」云：「豈以臨刑之徒，快於速割，故使之求死不得也？」一語道破這種折磨的慘烈，蒲松齡對於心理煎熬的描寫，線條粗獷，多爲略述或轉述，很少從當事者的角度去細加描摹。而作者對於此類心理折磨的態度，常流於道德判斷的層次，如上面所舉三例，都是當作罪有應得看待，敘事者不以其殘忍不仁而動心，用一個局外人的「快」字了卻，而未能進入被折磨者的內心，挖掘人性中糾結的焦慮和恐懼。

假如要論心理酷刑這類題材的寫作，西方幻怪小說的成就遠勝《聊齋》一籌，如愛倫・坡的《陷阱與鐘擺》〔註153〕能以極冷峭的筆致，將受刑者複雜微妙的心理變化，寸寸剖剝呈現於讀者面前，讓讀者的心懸在半空中，對著驚悚的情節心悸不已。與這類幻怪小說傑作相較，《聊齋》對心理酷刑的描寫尚屬初期階段。不過，中西語言與文化的差異、小說傳統形成的背景迥異，不能以這樣簡單的對比作出價值評斷，若從《聊齋》對於酷刑氣氛的點染這層藝術效果而言，蒲松齡無疑是成功的，其靈活的敘事手法，通過酷刑開展的詭譎，並善塑人物形象，這些特色都使得《聊齋》呈現獨特的文學成就。

## 三、酷刑餘緒

擁有長久淵源的酷刑，不僅充斥於古代公案敘事，現代文學中更不乏其例，尤其魯迅對於中國民族性格有深切的觀察，對此亦發表不少看法，散見其小說或雜文創作中，因此探討酷刑，自不能將魯迅排除在外。此處分別闡述幾本可作為參照的現代小說，分析其故事內容、創作意識、表現手法、酷刑方式，顯示著酷刑的餘緒如何延伸至現代。現代小說中有關酷刑的書寫亦不乏其例，且刻畫之細膩、刑具之精密，足堪媲美古代小說。

（一）魯迅〈藥〉、〈示眾〉

眾與周知，魯迅留日期間，棄醫從文的重要轉折，是在仙臺課堂中看了老師播放的日軍將中國人處死的幻燈片，時值日俄戰爭後，為俄國人做偵探的中國人遭日本人砍頭，日本同學拍掌歡呼「萬歲」。這場景予魯迅的刺激至深，反思自身奉獻民族社會之可能，遂回東京和朋友辦文學雜誌《新生》（因合夥人打退堂鼓未能出刊），另譯文學作品，出版了兩冊《域外小說集》，此後陸續寫就許多雜文及小說，企圖改變國民精神。魯迅意識到：

> 從那一回後，我便覺得醫學並非一件要緊的事，凡是愚弱的國民，
> 即使體格如何健全，如何茁壯，也只能做到毫無意義的示眾材料和
> 看客，病死多少是不必以為不幸的。所以我們的第一要著，是在改
> 變他們的精神，而善於改變精神的是——我那時以為當然要推文藝

---

〔註153〕參見梁永安譯，詹姆斯・普魯涅（Jame's Prunier）繪，〔美〕愛倫坡（Edgar Allan Poe）著：《陷阱與鐘擺：愛倫坡短篇小說選》（台北：台灣商務印書館，2002年4月）。埃德加・愛倫・坡（1809～1849年）是19世紀美國著名的詩人、短篇小說作家、編輯和文學評論家，亦是美國浪漫主義者的先鋒。

——於是想提倡文藝運動。〔註154〕

由於魯迅本身學醫，翻閱中國古代醫學研究，並未發現科學化的人體解剖方式，靠的是經驗的累積，魯迅對中國這個民族的瞭解可謂獨到，曾發出許多精闢的論點：

> 自有歷史以來，中國人是一向被同族和異族屠戮、奴隸、敲掠、刑辱、壓迫下來的非人類所能忍受的楚毒，也都身受過，每一考查，眞教人覺得不像活在人間。〔註155〕

> 我們是最能研究人體，順其自然而用之的人民。脖子最細，發明了砍頭；膝關節能彎，發明了下跪；臀部多肉，又不致命，就發明了打屁股〔註156〕

見證過時代衰疲的魯迅，最是瞭解民族的沈疴所在，這兩段話的背後，隱含了多少沈痛的心聲。

魯迅小說中對於「酷刑」並不以鉅細靡遺描述刑罰之施行爲要點，相對地，是以限知且客觀的視角來進行。例如《吶喊·自序》中對於日人砍頭的描寫簡鍊至極：「一個綁在中間，許多人站在左右，一樣是強壯的體格，而顯出麻木的神情。」對於砍頭的器具、過程或細節，未置一詞，只對「綁著的」、「圍著的」和「賞鑑這示眾的盛舉的人們」的「麻木的神情」，寫意傳神。

在〈藥〉一篇小說中，有同樣的敘述手法，受刑者夏瑜執刑的場面並未正面寫出，而是透過看客的動作來揣摩，「一陣腳步聲響，一眨眼，已經擁過了一大簇人」——意即夏瑜被押解至刑場。「那三三兩兩的人，也忽然合作一堆，潮一般向前趕；將到丁字街口，便突然立住，簇成一個半圓。」——意謂看客們爭先恐後地趕赴刑場排好陣勢，等待「殺人大戲」上演。「一堆人的後背、頸項都伸得很長，彷彿許多鵝，被無形的手捏住了的，向上提著。」傳神地寫著看客們觀刑的姿態。「靜了一會，似乎有點聲音，便又動搖起來，轟的一聲，都向後退。」〔註157〕——意即夏瑜已遭砍頭。

酷刑作爲一種規訓和懲罰機制，其構成可分爲幾個要件：施刑者、受刑者、

---

〔註154〕參見魯迅：《吶喊·自序》（台北：風雲時代出版社，1989年10月），頁3。

〔註155〕參見魯迅：《且介亭雜文·病後雜談之餘》（台北：風雲時代出版社，1989年10月），頁231。

〔註156〕參見魯迅：《花邊文學·洋服的沒落》（《魯迅全集》（北京：人民文學出版社，1982年不著月份），頁455。

〔註157〕參見魯迅：《吶喊·藥》（台北：風雲時代出版社，1989年10月），頁29。

刑罰工具、施刑場面和過程、觀刑者。從以上幾篇文字來看，構成酷刑的要件
中，魯迅著重描寫的是臨刑場面和觀刑者，但何以不將施刑過程直接描述出來？
深諳中國歷史文化精髓與奧義的魯迅，顯然採用的是襯托的手法，以其對中國
這個「文明古國」諸種酷刑瞭解的程度，他的寫作策略頗耐人尋味。

　　吾人觀察他在《病後雜談》中敘述在病中的閱讀經驗，思考了酷刑的類
型、方法和場景。就類型而言，魯迅列舉了：宮刑、幽閉、剝皮（分爲張獻
忠式、孫可望式）、凌遲、滅族等。在劉景伯《蜀龜鑑》卷三寫張獻忠式剝皮：
「剝皮者，從頭到尾，一縷裂之，張於前，如鳥展翅，率逾日始絕。有即斃
者，行刑之人坐死。」〔註158〕又讀屈大均《安龍逸史》記載孫可望剝李如月
之皮：「剖脊，及臀……及斷至手足，轉前胸……至頸絕而死。隨以灰漬之，
紉以線，後乃入草，移北城門通衢閣上，懸之。」〔註159〕寫來亦令魯迅自己
也毛骨悚然，病中觀看這類的書，令他想到人體的解剖學。「醫術和虐刑，是
都要生理學和解剖學智識的。中國卻怪得很，固有的醫書上的人身五臟圖，
真是草率錯誤到見不得人，但虐刑的方法，則往往好像古人早懂得了現代的
科學。」〔註160〕魯迅晚年寫給朋友的信中，他還提到：

　　　五六年前考慮虐殺法，見日本書記彼國殺基督徒時，火刑之法，與

　　　別國不同，乃遠遠以火焙之，已大嘆其奇酷。後見唐人筆記，則云

　　　有官殺盜，亦用火緩焙，渴則飲以醋，此又日本人所不濟也。〔註161〕

另外，他亦曾引用《申報》的一則涉及現代酷刑的新聞：「……以布條遍貼背
上，俟其稍乾，將布之一端，連皮揭起，則痛徹心肺，慘不忍聞。」並道「酷
刑的記載，在各地方的報紙上是時時可以看到的。」〔註162〕迅對於中國的酷
刑種類及方式知之甚深。可見，酷刑在當時仍時有所聞，且隨處可見，加上
魯迅頗熟悉歷史中的酷刑，那麼在小說中何以對細節吝於著墨呢？

　　其實，魯迅之所以要作這樣的處理，是因他在敘述「酷刑」時執著的是

---

〔註158〕原書註：「《蜀龜鑑》，清代劉景伯著，共八卷。內容雜錄明季遺聞，與《蜀碧》
　　　　大致相似。」頁211。

〔註159〕參見魯迅：《且介亭雜文・病後雜談》（台北：風雲時代出版社，1989 年 10
　　　　月），頁213。

〔註160〕參見魯迅：《且介亭雜文・病後雜談》，頁211～212。

〔註161〕參見魯迅：〈書信・340524致楊霽云〉（《魯迅全集》第12卷，北京：人民文
　　　　學出版社，1982 年不著月份），頁427。

〔註162〕參見魯迅：《南腔北調集・偶成》（台北：風雲時代出版社，1989 年 10 月），
　　　　頁231。

受刑者的精神和心志，他棄醫從文正是對中國民族性不夠堅定的一份抗議，自然不願將酷刑過程當作世界奇觀來宣揚、渲染。細嚼魯迅這些具有批判性的小說，給予我們的啓發是：第一，眞正的恐怖，不在於肉身的殘忍殺戮，不在於血腥的場面描寫，而是法令體制、政權系統給予人民的精神壓迫；其次，當時的人們並不關心超乎他們實際生理及心理範圍的「國家前途」、「民族光明」等抽象語詞，純粹只是當個看熱鬧的「看客」；更重要的是，在魯迅眼中，對個體的肉體消滅和生命剝奪固然可怕，對血腥的渲染描寫固然可能因對死亡的恐懼而引起人們對生命的珍視，因而產生相應的懲戒作用，但對於殺戮者來說，他對統治的維護主要就是通過對人心的箝制、禁錮、麻醉和虐殺來實現，刑罰只是必要的輔助手段。

　　魯迅另一篇〈示眾〉，亦極準確地展現了舊中國的一種普遍存在的人生世態。〔註163〕這篇沒有故事情節的小說裡，展現了他駕馭文字的能力，一如電影畫面，讓人注意到「觀／看」的問題。小說中觀看的關係和視點轉換可以分幾種：敘事者的視點、皮球引領視角轉換、看客們看著巡警與白背心、看客中的一人看「看客」、看客之一看到白背心在看「看客」、看客之一與巡警研究另一看客、看客與巡警及白背心一起看「看客」之外的車夫。可說整個場面就是一場相互之間「快意」欣賞的戲劇，一切不幸和痛苦，在彼此的觀看中得以自我消解，化爲一點點感官上的滿足，從而揭示隱匿於中國人心靈深處的麻木冷漠的痼疾。魯迅藉〈示眾〉對中國人民長期在專制統治下所形成的保守、愚昧等民族劣根性進行了深刻的批判，用意在於揭示現象，引起救世的注意。

　　魯迅即是中國酷虐文化的集中展示者和激烈批判者。早在《新青年》發表的第一篇小說〈狂人日記〉，他就將中國的歷史概括爲「吃人」，其後發表於一九二五年《莽原》周刊提到，偶讀歷史而醒悟中國人是一個食人民族，自己被人吃，也吃別人，一級一級的制馭著：「所謂中國的文明者，其實不過是安排給闊人享用的人肉的筵宴。所謂中國者，其實不是過是安排這人肉的筵宴的廚房。」〔註164〕「吃人」這一個概括意象，既有比喻意義，又是中國歷史的現實。「吃人」此概念的深層意蘊在魯迅的小說、散文、雜文、書信中均有揭示，對於「酷刑」的施行，不少篇小說中皆有著墨。對於中國社會存

〔註163〕參見魯迅：《彷徨‧示眾》（台北：風雲時代出版社，1989年10月），頁83～89。
〔註164〕參見魯迅：《墳‧燈下漫筆》（台北：風雲時代出版社，1989年10月），頁244。

在的種種弊端，魯迅和胡適許多觀點是一致的。他們都反對「殘忍」（cruelty），因為殘忍是「惡德」（ordinary vices）之首，是自由意識最不能容忍的罪惡。胡適在《再論信心與反省》揭露了中國歷史上，「三千年的太監，一千年的小腳，六百年的八股，五千年的酷刑。」又指出：

> 今日還是一個大家做八股的中國，雖然題目換了。小腳逐漸絕跡了，
> 夾棍板子，砍頭碎剮廢止了，但裹小腳的殘酷心理，上夾棍打屁股
> 的野蠻心理，都還存在於無數老少人們的心靈裡。今日還是一個殘
> 忍野蠻的中國，所以始終還不曾走上法治的路。〔註165〕

魯迅後期的雜文，亦深刻地指出中國式的「酷刑」教育，只能使受慣了的奴隸們知道對人應該用酷刑，踏著殘酷前進。「這也是虎吏和暴君所不及料，而即始料及，也還是毫無辦法的。」〔註166〕體會可謂十分深刻，對於民族的痼疾沈痛不已。

### （二）葉兆言的《花煞》

《花煞》勾勒了中國十九世紀後期的一個南方小城：梅城，充滿了民族的矛盾與文化的衝擊，洋人勢力深入中國，教民壯大陣伍，依靠洋人的勢力魚肉鄉里，而非教民與洋教的鬥爭便日益白熱化，以胡大少為首的非教民，便是洋人欲除之而後快的首腦。小說中刻劃了一位秉公執法的「儲知縣」，舉人出身的他，對上固然要取得朝廷的信任，對外還要緩和洋人的臉色並取得諒解，除此之外又不能太得罪梅城的老百姓。這樣的一位官員，審案之際只要發現蛛絲馬跡，必然不肯輕言放棄，這也是他的職責所在。當有朝一日緝拿了要犯的妻子牛氏之後，便「先是一頓沾了水的小竹板子打手心，打得皮開肉爛」，〔註167〕再帶上堂。小說描述他在任職候補知縣時，便對如何用刑「有一番很深入的研究」：「他知道重刑之下無勇夫，只要用刑用得狠，任你是鐵打的漢子，有什麼都得乖乖地說什麼。」〔註168〕儲知縣使出的法寶是一個鐵熨斗，長長的把子，熨斗底端有十幾個凸出的鐵奶頭，用炭火燒紅了之後，便將之烙在人犯的兩個膀子上。〔註169〕這樣的酷刑，清代小說《三俠五義》

---

〔註165〕參見胡適：《胡適文集》，第五卷（北京：北京大學出版社，1998年11月），頁395～396。
〔註166〕參見魯迅：《南腔北調集・偶成》，頁233。
〔註167〕參見葉兆言：《花煞》（台北：麥田出版社，1998年6月），頁133。
〔註168〕參見葉兆言：《花煞》，頁133。
〔註169〕參見葉兆言：《花煞》，頁133。

及《活地獄》均曾見及。對於何時行刑，儲知縣自有一套個人的哲學：

> 皇權受命於天，對於刑殺要「恭行天罰」，《左傳》有「賞以春夏，刑以秋冬」之說，《明會典》也規定：「覆決重囚，須從秋後，無得非時，以傷生意。」古人立法設刑，除了「動緣民情」之外，還必須要「則天象地」，進而達到「到處充滿著生氣，為了應順天意，所以不宜執行屬於殺戮的死刑。秋冬天氣肅殺，萬物收藏，陽生之氣，斂而不發，自然界到處呈現一片陰冷的死寂，因此對於死刑的執行，也就莫佳於此時。〔註170〕

在書中，葉兆言塑造了一個來到東方世界的洋記者哈莫斯，藉由哈莫斯的眼睛和立場，來看待中國的刑罰。最初給他留下深刻印象的是拔鬍子，隨著驚堂木一拍，如狼似虎的衙役鋒擁而上，隨即人犯便血流滿面。晚清的官僚為了媚外，似乎以為用刑狠毒，才能顯示出辦案的認真，並可在洋人面前呈現自己的權威。葉兆言藉哈莫斯的感慨萬分的報導，陳述著客觀角度的觀察：

> 什麼叫做活的地獄，我在有幸見到中國的用刑殘酷以後，首次有了真正的認識。……我見到了中國的地方官員如何審訊他們的罪犯，他們想出了種種意想不到的怪刑法，譬如竹板敲擊罪犯的屁股，直到把罪犯打得不省人事。竹板是一種具有彈性，同時也是最具有中國特色的刑具，把犯人的褲子剝下來以後，只要打上幾板，皮肉頓時開花，幾十板子打過以後，大腿上的肉就會一片片飛起來，連血帶肉濺得到處都是。如此繼續打下去。到後來，大腿上就只能剩下骨頭了。〔註171〕

這裡的描述，令人不由得聯想到《老殘遊記二編》裡老殘在地獄所見到的那位大漢，也是如此打到只剩一付通紅的骨骸。哈莫斯如同一支鏡頭，帶領著讀者觀覽大清中國的種種怪象，他扮演著客觀、旁觀的角色，忠實而帶著一定的距離，觀察著一切。

《花煞》中明白地諷刺了官僚收賄的惡習，如哈莫斯在大牢裡看到一位穿著長衫的死囚，與販夫走卒關在一起，死刑延緩到秋後，正好可為儲知縣提供撈錢的好機會。哈莫斯想著：

> 中國官場的黑暗遠不是一個外國記者就能想像得到，事實上，除了酷刑讓人心驚肉跳之外，中國地方官員接受賄賂的巧妙和貪得無

---

〔註170〕參見葉兆言：《花煞》，頁 144～145。
〔註171〕參見葉兆言：《花煞》，頁 146。

厭，同樣可以讓人瞠目結舌拍手叫絕。〔註172〕

這種旁觀式的敘事模式，與魯迅有所差別。魯迅以客觀且隱晦的方式不正面描述酷刑的運用，乃因不願千年文明積習下的邪惡傳統，在筆下大肆渲染；而葉兆言則拋開這個包袱，肆無忌憚盡情描述，但是維持與事件保持一定的距離的方式，便是透過一個外國人的雙眼和意志，以鏡頭掃瞄的方式呈現酷刑使用的情況。

### （三）《檀香刑》與〈在流刑營〉

《檀香刑》是莫言潛力五年完成的長篇小說，時當西元 1900 年德國人在山東修建膠濟鐵路，袁世凱殘酷鎮壓的方式對付山東義和團民眾，八國聯軍攻陷了北京，慈禧太后倉皇出逃，除了以史實作為歷史背景，全書以東北方特有的貓腔作為背景音韻，迴繞在高密縣紛紛擾擾的空氣中，韻散夾雜的筆調，大悲大喜的激情，敘述了發生於山東高密縣的可歌可泣故事及一場場駭人聽聞的酷刑。整部作品中，作者極為精細地描述一樁樁血淋淋的酷刑場面，所有人物分別以限知視角作分章的發抒，作者表現了人性衝突，藉劊子手趙甲、貓腔幫主孫丙、知縣錢丁、孫丙之女眉娘等幾個互相牽連的角色，穿插了袁世凱、德國統帥克羅德等施壓者，推動著使人毛悚然的酷刑書寫。同時藉著酷刑，又使小說的人物形象得以完善。在一次次慘無人道的行刑過程中，同時映照出了大清王朝淒惶的晚景。這本書不同於社會史實記載談論有關於行刑的各種名目、方式，對於劊子手的人生哲學、臨刑時內心交戰與自信展現的刻劃，尤其逼真生動。

書中描述了幾次驚心動魄的酷刑，筆法之細膩、敘述之周詳，令人不寒而慄。例如處決偷了咸豐皇帝七星鳥槍的小蟲子，用的是「閻王閂」，趙甲和其師父余姥姥一起出馬：

> 每人扯著一端的牛皮繩子，按照預先設計好的動作，先對著台上的
> 皇帝和娘娘們亮相，然後對著王公大臣們亮相，最後對著那一大片
> 跪地的太監宮女們亮相——就跟演戲一樣。〔註173〕

> 小蟲子怪叫一聲，又尖又厲，勝過了萬牲園裡的良噪。我們知道皇
> 上和娘娘們就喜歡聽這聲，就暗暗地一緊一鬆——不是殺人，是高

〔註172〕參見葉兆言：《花煞》，頁 149。
〔註173〕參見莫言：《檀香刑》（台北：麥田出版社，2002 年 1 月），頁 55。

手的樂師，在製造動聽的音響。〔註174〕

這道「閻王閂」的精采之處，全在那犯人的一雙眼睛上。你參我的身
體往後仰著，仰著，感覺到小蟲子的哆嗦通過那條牛皮繩子傳到了胳
膊上。可惜了一對俊眼啊！那兩隻會說話、能把大閨女小媳婦的魂兒
勾走的眼睛，從「閻王閂」的洞眼裡緩緩地鼓凸出來。……越鼓越大，
如雞蛋慢慢地從母雞腔裡往外鑽，鑽、鑽……噗嗤一聲，緊接著又是
噗嗤一聲，小蟲子的兩個眼珠子，就懸掛在「閻王閂」上了。〔註175〕

這項處決方式，實則在明代即已出現，亦名曰「閻王閂」，戴上後，「眼睛內
烏珠都漲出寸許，……是拷賊的極刑了。」〔註176〕在《活地獄》第十二回中
亦曾見及，施刑時用鐵箍「套在人的頭上，兩邊自有皮條，用兩個有力的差
役，一邊一箇，拿住兩頭，用力一抽，這鐵箍自然會收緊。不上三四抽，能
叫這人頭痛腦脹，兩箇眼睛爆了出來。……這人早已昏暈過去，滿頭滿身，
汗珠子有黃豆大小」，〔註177〕由於受刑過的人，眼睛沒有不突出者，故鐵箍美
名曰「盼佳期」。和莫言相比，不管是在明代或清代小說描述時尚屬平鋪直敘，
未若莫言的極盡描繪的文字功力，從設計刑具、臨刑情景到施刑結果，聲音
加上影像的敘述，使人直透文字表象如在現場。

經由酷刑的實施，同時也演繹了東方體制內部的權力關係和對象關係的
角色轉換，成為權力的奇怪圈套。咸豐皇帝、戊戌六君子與慈禧太后的統治
者內部權力之爭，導致六君子的被殺，由趙甲斬殺了與他有奇特友誼的六君
子之一：劉光第。他報答朋友的方式，便是花了一夜工夫將屠刀磨得鋒利無
比，行刑時以迅雷不及掩耳的速度取下了劉光第的頭，減少了他的痛苦。

處決刺殺袁世凱的錢將軍時，使用的是凌遲。從第一刀開始，鉅細靡遺
地描摩了劊子手的刀法、內心轉折，更沒有忽略受刑者錢雄飛慘白而顫抖不
止的身軀，隨著報數者高喊的刀數，不斷將讀者的心牽引著，愈拉愈高，一
共五百刀的過程，莫言寫了15頁！加上前後氣氛及場面的營造，更不只此數。
其間提到：

《秋官秘集》，據師傅說是明朝的一個姥姥傳下來的……書上說凌遲

---

〔註174〕參見莫言：《檀香刑》，頁56。
〔註175〕參見莫言：《檀香刑》，頁57。
〔註176〕參見馮夢龍：《警世通言・金令史美婢酬秀童》，第15卷，頁113。
〔註177〕參見李伯元：《活地獄》第十二回，頁74～75。

> 分爲三等，第一等的，要割三千三百五十七刀；第二等的，要割二
> 千八百九十六刀；第三等的，割一千五百八十五刀。他記得師父説，
> 不管割多少刀，最後一刀下去，應該正是罪犯斃命之時。〔註178〕

趙甲不時摒氣凝神，在幾千隻眼睛注視下努力把這個活計做到盡善美，在他
的自我心理活動中詳細地道出在他心目中完美的凌遲標準，如肉片大小的相
等、心細如髮又要下手果斷，近乎無懈可擊的五百刀凌遲，莫言寫來眞是一
唱三嘆，讓人恍若身歷其境，受到極大的震撼。錢雄飛因痛恨袁世凱忿而行
刺，就算事跡敗露亦視死如歸，凌遲過程中咬牙不出聲，但當第五十一到五
十三刀割去他的雄性標幟時，憤怒與忍耐已到臨界點，亦不由得發出了絕望
的慘嚎。

　　花費篇幅最長也是壓軸之作的「檀香刑」，是爲高密貓腔幫主孫丙而設計
的，罪名是殺害了德國人，當局爲了殺一儆百，聘請頭號劊子手施刑以服洋
人，事件本身便包含了殖民背景的悲哀。紫檀木事先削刮成寶劍的樣子，用
砂紙翻來覆去打磨，使其光滑如鏡，在精煉的香油裡至少煮一天一夜，以保
證釘入時滑暢不吸血。施刑時將孫丙捆綁在松木板上，執刑時從犯人的肛門
慢慢地敲入，從脖子後面鑽出來；最後把犯人綁在一個露天高臺立柱上示眾，
讓他經受數天折磨後死去。在作者筆下，這種酷刑設計得極爲精巧：由於受
刑者體內不斷流血，爲了讓他多受幾天折磨，每天需給他灌參湯，似便維持
到膠濟鐵路通車的那一天，好給洋人錦上添花！在本書中，酷刑的使用，展
現了一種權力關係，且具有連鎖發生、彼此轉換的特性。對孫丙的酷刑，便
成爲中國清政府與德國政府權力矛盾下的犧牲品，都充分顯現了統治者與統
治者之間的權力矛盾，沒有權力是永**恒**不變的，其關係和對象的置換，隨時
有可能發生。作爲中層的執法判官的錢丁知縣，也是權力關係中的矛盾者，
檀香刑處決的孫丙是他的情婦孫眉娘的父親，錢丁亦是德國士兵欺壓中國百
姓時在任的知縣，他的理智明白他握有行政權可以中止這樁悲劇的擴大，但
他也不得不臣服於更龐大的政治權力之下：清政府。作爲廟堂知識分子的悲
哀，就在於知其可爲但不能爲之，這也是古老中國傳統政治體制的無力現象。

　　這本厚達近五百頁的長篇小說，精心描繪的多場酷刑，和魯迅描寫臨刑
那種隔著一層、不正面去寫的方式，迥然不同。對人性醜惡的揭示是莫言小
說《檀香刑》的寫作貢獻之一，也是另一種不同層次的「示眾」。莫言可算是

---

〔註178〕參見莫言：《檀香刑》，頁 216。

對酷刑描寫有特殊偏好的作家，在《紅高粱》裡寫了剝人皮，在本書中寫了凌遲、斬首、檀香刑等，或有人批評莫言，在酷刑書寫中反覆玩味且津津樂道，失去了必要的批判性；但莫言這樣恣肆的酷刑場面，以人體當作人性實驗場，檢驗人承受純粹肉體痛楚的能力，進而窺見劊子手的冷酷特質，以及圍觀群眾和官員的反應，從另一個角度而言，未嘗不是對於專制、暴政、野蠻和看客麻木心理的有力控訴？

《檀香刑》的謀篇佈局相當嚴謹，鳳頭、豬肚、豹尾三段落之中，前後兩段讓人物以第一人稱進行獨白，形成眾聲喧嘩的意象；第二段落以第三人稱進行場景的精密描摩，人物與人物之間的權力關係，有時是在驚心動魄的酷刑之後方慢慢補述、浮現，結合了山東高密特有的民間貓腔曲調，使得人物的哀鳴之聲，淒惶嗚咽成洪亮的貓腔，聲情並茂地展現一股特殊的小說藝術。

無獨有偶地，卡夫卡在 1914 年寫了一部短篇小說〈在流刑營〉，〔註 179〕與《檀香刑》有著異曲同工之妙。卡夫卡秉持著正義感和對真理的信仰，以嘲諷的筆調創設了一場精巧的刑罰。旁觀者是一位歐洲來的旅行者，到虛構的非洲殖民地島國考察，當地的軍官（執刑者）向他介紹了一架電池驅動的刑具。其底部是一張活動的「床」，行刑時犯人被剝光衣服背朝上固定在「床」上，四肢以皮帶緊緊扣住；上部是玻璃製造的人形耙狀機械裝置，稱為「繪圖師」；中間的「耙子」是一排尖銳的針，由執刑官操控機器在犯人背部刺字，刻寫犯人所違反的法律條文，並且以花紋鑲邊。除了刺字刻花的長針以外，還有空心短針用來噴水洗血，並以藥棉止血，以保持文字圖案清晰可辯。當刀針愈扎愈深，受刑者痛苦加劇，但他的口中塞著塊防止呼喊及咬舌的破毯塊。行刑六個小時之后，犯人開始可透過鏡面的反射看出所刻寫的文字，明白他犯的究竟是哪一條法；十二個小時之後犯人被折磨殆盡後致死，法律條文亦已深深刻寫在他的背上。軍官一面向旅行者陳述，一邊開始執刑，犯人與士兵按照他的命令行動，但過程中一旦發生超乎他預期的瑕玼，如犯人開始嘔吐、刺字機發出異常噪音，都使軍官惱怒不已。由於軍官對他守護的信仰與法條是那麼地崇尚，因此當他意識到旅行者不能按照他的期待向現任司令官請求保留舊有刑罰時，強大的絕望感令他做出玉石俱焚的決定，他釋放了刺字機上的囚犯，改由自己上陣！就在旅行者和士兵、囚犯注視之下，軍

---

〔註 179〕參見〔奧〕弗蘭茨・卡夫卡（Franz Kafka）著：〈在流刑營〉，洪天富、葉廷芳譯：《卡夫卡全集》第一冊（石家莊：河北教育出版社，1996 年 12 月），頁 78。

官成了信仰的殉道者，機器發生故障，軍官當場被刺死於機台上。

　　故事的情節幾乎都透過軍官的敘述來進行，包括刺字機的構造功能、歷史由來、刑罰傳統、執法心路歷程……等等，甚至旅行者的各種言行反應和心理活動，也藉由軍官的獨白來完成，他對這部機器的創始者——前司令官，有一股執迷的崇拜，言辭之間念念不忘過去這部刺字機執刑時盛大的場面和隆重的儀式，彷彿前朝遺老追緬著逝去的年代。他對機器是否能夠順利執行每一次任務感到慎重無比，連前司令官的設計圖稿都如同至寶揣在懷裡，只能遠觀不可觸摸，為了讓受邀前來參觀執刑過程的旅行對刑具及執刑傳統留下良好的印象，他急切地盡一切所能維護執刑的順利與完美。

　　卡夫卡企圖從故事裡顯露的中心思想十分明顯，旅行者的反應忠實而客觀地呈現了旁觀者的心態。當軍官表示，即將受刑之囚犯所犯的罪，將被刺上的是「尊敬你的上司」，旅行者十分驚訝；而囚犯所犯的罪，要等刺字機刺完之後當事人才明白所犯何罪時，旅者更不可置信：審判執刑之前不須向罪犯宣布判決？更遑論犯人為自己的過錯辯護了。故事中的軍官，集結了法官、監斬官和劊子手於一身，向來如此；但是接任的新司令官有意改革舊體制並廢除這種刑法，軍官希望旅行者在新司令官面前說情，讓這種刑法繼續保留。旅行者扮演的是客觀的、旁觀的角色，但看得出作者是站在讀者的一方，軍官成了孤掌難鳴的舊法堅持者。也許基於對旅行者最後一絲期待落空的絕望；也許不忍心看刺字機被毀掉；對傳統不再而失落；抑或基於良心發現而懊悔？軍官的自殺行為令在場的旅行者措手不及，更令從頭到尾彷彿局外人的士兵及囚犯，感到莫名其妙，使故事染上了一股可笑的黑色喜劇意味，對於卡夫卡為何做如此安排，留下各有解讀的想像空間。

　　卡夫卡創造出這樣令人震顫的執刑方式，包括精密的刺字機、被上百名囚犯臨死咬過的破毯塊、六小時後給犯人補充元氣的稀飯、預備埋屍用的土坑，還有全盛時期幾百雙目不轉睛全程收看的群眾，曾經「光榮地」參與無數次這種盛會的軍官，本身就是一具不曾懷疑真理的殺人機器。卡夫卡寫作時不無帶著對自由、正義和愛的崇敬、人的價值和尊嚴、個人與社會權力關係。滲透在他小說中的基調，是一種對人性毫不在乎者的莫大悲憫之情，亦即對這位為虎作倀的軍官的同情。

　　在中國古代酷刑中，在身上或面上刺字的「黥首」一刑，便屬於褻瀆人性尊嚴的奴隸式烙印，而在卡夫卡筆下，刺字不僅只是身上的一個標記，甚

至最後會奪走囚犯的性命。當旅行者耳聞了這種殘酷的刑罰之後，即使認爲自己只是個過客，不宜干涉別國事，但仍思緒難以平靜。因爲司法程序的不公正、判決的不人道是非常明顯的。即使犯人與他素不相識，亦非他的同胞，也未曾乞求他的憐憫。但作爲一個人，他對同類的憐憫是自然流露出來的。即使沒有說出口，但卡夫卡讓旅行者的心聲在心裡述說著。卡夫卡安排這個酷刑的見證者爲一個「旅行者」，是有用意的，因爲旅者就是個過客而已，可以事不關己，並非法律權威，他所表達的只是個人的聲音。但這種個人的聲音是來自一個眞正的「人」的聲音。所以當軍官向旅行者提出說服現任司令官的要求時，旅行者表示：

> 您過高地估計了我的影響：司令官讀過了我的介紹信，他知道我不是什麼刑事審判的專家。如果我要發表意見，這不過是我個人的一孔之見而已，不會比任何普通人的重要，比起司令官的意見，那更是小巫見大巫了。〔註180〕

這段話彰顯了卡夫卡個人的人道關懷，雖然輕描淡寫，但相較於魯迅在〈祝福〉中的書生，不願也不肯給祥林嫂一個具體而中肯的答覆，旅行者無疑擁有較大的道義力量，最終旅行者很肯定地表示：

> 我不贊成這種審判方式，……在您未向我透露秘密之前——我當然在任何情況之下也不會濫用您對我的這一信任——我就已經考慮過，我是否有權干預這種審判方式，我的干預是否有一絲成功的希望……您眞誠的信念使我悲傷，但並沒有使我動搖。〔註181〕

旅行者扮演的角色也是大多數人的反應，他原本就不贊成這樣的刑罰，當他明白現任司令官也持反對態度，就不再虛假地附和軍官，不過他畢竟還是置身事外的旅者，事情落幕後，即匆匆離開這個島。對於不合理的事物，明哲保身是人們常作的選擇，以洞悉人性的卡夫卡來說，〈在流刑營〉雖是個虛構的文本，但毋寧可視之爲寓言，小說裡的人物爲了維護傳統而不惜殉道，墨守的成規如同軍官身上狹窄合身但不舒適的制服，當手中握有宰制與支配的權力時，道德與正義甚至可以棄之不顧。然而最終禁得起時間與時代考驗的，仍然是人道，不合時宜的權力、械具，終究會被時間淘洗、汰換，如同儀器操縱者的在劫難逃。

---

〔註180〕參見卡夫卡：〈在流刑營〉，頁95。
〔註181〕參見卡夫卡：〈在流刑營〉，頁98。

　　學者傅正明曾寫了一篇〈檀香刑與文身刑〉，比較了這兩部小說「都有二十世紀初葉殖民地或半殖民地背景」，〔註182〕從劊子手形象塑造和審美表現等各方面比較了莫言和卡夫卡的〈在流刑營〉，認爲莫言的《檀香刑》雖自出想像，於典無據，然卡夫卡所想像的刑罰更爲精巧。姑且小說篇幅的規模懸殊不予比較，我認爲卡夫卡的刑具固然精巧，但莫言所展現的人性卑污面，絲毫不遜色，展現了審美藝術的企圖心與眾聲喧嘩的藝術語言，令人留下了深刻的印象。假如《檀香刑》是一部聲情並茂的傳奇史詩，〈在流刑營〉則是警醒現實人生的寓言。

　　（四）《索多瑪120天》與《酷刑花園》

　　事實上，人性與獸性同時潛伏於人類的性格之中，人性高揚之時，亦爲獸性蟄伏之時；人性的約束力減弱，獸性便會彰顯，如洪水猛獸般肆虐，猶如天使與撒旦，在人心之中彼此拉鋸。當罪與罰失去了懲奸除惡的道德意義，形成一種純粹絕對的存在，酷刑便與恣虐相結合，從薩德侯爵對惡、對身體墮落的狂歡描寫，亦是類似的情形。談到「酷虐」或「暴虐」，就不能不提到來自普羅旺斯的貴族作家薩德侯爵。

　　小說本來要寫四部，但薩德其實只完成第一部，《索多瑪120天》是十八世紀末（1785年）薩德寫於巴黎巴士底監獄的未完著作，在薩德不知情的情況下被保留了下來，直至1904年由柏林精神醫師布洛赫（Iwan Bloch）發現且發行，日後再由薩德研究拓荒者莫里斯・海涅（Maurice Heine）仔細校刊後，發表於1931～1935年。這部被視爲情色、暴力裸露的限制級之作，於2004年首次以中文版面世，〔註183〕挑戰讀者對於性虐極限的承受力。

　　後三部只有大綱。書中描述四個淫惡的貴族擄來八個童男、八個童女，找來他們自己的妻子、四名陪媼、四名老鴇和八個有著巨大陽具的雞姦漢。這些人躲在人跡不至的西林堡裡度過120天極盡荒淫的日子，全書充斥「雞姦狂」、「戀屍症」和「食糞癖」，透明無隱的文字中強烈放送著狂放與荒誕，在可以見到全貌的第一部「簡單情欲」中鉅細靡遺地記錄著每天人物的活動，

〔註182〕參見傅正明：〈檀香刑與文身刑〉，《文學評論・「時代與文學」專欄》http://huanghuagang.org/hhgMagazine/issue04/big5/7_1.html（點閱日期：2009年9月27）

〔註183〕〔法〕薩德侯爵（Marquis De Sade）著，王之光譯：《索多瑪120天》（台北：商周出版社，2004年7月）。

以及無休無止的「現形」表演，呈現身體與慾望的無政府狀態。第四部中甚至性虐待與姦殺，極為殘忍。薩德侯爵的名字因此成為性虐（Sadism）的代名詞，義大利知名導演帕索里尼在導完同名電影「索多瑪 120 天」（Salò o le 120 giornate di Sodoma）後離奇地被同性伴侶謀殺，更使這部書增添幾分傳奇性。

在聖經「創世紀」篇裡，Sodome 是位於死海南方的城市，是人類墮落的象徵，聖經裡的隱喻表示這個城市是因慾望而建立，也因慾望而被神收回。薩德運用了這個地名，猶如整個西林城堡的墮落，造成了人的擺盪，以及不願意跟著沉淪的無辜男女，在上升跟下降之間形成一種拉扯。

出身貴族的薩德從嘲諷的角度，以貴族的情慾世界去跟他的時代作對，當時的人受宗教拘束，情慾不能奔放，透過閱讀及口述作品滿足了當時的人心，這也是薩德在當時受歡迎的原因之一。薩德的作品被法國官方禁管到 1960 年，即使到了今天，他部分作品仍在管制名單上，但從羅蘭・巴特、波特萊爾、西蒙・波娃、傅柯等多位大師為之引介與推崇來看，經過歷史的淬煉，這個當時被視為是二流情色小說作家的薩德，以他《索多瑪 120 天》的長久流傳、在心理學及各類藝術領域造成的影響，終於得到第一流文學大家的地位，法國批評家羅蘭・巴特甚至將《索多瑪 120 天》與《追憶逝水年華》相提並論，認為薩德與普魯斯特各站在法國文學的兩個極端。

此書既出，將它的價值放在何種角度來解讀，不論是德國精神分析醫師布洛赫說的出版理由是它具有「重要的科學意義，使醫生、法學家、人類學家獲益匪淺」、或用十七世紀自然主義的的寫作手法來指出此書是為天底下的浪蕩子（libertin）而寫，全書大量充斥著「肛交」、「鞭打」、「食糞」等字眼，以及亂倫、性虐、手淫等細節描述。書裡鮮少舖陳性愛的美麗，反而有痛苦、暴力、毫不愉悅的細節以及匪夷所思的諷刺，這樣的思緒建構，讓人忍不住好奇薩德創作的真意。而事實上閱讀《索多瑪 120 天》並非愉快的經驗，甚至噁心反胃至極，檢視中國古典小說中是否存在可堪與之匹敵的作品，令人遺憾的是並不會比較少，大部分是宮闈之中，由皇帝操控生殺大權，左右著奴婢的性自主權，甚至有獸交的情形。縱使情慾描繪豐富有如《肉蒲團》，亦在結尾處冠上悟道出家的警示，能夠和《索多瑪 120 天》相比較的，恐怕不是狎邪小說，而是晚清《活地獄》之類的譴責小說。這也可能是人權維護者最最不能容忍這本書的理由。無怪乎波特萊爾要說：「欲對邪惡有所瞭解，必得重訪薩德。」

　　李伯元《活地獄》歷歷描繪酷吏施刑之殘暴，令人掩卷，刑罰花樣之繁多，如「大紅袍」、「紅繡鞋」、「過山龍」……等，百姓生不如死。翻開《索多瑪120天》的虐殺招式，亦有可觀的種類。從第三部可以見到的草稿開始，通篇是針刺、鎚打……等等凌遲式的敘述，及至第四部草稿，是更恐怖的死亡折磨，使人不忍卒睹。偌大的西林城堡成了人間煉獄，宛如通向死亡的「活地獄」，魔鬼狂歡後的祭場。薩德所寫的性行為是機械化、動物化的，完全不會令人挑起性慾，更何況穿插著屎尿交橫等不堪情節，令人聯想到的是酷刑大觀，中國酷吏慣施的、泯滅人性的技倆。《索多瑪120天》幾乎完全囊括了所有中國古代的酷刑的招式，狂歡化的結果，是同歸於盡，薩德就是書中高高在上、宰制一切的權威。他用力地嘲諷了時代風氣、社會環境，以及限制他自由的法律。儘管肉體受到重重的禁錮，他的性虐書寫突破了有形的牢籠，恣肆飛翔。

　　不過值得留意的是，薩德畢竟還是西方「SM」的祖師爺，虐殺童男童女的招式雖然極盡惡狠之能事，足以和中國官場酷刑遙遙輝映；但《索》的終極癖好仍圍繞於性虐之上，藉由身體感官的欲求書寫，打破社會階級意識、法律屏障，泯滅了人我、性別的差異，純然追求縱慾主義的享樂。幾百年來，能夠像薩德如此拋除象徵主義的朦朧手法、大膽挑逗讀者視覺神經者，實屬罕見。羅蘭・巴特認為：「薩德真正吸引人的地方，不是有關他的『絕對』和『違禁』的部分，而是他那獨樹一幟的語言所塑造而成的結構世界。」因此在這樣由四的倍數精心堆砌起來的數字符碼中，呈現了可以上推至聖經那樣充滿密碼而有待解構的複雜世界，等待更多有心讀者去尋訪。

　　與《索多瑪120天》可堪媲美的，大概是法國小說家奧克塔夫・米爾博（Octave Mirbeau）的《酷刑花園》（Le Jardin des supplices）了。此書中文版尚未在台灣問世，從有限的資料中發現，這是一個作者虛構了一個中國的真實形象，透過對酷刑及其視覺所招致的情慾快感的描寫，米爾博重新恢復了薩德的傳統，而其新意就在於，將過去曾被薩德私藏於陰暗城堡的情節轉移到中國開放的花園中。那個年代，中國庭園是庭園藝術愛好者的美學典型，米博引用英國的奇（Kiew）花園，作為自己虛構的花園典型。《酷刑花園》將漫步在繁花盛開的花園中的快意，混合了性虐待的快感，隨著每一次參觀的意興，隨意穿插各式虐待及殺人的恐怖把戲。在這個花園中發生過的恐怖戲碼形形色色，手法千奇百怪，叫人難以承受。暴力之下，人體一受刺激甚至

足以產生致命的痛楚。〔註184〕對於恐怖命題的研究，學者劉紀蕙指出：

> 西方對於「恐怖美學」的興趣，以及對「中國式酷刑」（supplice chinois）
> 的好奇，從米博（Octave Mirbeau）在 1896 年所寫的《酷刑花園》
> （Jardin des supplices），以及 Matignon、Bataille、Lucien Bodard 等
> 人所提出的施虐快感之美學層面問題中，充分展現。〔註185〕

這類激起欣賞者恐懼、焦慮、噁心等負面情緒為首要訴求的恐怖藝術風潮，
國內學者這方面的研究尚不多見，大多運用於電影與繪畫。恐怖帶有邪惡的
意味，邪惡的美，以波特萊爾的《惡之華》為最。所謂「邪惡」，其實就是真
實；之所無法為人接受，被打擊和消滅，是因為過分真實，完全複製了人性
最深處的晦暗。

　　雖然仍無法一窺米爾博《酷刑花園》的全貌，搜索小說名字「The Torture
Gargen」，結果發現許多虐戀網站。不知道是否有直接關係，但是小說風格的
確充滿令人難以忍受的殘忍與血腥，文字之極端與薩德侯爵作品確有相仿之
處。比較出人意料的是，作者米爾博卻是一位著名的人道主義者、無政府主
義者、作家和藝術評論家。最值得注意的是，以他的時代背景，他不會真正
地歌頌那些令人髮指的罪行，事實也證明，他對那些以反映殘暴行為為樂的
「殘酷美學」相當反感，對令人髮指的殺人熱情和社會腐敗的描寫，大抵是
諷刺現象的表現手法之一。另外一個有趣之處，是這座花園的想像地點座落
於中國廣州南部。不知米爾博是否到過中國，但可以肯定的一點是這座花園

---

〔註184〕參見連俐俐譯，Claire Margat 著：〈面對恐怖的藝術（Les arts face terrorreur）〉，
　　　　http://www.wretch.cc/blog/momotin&article_id=6679586。（點閱日期：2009 年 12
　　　　月 7）

〔註185〕參見劉紀蕙：〈「現代性」的視覺詮釋：陳界仁的歷史肢解與死亡鈍感〉，25
　　　　屆中華民國全國比較文學會議論文，（國立暨南國際大學，2001 年 5 月 19 日
　　　　～20 日），劉氏於該文的註解裡另作了說明：「Matignon 對於恐怖劇場 the
　　　　Grand-Guignol Gore Theatre 演出的詳細分析，以及 Georges Bataille 的超現實
　　　　小說等一系列恐怖美學，並且指出這些以極端超現實或是寫實的手法所呈現
　　　　的恐怖場景，例如殉教者，從宗教的角度來說，人們是很熟悉的。但是，其
　　　　背後的心裡機制以及伴隨的吸引，則是難以解釋的。她認為，對於如同地獄
　　　　般人體肢解、折磨的場景所奠基的恐怖之美學，與人類學、洗滌作用、道德
　　　　責難皆無關；此美學與揭露，顯示，發現被遮蓋的現實有關。我要接續她的
　　　　看法，而指出，此被遮蓋的現實與歷史有絕對關連，遮蓋的手段與原因也與
　　　　歷史有關；也就是說，人類所承受的歷史「酷刑」，此酷刑不必是實際的刑罰，
　　　　而是被遮掩的機制與手段。」

是出自天馬行空的「異域想像」。自從馬可孛羅東遊中國開始，在西方人的腦海中，遙遠的東方，充滿神秘與魅力。

這座酷刑花園，大抵是根據實際的場景而描繪，有奇花異草和可怕動物，而酷刑有「鐘刑」、「鼠刑」等等，殘忍異常。〔註186〕在米爾博的時代，酷刑及其代表的對人性的全面的野蠻束縛已經鬆動而瀕臨瓦解，但充滿希望的等待得來的卻是更加恐怖的工業化的屠殺（想想納粹的集中營、或者卡夫卡的刺字機）。想像力被機器所取代，工業文明帶來了對人的更為恐怖的虐殺。小說中的官場，那些爾虞我詐，即是這個世界的縮影。那些舊日的美好，精妙的酷刑，在東方的一小塊地方仍然頑強存活。1910 年代前後天津發行的「中國酷刑系列」明信片，之後傳入歐洲，其中一張清朝的凌遲罪犯的照片，因此而名聞歐洲。〔註187〕而中國的酷刑，手段和效果也是首屈一指的。這些奇特的異國風俗，就是小說中花園的藍本，一個包含著諷刺、懷疑和絕望的空間。

有關此類暴力與情色書寫的創作動機，與內在壓抑的對抗有密切的關係，此點留待第四章再予說明。

# 第三節　本章小結

本章依刑罰性質之不同，分為「拷訊問刑」及「其他酷刑」兩大類。「拷訊問刑」著重在描寫刑訊，亦即為取得口供而審問罪犯時，施加的刑罰，又分為「人間」與「地獄」兩個場域，人間的部分，擇取之文本包括包公系列故事（《包公案》、《清風閘》、《三俠五義》）、公案劇、《聊齋誌異》（志怪故事類）及《活地獄》（官場故事類）；地獄的部分，則從唐傳奇、目連變文、《夷堅志》、《聊齋誌異》、《老殘遊記》等等文本援舉例證。

傅柯說，「供詞比其他任何證據都重要，在某種程度上，它高於其他任何證據。」〔註188〕如傅柯所言，「供詞是一種特別有力的證據，只需要再附加少量的副證便可定罪，因此能大大地減輕調查和論證工作。所以供詞受到高度的評價。只要能獲得供詞，可以使用任何強制的手段。」〔註189〕但是，傅柯

---

〔註186〕參見連俐俐譯，Claire Margat 著：〈面對恐怖的藝術（Les arts face terrorreur）〉。
〔註187〕參見馮克力編：《老照片》第三輯，陳之平：〈「站籠」的記述〉（濟南：山東畫報出版社，2004 年 6 月），頁 23。
〔註188〕參見傅柯：《規訓與懲罰——監獄的誕生》，頁 37。
〔註189〕同上註。

也強調，雖然它是司法調查先期相輔相成的應對物，但必須帶有各種保證和
手續上的支持，而非一味地依賴犯人的供詞。然而，在《包公案》中即使看
到包拯不濫用刑訊，但時代愈晚出的公案，在刑訊的部分卻有愈益強化的依
賴，尤其場景描述與施刑細節，時至晚清愈樂此不疲，尤其《活地獄》以扭
曲的獄訟體制和殘酷的懲戒書寫，構築出一幅人間煉獄圖。公案酷刑的寫作
策略固然不無標新立異的企圖，但終極關懷仍然落在對於傳統司法的批判。
假如不純然以酷刑大觀來看待這部書，表象背後透露著權力的機制與痛苦的
身體與權力的對抗拉鋸後，整個時代正義觀已然失落。

　　在地獄刑訊的部分，分為神仙度化、復仇意識、果報思想、魂訴申冤、
懲戒警世五大類，分別列舉以明之。唐傳奇〈杜子春〉的酷刑產生於老人對
杜子春神仙度化的試煉，上天下地的磨難，排山倒海而來，嚴刑拷打，種種
逼問，刻不容緩。自佛教傳入後，殺生為諸惡之首此一觀念影響日益擴大，
反映在南宋洪邁編纂的《夷堅志》之中，則有人死之後的地獄果報描寫，或
者觸犯萬物好生之德而招致冥報。冥報又稱果報、報應，皆為民間宗教和文
化的影響，馬克思有一句名言：「宗教是人民的精神鴉片。」就法律文化而言，
假如人間法律不堪憑信，罪惡得不到及時有效的懲罰，冤抑得不到釋放和平
反，那麼，把希望寄托於精神的懲罰，就成為一種無奈的選擇，通過「報應」
的機制，人們可以求得一種心理補償，如同包公故事裡神格化的情節，故「報
應」乃是在人間法律「缺席」，甚至製造「罪惡」的情況下，人們可以憑藉的
最後一點點希望。在「報應」的背後，也會有「勸善」的意圖。這種「勸善」，
就是一種「規訓」的手段或策略。所以，通過「報應」體現出的意涵，即人
們關於「公平」與「正義」的想像與訴求。「報應」乃是「罪」與「罰」之間
的一種精神平衡——罰惡賞善或有罪必罰。

　　《聊齋誌異》近五百篇中，具有酷刑書寫的篇章達八十餘篇。其酷刑有
的發生在陽世、有的在陰間。始作俑者，為官吏、豪紳、俠客、悍婦，或者
術士、神仙、閻王、野鬼。有的作為正義的懲罰施加於惡徒，有的作為淫邪
的迫害強加於無辜。然而，因為《聊齋誌異》的題材頗豐，卷帙浩繁，這些
酷刑書寫的份量雖多，散落全書，較不易察覺作者在這方面的著墨。研究《聊
齋》者，泰半將主題圍繞於其狐鬼神妖、人倫形象、女性角色……等；加上
蒲松齡對於酷刑情節並不大肆渲染，僅將酷刑作為通往其他情節的環節之
一，此敘事策略使得酷刑在故事中的比重往往並不特別起眼。故提到《聊齋》，

並不會令人立刻聯想到它的酷刑書寫。然而《聊齋》中有關酷刑的名稱，卻可說是最多樣化的。地獄酷刑有時亦產生於人們一旦蒙受冤抑，以陰間復仇來尋求道義的實現，也是私力救濟的方式，若人間救濟途徑不能實現正義，那冥界報應（冥判）就是一種正義的訴求。在《冤魂志》、《冥報記》、《夷堅志》、《聊齋誌異》這類的筆記小說之例證即屬此類。

第二節「其他酷刑」則包括「酷虐施刑」及「異聞用刑」，前者即執行酷刑或死刑時，手段殘酷、方式凶殘，等同於虐待之殺害方式，故歸類於此，集中討論的文本爲《水滸傳》；後者難以用邏輯來理解，只能歸之於「異聞」之刑，以志怪類故事爲多，本文援舉《聊齋誌異》兩個故事作爲重點說明，以施刑者、受刑者、判決、時間、場所、暴力、懲罰、痛苦八個環節作爲評斷故事之與「常」相異的標準，引申出「導異爲常」的論述方式。

最後以現代小說中有關酷刑的書寫，作爲與古代公案的參照，雖然時空環境不同，司法體系亦已迥異，但傳統的沈疴仍存，酷刑書寫成爲一種恐怖的美學、對現實的反諷及警醒世人的寓言。如魯迅的單篇小說〈藥〉、〈示眾〉、葉兆言的《花煞》，並分析莫言的《檀香刑》與卡夫卡的短篇小說〈在流刑營〉作爲對照，顯示公案故事中一脈相承的酷刑書寫，直至當代，仍不絕如縷，甚至中西方不同時空之下，題材亦出現呼應之處。

人間的公堂，是司法制度落實的終極場所，這裡可能上演的是爲求口供而進行的逼供拷訊，也可能因執法過當而使犯人凌虐至死，雖然實現了司法正義，但從民間正義角度來看，稱之爲「正義的暗角」，實不爲過。公堂之上，即使人證、物證都已具備，嫌犯矢口否認不肯招認，在沒有認罪的情況下，是不可能結案的。於是口供取得的手段，不外乎刑訊。刑訊最早是由「神判」而來，「神判」除了是借神明的力量判定是非曲直外，同樣亦是借神明之手對有罪者加以立即和嚴厲的懲罰，然而自秦代以來，卻衍生出刑訊這樣的刑罰。歷代刑律雖對拷訊作出限制，但違法拷訊和法外拷訊的情形，史不絕書，在披覽公案文本的刑訊時，發現合法刑訊與非法酷刑不過只一步之差而已，刑訊之浮濫，實中國審判制度之一大污點。小說文本中更是難以區分，嫌犯往往還沒有定罪，即已在公堂上被嚴刑逼供至瀕臨死亡，甚至如《老殘遊記》中的玉賢官吏不論有罪無罪，直接關入站籠，這類以自我情緒及好惡裁決的官吏，不在少數。

綜合觀之，本章臚列公案文本之酷刑種類、發生場域，從現象面抉發施

加於身體的種種痛苦及其哀鳴，無論此哀鳴是屬於有聲的慘嚎、抑或是無聲的絕望淚水；至於受苦的心理，必然亦因身體被權力宰制而長期扭曲、變形，形成獨特的民族性格，欲仔細探討酷刑書寫產生的現象和原因，則有待下一章的探討。

# 第四章 壓抑的心理：酷刑書寫分析

## 第一節 導異爲常——酷刑書寫的心理基礎

中國傳統對於「異」的一種潛在想像，或稱潛意識，可以用「集體文化心理」來說明；而這種潛在的、集體的文化意識，事實上是受到壓抑的表現方式之一。李豐楙看待「異」的世界，認爲：

> 導異爲常的論述，重點在闡釋「異」的世界裡，諸多異常、反常寓藏於一時人心的時代訊息，並指向中國人面對宇宙萬物的觀物方式，思索人類「存在與秩序」的問題。如此則深化了子所不語的「怪力亂神」，將其歸爲失序時代對於「秩序」的一種願望。……藉由異常的怪異敘述，追溯一種集體的文化心理。〔註1〕

雖然李豐楙所談論的是六朝筆記小說，但六朝志怪的諸多題材與文化想像一脈相傳，在其後歷代的筆記、叢談中，一直是不滅的素材。

中國傳統政治中，司法制度集檢、警、調於一身，對於身體與心理的壓迫、壓抑，往往形諸於文學、繪畫……等等藝術式之中，愈是司法黑暗、政權動盪的時代，文學藝術愈爲發達。尤其小說是最自由的表現方式，是思緒天馬行空的奔放管道，因此六朝志怪的寫作傳統可視爲民族壓抑心理的抒發。學者王溢嘉以精神分析的角度引用黑格爾的說法：「凡是存在的，都是合理的。」並形容筆記小說「可以說是漢民族的一口『心靈大黑箱』」：

---

〔註1〕 參見劉苑如：《身體・性別・階級：六朝志怪的常異論述與小說美學》（台北：中央研究院中國文哲研究所，2002 年 12 月），〈序言〉II～III。

> 因為裡面裝的大抵是子所不語的怪力亂神。過去的文人喜歡說，這
> 些故事的用意是在「正人心，寓勸懲」，但我認為它們更可能是在宣
> 洩被儒家「憂患意識」所壓抑的「幽闇意識」。〔註2〕

其中反映了許多幽微的人性心理，以及無法公開論述的潛在意識，在可見的
怪力亂神表象下，實潛藏了浮世人生中的各種欲望騷動，文字敘事之內涵及
形構，又每每與現實中之各類生存欲望互為表裡。所以小說中的「異」，事實
上它企圖以「常」的姿態展現，反映某種潛在意識，並企圖為讀者所接受。

公案裡反人道、反人性的酷刑儀式，我將之視為也是一種「異」，不過這
種「異」的寫作性質，再進一步深思，還可細分為兩類：一是以志怪傳統下
的酷刑透顯之「異」聞；另一類是晚清以反映時事為主的譴責官場小說呈現
的「異」象。

## 一、「異」聞：志怪傳統下的酷刑

中國小說歷來與正統文學互為雜流、主流，以科舉考試掛帥的長遠期間
裡，小說一直在文學的邊陲地帶漫生，它悄悄地在《山海經》等遠古神話傳
說的紀錄裡滋長，歷經漢魏六朝的「志怪」，到優美成熟的「唐傳奇」，以至
宋人說書的「話本」，或明清文人聊以寄懷的「筆記」、「奇觀」等等，率皆被
士大夫階級認為難登大雅之堂，因此自古以來在屬性的分類上，一直存有辯
證的空間。〔註3〕魯迅說：「小說亦如詩，至唐代而一變，雖尚不離於搜奇記
逸，然敘述婉轉，文辭華豔，與六朝之粗陳梗概者較，演進之迹甚明，而尤

---

〔註2〕 參見王溢嘉：《不安的魂魄》（台北：野鵝出版社，1995 年 4 月），頁 3。
〔註3〕 陳文新認為：「中國的文言小說，粗略地區分，分為筆記體和傳奇體兩類，前
    者脫胎於子、史，後者則是詩情與想像的結晶。明確地將「小說」視為一家，
    當作一種獨立文體，始自漢代，班固《漢書·藝文志》其三的〈諸子略〉，所
    錄凡十家，而認為「可觀者九家而已」，列為第十的「小說」被排除在「可觀」
    之外，僅有九家「入流」，理由在於「小說」是小道。儘管小說是「不入流」
    的一類，但仔細分析班固著錄的小說種類，我們可認為，小說的功能是「議」，
    並不具有文采，因此列入「子部」。但唐代歷史學家劉知幾的《史通》，卻開
    創性地將小說列入「史部」。這項創舉，使得小說具備了「敘事」的功能，成
    為正史之遺。然而清代《四庫全書》編纂時，紀昀仍舊劃歸了「子部」，重新
    賦予了小說「虛構」的自由，也就使得小說不再與「家史」、「別傳」、「地理
    書」等等同列，給予小說容許想像的空間。」有關小說在子部與史部劃分上
    的演變，詳參陳文新《中國筆記小說史》（台北：志一出版社，1995 年 3 月），
    頁 1～34。

顯者乃在是時則始有意爲小說。」。〔註4〕它經過了長時間的抗爭、衍化與蛻變後，某些元素仍然是不變的。例如從神話傳說時代根深蒂固的神鬼思想，到六朝志怪小說的產生，以及東漢末年果報觀念隨佛教經典傳入，這一切都在中國長遠深植心靈的「異」聞意識中輕易地被接受，吸納成爲民族性格的一部分。這種不變的元素，屬於先天的、普遍一致的，可用榮格的「原型」（archetype）或「原始意象」（primordial image）稱之，〔註5〕它與歷史進程的腳步，同時發展，與時俱化。

我們看《聊齋誌異》是蒲松齡對社會現實不平以及失望的渲洩和寄託，藉各種鬼怪異象影射現實社會和刻劃人生的百態，同時呈現出蒲松齡對人生的深刻體驗。然而幾乎同一時期的紀昀，亦以消閑心態寫了《閱微草堂筆記》，一個編修《四庫全書》的廟堂文人，在《閱微草堂筆記》裡反映出的是與世俗無異的文人，以眞實可信的筆調撰寫著「有益於勸懲」、「大旨期不乖於風教」，甚至記錄「所見異詞、所聞異詞、所傳聞異詞」。〔註6〕這兩本比肩之作，幾乎不約而同地談狐說鬼、搜奇志怪，並刻畫了人情世態、果報懲戒，放大來看，似乎不能以弗洛伊德「個體」的意識解釋之爲滿足，而應以榮格站在弗洛伊德「個人無意識」（personal unconscious）的論點上、進一步衍生之「集體無意識」（collective unconscious）來詮釋。榮格認爲「個人無意識」是人們曾經意識到、但之後由於遺忘或壓抑而從意識中消失的意識；而「集體無意識」則是從來沒有出現在意識中的意識，它的來源並非個人經驗，並非後天獲得，而是先天存在的。〔註7〕換言之，它在所有人身上都是相同的，因此在人們心中組成一種超個性的心理基礎，並且普遍地存在於每個人身上。故集體無意識反映了人類在以往的歷史進程中的集體經驗，亦包括對於天地有靈、神鬼有情的總體印象。

弗洛伊德所謂的個人無意識，是由各種情結構成，而榮格的集體無意識是一種「原型」，榮格表示：「我們所說的集體無意識，是指由各種遺傳力量形成的一定的心理傾向。」〔註8〕並認爲：「集體無意識不能被認爲是一種自

---

〔註4〕 參見魯迅：《中國小說史略》（台北：風雲時代，1996年7月），頁85。
〔註5〕 參見胡經之、王岳川編：《文藝美學方法論》（北京：北京大學出版社，1995年4月），頁116～117。
〔註6〕 參見紀昀：《閱微草堂筆記》〈灤陽消夏錄一〉、〈姑妄聽之〉卷前、〈灤陽續錄六〉。
〔註7〕 參見〔瑞〕榮格著，馮川、蘇克譯：《心理學與文學》（台北：久大出版社，1990年10月），頁52～53。
〔註8〕 參見榮格：《心理學與文學》，頁137。

在的實體；它僅僅是一種潛能，這種潛能以特殊形式的記憶表象，從原始時代一直傳遞給我們，或者以大腦的解剖學上的結構遺傳給我們。沒有天賦的觀念，但是卻有觀念的天賦可能性。」〔註9〕所以可以理解，個人的無意識仍帶有個人的情感色彩，是個人或心理生活或私人生命的一部分，但從六朝之後的志怪傳統，一直反映著人們對於未知世界的幻想，於是藉鬼狐神仙作為敘事載體，王溢嘉所謂「漢民族心靈大黑箱」之說，並不牴觸我們以「集體無意識」解釋中國源遠流長的的心理原型，反而更加明確點出了傳統文本習以「異」聞作為敘事方式的原因。

郭玉雯在《聊齋誌異的幻夢世界》也指出了這一點，各民族的神話故事中，人類常表現出各人生及宇宙現象的一致看法，這種無意識的種族記憶，使一些「原始意象」（Primordial images）對人類有強烈的吸引力，所以引導著後代即藉著神話、宗教、夢、幻想、文學的方式呈現出來，這種一再出現的意象就是「原始類型」。〔註10〕郭玉雯認為，蒲松齡掌握了中國神話的傳統，確實是中國民族的心靈代言人，藉由這些他界故事，可以碰觸到人類某些基本的想望。這裡的「他界」即指幽冥界、仙界、妖界，任何不存在於物理可解釋的現象界。

## 二、「異」象：時代風氣下的酷刑

第二類，由晚清一批以「官場」為名、探討官僚體系本質的的公案所呈現的「異」象為主。晚清流風所至，大量官場黑幕的公案迅速出版，公案中的酷刑書寫，在當時消費市場中以何種姿態為讀者所接受，其中不乏文學本身累積的藝術呈現方式，另外亦摻雜了時代創作氛圍的影響，例如出版業的勃興、大量讀者消費需要與嗜好等因素，若以布爾迪厄場域理論來貫串文化再生產的邏輯，可試圖說明公案中的酷刑書寫在整個晚清文學場域的發展情形。

布爾迪厄〔Pierre Bourdieu〕著名的場域〔champs〕理論，以場域（field）、習態（habitus）與資本（capital）三者來貫串文化再生產的的邏輯。在場域中的行動者遵循著特定的遊戲規則，對規則的熟悉就是遊戲行動者的資本，相對的資本的多寡也影響著行動者的的社會位置，而資本與場域之間的關係就是透過

---

〔註9〕 參見榮格：《心理學與文學》，頁 120。
〔註10〕 參見郭玉雯：《聊齋誌異的幻夢世界》，〈序〉（台北：學生書局，1985 年 7 月），頁 ii。

習態來維持。我們也可以說公案小說在歷代不斷再製的過程，充斥著這樣的場域結構，小說中的官吏依循既定的司法律令（遊戲規則），其職位的高低決定著他的權力多寡（行動資本），公案小說的組成結構透過一定的習態來進行：犯案、審案、決案。晚清小說家受到西方文化強權的刺激與影響，對於既有的傳統產生一連串的思辨、反省，無論政治、社會、文化等萌發了現代化的思索，突破專制政體的表現思維，便是予以沈痛的抨擊，一如劉鶚的大聲疾呼；或者揭弊式的嘲諷，一如李伯元、吳趼人等官場亂象的鞭撻。

　　大量的「官場」公案、文本裡的酷刑奇觀，尤其《活地獄》裡陳列的諸種酷刑，種種異於常理常情的規訓與懲罰手段，不得不被視為是一種「異」象，如同王德威形容：「這是一個左支右絀的時代。在這個時期，傳統行將就木，現代據說即將來到卻又不見蹤影。」〔註11〕於是在時風、流俗影響下，大量的針砭、革新與頹廢、扭曲兩極化地充斥著晚清小說，一邊是梁啓超帶動的「新小說」火車頭企圖擺脫舊世代的舊包袱，另一邊則縱情於文字遊戲的頹唐與溢惡，「他們把自己過於熟習的小說道德觀陌生化（defamiliarize）。他們的論述因此形成一個惡性循環。」〔註12〕社會風氣影響了創作感受，創作氣氛亦會帶動社會風氣，就在這種時代氛圍中，晚清公案酷刑書寫的泛濫，可藉用英國文化研究大師雷蒙・威廉斯的「感覺結構」（structure of felling）原理來說明。〔註13〕

　　在威廉斯的觀點中，社會中的每個要素共同組成了不可分割的整體，任何一個社會和任何一個時代，都有其對於生活品質的感覺，特定的行動，組合成特定思想和生活方式，因此，就某種意義而言，感覺結構就是一個時代的文化，也是整體組織所有要素共同生活出來的結果。威廉斯說：

> 感覺結構可以被定義為溶解中的社會經驗（social experiences in solution）……所關連的是一種雖然是古老形式的修改或更動，卻始終是正在浮現的形構（emergent formation）」，並且是在物質實踐中發掘「新的語義形象（new semantic figures）」，也就是在此際，它做

〔註11〕　參見王德威：《被壓抑的現代性：晚清小說新論》，頁45。
〔註12〕　參見王德威：《被壓抑的現代性：晚清小說新論》，頁49。
〔註13〕　雷蒙・威廉斯（1921～1988），二十世紀最重要的文學和文化批評家之一。出生於威爾斯，畢業於劍橋大學三一學院。他的研究架通了美學與社會經濟探討、馬克思主義與主流文學思想以及現代與後現代世界。主要著作有《馬克思主義與文化》、《文化與社會1780～1950》、《漫長的革命》、《電視、科技與文化形式》、《關鍵詞：文化與社會的詞彙》等。

> 為一個聯繫前後兩代的橋樑的重要性亦由此產生，而它有時會非常
> 密切地連結到階級的興起，或者階級內部的矛盾（contradication）、
> 裂隙（fracture）或變質（mutation）。〔註14〕

威廉斯思想的終極關懷在於文化，他的文化觀是建立在文化物質主義（cultural materialism）上，文學領域作為社會的力場之一，其感覺結構的特質更是明顯。晚清不少人認為小說可以興起改革之力量，梁啓超在《新小說》發刊辭〈論小說與群治之關係〉，正強調小說的教育價值：

> 欲新一國之民，不可不新一國之小說。故欲新道德，必新小說；欲
> 新宗教，必新小說；欲新政治，必新小說；，欲新風俗，必新小說；
> 欲新學藝，必新小說；乃至欲新人心，欲新人格，必新小說。何以
> 故？小說有不可思議之力支配人道故。〔註15〕

小說的影響力不容小覷，在晚清一片改革聲浪中，對官場、官箴的違法亂紀自然多所不滿，創作氛圍與時風所及之下，便不以酷刑之「異」象為異。這種寫作風氣和道德標準，是違反人的價值、泯滅人道關懷的摧殘，然而既成普遍現象後，便出現導「異」為「常」的扭曲現象了。

　　除卻以上討論的「集體文化心理」之外，亦須提及「個別的恐懼心理」。劉紀蕙認為，諸如經歷過法國革命的薩德與西班牙內亂殘暴的戈雅而言，被囚禁而帶來的沈默與壓抑，「無論是監獄，或是身體，或是制度、意識形態與文化監禁場域」，是面對死亡而產生的一種恐懼，〔註16〕猶如巴岱爾（Georges Bataille）在《情慾之淚水》（The Tears of Eroticism）中指出的，「色情與暴力帶來同等的快感，也都正是內在隱藏的恐懼的發洩口，因此，對於極端痛苦的強迫性幻想以及痙攣式的暴力與色情的書寫，都是為了要對抗內在壓抑的面對死亡的恐懼」，〔註17〕是一種「文化場域的監禁」。則這類的「異於常」的書寫，是肇基於個別的生命歷程，與時代、歷史對抗之下，而產生的情緒出口。

---

〔註14〕 R. Williams, "Structures of Feeling", in *Marxism and Literature.*, New York:Oxford U. Press, 1977. pp.128～135。此處轉引自謝靜國：《中國大陸消費社會的影像敘事》（台北：秀威資訊，2006 年 2 月），頁 20。
〔註15〕 《新小說》為梁啓超 1902 年 10 月於橫濱創辦的刊物。
〔註16〕 參見劉紀蕙：〈變異之惡的必要：楊熾昌的「異常為」書寫〉，收入氏著：《孤兒‧女神‧負面書寫：文化符號的徵狀式閱讀》（台北：立緒文化事業，2000 年 5 月），頁 220。
〔註17〕 同前註，頁 220。

# 第二節　酷刑密碼——解讀酷刑書寫現象

中國舊律中受到壓迫的身體，在枷鎖、刑具中哀鳴、淒嚎，這是體制下生命的悲哀，也是肉體受到殘害的書寫。從施刑程度及執法是否過當，來討論小說、戲劇所記載的刑罰，究竟是合法施刑、或者等同謀殺？

小說是生活的縮影，通過中國古代文學作品研究文化現象，公案與司法檔案之間存在著內在的關連，亦即公案是從司法檔案蛻變出來的一種文學類型。但二者之間仍有極大的差異，從司法審判活動到文字語言的建構，受到種種實際利益、藝術加工和道德動機的影響、小說創作者有意或無意的剪裁，都必然使文學文本增添了想像虛構，這是文學之根本特性。因此文學文本看似充滿想像與修飾，其實正是來自社會實際生活的體現和流露。

但弔詭的是，文學一方面呈現了歷史的「眞實」，但又不願在司法的「眞實上」忠實呈現，處處以加油添醋、添脂搭肉的方式描寫，這種現象亦即小說虛構與想像的奇特之處。金良年探討古代社會的酷刑時，以「委曲求全」、「冷漠看客」、「亦主亦奴」呈現中國社會中被扭曲的人性，〔註 18〕若進一步分析，可看出其思維側重權力的移轉現象，並未揭示酷刑書寫何以產生並形成一種寫作策略。究竟公案文本構築的酷刑書寫世界，應如何解讀？吾人可從酷刑書寫產生的原因：權力與酷刑的展示、罪苦與冤屈的擔負、旁觀與嗜血的人性及果報與冥判的警惕四大方向來探討。

## 一、人間亂象：權力與酷刑的展示

傅柯認爲，懲罰成爲酷刑有三個基本標準：「首先，它必須產生某種程度的痛苦，這種痛苦必須能夠被精確地度量，至少能被計算、比較和列出等級。」〔註 19〕亦即在生命停止之前，以最大的程度延緩死亡的時間，製造出最劇烈的痛苦，包括「死刑」亦爲一種酷刑。然而，酷刑不只是以一整套製造痛苦的藝術爲基礎，第二項標準是：「這種製造痛苦的活動是受到控制的」，〔註 20〕犯罪者的身分和受害者的地位、痛苦的性質強度和時間等等，都必須聯繫起來，由法庭視情況而裁決應受的懲罰方式，而加以組合運用，而非一視同仁。第三項

---

〔註 18〕　參見金良年：《酷刑與中國社會》（浙江：人民出版社，1991 年 6 月），頁 227～243。
〔註 19〕　參見傅柯：《規訓與懲罰——監獄的誕生》，頁 32。
〔註 20〕　參見傅柯：《規訓與懲罰——監獄的誕生》，頁 33。

標準，「酷刑也成為某種儀式一部分。它是懲罰儀式上的一個因素，能夠滿足兩個要求，它應該標明受刑者。它被用於給受刑者打上恥辱的烙印，或者是通過在其身體上留下疤痕，或者是通過酷刑的場面。」〔註21〕所以，不僅針對受刑者作出懲處，並應該示眾，給受刑者造成生命最末了仍無法免去的難堪，並給予圍觀群眾一種莫名的警惕。故對於受刑者而言，固然承受了千百次痛苦方得以死去，對圍觀者而言，亦造成心理上難以磨滅的恐懼。

對於統治者來說，公開處決不是重建正義，而是重振權力。為了維護統治者無上的權力，公案文本中對於官吏往往賦予法外之刑的彈性空間。因此酷刑現象不僅是權力的展現，亦是酷刑的展示。

除了法定之刑外，明清另有法外之刑，稱為「潤刑」或「非刑」，前者有：凌遲、梟示、戮屍，後者有礫、支解、醢、磔而剝皮、斷背、墮指、刺心。〔註22〕為何有這樣的刑罰？沈家本有一番見解：

> 古者，刑人於市，與眾棄之。刑至死，極矣。若以死為未足，而必欲使之多受痛苦，是以刑為洩忿之方，而無當眾棄之義。且充洩忿之意而立一重法，久之而習見之習聞之，必將又以此法為未重，而更立一重法，重之又重，更無窮已。此歷代慘酷之刑，所以名目繁多也。〔註23〕

這段話足以說明中國歷代何以慘酷之刑如此眾多，是為了「洩忿」，這涉及人性底層的報復心態及統治者宣洩淫威的濫權，令人不寒而慄。

司法記載尚且如此，小說中的亂象則更難以想像。眾所週知，小說即真實世界的擬像，公案中所使用的酷刑名稱，泰半與真實世界無異。唐傳奇〈杜子春〉中提到了斫、鞭，與先秦以來的法外酷刑有類似之處，宋《夷堅志》則較為簡略，由於所載故事篇幅甚短，多則上千字，少則百餘字，故其酷刑情節之著墨不多，頂多以「鞫」、「箠楚」、「訊掠」、「杖」、「黥」……等語帶過，並不刻意渲染酷刑情節。

清代《聊齋誌異》寫到的酷刑名稱，可說是最多的，其「花樣」之繁，名目之多，令人驚詫。項目包括搒、鞭、杖、刖、鋸、磨、針刺、箠灼、剖腹、

---

〔註21〕 參見傅柯：《規訓與懲罰——監獄的誕生》，頁33。
〔註22〕 參沈家本：《歷代刑法分考》（台北：台灣商務印書館，1976年10月），卷四，頁15～16。
〔註23〕 參沈家本：《歷代刑法分考》，卷四，頁2～3。

穿骨、寸磔、剝皮、孔骨、抽筋、剖心、刀山、劍樹、火床、油鼎、澆油、欒割、潣腸、抽腸、刀溪、剔髓伐毛、釘手足倒懸……等數十種，古今實存或想像之刑，多半可在其中找到，肉刑亦不下三四十種。若誇大其詞，若將書中所載之所有酷刑撮合而觀之，儼然可成為一部酷刑小百科。除了以上所提到的幾十種酷刑名稱，蒲松齡還常用某些名詞來泛指酷刑，例如：酷掠、殘景、搒掠、苦訊、嚴鞫，尤其當他描述州府縣衙中體制化的酷刑時，更為多見。

以刑訊來說，在司法檔案裡，鮮少能夠讀到刑訊的記載，這並不表示中國古代司法實踐中很少採取刑訊，略知包公故事者，便會發現幾乎所有的案件故事都充斥著刑訊的描寫。因此，重新建構法律制度與文學想像的雙重語境，便可以明白，衙門佈局、庭審儀式和刑場佈置都充滿了符號性。在司法條文中，呈現的是官方的意識與專權式的社會秩序，是單聲、單義的話語，然而在公案文本中，可「聽到」原告、被告兩造，在訟師、地保操弄之下，如何在「清官」及衙吏面前展開各種喧囂與哀鳴，形成官場小說「眾聲喧嘩」的世界。

不過再仔細聽，這些紛紛擾擾的喧嘩中，權力的運用與威喝，仍然占有絕對的優勢。在作者刻意營造的種種不公平的訴訟中，平民百姓成為專制階級的俎上肉，作者以冷靜、旁觀的筆調，只見血肉橫飛、不見惡勢力受到仲裁，小說本身就隱含了巨大的批判，由讀者自行領略冤民心中的苦楚，清官已死、正義缺席，也提供了一個社會的微型供我們想像。

傅柯關於權力的研究中，將權力分為硬權力和軟權力兩種，前者以顯著的形式出現，如監獄、法庭、刑罰等有形的機構，軟權力則通常以隱性存在的方式出現，如輿論、道德、思想、文化等對人無形中的精神控制。亦即葛蘭西的「文化霸權」的概念，〔註24〕葛蘭西認為，一個政權的維持，需要政治的強制力加上霸權文化的力量配合，後者來自於在市民社會的配合之下，以包括如教育、大眾傳播媒體等對於大眾的潛移默化，造成了工人階級的虛

〔註24〕「文化霸權」又稱「文化領導權」，初指來自於別的國家的統治者，19世紀後才廣泛用來指一個國家對另一個國家的政治支配或控制。義大利葛蘭西（Antonio Gramsci，1891～1937年）用來描述社會各個階級之間的支配關係，「文化霸權」的概念才真正被提出來，形成葛蘭西最富影響力的文化霸權理論。葛蘭西在《獄中日記》和獄中所寫的書信中明確把「統治」和「領導」區分開，強調文化霸權是通過大眾同意進行統治的方式。葛蘭西指出西方資本主義社會，尤其是先進的具有較高民主程度的資本主義社會，其統治方式不再是通過暴力，而是通過宣傳，通過在道德和精神方面的領導地位，讓廣大的人民接受他們一系列的法律制度或世界觀來達到統治目的。

假意識，使此一霸權得以維持。在權力的行使方式上，也從過去的野蠻和公開的力量演變成為隱蔽和「柔弱」的威懾；從過去對人的肉體的摧殘和剝奪演變成為對人的精神的控制和約束；從過去主要是至高無上的國王權力決定臣民的一切，演變成今天主要是人們固有的「生命權力在控制著主體的身體和思想」。

魯迅的觀念中，領導權是「通過市民社會的渠道，使人們形成一種世界觀、方法論，甚至在文化觀和價值論上達到整合，統一在某種意識形態中。」〔註25〕它通常以「統治」和「認同」作為權利的兩種存在方式，「統治」是過過強制性的國家機器，如軍隊、警察、法院等實現，而「認同」則是一種隱蔽的權力關係，通過引導民眾「對主導價值觀念的趨近，具有一種社會、道德、語言的制度化形式」來實現。〔註26〕魯迅側重於描寫軟權力對人的精神的禁錮與毀滅，專制思想意識、文化觀念、倫理道德等所構築的社會輿論氛圍，作為一種隱晦的意識形態，對民眾的精神價值所產生的引導作用。故魯迅的對權力關係的表述，隱去了暴力機構的設置，從文化、思想角度對隱性存在的領導權進行闡述、突顯了文本的可開拓性。

以公案劇《蝴蝶夢》中的一段呼天搶地為例：「渾身是口怎支吾，恰似個沒嘴的葫蘆。打的來皮開肉綻損肌膚，鮮血模糊，恰似活地獄。三個兒都教死去，你都官官相為倚親屬更做道國戚皇族。」〔註27〕執法者擁有無上的權力，忽視民瘼，自然給民眾造成極大的痛苦。正如傅柯認為權力是用來管理眾人的一項機制，但傅柯也發現，由古到今，管理者在行使權力時，經常逸出權力的使用範圍，例如實施酷刑的君權、行刑過當的劊子手、違法的審判程序等，若把權力當作是滿足慾望的工具時，則會發生嚴重的後果。當犯人臨刑時，隨著刑罰的慘烈，圍觀民眾聚集的場合中發生暴動的機率愈來愈高，造成治安問題，君權也受到很大的挑戰，於是不得不動用更極端的鎮壓方式來壓制民怨，人間亂象於焉產生。

以上例證，說明執法者握有絕對的權力，這份權力足以成為人間的宰制者，如何制約、操縱百姓的生存與生命，端賴執法者存乎一心。

---

〔註25〕參見魯迅：《熱風‧暴君的臣民》(《魯迅全集》第一卷，北京：人民文學出版社，1982年不著月份)，頁366。

〔註26〕參見魯迅：《熱風‧暴君的臣民》，頁13。

〔註27〕參見〔明〕臧晉叔編：《元曲選》，頁639。

## 二、替罪羔羊：罪苦與冤屈的擔負

在一般人的觀念中，將自己的痛苦或病痛轉嫁到別的生物或物品身上，消災解厄、逢凶化吉，是很自然的概念，中國人祭拜時用的三牲：牛、羊、豬，便是用來代替人類受過，奉獻給神明享用的祭品。在《舊約聖經》中亦有類似的記載：

> 亞倫爲至聖所和會幕並壇遮罪完畢，就要把那隻活著的公羊奉上。
> 亞倫要雙手按在那隻活著的公山羊頭上，承認以色列人一切的罪孽
> 和過犯，就是他們一切的罪，把這些都歸在羊的頭上，並且藉著所
> 派的人，把羊送到曠野去。這羊要擔當他們一切的罪孽，帶到與人
> 隔絕之地；那人要在曠野釋放這羊。〔註28〕

爲何以「羊」扮演替罪、贖罪的角色呢？依照諾思羅普・弗萊的說法，也許是因「羊愚昧、溫順、喜愛群居，易於受驚四竄」，〔註29〕法國當代人類學家勒內・吉拉爾據此引申出「替罪羊」理論，他表示：

> 詩作以迫害者的眼光眞實報導了一切集體的暴行，雖然假裝虛構，
> 有點失眞，但只需梳理這些失眞的表述，就可糾正過來，就可確定
> 一切被迫害文本視爲有理的暴行的專橫性。〔註30〕

吉拉爾雖然談的是詩作，但小說或戲劇也同樣呈現了「虛構情節」中的「人性眞實」。吉拉爾主張社會衝突來源之一是以暴易暴，唯一解決之途便是集體施暴於一「替罪羊」，如此社會群體的和諧與團結可獲得保障。因此勒內的替罪羊理論是人類遏止暴力的一種方法，也是一些宗教犧牲儀式的根源。什麼是替罪羊呢？

> 人類社會只有通過調整相互的暴力，才能永久維持下去。宗教的犧
> 牲儀式的原則是：建立一種替代其他暴力的「創始的暴力」。一個人
> 的死亡換來大家的生存。〔註31〕

在人類社會團體中，人們因社群活動有相互趨近的機會，但人與人的關係因

---

〔註28〕 參考自網路聖經〈利未記・遮罪〉：http://www.revoveryversion.com.tw/Style0A/026/bible_menu.php

〔註29〕 參見〔加〕諾思羅普・弗萊（Northrop Frye）著，陳慧、袁憲軍、吳偉仁譯：《批評的剖析》（天津：百花文藝出版社，1998 年 11 月），頁 203。

〔註30〕 參見〔法〕勒內・吉拉爾（René Girard）著，馮壽農譯：《替罪羊》（北京：東方出版社，2002 年 1 月），頁 12。

〔註31〕 參見勒內・吉拉爾：《替罪羊》，〈前言〉，頁 3。

磨擦產生必要界線被侵犯的情況，便會造成個體或群體間的關係緊張，甚至引起群眾攻擊或輿論審判。唯一解決並平息眾怒的方式，就是找出一個擔任「替罪羊」角色的個體，也就是「代罪羔羊」。在大家一起集體施暴於「替罪羊」，或者「替罪羊」代人受過之後，社會將恢復於表面之和諧與團結。所以吉拉爾認為，透過建立一種「基本的建設性暴力行為」來取代其他暴力，以一人之死換眾人之生，其實是縱容了迫害及集體犯罪行為的存在。因此，吉拉爾也呼籲遏制宗教界的欺騙行為，期許互相寬容的時代來臨。

　　這種「替罪羊理論」，頗能說明從古至今所有真實或虛構文本中的一切冤屈者，當執法者若不能明察秋毫，只是急於鎮壓眾怒，或者尋求阿Q式的解決方式，唯一的好方法就是遴選一個替罪的對象，作為事件落幕的解套權宜之計。許多典型悲劇創作都是用酷刑屈打成招，藉由「替罪羊」的犧牲換來事件落幕與社會情緒平息。睽諸古代記錄，《史記·滑稽列傳》中河伯娶親的風俗、《搜神記·李寄》遴選童女祭蛇，皆本著這樣的心態，公案故事中的例證亦不絕如縷，《聊齋誌異》一書〈冤獄〉中的朱生、〈詩讞〉中的吳蜚卿、〈臙脂〉中的鄂生，以及氣節凜然的竇娥，都是屈打成招下的受害者、執法階層急欲結案的替罪羊。《檀香刑》中貓腔幫主孫丙為了捍衛自己的妻兒而攻擊德國兵，引起德國總督府的震怒，不斷施壓要求知縣錢丁抓到元兇，即使知縣明知洋人的惡形惡狀，但掌有地方官之權的知縣，亦不得不聽從於更高層的權柄：袁氏政權。處決孫丙以平息德軍之怒，正是以替罪之羊來擔負所有的罪苦。

　　原本藉獻祭之物質性供品換取神靈的幫助和恩賜的宗教信仰，與統治者藉著替罪羊來掩飾其無能相較，吉拉爾此一理論道出了人性自私醜惡的一面，極為淋漓盡致而又荒唐無奈。吉拉爾認為替罪羊借喻了「宰殺／淨化」的宗教祭祀根本的意義，揭開集體暴力迫害的現象，並為集體性的暴力迫害的「升高混亂／尋求秩序」、「災異原因不明／罪證確鑿無誤」的二元背反表象，找出聯繫和解釋。

　　至於統治階層以何種標準選擇替罪羊呢？吉拉爾認為：

> 有時發生在團體中的受害者是完全隨機的，有時則不是這種情況。同樣也有群所指控他們的罪狀是真實情況，但是在這種情況下，在迫害者的選擇中，不是罪狀起首要作用，而是受害者屬於特別容易受迫害的階級。〔註32〕

---

〔註32〕參見勒內·吉拉爾：《替罪羊》，頁21。

觀察公案文本中的「替罪羊」，他們的共通特色就是：社會階層的弱勢者！例如竇娥是個弱女子，在家聽命於父、出嫁夫死聽命於婆婆，她一直隨著命運的擺弄，直到遭受張氏父子的男性霸權威逼利誘、判官桃杌不公的司法機制欺壓，她一直都是相對弱勢者，也最容易受到統治階層的壓榨，成為一隻標準的替罪羊。竇娥即為吉拉爾所說的「受害者屬於特別容易受迫害的階級」。

我們回顧第一章的問題意識中提到錢鍾書《管錐編》的想法，「刑訊不足考察真實，祇可測驗堪忍。」刑訊的目的是取得口供，然而並非取得真相的靈藥仙丹，充其量只能測驗一個人的意志力堅不堅定。竇娥正是這樣的一個真理信仰者與守護者。在《竇娥冤》中，竇娥與蔡婆、張驢兒、昏官桃杌，形成一道彼此關連的網絡，竇娥與他們的每一個衝突，都使她的道德感不斷轉變為正義凜然的力量，最後形成磅礴的悲劇英雄自我意識，從尋求司法庇護的弱者搖身為護衛道德的強者。環繞在她周圍、要她認罪的強大壓力，事實上並沒有使她屈從，她並不甘心成為冤案下的犧牲者、替罪者，然而最後招伏，是基於維護婆婆的生命使然。

《竇娥冤》第二折：「〔孤云〕人是賤蟲，不打不招，左右，與我選大棍子打著。」〔註33〕這幾句經典的台詞，概括了古代統治者的集體意識。竇娥與中國自古以來其他屈打成招的可憐「替罪羊」不同的是，其中經歷了一個轉折。初時是官吏與社會惡勢力強迫她成為代罪羔羊，但她的凜然正氣拒不屈從；之後果真犧牲自己的性命以保護婆婆的生命，這份情懷即是基督教中「替罪羊」的自我犧牲意識，竇娥的「代罪」，換來人間公義的昭示，也傳為美談。

對《竇娥冤》裡的桃杌以及古代所有的昏官來說，為求迅速結案、彰顯自我能力等等目的下，尋獲一個「替罪羊」以刑訊方式審查終結，是最能回報上級、給人民交代的方式，然而，是否能給予自己的良心以及公平正義一份交代？這個擔當罪苦的「替罪羊」，也許是社會中的弱勢者，但不一定是道德公義上的弱勢者，正因為其受迫害成了替罪羊的角色，愈益彰顯出其人性光潔面與人格特質的剛強。

---

〔註33〕馮夢龍：《警世通言》亦有類似的話語：「玉堂春正待分辨，知縣大怒，說：『人是苦蟲，不打不招。』」參見〔明〕馮夢龍：《警世通言》第 24 卷，〈玉堂春落難逢夫〉（湖南：岳麓書社，2002 年 10 月），頁 202。

職是之故，竇娥的例子正好做爲錢鍾書的論點的有力證據，屈打不一定成招，憑藉心中對於眞理及公義的認知，寧死不屈服於惡勢力之下的氣節，這份凜然正氣是可貴的、可佩的，同時必須付出絕大的身體痛苦作爲代價。竇娥身爲代罪的羔羊，所擔負的罪苦是在世之時無法得到報償的，唯有仰賴文學正義給予最後的翻案，在戲劇結尾的那一刻，以正義獲得平反，燭照著竇娥的高貴情操。

## 三、看客心態：旁觀與嗜血的人性

中國人將酷刑當好戲看，有久遠的歷史。「看客」一詞，來自魯迅，其《吶喊・自序》意識到中國的未來前途，有一段話：「凡是愚弱的國民，即使體格如何健全，如何茁壯，也只能做到毫無意義的示眾材料和看客。」〔註 34〕文集《墳》也有一段精釆的描述：

> 群眾——尤其是中國的——永遠是戲劇的看客。犧牲上場，如果顯得慷慨，他們就看悲壯劇；如果顯得觳觫，他們就看滑稽劇。北京的羊肉鋪前常有幾個人張著嘴看剝羊，彷彿頗愉快，人的犧牲能給予他們的益處，也不過如此。〔註 35〕

看著剝羊的場面，可以使旁觀群眾這麼大的樂趣，這樣的場景若移到刑場「菜市口」，大概也是如此光景。「看客」就是旁觀者、圍觀者，在魯迅筆下帶著貶損之意。當年他在日本求學，無意中看了老師播放俄人砍下爲俄國人做偵探的中國人之頭的幻燈片，猛然醒悟，棄醫從文，體悟自己也做了一個不折不扣的「看客」，此後他的筆下經常出現這類的「看客」，〈阿 Q 正傳〉等文中的是「典型」的看客，戲碼是殺頭，〈示眾〉這篇小說沒有故事情節的短篇小說中，人物只有「看」與「被看」兩種，〈藥〉看的也是犯人，透過看客的動作，意謂行刑動作的完成。

魯迅寫作的背景正值新舊交替的時代，以俯視的角度批判中國社會，對社會的批判有一項便是「看客太多」，看著別人時，自己也成爲別人欣賞的對象，似乎整個社會就是「互看」的快意戲劇，在「看」的過程中，自己的不幸與苦難在彼此觀看中得到消解、昇華，並獲得感官上的滿足與麻痹。「暴君

---

〔註 34〕參見魯迅：《吶喊・自序》（台北：風雲時代出版社，1989 年 4 月），頁 3。
〔註 35〕參見魯迅：〈娜拉走後怎樣〉，《墳》（台北：風雲時代出版社，1989 年 10 月），頁 181。

的臣民，只願暴政暴在他人的頭上，他卻看著高興，拿『殘酷』做娛樂，拿『他人的苦』做掌玩，做慰安。自己的本領只是『幸免』。」〔註36〕這就是中國社會中的人性！其後魯迅繼續說：「從『幸免』裡又選出犧牲，供給暴君治下的臣民的渴血的欲望。」這也可以印證上一段落統治者選用犧牲者的社會心態，可說是上下交相賊而產生了如此畸型的「看客」與「犧牲」現象。

事實上，當我們閱讀文本中的酷刑書寫，不也在掩卷而嘆之餘，好奇的目光不曾中止？正如王德威所說：「這樣的讀者遠離刑罰現場，安心作壁上觀，他們『消費』肢離骨碎，血肉橫飛的場景。在嘆息與戰慄中，他們慨談世道不古，卻不減興味盎然。」〔註37〕觀看酷刑文本的書寫時，亦是另一種形式的「圍觀」、「旁觀」，不同的只是刑場群眾為現場直擊，讀者則透過文字窺伺酷刑，不論是哪一種，似乎都脫離不了「嗜血」的嫌疑。只是不同的是，小說中類似〈藥〉或〈示眾〉的看客，往往是盲從、隨俗的，不見得真能全盤暸解酷刑場面中孰是孰非，純粹抱著「看熱鬧」心態者居多；而小說讀者閱讀酷刑書寫時，抱持的是公理正義得以彰顯的心態居多，對於罪犯為何受此嚴懲大多了然於胸，自與現場盲從的圍觀群眾有別。

從創作的角度而言，酷刑書寫不無獵奇、搜奇之心態，尤其自宋代「說公案」以來，不少文本的作者或催生者，先經過「說書」的檢驗，獲得廣大群眾的迴響，在一次又一次的臨場實證後，內容不免愈來愈迎合世俗喜好，我們可以想像，基於娛樂功能的需要，說書者必然或多或少地會「語不驚人死不休」，以便吸引更多的聽眾。由街頭說書到文字話本流傳，其中的酷刑情節必然不自覺地增加描寫的細膩度，我們從包拯故事的流衍可以看到這類的藝術加工，《清風閘》及《三俠五義》的前身便是先以說書型態面世的。

在古希臘悲劇中，偉大的悲劇詩人有一種審美原則：不在劇場直接上演殘酷的暴力場面，而是通過劇中人間接敘述。例如《鍘美案》在舞台以虎頭鍘處決陳世美，以人造血製造意象；菲里普‧格拉思（Philip Glass）根據卡夫卡〈在流刑營〉改編的歌劇中，刑具並沒有搬上舞臺，而是在佈景的一堵牆上投射出它的陰影。這一項審美傳統，直到現代影視的出現，才有所改變。戲劇中無法真正表演凌遲、砍頭等極刑，我們可以理解；但文學創作者亦用

---

〔註36〕參見魯迅：《熱風‧暴君的臣民》（《魯迅全集》第一卷，北京：人民文學出版社，1982年不著月份），頁366。

〔註37〕參見王德威著‧宋偉杰譯：《被壓抑的現代性：晚清小說新論》，頁229。

側筆來寫酷刑，則又是一種旁觀中的旁觀。

例如《老殘遊記》寫玉賢、剛弼兩位酷吏時，皆不從正面描寫，案情亦非老殘親眼目睹，而是透過他人之口，一一描述，這種筆法，可以避免作者主觀意識的渲染，純以旁觀者客觀的角度與口吻來陳述，可信度便大爲提高，並增加事實的感染力。〈在流刑營〉中，卡夫卡始終沒有讓刺字機如何在犯人的身體上運作直接展示給讀者，而是由軍官斷斷續續口述的，在講述過程中，祇有一個等待受刑的犯人，由於語言隔閡，該名犯人本來「應該」是行刑儀式的主角，卻從頭至尾表現得更像一名「看客」，好整以暇地打量旅行者、刺字機。最後軍官被刺字機攪死的情節，小說中只有祇有寥寥幾筆帶過。魯迅在小說中以側筆的方式間接寫執刑場面，亦已如前述。雖然這些都只是小說中少數的例子，但不失爲一個觀察的角度，可見得，如何有節制而又深刻地展示暴力，一直是作家和批評家關注的一個問題。

現場直擊酷刑、聽講說書酷刑、文字閱讀酷刑，不同類型的人們扮演著不同的旁觀者，明清以後印刷業發展快速，書籍流通簡便，晚清更有隨報附贈的《點石齋畫報》提供大眾新聞圖解，爲了吸引廣大閱讀人士，其中創作手法朝向什克洛夫斯基所提出的「陌生化」（defamiliarization）效果前進，則令我們一點也不意外了。俄國文學家高爾基說：「文學的目的，是幫助人了解自己本身，提高他的自信心，激發他對於眞理的企求，同人們的鄙俗行爲作鬥爭，善於在人們身上找到好的東西，喚醒他們靈魂中的羞恥、憤怒和勇氣，做一切使人能變得高尚堅強、能用美的聖潔的精神來活躍自己的生活的事情。」〔註38〕然而，時至晚清的公案文本，卻反其道而行，不以崇高美善爲導向，亦不以人生光明面爲創作重點，而急切地想反映時代種種弊端、扭轉傳統以來的束縛，固然有文學本身的演變原因，亦不能忽視晚清追求現代性時所承受的壓抑。王德威直接以「被壓抑的現代性」稱呼晚清小說，乃因小說走到了廿世紀初，內憂加外患，使得小說實有不可承受之重。

從他人的受難中獲取巨大的快樂，這是人性的恥辱。酷刑是可怕的，更爲可怕的是麻木的中國看客以看酷刑爲樂，亦即中國酷刑行之千年不衰的原因之一。美國文化評論家蘇珊・桑塔格（Susan Sontag, 1933～2004）〔註39〕藉由

---

〔註38〕 參見〔俄〕高爾基：〈讀者〉，《高爾基文集》第二卷（北京：人民文學出版社，1981年8月），頁290。

〔註39〕 〔美〕蘇珊・桑塔格，美國著名文化評論家，發表專著如《反對詮釋》、《論

《旁觀他人之痛苦》這本深入探討影像與當代文化關係的作品，以影像的揭露，讓世人「窺伺」了戰爭之下的殘酷不堪，並讓世人重新思考影像的用途與意義，並直指戰爭的本質，在有圖為證的照片裡，暴行與苦痛赤裸裸地呈現在世人面前，書中談論著關於戰爭所帶來的傷痛與教訓，並追溯了現代戰爭與攝影的演進，近代反戰運動的發展，以及影像與新聞、藝術和文化之間的複雜關係。儘管此書的性質是以影像、照片為主，不妨亦可作為本文論述的借鑑。

透過桑塔格對影像建構起來的反思，讓人不禁尋思，中國傳統小說中對於公案刑罰中受苦受難的書寫，究竟是「記錄」了當時的司法制度，還是「建構」了苦難的酷刑儀式？閱讀著這些公案故事，究竟激起了我們對制度暴力的厭惡痛絕，還是啃噬著重鹹口味的文字而卻不減興味盎然？報導事件的新聞也好，描述虛構現實的故事也罷，儘管如實地攝錄事實與場景、鞭笞與囚犯的呻吟躍然紙上，但讀者旁觀他人之痛苦時，誰才應該是被觀照的主體？人類的天性裡本來潛藏著對血腥暴力的窺伺欲望，媒體本著「報導真相」、「讀者有知的權利」的強大理由，對災難鏡頭有堂而皇之的偏愛與嗜血；觀看這些殘暴的文字究竟是要令我們激起同情心？還是令人麻木於文字建構的創意？

反戰的桑塔格，在書中一開始以維吉尼亞・吳爾芙（Virginia Woolf）〔註40〕在 1938 年出版的《三畿尼》（Three Guineas）提到的西班牙戰爭，來表達自己的主張。〔註41〕兩位同為女權主義與文化評論人，對於戰爭的深惡痛絕，透過影像與照片的省思，深化了反戰的思緒，桑塔格並提到畢卡索著名的畫作《格爾尼卡》〔註42〕來呼應戰爭的殘酷。透過圖像，當我們透過影像或新聞旁觀著他

---

攝影》、《疾病的隱喻》、《旁觀他人之痛苦》，六、七○年代之時，桑塔格的文集幾乎都引起很大的迴響，所談論主題從法國結構主義人類學、法西斯主義、色情文學、電影、攝影到日本科幻片乃至當代流行音樂，無不得風氣之先，充滿睿智、卓見。另有電影與舞台劇編導作品多部，以及小說《恩人》、《火山情人》、《在美國》等，2001 年 5 月獲得兩年一度的耶路撒冷獎，表揚其終身的文學成就。

〔註40〕維吉尼亞・吳爾芙（Virginia Woolf, 1882～1941），英國當代散文、小說及評論家，作品風格細膩，奠定女性主義及現代主義文學雛形。

〔註41〕參見〔美〕蘇珊・桑塔格著，陳耀成譯：《旁觀他人之痛苦》（台北：麥田出版社，2005 年 3 月），頁 14～15。

〔註42〕畢卡索（Pablo Ruiz y Picasso, 1881～1973），《格爾尼卡》（Guernica）創作於 1937 年，緣於西班牙古城格爾尼卡被佛朗哥將軍聯合支持他的德國軍隊轟炸，造成上千人死亡，畫中以垂死的人與馬匹重現當時的場景，同年於巴黎舉行的世界博覽會中西班牙展覽館展出。

人的苦痛時，究竟是爲了謹記教訓，還是爲了滿足人性的邪惡趣味？

　　這也令我們聯想：災難電影容易賣座，驚悚故事易引人入勝，平面媒體如某水果日報不漏網的殘忍畫面，甚至引起諸多爭議的「動新聞」，都滿足了許多人的好奇心，還有什麼比安全地感受恐怖情境更令人覺得刺激震撼的呢？我們每天都在旁觀他人的痛苦，因爲旁觀是安全的、冷眼的壁上觀，但我們很少想過，假如有一天我們也變成他人眼中所旁觀的痛苦，又該如何呢？這一點，桑塔格裡談論到關於人類自相殘殺的戰爭問題，我們總覺得它發生在十分遙遠的國度，但最貼近我們的中國傳統小說裡，卻時常上演著慘無人道的酷刑。照片可令人記憶歷史的畫面，小說則記錄文字畫面，中國自古以來有許多公案故事記錄著司法制度下受苦的身體與精神，當我們閱讀著公案故事，這些虛構世界裡的受苦身體，反射的是映照眞實世界的擬像，儘管小說是虛構的敘事，但創作小說的社會背景和作者所處的司法制度，令小說本身成爲微型的社會縮影，某些角度來說，它的眞實性並不亞於如實記錄的影像。

　　文學文本的「眞實情況」，與現實的依存關係如何？美國學者馬克夢說：「小說事實上比儒、道、釋的『道』和二十四史更能反映中國文化。」〔註43〕因爲公案雖然是文字的藝術，但亦不能自外於社會現實；弔詭的是，公案雖然是已形諸文字的書面文本，然而重審公案之際，可透過作品的文字書寫，讓箇中的刑罰血淋淋呈現讀者面前，文字具有思想上的穿透力，雖然抽象，但是對現象的描述較影片意象更加直指內心，這種感同身受的閱讀經驗，並不亞於觀賞電子媒體時淪肌浹髓的感受。

　　中國古代酷刑之所以歷史悠久，固然有統治者殘暴無道的因素，普遍民眾認知上的蒙昧與野蠻、文化傳統上的陋習，則是酷刑統治得以實施的原因之二。德國當代著名法學家古斯塔夫・拉德布魯赫曾說：

> 的確，群眾並不善，群眾能夠按照他們的固有價值把個人拖入深淵；
> 這本不是什麼犯罪，因爲令人討厭的是，即使沒有群眾心理的影響，
> 一個根本無害的人也可能去從事犯罪。但群眾也能把個人抬到天
> 上，使之變得狂熱，直至具有英雄主義，而對此，他作爲個人可能
> 是完全無能爲力的。群眾不善——，甚至個人也不善。但群眾像個

---

〔註43〕參見〔美〕馬克夢著，王維東、楊彩霞譯：《吝嗇鬼、潑婦、一夫多妻者——十八世紀中國小說中的性與男女關係》（北京：人民文學出版社，2001 年 3 月），〈中譯本序〉，不著頁數。

　　人一樣均屬於構成一切善的原料。所以，這裡要緊的，不是分崩離
　　析，而是群眾文化。〔註44〕

古斯塔夫・拉德布魯赫並沒有否定群眾的力量，但重要的是，他看到了絕大
多數人是盲從的，當盲從的群眾被誤導時，產生的是一種毀滅性的力量。他
的論述為歷史事實所證實：二次大戰時期的德國、文革時期的中國皆然。對
於國家和民族而言，群眾心理與群眾文化的培養十分重要。林語堂有一篇和
臀部有關的文章，道盡中國古代士大夫的心態：「中國社會只有兩種階級：踢
人家屁股者，及預備屁股給人家踢者。讀書上學就是預備將來踢人家屁股的
門路。」〔註45〕這種士大夫心態也是一種民族儒性，對於廟堂文化有著如同
拉德布魯赫說的「盲從」心態，無心也無力推翻傳統的桎梏，無怪乎晚清之
時，西方的槍砲彈藥衝開中國的大門時，中西文化的衝擊之巨大，造成整個
時代思想的劇變。

## 四、因果流轉：果報與冥判的警惕

　　文學作品中的執法施刑可分陽間及陰間兩類。陽世的執法施刑早期有法
定的五刑，後代最常見的是砍頭。〔註46〕陰間的刑罰多為人在陽世曾經種下
惡因，導致來到陰曹地獄接受地獄的裁判，遭受百般殘忍的刑罰，此種刑罰
十之八九都非常慘烈，可直名之為「酷刑」。例如目蓮之母因在世時作惡多端，
在地獄遭受「臥鐵床」、「犁耕拔舌」、「洋銅灌口」、「入鑊湯」「上刀山劍樹」
等等酷刑；唐傳奇〈杜子春〉接受老人成仙的試煉時，所忍受的各種磨難與
極刑，皆令人驚懼，由於文學想像可以自由逸出法制及人體極限以外，故而
地獄酷刑往往極盡殘酷之能事，描寫深刻，上天下地，乃非常人可以承受。
這類酷刑受到佛教教義的影響，重視「報應」（或稱「果報」）的倫理準則與
因果循環，用意在於警惕世人在世時注意言行。

---

〔註44〕參見〔德〕古斯塔夫・拉德布魯赫（Radbruch）著，舒國瀅譯：《法律智慧警
　　　　句集》（北京：中國法制出版社，2001年10月），頁78。
〔註45〕參林語堂〈論踢屁股〉。
〔註46〕從先秦時代，歷經秦、漢、魏晉南北朝、隋唐至明清，每個時期的五刑俱有
　　　　出入，每個時期都有主刑及從刑之分，主刑即得獨立科處的刑，例如五刑；
　　　　從刑是附於主刑所科之刑，如沒官（物）或除免。倘依刑罰是否實際實施，
　　　　又有真刑與贖刑之分，真刑乃對生命、身體及自由所加之刑；贖刑乃以財產
　　　　或名譽贖之。但此並不在本文探討的範圍內，詳參戴炎輝：《中國法制史》第
　　　　五章〈刑罰〉，頁90～101。

　　宗教的影響力，有時甚至可以和統治者的權力相抗衡，成為另一種規訓的力量。印度的地獄觀念和地獄經變圖，在傳入中土之後，與中土傳統的冥界觀念相結合，在魏晉南北朝時期形成了中國本土化的地獄觀念，被中土民眾所廣泛接受，影響深遠。在傳譯的佛經中，地獄形象也多與中土的觀念相結合，與印度的地獄形象已有很大的不同，如《大智度論》、《淨度三昧經》、《佛說提謂經》等都可看出八王使者或五官檢校是人善惡的記載，這些都是傳統的中土觀念。而在此時期流行的神怪小說中有著大量的地獄形象描寫，更是把中土傳統的冥界觀念融合了進去，體現了中土廣大民眾的地獄觀念，如《搜神記》、《幽明錄》、《冥祥記》等中國許多冥間傳聞的故事，對地獄的描寫都滲透著中土大眾對地獄觀念的理解。在這些故事裡，地獄中有著龐大的組織機構，而中土傳統的冥神泰山神、司命、司錄等也融進了佛教龐大的官僚機構中，地獄的組織機構還仿人世帝王之制度，地獄有閻羅王、王侯、將相、都督、使者等人間的官名，階層分明，層層管轄。另外，中國原有的冥界觀念中的生死簿記、記人善惡、審判制度也被應用到地獄觀念中。

　　冥界的果報故事，便往往結合佛教經典，對於人世間的謀財害命、貪食殺生、背信忘義、人性私慾等不良惡行，透過公案文本作者之筆，使作惡者難逃冥界的審判，縱使橫行於陽世，終究要在幽冥界中得到懲罰。透過本書第三章的探討，公案中的報應故事往往著重在現世報，乃基於教化的目的，使人們的行為得到約束，收立竿見影之效。因果報應的觀念，使得人們無所逃於天地之間，陽世未得報應，亦會在陰間受到懲處，這種概念在公理正義不彰、吉凶禍福無常的年代，特別受到人們的重視，它在文學作品中扮演著執法者的角色，明察人間的是非善惡，達到穩定社會秩序、約制人民行為的功能。

　　例如目連救母故事，最早出現於晉月氏三藏竺法護譯的《佛說盂蘭盆經》，此經漢譯為 793 字，其中真正講述目連救母故事的部分極為簡略，即：

> 大目犍連始得六通，欲度父母，報乳哺之恩，即以道眼觀世間，見其亡母生餓鬼中，不見飲食，皮骨連立。目連悲哀，即缽盛飯往餉其母。母得缽飯，便以左手障飯，右手搏飯，食未入口，化成火炭，遂不得食。目連大叫，悲號涕泣，馳還白佛，具陳如此。〔註47〕

〔註47〕多種佛典提及這段敘述，如寶唱：《經律異相》（516 年）節引《報恩奉盆經》
　　　　稱為《盂蘭經》，見《大正藏》第 53 冊（台北：中華電子佛典協會，1999 年），
　　　　頁 73～74；道世：《法苑珠林》（668 年）亦提及《盂蘭盆經》，稱為《小盆報

演變到敦煌本《大目乾連冥間救母變文並圖一卷並序》出現時，此故事已衍生為原文的十倍，顯然是經過了漫長的發展過程。目連之母在地獄受盡折磨，遭到嚴酷刑罰百般戮虐，用意自然是為了警世，陽世種下的因，必然在陰間結果，這是果報故事最終的訴求。

# 第三節　溢惡為美——美學與物質的探討

　　本節所探討的主題，是從「壓抑的心理」基礎下作的延展，所呈現的美學特質，均是在扭曲的心理之下所發展出來的，故名之為「恐怖／暴力美學」。至於物質文化泛指日用物質、身體想像等多元角度，本文以「刑具」作為切入點，探討古代公案敘事中使用的刑具描寫。以下分述之：

## 一、論美學：恐怖／暴力美學

　　「美學」作為研究「美」的一門科學，追求美、崇尚美、研究美，都是美學的範疇。「恐怖」則是人的心理或情緒遠較害怕更為強烈的震撼；「暴力」一詞，有「力量」和「非正當目的」兩種含義。「恐怖美學」或「暴力美學」二個詞組的結合，十足具有衝突的意義。劉紀蕙評論台灣文學家楊熾昌時，提到楊熾昌筆下「負面的、否定的、惡魔式的殘酷快感與醜陋之美，在中國與台灣早期現代文學史中是個罕見的異端。」〔註48〕在「美學」的研究範疇中，並非「令人愉悅」的才屬於「美」，「頹廢美」、「殘酷之美」、「醜惡之美」亦見諸評論，因此本文討論酷刑書寫的美學現象時，以「恐怖美學」與「暴力美學」名之。

　　某些恐怖行為是有局限性的，其體驗經驗有所限制，若涉及生命，就只有一次，不可重複，或者它一次只能單項進行，且非每個人都可以輕易獲得恐怖的體驗。但經由文學形式欣賞恐怖，則大多數人都可以接受，因為隔著文字，不需要直接面對恐怖的現實，在虛擬、虛構的場景中體驗恐怖的存在，則無性命之虞、不道德之嫌疑，可以盡情享受隔岸觀火的樂趣，洞悉其中歷程、體驗他人的恐懼。尤其文學作品中的恐怖，可以成為一種審美的形式、範疇，使人們在強烈的刺激中，使長期的鬱悶得到釋放、平淡的思維由於震撼得到調劑，因此，欣賞恐怖作品也有快感的獲得，這份快感是通過恐懼、

恩經》，見《大正藏》第 53 冊，頁 751。

〔註48〕參見劉紀蕙：《孤兒・女神・負面書寫：文化符號的徵狀式閱讀》，頁 218。

緊張、刺激與審美形式的綜合來完成的。

「恐怖」與「美學」連結在一起，是近年西方文藝美學領域的新風潮，對這一現象的探討，大致可分爲兩類：一是對文藝現象中的恐怖因素的分析，包括對恐怖文學的類型特徵的探討、對中西方文藝作品中恐怖因素的概括分析等；另一類是對恐怖美學的特徵的探討，如把恐怖美學歸爲「壯美」、「崇高」等。本文的研究中，對恐怖美學採取的是前者有關「恐怖因素的分析」。從現有資料，西方恐怖美學的最早研究著作爲弗洛伊德1919年發表的〈論神秘和令人恐怖的東西〉，試圖以人們成長過程中被克服和壓抑的領域對「神秘和令人恐怖的東西」作一界定。〔註49〕隨後文藝美學運用了「恐怖」（terror/forror）〔註50〕來表示這個新興文藝現象的美學特徵。我們觀賞小說文本產生的心理恐懼現象，是對於藝術作品帶著一段距離感而引起起的焦慮、緊張，與現實生活完全不同。作爲一個酷刑的受刑者，他感受到的只有生命的威脅、肉體的凌虐，其恐懼自然無與倫比；而作爲一場酷刑的旁觀者，心中油然而生的情緒畢竟是觀看他者，除了心靈的震撼外，亦帶有慶幸與嘆息；若成爲文學作品的閱讀者，則可能帶著尋找刺激、增添生活樂趣的消閒享受，才有可能將這種恐怖的氣氛化爲帶著安全距離的美感，正如朱光潛分享美感經驗時所謂「心理的距離」。〔註51〕這樣的美感欣賞，是殘忍的恐怖美感，一方面驚懼於酷刑之慘烈，一方面又消閒這份恐怖美感，成爲矛盾複雜的心理反應。

魯迅在〈中國小說的歷史的變遷〉中評論晚清狎小說時，曾將清狎小說

---

〔註49〕佛洛伊德認爲，人的情感衝動「受其自身目的的約束，依賴於一系列與之共存的因素，通常爲美學研究提供素材」，並且神秘和令人恐怖的課題常游走在美學的邊遠地帶，爲標準的美學著作所忽略，並且認爲，「神秘和令人恐怖的東西之所以令人恐懼就是因爲它不爲人所了解和熟悉」。參見〔奧〕西格蒙德‧弗洛伊德著，李俏梅譯：〈論神秘和令人恐怖的東西〉，收入常宏等譯：《論文學與藝術》（北京：國際文化出版公司，2001年5月），頁264～302。

〔註50〕很多文獻中，terror和horror並不相同，前者表示某種有非實體的事物引起的恐懼情緒，後者則表示某種具有實體的事物引起的恐懼、噁心等情緒。

〔註51〕朱光潛分析美感經驗時區分爲三類：形相的直覺、心理的距離與物我同一。其中，提出英國心理學家布洛（Bullough）的說法，認爲「心理的距離」原則「不僅把從關於美感經驗的學說都包括無餘，而且對於文藝批評也尋出一個很適用的標準。」參見朱光潛：《文藝心理學》（台南：大夏出版社，1988年12月），頁15。布洛認爲：「適當的心距是審美經驗產生的必要條件，時空距離對欣賞的重要是通過適當的心距而建立的。」參見劉昌元：《西方美學導論》（台北：聯經出版事業，1987年8月），頁90。

分為三個階段：「先是溢美，中是近真，臨末又溢惡。」〔註52〕王德威則認為魯迅心中對狎邪小說所持的標準，是一種道德批判，狎邪小說既是「不道德」的文類，它的意義應是「溢」（逾越）而非「抑」（遏制），但是，創作時仍然陳陳相因，不以為忤。〔註53〕我們反思公案酷刑書寫的寫作特色，不也是溢惡的一種表現方式？酷刑（尤其是刑訊）在公案中成為一個被遵循的標準，彷彿它已逾越人性，成為一種「必要之惡」。

　　這樣的溢惡如何與「美學」搭上關連呢？我們看酷刑書寫的同時，會發現其中有企圖表現「美感」的敘述，例如《活地獄》在種種酷刑之中，作者試圖加入殘忍的恐怖美學：

> （姚明）打人的地方，就在廊簷底下，上頭掛著一盞羊角燈，天天打人打多了，人的血飛起來，濺了上去，把一盞羊角燈都糊滿了，點了蠟燭，賽如沒有點。〔註54〕

> （單太爺）自己就地下拾起鐵槌鐵釘，對準了強盜的心口，鐺鐺的釘了下去。剛打了兩下，那一股熱血早已摽了出來，摽了單太爺一臉，竟變成一箇紅臉大漢了。……釘完了，又復升了公座，也不洗臉，還是帶著滿臉的血，又吩咐把這一箇扯下去。〔註55〕

作者的筆觸極冷、不見批判、沒有好惡，其中固然不無作者嗜血本性的透露，但是未嘗不失為一種寫作策略，紅紅的鮮血彷彿成了人性嗜血的標記，反映了執法者內心的殘忍心態。

　　同樣以「鮮血」作為美感表現的場景，出現在《檀香刑》，在劊子手們上場前，照例要準備一隻黑冠白毛的大公雞，以其血抹遍全臉，目的要讓冤魂厲鬼知道，他們是皋陶的徒子徒孫，執刑時他們代表的不是個人，而是國法。〔註56〕雞血在面部乾掉後面部必然緊繃，故不便有任何表情，僵硬的臉孔，加上臨場肅穆的氣氛，劊子手往往內心誠惶誠恐，豆大的汗珠形成一條條的血水往下流，濡濕了雞血，形成一張詭異的臉。抹上了雞血後，似乎劊子手已化身為正義的使者，皋陶即為祖師爺，連關羽都是皋陶轉世的。

〔註52〕參見魯迅：〈中國小說的歷史的變遷〉，《魯迅全集》第九冊，頁338～339。
〔註53〕參見王德威：〈寓教於惡──狎邪小說〉，《被壓抑的現代性：晚清小說新論》，頁105。
〔註54〕參見李伯元：《活地獄》第十回，頁65。
〔註55〕參見李伯元：《活地獄》第十九回，頁116。
〔註56〕參見莫言：《檀香刑》，頁50。

　　「恐怖美學」，是奠基於氣氛的營造，公案文本中的恐怖美學，即建立在這種生命及肉體飽受威嚇的基礎上，小老百姓的性命玩弄於官吏指掌之間，驚堂木炸開聲、鞭笞的風聲，以及血染堂廡、官吏猙獰的表情、酷刑名稱花招百出……等等，均可見出酷刑書寫的恐怖美學。

　　酷刑名稱的匠心獨運，是恐怖美學得以鍛鑄的重要原因之一。《三俠五義》中的「杏花雨」；〔註57〕《警世通言》裡的「閻王閂」、「鐵膝褲」；〔註58〕《活地獄》裡的「鐵奶頭」〔註59〕、「紅綉鞋」〔註60〕、「燒臂香」〔註61〕、「過山龍」〔註62〕、「盼佳期」〔註63〕、「大紅袍」〔註64〕……等等。不獨小說文本中有別緻的刑名，史傳中也不乏其例，如「鳳凰曬翅」〔註65〕、「驢駒拔撅」〔註66〕、「仙人獻果」〔註67〕、「玉女登梯」，〔註68〕名稱雖然風雅，但包藏的

---

〔註57〕參見《三俠五義》第 19 回：「彷彿大熨斗相似，卻不是平面，上面皆是垂珠圓頭釘兒，用鐵打就；臨用時將炭燒紅，把犯人肉厚處燙炙，再也不能損傷筋骨，止於皮肉受傷而已。」亦可參見第三章第一節論述。

〔註58〕參見〔明〕馮夢龍：《警世通言・金令史美婢酬秀童》第 15 卷：「閻王閂是腦箍上了箍，眼睛內烏珠都漲出寸許；鐵膝褲是將石屑放於夾棍之內，未曾收緊，痛已異常。」頁 113。

〔註59〕參見《活地獄》第 11 回：「與熨斗一樣，不過前頭盛火的鐵斗底下，有十幾個奶子頭，是用熟鐵鑄成的……只輕輕將熨斗底下的鐵奶頭，在這張王氏的左邊膀子上擱了一擱，已經痛得她殺豬一般的叫。」

〔註60〕參見《活地獄》第 40 回：「打一雙鞋，把它放在火裡燒紅。」拷訊時讓犯人「穿在腳上，任是他鐵石人也經不住。不過這個人，可也從此殘廢了。」

〔註61〕參見《活地獄》第 10 回，將「指頭粗的香，」點著之後綁於犯人之手臂上，「還不時拿嘴吹那香的灰，恐怕有灰燒著不疼。」

〔註62〕參見《活地獄》第 41、42 回：「叫錫匠打一個彎曲的管子，扯直了要夠二丈多長，把犯人赤剝了，周流滿身，從那頭淌出去。這個開水，卻不可間斷，任你好漢，到了十壺，也就很夠受了。」

〔註63〕參見《活地獄》第 12 回：「凡經過鐵箍箍過的人，兩只眼睛沒有不突出來的，因此就有人送這鐵箍一個美號，叫做『盼佳期』。」此刑於《警世通言・金令史美婢酬秀童》稱為「閻王閂」，亦見於莫言之《檀香刑》。

〔註64〕參見《活地獄》第 25、40 回：「用牛皮膠熬烊一大碗，把這人渾身塗滿，然後以麻皮按著貼上去，等到乾了，卻一片片往下撕著問供。這一撕不打緊，這麻反被膠粘住，撕的時候，是連皮一齊下的。他身上的皮去了，自然是只剩下些血肉，那血也就掛了滿身都是，所以叫做『大紅袍』，亦名為『麻皮拷』。」

〔註65〕即把短木綁到被告手足上，像扭絞毛巾一樣，扭絞雙臂雙腿。參見〔清〕閻鎮衍：《六典通考》卷一百七十七〈刑典考〉：「以橡關手足而轉，謂之鳳凰曬翅。」（江蘇：廣陸古籍出版社，1990 年）。

〔註66〕閻鎮衍：《六典通考》：「以物絆其腰，引枷向前。」即把被告攔腰綁到柱子上，向前猛拉囚犯頸上的長枷。

實在是狠毒至極的酷刑。武則天之朝，酷吏來俊臣撰寫《羅織經》，〔註69〕並製造長枷，依照長枷的重量，分別定名爲「求破家」、「求即死」、「死豬愁」、「反是實」、「實同反」、「失魂膽」、「著即承」、「突地吼」、「喘不來」、「定百脈」合共十個等級，光是看字面名稱，其殘忍即可思過半矣。

公案中的「恐怖美學」，是以文本寫作策略方面營造的氛圍而言，若以公案中執法者行使權力的手段而言，亦可朝「暴力美學」的角度予以分析。暴力緣何能產生美呢？這恐怕要從生理和心理上來闡述。「暴力美學」主要發掘一些暴力場面的形式美感；有時候，故意用暴力、血腥的鏡頭或者場景來營造一種令人刺激難受的效果。推原「暴力美學」一詞，起源於美國，在香港電影界發展成熟的一種藝術趣味和形式探索。「暴力美學」作爲一個專有名詞出現在人們視野之中則是在現代，更具體地說是在電影中的廣泛運用。它主要是指「電影中對暴力的形式主義趣味」，主要形容槍戰、武打動作或其他一些暴力場面的形式感，並講求這種形式美感發揚至炫目的程度。在現代社會的「暴力美學」的範圍，不僅只包括電影，還有電子遊戲、動漫畫、平面設計、廣告等諸多方面。

按照電影理論來說，「暴力美學」是從「吸引力蒙太奇」發展而來的一個技巧論形式美學觀念，〔註70〕它提供的是一種「純粹審美判斷」，原指電影中對暴力的形式主義趣味，其本質是讓動作化爲美感。在具備商業倫理和基本人道情感的觀眾中，在後現代社會及高度法制化社會具有自由競爭的文化空間、自由的文化產品選擇權的大環境下，「暴力美學」是對藝術技巧的繼承與創新，它表面上弱化或者摒棄了社會勸戒或道德審判，但就社會學、心理學

---

〔註67〕閻鎮珩：《六典通考》：「使跪棒枷累礨其上。」即命被告跪下，雙手捧枷，另把磚頭堆到枷上。

〔註68〕閻鎮珩：《六典通考》：「使立高木上，引枷尾向後。」即命被告爬上高梯，用繩子拴住枷尾，慢慢向後拉。

〔註69〕參見〔唐〕來俊臣、萬國俊著：《羅織經》（香港：中華書局，2004年9月）。

〔註70〕在電影理論上，「暴力美學」是對「吸引力蒙太奇」的繼承與發展。1923年愛森斯坦在《左翼文藝戰線》上提出了「吸引力蒙太奇」的理念，其理論依據包括馬克思主義唯物辯證法和認識論、列寧的電影工具論、俄羅斯的形式主義、美國的蒙太奇技巧和方法。「吸引力蒙太奇」的精髓，就是使用離開現實的、脫離敘事情節的畫面元素和組接方法，創造具有視覺衝擊力和表意明確的電影文本，以此來表現作者的思想觀念。參見郝建：〈美學的暴力與暴力美學——愛森斯坦的雜耍蒙太奇新論〉（北京：《當代電影》，2005年5月），頁90～91。

和美學上來說，其實是一種把選擇和道德判斷還給觀眾的觀念。它意味著相關的藝術形式不再提供社會楷模和道德指南，也不承擔對觀眾的教化責任，而僅僅只提供一種自然而純粹的美感經驗。

「暴力美學」這個新詞，最初不是嚴格的理論術語，而是從形式感受出發的批評術語，二十世紀九○年代中期以後才流行起來。「暴力」（violence）二字在《大辭典》中的解釋是：一、政治學名詞。不同政治利益的團體，如不能用和平方法協調彼此的利益時，常會以強制手段以達成自己的願望；二、侵略他人人身、財產的強暴行為。〔註71〕美學作為藝術研究的一種，它論述的是美和美的事物，又可稱之為美術的哲學或科學，一般用於電影中的美學呈現方式，本文用來作為公案文學酷刑書寫的借鑑，是基於文學表現形式背後的創作心理潛意識。

將「暴力」和「美學」結合在一起，從人類活動上來說，可源於古希臘時代，當時競技場上的格鬥等就是將暴力與美在雙方的搏鬥競爭過程中體現出來的。暴力美是對人類力量的肯定，古希臘著名的雕塑《擲餅者》、《束髮的青年》都是從美學表現甚至炫耀「力」的。從生物學的層面來說，達爾文「物競天擇，適者生存」的進化論觀點具有重要意義──生物族群為了求得生存與繁衍，必須不斷地做出適應環境的改變，甚至是形體與功能的改造。進化的過程本質上就是一種競爭，暴力則是競爭中一種無處不在的手段。人類社會遠比其他生物族群複雜，必須不斷地適應環境的變化。其進化的本質不變，求取生存與繁衍的生命機制不變，鬥爭的本質不變，在必要情況下，以暴力獲取生命或生存權利的可能性也沒有改變。即使人類認為自己貴為「萬物之靈」，人類仍必須與天競爭，與自然作生存的搏鬥，所謂「天行健，君子以自強不息」（《易經‧乾卦》）；老子也說道：「天地不仁，以萬物為芻狗。」（老子《道德經》第五章）為什麼人們喜歡觀看和聽到關於暴力的種種情況？「暴力美學」成為當代藝術表現中的重要元素，不僅在於它形式上的意義，也在於它應合了人類的潛意識。在藝術欣賞活動中，無意識的形式趣味被篩選出來不是偶然的，它是人心底奔湧的具有共同性的意識流，是無數經驗積澱下來的原始意象體現，有人的心靈深處潛意識的共同需求。「暴力美學」的場面和表現樣式觸及到人們心中的潛意識。

但嚴格來說，「暴力美學」的具體定義很難確定，因為它本身就是一件很

---

〔註71〕參見《大辭典》（台北：三民書局，1985年8月），頁2091。

矛盾的事情：「暴力」，帶給人們的是恐懼厭的情緒，而要從中發掘「美」，談何容易？「暴力」在腦海中的第一畫面，泰半是揮舞拳頭——生理上的形態。「暴力」的字面意義中包含了不公正之時的反抗或者利益的爭奪，「不公正」和「趨利益」是對人類社會的現實反應，關乎生存，同時也是關係人的心理狀態的，心理上的不平衡直接導致生理上的抗擊，而生理上的獲勝或最終結果的優勢宣洩了衝動，刺激了心理的快感，這種快感表現在電影上，是暴力所帶來的美感；而表現在公案文本之中呢？

　　檢視公案文本中的「暴力美學」，也不得不沈重地發現，在權力運作下，公案中充斥著有形與無形的暴力，有形的暴力包括刑訊、執法時的酷刑，無形的暴力則顯現在行刑場面中，對圍觀群眾的宣示意味。在此藉用王德威討論文學與歷史互動之時提出的「歷史暴力」之說，說明本文所指稱的「無形暴力」。暴力還有另一種呈現的方式，從歷史的角度來看，一個國家的改朝換代，無不是通過暴力來達到的，即透過統治者施用權力所展現的強制、威嚇、獨斷，所造成的民族陰影，鑄寫在時空交錯中曾經發生過的人、事、物之中，亦可稱之爲隱形的暴力，王德威所謂「歷史怪獸」，即爲此類：

> 我所謂的歷史暴力，不僅指的是天災人禍，如戰亂、革命、饑荒、
> 疫病等，所帶來的慘烈後果，也指的是現代化進程中種種意識形態
> 與心理機制——國族的、階級的、身體的——所加諸中國人的圖騰
> 與禁忌。〔註72〕

王德威認爲，現代中國文學中存在著太多的暴力與創傷的故事，「歷史即怪獸」這個隱喻可說串貫全書，作者認爲歷史固然有其道德訓誡的終極目標，但往往以負面形式展現其功能，達到「紀惡以爲戒」的目的，「只能以惡爲書寫前提，藉此投射人性向善的憧憬。」作者將姜貴《今檮杌傳》的政治信仰的堅持作爲主軸，並回溯晚明小說《檮杌閒評》、晚清小說《檮杌萃編》，於三者中找到彼此的譜系，「檮杌」交錯著「歷史」與「怪獸」的多義性，王德威提出巴塔耶（Georges Bataille）所謂「暴力是社會排除禁忌的行動」，姜貴小說《今檮杌傳》使得暴力和禁忌在「革命」中匪夷所思地合流著，更吊詭的是小說本身的命運，以反共書寫的姿態卻未獲得當時環境的接納，這又是一種歷史怪獸現象。

---

〔註72〕參見王德威：《歷史與怪獸：歷史，暴力，敘事》，〈序論〉（台北：麥田出版社，2004 年 10 月），頁 5。

歷史即怪獸，因爲歷史中涵納了無數國族、專權體制下的暴力策略，締造成爲歷史。這種暴力意識形態，在近代魯迅〈阿Q正傳〉、〈祝福〉、文革的傷痕文學……裡都可以找到例子，西方理論如阿多諾、巴塔耶、吉哈爾、鄂蘭……等也有相關的論述。〔註73〕歷史的存在，竟然成爲一串串「惡」與「暴力」的敘事，不禁讓人深思：中國長遠以來的歷史是怎樣的一個「怪獸暴力公司」？筆者認爲王德威這個題目不無「標新立異」的企圖，但是極爲貼切，「暴力」並非中國傳統文學習用的詞彙，他所要彰顯的是傳統文化中那種如影隨形、如魅如怪獸的倫理制約，對歷史舞台中的人、事、物所造成的影響。至於提到文學史家永遠只有後見之明，因爲當歷史人物身處在那個情境中，他們或許無能也不能察覺他們所受到的暴力籠罩，所有史書所記的亂臣賊子的暴行劣跡，固然要讓後人懲戒，但這樣的書寫一旦出現，也使得過去的傳統文化自暴劣跡。所以他說：「善的追求成爲無限延後的目標。」〔註74〕

公案文本中的權力，亦即一隻巨大的暴力怪獸，逼使著人性中的「惡」不斷湧現、浮動，故公案在揄揚正義、摘奸發伏之餘，仍產生了酷刑這樣的「惡」，且更諷刺無奈的是，這種「惡」的暴力，並且以「暴力美學」的姿態呈現。

例如《水滸傳》是一個消閒性和消費性的文學文本，是明代文人與市民的社會意識形態及其世俗意志的匯合。它顛覆傳統的儒、道、墨倫理原則和基本道德本性，消解傳統的實踐理性和推崇原始暴力與無理性的本能衝動，對於歷史與文明的基本準則進行反諷敘事，是一部體現思維暴力和暴力美學的流俗作品，讚賞著一種非人性和非人道主義的美感，瀰漫著對於整個人類正義和文化準則的反叛與挑戰。

再看《活地獄》裡的知縣姚明運用權力的方式，令人髮指：

> 他說竹板子不中用，特地在鐵匠鋪裡，打了兩根鐵板子，等到打人的時候，選幾箇有力氣的人掌刑。……一天總得打死十幾箇，或二三十箇不等。他老坐堂，總在夜裡，等到喫過晚飯，再過足了癮，也有二更多天，然後出來審案。點著兩箇照燈，陰慘慘的如同鬼世界一般。〔註75〕

姚大老爺道：「我正造了多少刑具，沒有用過，今天可要試試新了，

---

〔註73〕參見王德威：《歷史與怪獸：歷史，暴力，敘事》，〈序論〉，頁6～7。
〔註74〕參見王德威：《歷史與怪獸：歷史，暴力，敘事》，〈序論〉，頁11。
〔註75〕參見李伯元：《活地獄》第9回，頁65。

任是你銅澆鐵鑄，保管你磨骨揚灰。」〔註76〕

執法者以權力之運作為暴力美學，樂在其中，並津津樂道、躍躍欲試。

王德威認為歷史以負面形式展現其功能：「亦即只能以惡為書寫前提，藉此投射人性向善的憧憬」，〔註77〕同樣地，王德威認為：「如果歷史書寫的目的在於除惡揚善，何以史冊的大宗往往充斥惡行惡事，相形之下，其原所寄託的揚善目的反倒『顯而不彰』？」〔註78〕因此不獨歷史存在著「惡」，公案文本亦保存了大量的「惡」，以「溢惡」為美感的呈現。

至於朝廷對反對者的處罰，在傅柯來看是一種儀式，它不是伸張正義，而是標明權力。傅柯認為：

> 犯罪者破壞法律，也就觸犯了君主本人，而君主，至少是他所授權的那些人，則抓住犯人的肉體，展示它如何被打上印記、被毆打、被摧毀。因此，懲罰的儀式是一種「恐怖」活動。……是一種恐怖政策，即用罪犯的肉體來使所有的人意識到君主的無限存在。公開處決絕不重建正義，而是重振權力。……它的殘忍性、公開性、暴力性，力量懸殊的演示、精細的儀式，總之，它的全部機制都蘊藏在刑法制度的政治功能中。〔註79〕

這段話表示，透過肉體的痛苦和公開示眾的儀式，權力直接的加諸在個人的人身之上，除了展示君主的權力之外，運用外顯的標記（刺青或烙印）來達到警戒的作用，利用恐怖的心理威嚇，這種人身的直接痛苦是殘忍的，但對於達到嚇阻作用也是十分有效的。在這個體制中，個人是國家、君主的財產，因此也可以直接任意的對人身進行懲罰，灌輸符碼，表彰君主的權力。傅柯說：

> 因此，附著於公開處決的殘暴具有雙重角色：它既是溝通犯罪與懲罰的原則，也加重了對犯罪的懲罰。它提供了展示真相和權力的場面。它也是調查儀式和君主慶祝勝利儀式的最高潮。它通過受刑的肉體將二者結合在一起。〔註80〕

不光如此，韋伯也認為國家是合法掌握權力並可使用暴力的組織。他說「人身也直接涉及政治領域；權力關係直接控制著它、籠罩著它、給它烙上標記、

---

〔註76〕參見李伯元：《活地獄》第 10 回，頁 66。
〔註77〕參見王德威：《歷史與怪獸：歷史，暴力，敘事》，〈序論〉，頁 10。
〔註78〕參見王德威：《歷史與怪獸：歷史，暴力，敘事》，〈序論〉，頁 10。
〔註79〕參見傅柯著：《規訓與懲罰——監獄的誕生》，頁 47。
〔註80〕參見傅柯：《規訓與懲罰——監獄的誕生》，頁 54。

規範著它、折磨著它、強迫它完成某些任務、遵照某些禮節以及發出某些符號。」〔註81〕對施壓者來說，這種對施加壓迫者的一種公開審判，他們認為是一種正義的伸張，而非酷刑。在卡夫卡的〈在流刑營〉中，那位被賦與權力的軍官，津津樂道地回憶過去「美好的時光」，自顧自說著：

> 那時候，機器擦得鋥亮鋥亮，幾乎每一次行刑，我都給機器換上新的備件。……有些觀眾根本不再去看行刑，他們閉上眼睛躺在沙地上；他們都知道：現在正義得到了伸張。在一片寂靜中，人們聽到的只有犯人被毯塊堵得發悶的呻吟聲，……第六個小時終於來到了！人人都希望在近處看，但哪能辦得到呢？司令官目睹這種情況，於是下令首先滿足孩子們的要求；我因公務在身，當然一直站在犯人的旁邊；我常常蹲在這兒，左右手臂上各抱著一個年幼的孩子。我們大家看到犯人那備受折磨的臉上煥發出的幸福的表情時，是多麼地高興啊！我們的臉頰沐浴在終於出現但又馬上消逝的正義的光輝之中！那是多麼美好的時光啊，我的同志！〔註82〕

這段敘述中，所謂「正義的伸張」，恐怕只是權力擁有者片面的說詞，執法者讓公開行刑的場面成為一種公共享樂與群眾福利，這也是一種暴力的展現。人們（甚至包括小孩）以觀看行刑為樂，共同沐浴在美好的光輝中，將暴力轉換為美感經驗的追求，敘事策略中帶有強烈的諷刺作用，所以公案文本中的暴力美學，其實是對於人間正義的強烈諷刺。

通過以上分析，可以得出「暴力美學」的一個鮮明特點：通過對暴力內容的形式化處理，降低了作品的社會功能，其注意力在於發掘人內心深處的欲望，即對暴力、攻擊欲的崇尚，同時也有對血腥、死亡的恐懼。在這樣的作品中，藝術作品的教化功能弱化了，作品本身也沒有表示出直接的道德評判，而是將道德評判的責任加到觀眾頭上。單純地從美學的角度來考慮，「暴力美學」是審美範疇的事情，是一種美學選擇，它僅僅提供一個虛擬的「暴力烏托邦」，與現實生存世界並不等同，不過都進行社會價值和道德上的評判。

## 二、論物質：刑具的使用

近年來，「物質文化」被視為是有待研究的課題，中研院有不少研究的成

---

〔註81〕參見傅科：《規訓與懲罰——監獄的誕生》，頁24～25。
〔註82〕參見卡夫卡：〈在流刑營〉，《卡夫卡全集》第一冊，頁92。

果，如熊秉眞主持的「物質文化、日常生活與中國」讀書會，發表多篇論文；
〔註83〕李孝悌主持了「明清城市文化與生活」的主題計劃，對於明清時期的
物質生活與日常文化作了詳盡的闡釋，〔註84〕個別研究者對於物質文化之議
題也有許多成績，就總體研究風氣而已，已構成近十年來台灣史學界標舉物
質文化與日常生活爲重要議題的推動力。〔註85〕

　　公案文本中也提供了不少物質文化的範例。英國社會學者 Tim Dent 認
爲：「文化運用物質的程序，無法簡化爲生產或消費，而是關於人和物之間
一連串的互動。」物質在人類社會裡扮演著重要的角度，人們與物的互動，
包括碰觸、製造、注視、談論，以及閱讀、使用、儲存、維護、再製造等等，
都屬於社會性的，涵泳於文化之中。因此：「物質的物理性在文化裡形成，
也同時在我們的日常活動中以社會的方式構建起來。文化可以經由物質的存
在被深植釋放出來。」〔註86〕公案文中的物質文化主要呈現在刑具的使用
上，與人們的法治生活面息息相關，且是傳統悠遠長期累積的物質成果。

　　李古寅主編的《中國古代刑具的故事》，〔註87〕臚列了中國歷史上曾經使
用過的刑具及相關的文史逸事，一共分爲八章，首先羅列死刑之刑具及其引
發的故事，如斬刀、割刀、剖刀、弓箭、銅柱、鼎鑊……等等；其次細數肉
刑刑具種類，如劓刀、砍刀、刖刀、宮刀、御杖……等等；逼供之拷訊列舉
了棍棒、夾棍、拶子、鞭、棒錘……甚至有精神刑具——威攝；第四章敘述
監獄裡的故事，有關獄中的有形空間、刑具器械、獄吏霸凌等；另外，流放、

---

〔註83〕1999 年起，熊秉眞催生了「物質文化、日常生活與中國」讀書會，十五次讀書
　　　　會以明清史爲研究主題，亦有針對物質文化的研究主題，研讀成果參見該會專
　　　　屬網址：http://mingchiang.sinica.edu.tw/chinese/reading/reading_01_main.html。
　　　　2003 年整合型計劃「近世中國的物質、消費與文化」開始執行，2005 年計劃
　　　　結案前，共舉辦多場物質與文化之研討會，熊秉眞並主編出版《睹物思人》論
　　　　文專書（台北：麥田出版社，2003 年 7 月）。
〔註84〕「明清城市文化與生活」該計畫的總計劃及九個子計劃主要內容，刊載於專
　　　　屬網站：http://citylife.sinica.edu.tw/intro.htm。相關的研討會論文亦刊於該網
　　　　站，參見 http://citylife.sinica.cdu.tw/harvard.htm。專書可參見李孝悌編：《中國
　　　　的城市生活》（台北：聯經出版事業公司，2005 年）。
〔註85〕參見邱澎生：〈物質文化與日常生活的辯證〉，《新史學》17 卷 4 期，2006 年
　　　　12 月。
〔註86〕參見〔英〕Tim Dent 著，龔永慧譯：《物質文化》，〈導論〉（台北：書林出版
　　　　社，2009 年 9 月），頁 22。
〔註87〕參見李古寅編：《中國古代刑具的故事》（北京：中國文史出版社，2004 年 12
　　　　月）。

砌城、築宮殿，也都是變相的酷刑；雜刑則有火燒、鑿和釘、坑、鋸⋯⋯等；最後一項是有價的罰鍰作為處分，如贖刑。書中附有大量刑具之圖片及照片，不失為刑具物質文化研究的參考材料。

在法定之刑中，所用的刑具尺寸有詳細的規定，拷打也叫拷掠、拷捶或棒掠，所用的刑具有笞、杖、棍、鞭等。審訊嫌犯，在其犯重罪，贓證明白，不服招承之下，可以用「杖」拷訊，施於臀、腿之處，〔註88〕漢獻文帝時規定「其捶用荊，平其節，訊囚者其本大三分，杖背者二分，撻脛者一分，拷悉依令。皆從於輕簡也。」魏末鑑於官吏非法拷人，乃制定「從今斷獄，皆依令盡聽訊之理，量人強弱，加之拷掠，不聽非法拷人。」〔註89〕訊囚時，要求注意被拷者的身體強弱。據《唐令拾遺・獄官令》四十一（貞觀、開元七年、二十五年）「諸杖之制」條云：

> 諸杖皆削去節目，長三尺五寸（約 107.5 公分）。訊囚杖，大頭徑三分二釐（約 1 公分），小頭二分二釐（約 0.7 公分）。常行杖，大頭二分七釐，小頭一分七釐。笞杖，大頭二分，小頭一分半。其決笞者，腿臀分受；決杖者，背、腿、臀分受，須數等；拷訊者亦同。笞以下願背、腿均受者，聽。即殿庭決者，皆背受。〔註90〕

可見在《唐令》中，刑具的大小尺寸，用刑的部位都有清楚規定。另外，《唐令拾遺・獄官令》二十六（開元七年、二十五年）「非親典主司不得至囚所」條云：「諸訊囚，非親典主司，皆不得至囚所聽聞消息。其拷囚及行決罰者，皆不得中易人。」〔註91〕拷囚及行刑時，必須由同一人執行，不可中途更易。倘若拷囚在法杖以外，即「或以繩懸縛，或用棒拷打」，均屬違法，犯者杖一百。〔註92〕

再看「拶指」及「夾棍」。拶指其刑具以圓木五根為主，各長七寸，徑圓五分，用繩穿起來，將手指投進圓木之間縫中，兩邊同時相對拉緊，此刑最常用於婦女。該刑始見於《莊子・天地篇》：「罪人交臂屬指」，交臂指反縛，

〔註88〕參見黃彰健編著：《明代律例彙編》（台北：中央研究院歷史語言研究所，1994），頁 21、22 所附的「五刑之圖」、「獄具之圖」。
〔註89〕參見《魏書・刑罰志》，頁 2874、2876、2879。
〔註90〕〔日〕仁井田陞著，栗勁等譯：《唐令拾遺》（長春：長春出版社，1989 年），頁 727。
〔註91〕仁井田陞著，栗勁等譯：《唐令拾遺》，頁 714。
〔註92〕《唐律》總 477：「拷囚不得過三度」條，頁 553。

屬指即拶指。〔註 93〕夾棍用於夾腿，其方式與拶指相同。拶指與夾棍的使用情形，法典有明確的規定。〔註 94〕明清時，夾棍是府、縣衙門必備的常用刑具。尤其是明代宦官控制的鎮撫司，所使用的刑具主要有五種，其中的兩種就是拶和夾棍，而且其式樣與一般衙門的又略有不同。

　　另外，有些詞彙，原本指涉的是特定的專門刑罰，在《聊齋誌異》裡用來作爲泛稱，例如：五毒、桁楊、三木、肉鼓吹、械梏。從章法上說，這些泛指詞彙，使得蒲松齡寫酷刑時能以簡筆書之，省去處處細描之累。實則這些指稱酷刑的名詞，很多來源於古代典籍，在《聊齋誌異》初行於世之時，涵義已不甚明，以至於後之注者常須加上註解，例如卷七〈冤獄〉一篇，提到嫌犯朱生被「五毒參至」，何謂「五毒」？呂湛恩註：

> 《後漢書・魏囂傳》：王莽妄族眾庶，行炮烙之刑，徐順時之法，灌以醇醯，裂以五毒。注：莽以董忠反，收忠宗族，以醇醯、毒藥、白刃、叢棘并一坎而釀之。又，《明史》：五毒者，全刑也：曰械，曰鐐，曰棍，曰拶，曰夾棍。〔註 95〕

由此看來，可見得「五毒」是極爲嚴酷之刑，用來對付一位手無縛雞之力的書生嫌犯，實在太過嚴苛。「五毒」甚至亦施於證人之拷訊，東漢時，會稽太守成公浮以贓罪被參，時任倉曹掾的戴就亦被收，爲了逼問供詞，史稱「幽囚考掠，五毒參至」，備嘗各種酷刑，「就慷慨直辭，色不變容」。〔註 96〕可知案情需要，證人亦合拷訊。

　　至於較爲偏僻的典故，例如「桁楊」，〈冤獄〉末尾的「異史氏曰」中云：「從政者曾不一念及於此，又何必桁楊刀鋸能殺人哉！」其中「桁楊」究爲何指，呂湛恩、何垠兩位注者，加上長註，引《莊子》、黃庭堅詩，詳釋「桁楊」之意，呂註曰：「《莊子・在宥》：『桁楊者，相推也。刑戮者，相望也。』注：木在足曰械，大械曰桁。」何註曰：「桁楊，械也。桁，何庚切。所以械頭及脛者。《莊子》：『桁楊接摺。』黃庭堅詩：『桁楊臥訟庭。』」〔註 97〕由此看來，桁楊是一種刑具，類似將犯人拷住的枷。

　　歷代小說中常出現「三木之下，何求不得」之語，《聊齋誌異・臙脂》也

---

〔註 93〕參王先謙：《莊子集解》，頁 84。
〔註 94〕參見《大清會典事例・刑部・名律例》。
〔註 95〕參見蒲松齡：《聊齋誌異》卷七，頁 975。
〔註 96〕參見《二十五史・後漢書》〈獨行列傳〉第 71，〈戴就傳〉，頁 1037。
〔註 97〕參見《聊齋誌異》卷七，頁 979。

提到了「三木」，「三木」即指用於拘束犯人行動自由的械具：桎、梏、拲，由於皆以木料制作，故統稱為「三木」。〔註98〕

　　另《聊齋誌異‧折獄》曾提到「肉鼓吹」，呂注引據《十國春秋》解釋典故源由：「《十國春秋》：『後蜀李匡遠，性卞急，一日不斷刑，則慘然不樂。嘗聞捶楚之聲，曰：此一部肉鼓吹也。』」〔註99〕鼓吹，乃古代的一種合奏樂，而「肉鼓吹」則指囚犯受刑皮肉受苦時發出的慘叫聲。史載五代後蜀官僚李匡遠，性情殘忍，幾乎每天要逮捕人；一日不殺人，則一日不舒服。當聽到受刑者的慘叫聲，就說：這是一部肉鼓吹，後便用以喻受刑的罪犯。〔註100〕舊時官吏拷問人犯抑或欺凌殘害百姓，亦常使用這種酷刑，明代文學亦多有描述，如湯顯祖《還魂記》：「肉鼓吹，聽神啼鬼哭，毛鉗刀筆漢喬才。」〔註101〕馮夢龍《霓裳續譜》：「怎忍見姊妹們受無端拷打，好一部肉鼓吹唧唧喳喳。哎呀呀呀！似這等三更簽押五更排衙，荊條竹板，獄鎖禁枷。」〔註102〕清代俞樾《右台仙館筆記》記載：「餘嘗館江西玉山縣，其書室之前即為帳房，而帳房即在二堂之左。官坐堂上鞫囚，聽之了了，笞撻之聲不絕於耳。每夜靜，猶時聞肉鼓吹也。」〔註103〕對於這種嚴刑逼供、草菅人命的做法，實枉對人民。清蒲松齡屢試應科舉，卻命運多舛，〈述劉氏行實〉一文曾記自己「五十餘猶不忘進取」，然蒲妻劉氏卻勸阻道：「君勿須復爾！倘命應通顯，今已台閣矣。山林自有樂地，何必以肉鼓吹為快哉？」劉氏深明大義，

---

〔註98〕　參見李古寅編：《中國古代刑具的故事》，頁160。
〔註99〕　參見《聊齋誌異》卷九，頁1250。
〔註100〕　有關「肉鼓吹」相關的記載至夥，內容則大同小異。如〔元〕不著撰者：《群書通要》丙集卷九〈人事門‧獄訟類〉：「【肉鼓吹】李廷（按：應為匡之訛）遠性急，一日不斷刑，則悵然不樂，常聞簠撻之聲，曰：『此一部肉鼓吹。』」並見〔宋〕葉廷珪：《海錄碎事》卷十二〈臣職部下〉：「外史檮杌偽蜀李匡遠為少府監，嚴刻，常聞捶楚之聲，謂人曰：『此吾一部肉鼓吹。』」另見《古今譚概》〈驚忍部卷十六〉：「李匡達（按：應為遠之訛）性忍，一日不斷刑，則慘然不樂，嘗聞捶楚之聲，曰：『此一部肉鼓吹也。』」又見於〔明〕陳耀文：《天中記》卷二十八：「一部鼓吹，蜀李匡遠為少府監，性嚴刻，一日不斷刑則慘然不樂，常聞捶楚之聲，謂人曰：此吾一部肉鼓吹。臨終曰：『吾平生殺數十僧道，以此享壽八十二。』及墓盜伐其墓，斷其四肢，及殘刑之報也。」生性殘忍的李匡遠，死後亦遭殘刑之報應。以上資料參見《中國基本古籍庫》「肉鼓吹」條。
〔註101〕　參見〔明〕湯顯祖：《還魂記》第二十三齣「淨判官丑鬼持筆簿上」。
〔註102〕　參見〔明〕馮夢龍：《霓裳續譜》卷二。
〔註103〕　參見〔清〕俞樾：《右台仙館筆記》卷九（台北：廣文書局，1967年）。

一番快人快語，終使得「松齡善其言」。〔註104〕此處以「肉鼓吹」暗喻官場刑罰，可見其施用情況之普遍。

刑具種類千百樣，若以性別眼光加以區分，仍可以細分出特別施用於女性之屬。水滸傳之中與潘金蓮勾結謀害西門慶的王婆，被判了剮刑，當眾推上「木驢」，招搖示眾。在楊玉奎的考證中，木驢爲懲罰淫婦之刑具，於木製之驢背上豎起一根相似於驢的陽具的木椿，婦人騎上後讓木椿插入陰戶，藉此羞辱和殘害婦女。〔註105〕拶棍等手部刑具常施用於女性，其刑具以圓木五根爲主，各長七寸，徑圓五分，用繩穿起來，將手指投進圓木之間縫中，兩邊同時相對拉緊，女犯通常承受不住而招認，類此公堂拷刑不勝枚舉，如《活地獄》、《鹿洲公案》、《楊乃武與小白菜》等等皆有此酷刑。西方有貞操帶，中國古代亦有「貞節銅鎖」。〔註106〕撇除有形之刑具以外，另有「幽閉」〔註107〕、「割乳」〔註108〕、「裸身示眾」〔註109〕等，使受刑婦女之屈辱與痛苦猶勝於死。古代執法者皆爲男性，受刑的女性身體遭其恣意凌辱摧殘，當中不無男性霸權的威勢，從中可以輕易看到女性身體處於被支配的地位。受刑的女性身心受辱之後，受不了名譽與身體摧殘的雙重打擊，或有因此而自盡者，此種悲劇顯現出承受酷刑的身體中，女性並未因性別角色而受到優遇，反而有更多不人道的欺壓情形。

# 第四節　本章小結

本章從心理層面論述，藉由「壓抑的心理」討論殘暴酷刑產生的心理基礎、酷刑書寫現象、美學與物質文化的探討，皆在受到壓抑擠迫、扭曲反轉的歷史背景中，鑄成獨特的民族性格，形成奇特的現象。

---

〔註104〕參見路大荒撰：《蒲柳泉先生年譜》，〈述劉氏行實〉，收入《北京圖書館藏珍本年譜叢刊》（北京：北京圖書館，1999 年 4 月）。

〔註105〕參見楊玉奎：《古代刑具史話》，頁 158。

〔註106〕參見楊玉奎：《古代刑具史話》，頁 150～153。

〔註107〕參見王永寬：《中國古代酷刑》，頁 157～162；楊玉奎：《古代刑具史話》，頁 147～150；蒲靜琰：《不得好死——中國古代酷刑》（台北：驛站文化，2009 年 9 月），頁 147。。

〔註108〕參見蒲靜琰：《不得好死——中國古代酷刑》，頁 149。

〔註109〕參見楊玉奎：《古代刑具史話》，頁 142；蒲靜琰：《不得好死——中國古代酷刑》，頁 148。

　　第一節先闡述酷刑書寫的心理基礎，將酷刑書寫這種「異」於一般書寫的心理因素找出合理的論證，探討何以公案中的酷刑由「異」變成「常」的原因。所持的「常」「異」變化雖借用劉苑如對於六朝志怪題材中的「怪異」，但不完全只指涉鬼狐仙怪等等「異」於人間的現象。本文所謂的「異」，將之深化為兩個主軸，一是民族心靈中根深蒂固的天地有靈、神鬼有情的「異」聞，對於未知或超自然界的現象有著敬畏之心，以榮格的「集體無意識」點出中國傳統思維中自然存在的心理「原型」，亦即對宇宙及人生一致的想法，對於「他界」現象有蓬勃的創作想像；另一是將晚清層出不窮的官場揭弊小說及酷刑書寫，以「異」象稱之，援引雷蒙‧威廉斯的「感覺結構」予以解釋，並說明小說在時代改革中的力量。在這樣的書寫心理基礎之下，公案的酷刑書寫成為「導異為常」的創作心態。

　　第二節，針對第三章所舉之文本例證，本書將中國公案文本的酷刑書寫現象釐清了四個解讀的密碼。

　　一是「權力與酷刑的展示」：以傅柯的權力理論來詮釋統治者的權力運作，並以酷刑書寫作為公案刑訊時的權力展示方式。在解讀過程中，引用傅柯的觀點來批判執法者的權力擴張，事上實上傅柯曾提到，在古典主義的懲罰制度受到徹底檢查之前，對於肉刑的激烈批評極為少見，例如尼可拉（Nicolas）於1682年發表《酷刑是確定罪行的手段嗎？》則頗具代表性，傅柯說，常見的是只是關於謹慎使用酷刑的建議，如費里埃（Feffière）所言：

> 嚴刑拷問是獲得事實真相的不可靠手段。因此，法官不應不加思索地訴諸這種手段。沒有比這更不可靠的手段了。有些罪犯能咬緊牙關，拒不透露實情，……而有些無辜的受害者則會供認不屬於他們的罪行。〔註110〕

根據傅柯的理論，拷問不應是不惜任何代價獲取事實真相的方式，也不是無限制的拷打，應受到制約與明確規定的程序。「如果受刑者有罪，那麼使其痛苦就不是不公正。」〔註111〕然而從本文所援引的例證，即使是清官包拯問案，亦大張旗鼓使用刑訊，其中固然有些是真正的罪犯，但也不乏殘忍的手法，似乎長遠以來的中國古代，實施刑訊拷問就是確定罪行的最佳手段。

　　二是「罪苦與冤屈的擔負」，運用勒內‧吉拉爾的「替罪羊」理論，說明

---

〔註110〕參見傅柯：《規訓與懲罰——監獄的誕生》，頁38～39。
〔註111〕參見傅柯：《規訓與懲罰——監獄的誕生》，頁40。

權力掌握者如何利用代罪羔羊，使社會維持表象的和諧。而「替罪羊」理論說明了執法者所尋找的替罪者，共通的特性便是：社會的弱勢者，這其中自然亦包括了權力的壓迫，統治者為了維持社會和諧安定，發生社會事件或災厄過後，選定弱勢者作為替罪者，以減少輿論的撻伐與消災解厄，竇娥成為此論點的最佳例證，其堅忍不屈的精神，印證了錢鍾書「屈打不能成招」的說法，而後竇娥不得不屈服於拷訊之下，成為替罪羊，正突顯出弱勢者迫於形勢與生命的威脅，只得屈服於強大的壓力，儘管先前不肯屈打成招，但基於更崇高的犧牲精神，最終仍選擇屈服，而成為執法者不折不扣的祭品。

　　三是「旁觀與嗜血的人性」，舉出魯迅小說中的「看客」意識，以及民族性格中的弱點、人類嗜血天性，闡釋執法者公開展示酷刑的用意。「看客」是酷刑這一死亡儀式的真正消費者，他們的存在，使死亡在被延續、被注視的過程中，獲得了形式和詩學意義上的觀賞價值，也使劊子手行刑時顯得格外地賣力，於是，殺人漸漸地超越了刑罰的範疇，具有美學表演的價值，還上升到了衡量一個人死得是否有價值的重要參照。唐代韓愈《祭柳子厚文》中，曾以「不善為斫，血指汗顏；巧匠旁觀，縮於袖間」，抨擊過那些看熱鬧、看笑話的殘忍看客。魯迅更是一生致力批判國民劣根性，其核心是民族的性格，其底線是民族的道德，而這背後都是要以教育和文化作為依託的。「嗜血人性、隔岸觀火」、「盲從附和、民族懦性」兩種人性中的劣根性，是統治者一再利用「看客」以逞其目的的原因。

　　四是「果報與冥判的警惕」，佛教因果輪迴觀念使得人們深信死後必須接受生命的檢視與仲裁，以幽冥界慘無人道的酷刑來警惕世人不可為惡，並揭示懲善罰惡的道理。

　　第三節針對公案文本中的美學與物質文化作一番探究，酷刑雖為司法史上「必要之惡」，但其書寫現象具有「溢惡為美」的美學包含其中。包括「恐怖美學」與「暴力美學」，前者主要呈顯於酷刑書寫中「鮮血」的意象、酷刑的名稱；後者則主要出現於行刑場面中對圍觀群眾的示威。恐怖美學這個課題在當代藝術中特別鮮明，諸如以煽情為訴求，或是透過荒唐、殘忍的展出挑逗觀眾感官的作品；而在公案中呈現在公堂之上驚堂木拍得震天夏響、囚犯承受肉刑的百般痛苦及精神折磨的煎熬上，兼之作者以恐怖氣氛為寫作樂趣，則筆下的弱勢族群將永無寧日，這類尋求以驚悚為目的的作品，它所引爆的極度不安遠遠超過所受到的驚嚇。此外，權力依的性質可分為硬權力與

軟權力，前者為顯性規訓性質的機構或規則，後者則為隱性的制約，本文使用王德威形容歷史怪獸的暴力性來比喻權力的暴力，說明文化應該是與寬容、進步、文明緊密相連的，暴力卻是強制、落後、野蠻的。文化與暴力的結合必然孕育出一種醜怪的胎兒，也是對暴力的縱容和對文化的褻瀆。本節所論之美學，大抵上是以嘲諷、批判的角度來探討其美感經驗。

刑具屬於物質文明的一環，儘管它令人看起來並不舒服，但中國漫長的司法制度史上，刑具確實扮演著舉足輕重的腳色，近年來相關的研究著作亦夥，本文列舉幾項法定之刑必然會使用的杖、拶、棍等等，援引史載規格、形式，並考察公案文本中所提到的罕見之器械名稱，作為刑具之物質文明的小小註腳。史載法定刑具眾多，針對女性所施之刑具有木驢、拶棍等，施刑方式透顯著男性威權對於陰性角色的支配慾望，如幽閉、裸身示眾等，並未因性別角色而獲豁免或減輕刑罰，受刑的女性身心受辱之後，往往失去求生意志，造成更多的悲劇。

概略而言，本章所闡述的重點在於心理層面上，對於酷刑書寫現象形成的心理成因、酷刑書寫的表現策略及解讀方式、酷刑醜惡的美學展示與刑具本身的物質文化意義，皆放在「壓抑的心理」之下來詮釋。由於酷刑本為人類殘忍暴力的一面，但又是司法制度中不可或缺的重要儀式，故所衍生的表現形式、寫作手法，堪稱是在壓抑、扭曲的人性基礎上予以呈現的，其中不乏統治者的專制威逼，亦有民族性格中自私怯懦的一面，交織成一面複雜的人性與司法網絡，並由此引發一系列與規訓和懲罰相關的政治、法律、權力觀，見證中國傳統社會是如何通過酷刑對身體的瘋狂肆虐，達到對精神的普遍隱形暴力，而達到規訓人民的目的。這種制約，千年以來牢牢鉗制人們的身體與心理，成為牢不可破的枷鎖。

# 第五章　權力與規訓

## 第一節　權力論述——執法者的人生哲學

　　具有支配力的身體（官僚體系），握有權力；而被支配的身體（人民），則成為權力施展時的對象。身體不是一具只有骨骼肌理只能吃飯睡覺的軀殼，還能有思想、行動力，更可觀的是能夠衍化為可大可小的權力場域。權力是人最真實也最終極的慾望，而身體則為權力的施受營造了一個多層面且兼具深度的場域，使得身體和權力要在形體和實質上連成一氣，而給相關的理論建構提供憑藉。身體作為權力的一個場域，身體的存在不僅僅只有純生理性的和心理性的，它還有所謂的社會性的和文化性的，使得身體同時帶有社會和文化的印記。因此，執法者不只是「肉體」的生理性存在，他的身體和權位乃至職責之間彼此呼應，形成權力合法性的基礎。

　　在分別討論執法者不角身分、不同角度的權力支配現象前，須先為「權力」一詞的理論依據作一番說明。「權力」一詞，體現了人與人及人組成的社會之間的種種關係。在法語的「權力」一詞 pouvoir 中，savoir 是「知識」之義，而 voir 是「看」的意思，權力與知識兩者都有看、注視、凝視（gaze）之意；而「權力」其英文 power 一詞，可與 knowledge 合而觀之，在傅柯的理論建構中，亦具有合謀的關係。〔註1〕「權力是一種強制力量或支配力量，並且是施於人的力量（能力）。權力觀念是中西政治理論和法律理論的靈魂。」〔註2〕在身體與

---

〔註1〕　參見廖炳惠編著：《關鍵詞 200》（台北：麥田出版社，2003 年 12 月），頁 150。
〔註2〕　參見于奇智：《傅柯》（台北：東大圖書公司，1999 年 10 月），頁 158。

權力的對應關係中，權力藉由嚴密的監控，使身體在權力的制約中被規訓爲馴服的代名詞。

　　本論文所論述的「身體」，是屬於屈居於法制權力之下的待罪身體，受到法制權力的宰制，本身沒有自主性。而「權力」，是一種強制力量或支配力量，並且可施行於人，權力可說是政治理論與法律理論的靈魂。在古羅馬思想中，權力是指「人們通過一致的聯繫與行爲所具有的特殊能力。」〔註3〕換言之，傅柯所談論的權力是具有多樣形式的，它具有積極的作用，在人與人、社會制度或經濟關係中，一種力量想去操控另一種力量，就形成了權力。

　　而主體是否自由，也是權力是否存在的關鍵，規訓與懲罰是對受刑者的權力施展，受刑者是不自主的個體。對統治者而言，對施展於受刑者的規訓與懲罰，是身體與權力的交鋒；對受刑者而言，施加在他身上的刑罰，是身體與意志的衝突。自從權力關係被提出來後，權力便取代了暴力，成爲一種合法的強制性，也就是人與人之間的管控、馴服，猶如監獄管控囚犯、醫生管控病人、教師管理學生等等，其中體現了社會組成的倫常關係，成爲傅柯相當重要的權力系譜學。通過一系列「無聲的壓制」，規訓工作不僅作用於人的身體，也決定了人的行動和看待世界的方式；特別是作爲一種主要的規訓機構監獄，所發明的各種監視和管理手段將傳播到整個社會領域而發生作用；其中圓形監獄模型，既能夠監視別人的行爲方式，也能夠反觀自身的行爲和體態是否合乎社會的評價標準和行爲準則。爲此，傅柯在論述權力的功用時，提出「權力壓抑」的假設，認爲權力是用來壓制人的，只有真理才能夠解放人；並認爲每個人的思想、行爲都受到鑲嵌於肉體之內的「生命權力」的支配。

　　在中國古老的年代中，君權神授及專制體制的威權下，君主或執法者擁有絕對的法律行使權，百姓成爲各種幽微的權力行使之下完全無抵抗能力的「身體」，恰好符合傅柯理論架構中「順從的身體」（docile bodies）。

　　拉・梅特里在《人是機器》一書表明人只不過是一個可操縱的肉體，在任何一個社會裡，人體都受到極其嚴厲的權力控制。〔註4〕那些權力強加給它各種壓力、限制或義務，對它施加各種微妙的強制，並通過機制上的運動、姿態、態度和速度，以及運動效能和運動組織來掌握它、支配它，並由此形

〔註3〕　參見于奇智：《傅科》（台北：東大圖書公司，1999 年 10 月），頁 158。
〔註4〕　參見〔法〕拉・梅特里著，顧壽觀譯：《人是機器》（北京：商務出版社，1991年 12 月），頁 45。

成一種「權力力學」和「政治解剖學」。公案發展到明清以後，權力在身體上已試煉出了一層厚厚的文化累積，身體成為一種文化符碼，探索身體承受的酷刑，便可得知權力的影響力，使得吾人對於公案的重審，有了創造性的轉化。

本章討論的執法者分為兩大類，一是「官」，二是「僚」。「官」是指地方各級衙門的「正官」或「長官」，如清代設有總督、巡撫、布政使、按察使、知府、知州和知縣等；「僚」則是指長官之下的僚屬官員，其中主要指佐貳官，如知府下的同知、通判，知縣下的縣丞、主簿等。其下又可分大小胥吏、衙役、獄吏等，廣義而言亦可視為僚。作為行政組織結構，官與僚的關係自古存之且互動微妙。因為科舉取士的過程中，往往任「官」者不見得有執法實務，僚或吏等可能更為通曉司法的操作手段。於是兩者之間的疏密與組織是否完善，就形成了一時代的官場文化。

在第一類中，主要討論的是決策層面的「官」，包括「清官」與「酷吏」。對二者的探討，尤其是清官文化，近年已有許多相關的研究。〔註5〕例如林保淳提出自《老殘遊記》後，大多數研究只膠著於清官之「清廉」而忽略了「清明」，亦即重「德」而不重「能」；邱婉慧以歷史研究的角度提出《明代公案小說形塑「清官典型」的社會意義》碩論，著重明代吏治發展與清官人物形象與史實間的異同等問題。本章則以文本細讀的方式，剖析小說中清官的思維、言行，並企圖撇開現象面的清官形象，窺伺清官內心底層的心理活動，亦即生存之道與人生哲學。

第二類以執行層面的「吏」為主，主要討論「衙役」、「獄吏」與「劊子手」。傳統對於公案或官場文化，較偏重於決策的上層結構，多半忽略了執行的下層結構，這些人物舉足輕重，在整個司法體系及刑法的執行落實上，具有實質的行為，不容小覷，尤其是人物內心的態度與生命質性，也是本文所欲窺伺的角度。

〔註5〕　較集中的討論如林保淳：〈中國古代的「清官」文化及其省思〉，《2005 海峽兩岸明清研討會論文集》，2005 年 11 月；史式：〈清官貪官的歷史足跡〉，《歷史月刊》213 期，2005 年 10 月，頁 23～33；邱佳怡：〈《老殘遊記》中的清官酷吏〉，《輔大中研所學刊》11 期，2001 年 10 月，頁 271～285；卜安淳：〈清官與清官意識〉（江蘇：《古典文學知識》，1992 年 3 月），頁 89～93。學位論文如邱婉慧：《明代公案小說形塑「清官典型」的社會意義》，成大歷史所碩論，2005 年。其餘對「清官」的闡釋則散見各公案相關專書。

## 一、清官與酷吏

「清官」類型，唐、宋傳奇及話本小說不乏例證，明代以「公案」爲名的小說大量出現後，不斷地在文學作品中投射出對「清官」如大旱之望雲霓的想像，清朝中葉後大量盛行的長篇公案小說中，人心期待與清官形象的形塑之間，不斷交會、影響，作爲通俗文學的公案小說，在廣大層面上吸納了人類的同情共感，又由於自我對外在物象的投射，不斷發展、釋放，「清官」在包公系列的公案小說中展現著巨大的形象，清廉正直、秉公辦案、除暴安良、懲惡揚善、伸冤昭雪，使社會秩序相對穩定，人民生命財產有較大限度的保障，這是清官的職責，也是評介清官的標準。

將冤曲假託一位英明的官吏一償宿願，這也是「名公判案」爲發展主線的作品在十六至十九世紀於中國通俗文學領域盛極一時的原因，甚至荷蘭外交官及漢學專家高羅佩（Robert Hans van Gulik, 1910～1982）亦有許多類此著作。〔註6〕至於傳統小說中，即使不以刻劃「名判」爲宗旨，在故事情節中只要涉及「公案」，亦難免會型塑一些令人印象深刻的官吏。

《聊齋誌異》中描寫了數位清廉公正的官吏，他們不但受作者崇拜，也受百姓愛戴。另如孫柳下（〈太原獄〉）、吳南岱及施愚山（〈胭脂〉）、費禕祉（〈折獄〉）、于成龍（〈于中丞〉）等，判案手法可圈可點。這些清官，在清代確有其人，籍名可考：

（一）于成龍，山西永寧人，任黃州知府，爲清聖祖皇帝所深知，從州縣官累遷升至直巡撫、兩江總督；

（二）朱徽蔭，名宏祚，山東高唐人；孫柳下，名宗元，號長卿，淄川人；

（三）吳南岱，江南武進人，進士，於順治年間任濟南知府；

---

〔註6〕 清末荷蘭外交官及漢學專家高羅佩，從翻譯《武則天四大奇案》到進行個人之公案小說創作，形塑了筆下另一個有別於包公的箭垛人物，刻劃了唐朝名相「狄仁傑」這個栩栩如生的中國的福爾摩斯的藝術形象，把東方公案傳奇大故事套小故事的結構與西方偵探小說的懸念、推理手法巧妙地結合在一起。參見陳之邁：《荷蘭高羅佩》（台北：傳記文學出版社，1969 年）；張萍：《高羅佩及其狄公案的文化研究》（北京：北京語言大學比較文學研究所博論，2007 年）；趙毅衡：《寫狄仁傑的荷蘭人──名士高羅佩》（《中華讀書報》，2002 年 2 月13 日）；魏泉：〈公案與偵探：從狄公案說起〉（雲南：《雲南大學學報》，2006年第 5 卷第 4 期社會科學版）；顏莉莉：〈試論中西《狄公案》的不同敘事視角〉（《泉州師範學院學報》第 24 卷第 1 期 2006 年 1 月）。

（四）費禕祉，字友喬，浙江鄞縣人，進士，順治十五年任山東淄川令，
　　　頗有政聲；

（五）周元亮，名亮工，號櫟園，河南祥符籍，江西金谿人，官戶部侍
　　　郎。

（六）石宗玉，山東長山人，爲新鄭令（屬河南開封府）。

（七）施愚山，安徽宣城人，名閏章，字尙白，愚山爲其號，順治六年
　　　進士，乃清代著名文士。

（八）孫宗元，字柳下，號長卿，淄川人，順治乙酉舉人，乙未進士。
　　　　授臨晉知縣，陞開封府南河同知，調濼州知州，陞思恩府同知。

　　其中施學使愚山與蒲松齡亦師亦友，後者初應童子試曾倍受施學使賞識
獎勉。在〈臟脂〉篇中就曾一再表示感恩懷德之意，並藉篇中宿介之角度，
道出「聞學使施公愚山賢能稱最，又有憐才恤士之德」，〔註7〕其具經師之質，
更具人師之實。在路大荒所編的《蒲柳泉先生年譜》中屢屢提到一位「喻成
龍」，或可作爲蒲松齡筆下「于成龍」的背後所本。〔註8〕不過，《聊齋誌異》
的基本精神是「志異」而不是「寫實」，作者寫的是「小說」而非「歷史」。
因此主人公即便是有籍可查的歷史人物，篇中的情節也未必眞有其事，這種
以「眞人假事」創作的情形也極爲合理。

　　蒲松齡在政治思想上，追求的是「仁政」，對暴政深惡痛絕，因此，在這
些公案作品中流露著審美理想，也極力塑造體恤民艱、勤於訪查、細於觀察、
善於分析的清官形象，而對那些不分青紅皂白、動輒施刑逼供、表面看來雷
厲風行、實則草菅人命的司法官吏，或者猛烈批評、或者含蓄諷刺，故這批
公案故事，呈現的不僅是一件件曲折離奇的破案故事，而主要是通過這些眞
實性強烈的作品，謳歌他心目中值得崇敬的清官循吏，進而宣揚企盼封建統
治者給人民施行「仁政」的想法。

　　《聊齋誌異》的公案故事，就其情節模式與清官的關係，大致有以下三種：
類型一：犯罪者在暗處，官吏不力，經由神鬼之力揭發，如〈冤獄〉、〈老龍舡

---

〔註7〕　參見蒲松齡：《聊齋誌異》卷十，頁 1372。

〔註8〕　如「喻成龍任山東塩運使」（頁7）、「喻成龍任山東按察使」（頁11）、「喻成
　　　　龍任山東布政使」（頁12）、「喻成龍傾慕，彼此賦詩。」（頁13）、「康熙三十
　　　　三年，喻成龍龍山東，蒲賦古體詩送之：……宇內存知已，萬里猶庭階，祝
　　　　望在功動，離別寧足哀。」（頁14）參見路大荒撰：《蒲柳泉先生年譜》，收入
　　　　《北京圖書館藏珍本年譜叢刊》（北京：北京圖書館，1999 年 4 月）。

戶〉。類型二：犯罪者在暗處，著重清官的縝密推理及魄力，如〈于中丞〉、〈折獄〉、〈詩讞〉。類型三：犯罪者在明處，彰顯清官的洞察入微與達情，如〈胭脂〉、〈太原獄〉、〈新鄭訟〉。但不論是哪一類，作者對判案者的賢愚，作了適切的反映，對於昏庸鄙俗者，不輕易揭其名籍官銜，而對於高明賢能者，則極力頌揚。例如〈冤獄〉一案，若非殺人真犯宮標感於朱生之義而自投，則朱生的冤情將無翻案的一天。不過，蒲松齡的春秋之筆，對於造成冤獄的判官，卻始終未露名籍，保留了他們生前或死後的名譽，這是作者下筆時予以斟酌之處。在清明賢能的官吏部分，作者則不惜大書特書，形容其「遐邇懽騰，謠頌成集」（〈老龍舡戶〉），〔註9〕或謂其「神君之名，譟於河朔」（〈新鄭獄〉）。〔註10〕從中看得出蒲氏的寫作心法，乃隱惡揚善，並對官箴隱含了深切之期待。

不過，作者對昏官贓史的譴責，畢竟還停留在思想的批判上，未能通過具有美學價值的藝術形象，使讀者從感情上痛恨這些腐吏。他筆下這些反面官吏的形象多數採取「虛寫」的手法，不但無名無姓，且只稱「某令」、「邑宰」、「某官」，有關其身世經歷則莫可知悉，其心理活動更無從感受，因此若論作品的藝術形象，這些昏官還構不成形象，只能貼上「昏官贓史」的標籤。這並非《聊齋誌異》所獨有的現象，而與文化背景有關。傳統專制的統治下，對屬於統治階級的「官」，人民或作者只能稱誦吹捧，不容揭露批判、犯上作亂，故蒲氏在這些紀實性極強的作品中，亦不可能對製造冤獄的官吏一無所知，唯一合理的解釋就是高壓統治下的噤聲息音，這也是同時期公案作品的局限處。

《聊齋誌異》中較多強烈刻畫反面官吏形象的公案，應是卷十的〈席方平〉。通過代父申冤的席方平，呈現陰曹地府惡官及小鬼的猙獰嘴臉，塑造了平民英雄的形象。孝順的席方平一心想要救父親，靈魂離身，來到陰間伸冤。陰間的官吏也被買通，不但不為席方平伸張正義，反而連續地使用酷刑，企圖逼使席方平知難而退。幸而席方平終於遇見了一位正直的官吏，才能夠和父親重回陽間。在〈席方平〉中，城隍、郡司、冥王等陰間的官吏，個個貪婪而卑鄙。明顯的，蒲氏想藉著陰間來批判人間官場的黑暗，以及魚肉鄉民的土豪劣紳。

嘉慶時期產生苗亂、白蓮教、天理教等內亂，結朋犯禁的現象使得公案中的清官必須實行招俠納士的策略，以符合統治階層的期許和認同。誕生於嘉慶、

---

〔註9〕 參《聊齋誌異》卷十二，頁 1611。
〔註10〕 參《聊齋誌異》卷十二，頁 1693。

　　道光年間的《施公案》及晚出近百年的《彭公案》，明顯地結合懷柔綠林之士，出入各類犯案現場、緝匪擒凶，清官則淪爲統治者的附庸，而俠義之士也收編成爲爲政權服務的奴隸，施世綸、劉墉、于成龍、彭鵬等深入下層、敢於同權勢持理鬥爭，爲百姓平反冤獄的官吏，成爲「清官」另一種面貌。

　　但仔細觀察包拯以來的諸種「清官」，再反思《史記・酷吏列傳》的描述，「法」與「術」實爲權威統治的兩個面相，徒「法」不足以自行，「術」是實際執行「法」的手段，不問慘烈暴戾與否，在「清官」身上尤其容易被合理化，因此號爲「清官」的廉吏，有時竟然與「酷吏」無異。即使「清官」包拯，亦不乏公堂嚴峻酷刑，已如第三章第一節所述；不獨包拯如此，許多「清官」，也是倚仗嚴酷的酷刑「破案」的。在公堂上，沒有所謂的「嫌犯」，只有罪證確鑿的「犯人」，單憑專權剛愎的自由心證，「一個官要拶就拶，管你甚麼根基不根基！」〔註11〕小老百姓面對著如此的青天老爺，欲求「人權」二字，幾乎等同夢囈。包拯審孫小繼、強氏，可以罔顧人性自尊，直接殘害嫌犯的生殖器官；〔註12〕而《初刻拍案驚奇》中的袁理刑，在審尼姑庵中的「假尼姑」時，先命穩婆搜身，初無所獲，後來爲了偵察出假尼姑的男兒身份，牽了條狗來「舔陽」，〔註13〕方才破案，人性、人權可謂盪然無存。

　　「酷吏」二字雖有「吏」，但本質上仍然是「官」的一種，名曰「吏」不無貶抑的意思。古代司法、行政中，凡執法嚴峻、不講情面且泯滅人性之官，可稱之爲「酷吏」。最早將「酷吏」寫入史傳成爲一體者是太史公的《史記・酷吏列傳》，其中所寫的郅都、寧成、張湯等據法守正、執法慘酷的「官」，是因應西漢時期統治之需要，帶有強烈的法家色彩，與後代專以欺壓百姓、巧取豪奪的「酷吏」仍有所分別。因此「酷吏」的定位在於執法嚴明、不顧情面、不取賄賂且手段殘忍者，與「廉吏」、「贓官」仍有所分別。某些角度來看「酷吏」亦「清」，但並不「清明」。

　　「清官」與「酷吏」難以分別，甚至表面爲「清官」骨子裡爲「酷吏」最顯著的例子，便是一九〇三年發表於《繡像月刊》的《老殘遊記》，刻畫了

---

〔註11〕參見〔清〕西周生輯著：《醒世姻緣傳》第 10 回，〈恃富監生行賄賂，作威縣令受笆苴〉（濟南：齊魯書社，1984 年 10 月），頁 123。

〔註12〕參見浦琳：《清風閘》第 32 回，〈新建包公祠，皮府大筵宴〉：「將豬鬃攛至龜頭，可憐一攛，鮮血淋淋」，頁 385。

〔註13〕參見〔清〕凌濛初：《初刻拍案驚奇》第 34 卷，〈聞人生野戰翠浮庵，靜觀尼畫錦黃沙衖〉（長春：時代文藝出版社，2000 年 11 月），頁 481。

兩個酷烈的「清官」：玉賢、剛弼，其治案手段之剛烈殘酷，給人深刻的印象。晚清其他譴責小說將贓官作為譴責與批判的對象，而劉鶚卻將筆觸投向並不貪贓的「清官」，從「補殘」的角度真實描繪晚清官場，力圖從理性的層面來思考吏治腐敗的深層根源。從他們不收賄的角度來看，確是「清」官；但從審案手段及無法體察下民的態度來看，則與「酷」吏無異，因此劉鶚在書中狠狠脫去了他們的「清官」外衣，給予痛切的批判。

在第五回藉客棧老董之口，敘述了官吏玉賢查辦一樁強盜案，先嘆氣道：「玉大人官卻是一個清官，辦案也實在盡力，只是手段太辣些！初起還辦著幾個強盜，後來強盜摸著他的脾氣，這玉大人倒反做了強盜的兵器了！」〔註14〕爾後娓娓道出緝盜追查到于家父子，只因搜出幾支防身用的土槍及刀子，便一口咬定窩藏盜匪，不由分說押走，以「站籠」施刑。更可恨的是，值日差稟報站籠已滿，玉賢非要于家父子三人立刻受罰不可，令人將先前籠裡仍氣若游絲的四名囚犯卸下，「每人打二千板子，看他死不死！」〔註15〕可想而知，不消幾十板子，四名囚徒已枉死板下。于父年邁，站了三天籠子亦不支死亡，于學禮夫人吳氏每日為三人灌參湯，最後亦殉節於籠前，仍未能挽救兩兄弟的命，最後落得一家四口含冤而亡。

繼而老殘沿路訪查，所遇之人、所聞之事，莫不與玉賢之酷烈行徑有關，一個店夥下了一個註解：「仗著此地一個人也沒有，我可以放肆說兩句：俺們這個玉大人真是了不得！賽過活閻王！碰著了就是個死！」〔註16〕這個酷吏如此暴虐，不擇手段，推行酷政的根本原因，劉鶚於回末之評說，「有才的急於做官，又急於要做大官，所以傷天害理，歷朝國家俱受此等人物之害。」〔註17〕並絕口不稱他們為「清官」，表示「不過是下流的酷吏，又比郅都寧成等人次一等」，〔註18〕玉賢之酷烈，透過老殘的內心獨白，義憤填膺道出：「近幾年的年歲，也就很不好。又有這麼一個酷虐的父母官，動不動就捉了去當強盜待，用站籠站殺，嚇的連一句話也說不出來，於飢寒之外，又多一層懼怕，豈不比這鳥還要苦嗎！」衙門口的站籠一共十二個，幾乎人滿為患，從口述者的轉述中，看不到玉賢審案的過程，甚至未審先罰，直接進入站籠，即使

---

〔註14〕參見〔清〕劉鶚：《老殘遊記》（台北：三民書局，1999年2月），頁39～40。
〔註15〕參見劉鶚：《老殘遊記》第5回，頁46。
〔註16〕參見劉鶚：《老殘遊記》第5回，頁52。
〔註17〕參見劉鶚：《老殘遊記》第5回，頁64。
〔註18〕參見劉鶚：《老殘遊記》第5回，頁59。

無罪之人經此折騰，多半亦無法活命。

　　而另一個酷吏剛弼作惡之原因，是剛愎自用，唯我獨尊，自以爲清廉便「總覺得天下人都是小人，只他一個人是君子」，而「這個念頭最害事的，把天下大事不知害了多少！」〔註 19〕《老殘遊記》第十六回，透過黃人瑞的轉述，描繪了剛弼審案的經過，乃賈家十三口人疑似遭到賈魏氏月餅下毒而亡，賈魏氏一遭稽押，魏家人按當時的「俗舉」，以一千銀子的銀票奉送給剛弼請求通融，卻反而遭到假意收下的剛弼作爲賄賂的鐵證，剛弼不明察案情，實際蒐集證據，僅憑魏家主管託人行賄爲依據，便認定魏家父女是兇手，並施以酷刑。可憐賈魏氏遭刑求了兩天，只得屈打成招，循著剛弼問案的導引，一一胡謅下毒的經過和緣由，但追問姦夫何人，則再也招不出來，引得堂上驚堂木一拍大罵「刁狡」，準備予以挾刑，虧得老殘奮不顧身挺身上公堂阻止，並於回末提出了著名的「清官可恨」論：

> 贓官可恨，人人知之，清官尤可恨，人多不知。蓋贓官自知有病，不敢公然爲非，清官則自以爲我不要錢，何所不可？剛愎自用，小則殺人，大則誤國。吾人親目所睹，不知凡幾矣。試觀徐桐，李秉衡，其顯然者也。「二十四史」中指不勝屈，作者苦心，願天下清官勿以不要錢便可任性妄爲也，歷來小說皆揭贓官之惡，有揭清官之惡者，自《老殘遊記》始。〔註 20〕

此番議論讓人對「比贓官更可怖的清官」留下深刻印象，引起諸多「清官比貪官可怕」的討論，〔註 21〕在新小說革命時期，「清官」更成爲眾家撻伐之矢的，其形象已然粉碎瓦解。事實上，識者早已指出，李贄評論王世貞〈黨籍碑〉論王安石這位「執拗君子」時，首先提到：〔註 22〕

> 卓吾曰：公但知小人之能誤國，不知君子之尤能誤國也。小人誤國

---

〔註 19〕參見劉鶚：《老殘遊記》第 18 回，頁 190。

〔註 20〕參見劉鶚：《老殘遊記》第 16 回，頁 168～169。

〔註 21〕如張國風：〈清官的可怕〉，《公案小說漫話》，頁 123～128；王德威：〈《老殘遊記》與公案小說〉，《想像中國的方法：歷史・小說・敘事》（北京：三聯書店，2003 年 9 月），頁 63～69；王德威：〈未被伸張的正義——《三俠五義》與《老殘遊記》新論〉，《如何現代，怎樣文學？：十九、二十世紀中文小說新論》（台北：麥田出版社，1998 年 10 月），頁 91。

〔註 22〕相關討論參見楊玉成：〈劉辰翁：閱讀專家〉，《國文學誌》第 3 期，1999 年 6 月，頁 199～248；陳平原：《從文人之文到學者之文》（北京：三聯書店，2004 年 6 月），頁 20～22。

猶可解救，若君子而誤國，則末之何矣。何也？彼蓋自以爲君子而本心無愧也。故其膽益壯而志益決，孰能止之。……余每云貪官之害小，而清官之害大：貪官之害但及于百姓，清官之害并及于兒孫。余每每細查之，百不失一也。〔註23〕

而後清初李漁亦有類似論點，〔註24〕尤其袁枚曾有一段文字：

不明而廉，不如其不明而貪也。不明而貪，貪即其醫昏之藥也，貧者死，富者生焉。不明而廉，則無藥可治，而貧富全死於非法矣。……
此數語，似發言偏宕，然實代閭閻喁癙而言，非過激也。〔註25〕

袁枚的看法是，若要錢的官，至少還可以用錢財挽回某些正義，減少無辜受害者，但不要錢的清官無人敢諫，倘剛愎自用，秉持自己的正當性行事，不顧旁人的看法，一味孤行執法，則弊病更大。如同他最後所表示的無奈，這種論調看似悲哀沈痛，卻是中國古代的官場事實。與袁同一時代的劉鶚，必然對袁枚的論點不致無所知悉，故「揭清官之惡」的觀點，與袁枚的看法必有某些程度的關連。

　　兩個作惡的「清官」，一個急於做官而作惡，一個則自覺是君子而作惡，有些微差異，劉鶚剖析了清官作惡的深層原因，並進行理性的思考，意義深刻。在批判玉賢時，描寫玉賢任職不到一年就用酷刑站籠害死了二千多人，劉鶚選擇了旁人口述、間接聽聞的方式，對現象描繪歷歷，這種側面論述加上正面鞭撻的方式，層層鋪敘，使批判的力量更加深刻。

　　例如第一層，以官聲與民聲的反差，對玉賢之虐民進行的披露。老殘在曹州府沿街訪玉賢之政績，聽到的是「一口同聲說好，不過都帶有慘淡顏色」，令老殘深服「苛政猛於虎之理」，〔註26〕百姓嘴上說玉賢「是個清官」、「是個好官」，而臉漸漸發青，眼眶子漸漸發紅，止不住眼淚直流，一看便知有滿腹

〔註23〕參見〔明〕李贄：《焚書‧黨籍碑》，卷五（台北：漢京文化事業公司，1984年5月），頁217。
〔註24〕例如李漁：《連城璧》〈清官不受扒痰謗，義士難伸竊婦冤〉，自道曰：「貪官的毛病，有藥可醫；清官的過失，無人敢諫。」（上海：上海古籍出版社，1990年），頁212。又寫成都某知府是一位道地的清官，但凡奸情告在他手裡，原告無一不贏，屈打成招，鑄成許多冤假錯案：「做官極其清正，有一錢太守之名。又兼不任耳目，不受囑托。」頁240～241。
〔註25〕參見〔清〕袁枚著，胡光斗箋釋：《小倉山房尺牘‧復江蘇臬使錢嶼沙先生》（台北：廣文書局，1978年）。
〔註26〕參見劉鶚：《老殘遊記》第6回，頁57～58。

說不出的「負屈含冤的苦」。

　　第二層，以三樁典型冤案顯出玉賢之酷烈。于家父子蒙冤站死的事件、曹州府馬陣什長王三爲謀求一良家閨女，將其父誣爲強盜用站籠站死的事件、老實小販醉後失言被設圈套冤爲強盜而站死的事件……等樁樁冤案，斑斑血淚，皆爲玉賢的「政績」，如此黑白不分、殘害良民，肝膽俠義的老殘，想及無辜的庶民百姓，爲此還情緒一陣激動，「不覺怒髮衝冠，恨不得立刻將玉賢殺掉，方出心頭之恨。」〔註27〕第三層，透過強盜對玉賢的不以爲然作爲反襯。于家父子無辜被玉賢以站籠站死，連眞正的盜匪知悉後亦後悔不迭，這種反襯，突顯官不如盜的本質，對玉賢的批判達到了極致。

　　根據《老殘遊記》披露，玉賢也是眞有其人：

　　　玉賢撫山西，其虐待教士，並令兵丁強姦女教士，種種惡狀，人多
　　　知之。至其守曹州，大得賢聲，當時所爲，人多不知，幸賴此書傳
　　　出，將來可資正史采用，小說云乎者。〔註28〕

可見劉鶚筆下的「清官」有所本，藉小說人物發洩心中塊壘。通過小說的寫作手法，可以清楚比較出文人筆記之言與小說血肉豐滿的文學形象之差別，加上李漁小說對「清官」的反動亦未如劉鶚那般強烈，故無怪乎自老殘「清官尤可恨」的論調一出，淵博如魯迅亦以爲劉鶚言人所未言，作者亦甚自喜，則可以理解。

　　《老殘遊記》的莊宮保則提供識者另一個思考的空間，能愛民如子，但是未能做最有利於人民的決策，以致治水失誤使上萬人民慘死洪流之中，這種缺乏「能力」的清官，是否仍是「好官」？此外，口碑及評價都極高的包拯，也不乏嚴酷刑訊之例，官員爲求「業績」，免去日後許多糾紛麻煩，泰半動用私刑，普通判官不敢太過招搖，便絞盡腦汁想出許多其他鑽法律漏洞的辦法，例如《警世通言・金令史美婢酬秀童》中，秀童被誣爲盜，矢口否認，抵死不招，小說中道出：

　　　原來大明律一款，捕盜不許私刑吊拷。若審出眞盜，解官有功。倘
　　　若不肯招認，放了去時，明日被他告官，說誣陷平民，罪當反坐。
　　　眾捕盜吊打拶夾，都已行過。見秀童不招，心下也著了慌。商議只
　　　有閻王閂、鐵膝褲兩件未試。閻王閂是腦箍上了箍，眼睛內烏珠都

---

〔註27〕參見劉鶚：《老殘遊記》第4回，頁44。
〔註28〕參見劉鶚：《老殘遊記》第4回末之「評」，頁44。

　　漲出寸許；鐵膝褲是將石屑放於夾棍之內，未曾收緊，痛已異常。

　　這是拷賊的極刑了。〔註29〕

這與包拯審「貍貓換太子」案時有所顧忌，又極力想置犯人於萬劫不復境地是一樣的。〔註30〕中國古代的地方官吏又稱為人民「父母官」，應如父如母教育訓導百姓，所謂「上以風化下」，使其「有恥且格」，然而卻採取了「民免而無恥」的激烈刑酷手段，不啻為最大的諷刺。而清官問案之際，如欲強將自身奉行的道德標準橫施於百姓，又不願貽人把柄，有損「清譽」，嫌犯有無招承，更顯得迫切。以非刑相加，亦是意料中在所難免之事。

　　除了《老殘遊記》外，寫「清官」之苛酷、可恨的，還有李伯元的《活地獄》等，皆論及「只為過於要做官，且急於做大官，所以傷天害理的做到這樣」的模式。從「清官萬能」到「清官無能」，再到「清官比贓官更可恨」，晚清批判官場小說，消解了傳統小說裡的「忠奸對立」，〔註31〕而朝向「官民對立」了。黎庶百姓可說叫天天不應，叫地地不靈，任由權力的握柄宰制、宰割。

　　《活地獄》裡刻畫了三位令人印象深刻的酷吏，首先是陽高縣知縣姚明（諧音「要命」），小說寫道：

　　自從接印的那一天起，就終日穿了靴帽，高坐堂皇，一切民詞，都是本官親自接收，隨收隨理，從無擱壓。而且不經書役的手，更不准書役得一分錢。他自己卻亦實在不要一個錢，真正是一清如水。

　　〔註32〕

「清」有「清廉」與「清明」兩種含義，分屬「德」與「能」兩種所指，「一清如水」，纖介不取，原是清官的美德，他調任以來，力圖報效上司的栽培，勤快無比，毫不懈怠：「雖以陽高這箇政清刑簡的地方，向來沒有甚麼詞訟的，到了這位老爺手裡，居然招徠有術，以致班房裡面，大有人滿之患。」〔註33〕班房衙役裡「人滿為患」，視為是他的「政績」，其心態著實可議。雖姚明知縣「一清如水」，但看其行徑，卻較贓官污吏更令人髮指：「我正造了多少刑具，沒有

---

〔註29〕參見馮夢龍：《警世通言‧金令史美婢酬秀童》第 15 卷，頁 113。

〔註30〕參見《三俠五義》第 19 回，〈巧取供單郭槐受戮，明頒詔旨李後還宮〉，頁 156。

〔註31〕參見陳平原：《二十世紀中國小說史：第一卷》（1847～1916），（北京：北京大學出版社，1997 年 7 月），頁 196。

〔註32〕參見李伯元：《活地獄》第 9 回，頁 58。

〔註33〕參見李伯元：《活地獄》第 9 回，頁 59。

用過，今天可要試試新了，任是你銅澆鐵鑄，保管你磨骨揚灰。」〔註34〕小說絲毫不寫他的心理活動，這個「清官」猶如人間閻羅，宰制著轄區內百姓的生死。酷刑的使用並非「酷吏」的唯一要件，以包公這樣的清官榜樣，衍生的酷刑描述亦隨手可得；有「愛民如子」、「一清似水」稱謂的清官海瑞，也提倡嚴刑峻法，雖然主要是對付貪官污吏、惡霸士紳，但這種以嚴刑峻法為法治手段的風氣，仍是中國特殊的法律文化。

再看桃源縣知縣魏伯貙（諧音「剝皮」）的描述：「自從捧檄履新，為民父母以來，一年三百六十日，每日總得坐堂理事，每坐堂定要打人，一天不打人，他便覺得不快活。」「雖是席不煖，然而他的心上卻狠高興。」〔註35〕又私造刑具，濫施用刑，「招亦死不招亦死」、「任你銅澆鐵鑄，管教磨骨與揚灰」〔註36〕讀之令人毛骨悚然。

第三個例子是安徽亳州知州單贊高（諧音「善吸民脂民膏」），甫上任便不問是非屈直，枉送人命，亦私造刑具，見家丁不敢動手，便躬自示範：

> 碰到打架的、吵嘴的，便不論曲直，一概捉進衙門裡，輕則站籠，重則三仙進洞。又不時包了幾箇包袱，滿街上去丟，自己躲在一旁看著，要是有人拾了去，也就拿去上站籠，如此一番懲治，果然不到兩箇月，竟是行人讓路，路不拾遺了。〔註37〕

更可恨的是，刻意和刑名師爺和夫人的勸告唱反調，「到任不及半年，站死了將近二千人。」〔註38〕除了心狠手辣，「到了那銀錢上，卻也是精明得很，決不肯一文放過。……這年裡，很積聚了幾箇錢，忽然就起了一箇升官的念頭。」〔註39〕俗話說：「千里為官只為財」〔註40〕人們一生皓首窮經、科場官場鑽營，自然都為了財，關注民瘼者竟然少之又少，或至少在晚清小說裡很難找尋得出。有道是：「堂上一點硃，民間千點血」，俗謂：整個中國古代政治制度史，就是「一部貪污史」，〔註41〕洵為至言，悲觀卻又實際。

---

〔註34〕參見李伯元：《活地獄》第 10 回，頁 66。
〔註35〕參見李伯元：《活地獄》第 12 回，頁 74。
〔註36〕參見李伯元：《活地獄》第 12 回，頁 75、77。
〔註37〕參見李伯元：《活地獄》第 20 回，頁 117。
〔註38〕參見李伯元：《活地獄》第 21 回，頁 123。
〔註39〕參見李伯元：《活地獄》第 22 回，頁 130。
〔註40〕參見李伯元：《活地獄》〈楔子〉，頁 2。
〔註41〕參見王亞南：《中國官僚政治研究》（北京：中國社科出版社，1987 年 7 月），頁 117。

　　《活地獄》的酷吏形象平庸呆滯，只有眞實性，而無眞實感，缺乏人物內心活動的刻劃，只具備「執法功能」和「評價功能」而無「行動功能」。晚清其他酷吏至少還扮演著最後主持正義的角色，如《老殘遊記》的剛弼因老殘獨闖公堂才肯對民眾伸出援手，畢竟仍有彈性運作的轉寰行動，不致於一意孤行；《九命奇冤》裡的孔大鵬、陳桌台仍能擔起最後的正義責任，在《活地獄》裡則成爲神話了，令人對酷吏感到完全絕望。第二十八回藉一位投訴無門的無辜人民，道出了正義追尋之困難，而最後抱著的一線希望竟是向外國力量求援，〔註42〕顯示了正義的追求最終仍然失落。

　　站在統治者的角度，清官也是達到馭民境地的重要執法人員。清康熙便非常重視官員的操守，強調「上樑正」的教育效果，即在上位者能遵守法律，重視法紀，維持操守的清廉，下屬的操守自然會受到良好的影響，清代的吏弊比明代有增無減，所以統治者也繼承了明初的重典治吏政策，並且有更嚴酷的趨勢，如《大清律‧吏律》中關於吏員在行移文書過程中有繕寫錯誤並改正的規定，除了和明代一樣笞三十、杖八十，又增加如因此貽誤軍機者則斬。康熙廿一年（1682年）浙江巡撫王國安便曾以「大法小廉」說明康熙帝對清官言行的要求。但是，在中國「人治」的社會中，清官具有對社會行爲強制性的規範，且集檢調、判決、懲處於一身，清官本身的治民手段成爲無限上綱的機制時，其對民造成的弊害有時遠甚於贓官，這也就是《老殘遊記》裡反清官的思考。從明末、清初以至晚清，清官的行爲模式和文化思考，耐人尋味。

　　晚《老殘遊記》一年發表的《九命奇冤》中，吳趼人對於官吏的描寫也很深刻，這本根據百年的《警富新書》重寫的晚清公案，敘事技巧圓熟俐落，情節首尾嚴謹、人物刻劃生動，展現有別於傳統的公案模式。〔註43〕寫梁天來蒙冤後層層上告的過程，原本有機會一雪沈冤，又遇清官調職，一切努力付諸東流時，讀者自可感受那份絕望；最後陳桌台一一發落時，故事已發展到最後，作者不必多加描寫破案過程，因爲整個案情讀者十分清楚（甚至凌氏得意忘形

---

〔註42〕參見《活地獄》第二十八回，魏有文替訟詞屢遭駁回的林瞻榮出了個主意：「我看你要是能把這件事反轉過來，除非你老弟去投了什麼外國的教，當了教民，方能不怕。」頁171。

〔註43〕有關《九命奇冤》的相關研究論述，參見吉爾伯特：〈《九命奇冤》中的時間：西戶影與本國傳統〉，收入〔捷〕米列娜（Milena Dolezelová Velingerová）編、伍曉明譯：《從傳統到現代——19至20世紀轉折時期的中國小說》（北京：北京大學出版社，1991年10月），頁117～130；拙作：〈論《九命奇冤》的敘事技巧〉（《親民學報》第8期，2003年10月），頁207～218。

之下，不惜對梁氏坦承犯案），梁氏的遭遇的慘澹，使得獄訟惡質文化與投訴管道的缺乏超出於對清官的歌訟，故事中的人情事態、悲歡離合，反而成爲重心所在，也是眞正吸引、感動讀者的部分，所以中國公案小說常不是把重點放在破案上，而是寫案件本身所反映的社會生活。〔註44〕梁氏苦訴無門的境況，與唐人公案小說〈崔碣〉主人公王可久的遭遇，有異曲同工之妙。〔註45〕

在梁氏上告的過程中，倍極艱辛，亦經歷了無數知縣、官吏，其處理過程及訴訟結果如下表：

| | 衙　門 | 官　名 | 訴　訟　結　果 | 回數 |
|---|---|---|---|---|
| 1 | 番禺縣 | 黃知縣 | 受知縣夫人及妻舅左右，間接收受一千兩黃金。 | 21回 |
| 2 | 廣東府 | 鮑師爺<br>劉太守 | 鮑師爺欲付姨太太手釧而收了六千兩銀，左右了劉太守的判詞。 | 22回 |
| 3 | 臬台 | 焦按察 | 區爵興以二萬銀兩擺平。證人張鳳刑求而死。 | 23回 |
| 4 | 撫院 | 蕭中丞 | 凌貴興以珠寶字畫透過蕭中丞表弟李豐賄賂。 | 24回 |
| 5 | 兩廣總督 | 孔制台<br>（孔大鵬） | 雖逮獲眾匪，但未執法，恰巧調職山東。全案交付蕭中丞，人犯移肇慶府。 | 27回 |
| 6 | 肇慶府 | 連太守 | 以十二萬兩賄賂成功，人犯全數釋放。 | 28回 |
| 7 | 兩廣總督 | 楊大人 | 碼頭攔輿呈詞不收，當場擲出。 | 28回 |
| 8 | 都察院 | 陳御史 | 向孔制台提及而授意上呈，雍正帝震怒速辦。 | 35回 |
| 9 | 廣東府 | 陳臬台 | 化名蘇沛之明察暗訪，爲梁氏翻案。 | 36回 |

在二十四回梁氏沈痛地說：「衙門八字開，有理無錢莫進來」，通過梁天來告狀的故事，從二十回之後，描繪了從縣到省各級官員受賄的醜態，活脫就是一幅官場的黑暗世界，〔註46〕如果以《九命奇冤》當作清代官場腐敗陳腐的現象來讀，也不爲過，最諷刺的是，這一層層的官吏，只有第三項與六項眞正是貪官，其餘本意非此，不是「十分清廉」便是「正直盡心」，然而陰錯陽差，最後還是不敵金錢萬能，這不能不視爲吳氏的用心所在，透過梁天來對張鳳報信眞實性的質疑，也不無諷刺的成份：「這是張鳳窮極了，想出這

---

〔註44〕　參見張國風：《公案小說漫話》，頁7～9。

〔註45〕　收入王夢鷗：《唐人小說校釋》（台北：正中書局，1998年11月），頁55。有關〈崔碣〉的分析，詳參〈試析兩篇唐人公案小說——「崔碣」與「蘇無名」〉（《輔仁學誌——文學院之部》，1994年6月），頁117～125。

〔註46〕　作者在十七回末亦言：「…凌貴興…從此大開銀庫，驅遣財神，在廣東官場中，演出一個黑暗世界來。」

些謠言來騙賞錢的，貴興就是兇惡到十二分，這個昇平世界，怎麼就好殺人，難道沒有王法麼？（十六回）」公堂作證中，正直無懼的張鳳頻頻被譏為叫化無賴，打得鮮血直流，這固然是縣官已被買通的結果，亦可視為人微言輕的具體事例，最後張鳳居然被收了賄款的焦按察刑求致死，使得梁氏的希望又告破滅。且須注意的事，此時是在開清清明鼎盛的雍正時期，尚無法杜絕冤獄，且正義不因政治清明而彰顯。《九命奇冤》中縱使也有清官，但只在最後擔負定案的責任，不再賦予傳統「清官」的神化與崇高地位，相對地突顯法律一人化、缺乏監督機制的缺失。

吳氏稍早發表的《二十年目睹之怪現狀》，以辛辣之口吻表現，魯迅別以「譴責」視之，〔註47〕而「譴責」正是諷刺的一種，〔註48〕吳氏以晚清諷刺小說名家，已是公認的事實。但是與他其他的長篇、短篇小說相較之下，〔註49〕明顯發覺，《九命奇冤》即使含有諷刺成分，也是極為含蓄、冷靜，恰恰跳脫了所指「辭氣浮露，筆無藏鋒」的晚清小說習氣，〔註50〕描繪眾生時，平易可近，如在目前，更添幾分真實與信服。相較於過去公案小說清官的扁平、缺乏性格，《九命奇冤》裡的清官倒是被賦予了較多的人格。

從以上所討論的公案來看，「清官」題材的小說在一定程度上，反映了人民的樸素善良願望、正義激憤的民主要求。然而「清官」在實際上也是統治階級用以穩定民心的「符號」，尤其當統治者欲勵精圖治時，愈需有這樣的「賢臣」「良吏」實行安撫政策。晚清小說家認為，「清官」與贓官並無絕對的對立，傳統小說往往是「藉個清官的斷案，使故事中的倫理道德得以再建，而其所代表的政治安定力量也重獲肯定。」〔註51〕然而這樣的流變也可以看到，清官的形象有逐漸從中心往邊緣移動的現象，從包公憑個人魅力治陽斷陰，至清代清官與俠客合組打擊犯罪集團、由清官做最後的裁奪來看，清官的神化形象不斷已經消弱，獄訟體制內為清官服務的人物（師爺、胥吏、衙

---

〔註47〕 參見魯迅：《中國小說史略》（台北：風雲時代，1996 年 7 月），頁 349。
〔註48〕 參見黃錦珠：〈論九尾龜的諷刺結構〉（《台北師院學報》第八期，1995 年 6 月），頁 171～174。
〔註49〕 有關吳氏短篇小說，計有十三篇，自 1906 年 9 月起陸續發表於自辦之《月月小說》，參見黃錦珠：〈論吳沃堯的短篇小說〉（《國立中正大學學報》第九卷第一期，1998 年 12 月），頁 117～143。
〔註50〕 參見魯迅：《中國小說史略》，頁 349。
〔註51〕 參見王德威：〈《老殘遊記》與公案小說〉，《想像中國的方法：歷史‧小說‧敘事》，頁 66。

吏……），反而成爲敗壞社會、腐化官場的主要角色。

　　面對「清官」角色的摧毀與瓦解，這些文本裡的「清官」並無法爲自己做任何辯解，事實上，無論包拯、施公也好，玉賢、剛弼也罷，甚至《活地獄》中任何一個以虐民爲樂的酷吏，我們都無法從有限的描述去透視其內心活動，乃因創作者並不以挖掘其心理思考爲目的，只能憑其審案、斷案之作爲，建立從包公以來的「清官」傳統，從威信明察、嚴酷斷案到虐民爲樂，固然有其脈絡可循，但單一的個案中，並不能直視或瞭解其行爲成因。但此處要舉出兩個特別的例子，其一是《鹿洲公案》的作者藍鼎元，其二是莫言小說《檀香刑》中的錢丁。

　　清代公案小說中之官吏，大多有籍可考，如《三俠五義》即演述「包拯」的斷案事蹟；《施公案》裡的「施仕倫」依託於眞人「施世綸」；《彭公案》裡的「彭朋」依託於當時的「彭鵬」。《鹿洲公案》又名《藍公案》，作者藍鼎元則不折不扣即爲康熙年間廣東潮陽知縣，《鹿洲公案》的撰寫完全爲鹿洲個人的判案實錄，不僅無《龍圖公案》鬼事太多，不足爲訓的缺點，且自五代和凝父子的《疑獄集》以來，未有如鹿洲如此親自捃摭書寫的判案作品，此書係「夫子自道」的公案實錄價值，自不待言。〔註52〕且寫作時機正值爲官被誣、革職下獄的時期，內心悲憤不已，誠然有「西伯拘而演周易，仲尼厄而作春秋；屈原放逐、乃賦離騷，左丘失明，厥有國語」的鬱結，不僅在《鹿洲公案》行文裡可以約略見之，在《鹿洲初集》部分予友人的書信，亦頗有如太史公〈報任少卿書〉的舒憤之言。

　　公堂上最遭後人詬病的刑訊，在藍鼎元身上則並不濫施。審案之初，若已握有實證，則先以威嚇恫之，令其自招，如〈卓洲溪〉案中審問水上流盜，先屏退左右，驅逐閒人，勿令窺伺語言，各罪犯分置各地，不使相謀面接耳交談，問訊時以「不實言，先夾你！」以收威嚇之效，果然各個擊破。審案之時，若非已掌握充足證據，否則不輕易施刑。〔註53〕例如〈尺五棍〉杜宗誠妾遭其妻棍毆致死，猶利口詼辯，藍鼎元命令用刑，神色不改。故拶其指，不承；拷之二十，亦不承，藍鼎元笑道：「鬼也！汝首實則無罪。我前言已盡矣。汝必欲固

---

〔註52〕有關藍鼎元遭誣入獄始末及《鹿洲公案》寫作特色，參見拙作：〈藍鼎元《鹿洲公案》之自我表述〉（《親民學報》第13期，2007年7月），頁21～33。

〔註53〕參見鄭煥隆選編校注：《藍鼎元論潮文集》（深圳：海天出版社，1993年7月），頁283。

執無傷，彼死者安肯瞑目？且我已細加親驗，比對傷痕凶杖，處處相符，汝尙
欲賣弄口給，自招刑罰……我觀汝十指甚是不善，凶氣逼人，非得一番苦楚，
無以懲世間獅吼之輩，善夫善夫！」隨後在左右鄉鄰勸慰下杜妻方才坦承涉案。
〔註54〕〈三山王多口〉面對刁悍的陳阿功，不得已乃痛杖三十以警之；〔註55〕
〈忍心長舌〉審訊刁婦賢娘，在其堅不吐實時方批頰二十，拶其指，拷之三十。
〔註56〕即使捕獲爲害潮陽多年的大盜馬仕鎭，亦只是命拷其足三十捶，仆諸地，
並未任以己意動用私刑以洩鄉人之憤。《鹿洲公案》曠敏本〈序〉云：「先生聽
斷，惟恐小民不得盡其詞，怡色和聲，從容辯折，俟其無所逃遁而後定其是非。
是以刑者不冤，死者無恨，民不能欺，而亦不敢欺！」〔註57〕曠敏本並以《禮
記‧大學》之「大畏民志」稱誦之，〔註58〕充分肯定了他公正公平的作風。

　　藍鼎元記案件的敘事方式，以平實、紀實爲主，往往不著重於案件最後
的判決結果，而在於案發、緝捕、審案的過程，不以官僚威嚴恫嚇，亦不以
刑訊作爲口供取得的手段，遇事明察其細理，悉心推斷，以常情常理思索，
作合理的懷疑與問訊，以突破嫌犯心防。作爲審案當事人，他能清楚使公堂
對話再現紙上，甚至對話與嫌犯表情動作無一不歷歷在目，帶領讀者重回記
憶現場，藍鼎元本人的思考模式、推斷進程，使得清官能吏形象不再如傳統
公案作品那般刻板與枯索，呈現出一個渾厚圓熟的具體樣貌。身兼審判者及
紀錄者，《鹿洲公案》呈現了自我書寫及往事再現的特色，並爲自己表明被誣
入獄的心跡，這使得文學創作將人從僵化的、受壓抑的現實中，提昇並扭轉，
走向淨化的目的，作者藉由文字創作的療程，一方面作往日記憶的再現，另
方面同時進行著自贖與自療。在藍鼎元的公案書寫中清楚地看到了這一點。

　　第二個例子，雖是虛構小說的人物，但審視他所處的廟堂知識分子角色，
以及情、理、法之衝突帶來的兩難生存處境，造成他無可逃避的生存悲劇，
不禁帶給我們無比的震撼。《檀香刑》裡的錢丁，經由科舉進入仕途，貴爲擁
有權力的知縣。但其背後的時代爲十九世紀末劇變下的中國，清政府面臨國
勢衰頹、列強虎視的末世，如何行走在皇權體制與民怨高漲的世代中，成了
他兩難的抉擇。小說透過他的獨白，娓娓道出他身爲知識分子的漂泊無依感，

---

〔註54〕 參見鄭煥隆：《藍鼎元論潮文集》，頁 318～319。
〔註55〕 參見鄭煥隆：《藍鼎元論潮文集》，頁 296。
〔註56〕 參見鄭煥隆：《藍鼎元論潮文集》，頁 309。
〔註57〕 參見鄭煥隆：《藍鼎元論潮文集》〈序〉，頁 238。
〔註58〕 《禮記‧大學》：「子曰：『無情者不得盡其辭，大畏民志。』」

他的宏大濟世理想遇到更為有力的統治權力時，根本化為泡沫幻影，若不是
恰巧碰上了末世的流離動盪及貓腔幫主孫丙抗德的事件，他原可以像古代一
般廟堂文人一樣，安身立命過著掌管生殺大權的美好日子。也正因為小說提
供了風起浪湧的背景，將他的命運推向了風口浪尖。

　　德軍在山東高密犯下屠殺人民的暴行後，面對催逼儘速逮捕孫丙歸案的
電文，錢丁的道德勇氣促使他決定星夜奔赴萊州府陳情。洞悉人情世故的幕
僚師爺給予了一句忠告：「您這官，是為上司當的，不是為老百姓當的。要當
官，就不能講良心；要講良心，就不要當官。」〔註 59〕一針見血地道盡了千
百年來官箴的精髓。此時的錢丁仍滿腔正義，願為無辜百姓請命，在村頭暮
色裡，莫言作了動人的形容：

> 白馬一聲長鳴，躍起前腿，造型威武，縱身向前，如同離弦之箭。
> 知縣沒有回頭，但很多經典的送別詩句湧上他的心頭。夕陽，晚霞，
> 荒原，古道，枯樹，寒鴉……既悲且壯，他的心中充溢著豪邁的感
> 情。〔註60〕

只是讀者十分明白，錢丁的心情愈是悲壯，作者隱含的諷諭之情也就愈明顯，
因為知其不可為而為之，只會將結局帶往更巨大的悲劇。忙亂了一場，面對
知府意味深長的「警告」，錢丁仍只能回答「卑職明白……」然而破城而入擒
住首犯孫丙後，仍落得德軍炮洗全鎮的下場，錢丁的道德正義、人性良知，
完全不敵他必須面對的強大壓力，孫丙的罪名完全未審先判，錢丁最後一絲
絲的道德勇氣，只能表現在刑台上，刺死孫丙來阻絕德軍與袁世凱的完美計
畫。透過敘事者將錢丁的心跡一覽無遺的同時，讀者可以深刻體會他的無奈
與悲哀，產生一股理解與同情，最後在情非得已的安排下，人性深處的寬容
之心油然而生。這樣從人物內心發出的主體感知，在傳統公案中很難看出，
因此也格外使人印象深刻。

## 二、衙役、獄吏與劊子手

　　一個人在行政機構中被安置在某個職位上（position），他就具有了某種地
位（status）；有了這種地位，就必須扮演與此地位相關的角色，其所從事的活
動往往就是由此角色限定的角色行為。政治行為包括政治權力的持有和施

---

〔註59〕參見莫言：《檀香刑》，頁 261。
〔註60〕參見莫言：《檀香刑》，頁 263。

展，在社會群體中，清官的政治行爲亦是統治者賦予的公權力執行公務，以協助統治者達到某種目標。對於官來說，行政有無成效，關鍵在於馭吏；對於吏來說，一切爲官所馭，唯官是從。

就在晚清作者意識到，最佳的選擇不再是婉轉教化的諷刺，而是猛灑狗血的醜怪寫作風格時，這類的官場小說已經顛覆了傳統的公案寫作模式，而隨著清官形象由中心往邊緣移動並瓦解之後，必然使官場小說裡的獄訟體制前景化。不同於傳統公案小說集中描寫犯案、審案、判案的過程，《活地獄》提供了晚清州縣衙門獄訟體制的絕佳寫照。魯迅謂李伯元擅搜羅「話柄」，《官場現形記》便是據以聯綴，以成類書，驟享大名，〔註61〕胡適亦讚賞其寫大官不甚自然，寫佐雜小官卻都有聲有色，〔註62〕佐雜即清代佐貳、首領和雜職的總稱，〔註63〕主要職責是緝捕、司獄等治安行爲，沒有審判權。按《吏部處分則例》，「佐雜人員不許准理地方詞訟，遇有控訴到案，則呈送印官查辦。」〔註64〕否則降級或撤職。實際上，清代佐雜代訊極爲普遍，既審理案件，又要不留痕跡，如此熱心代訊的誘因，自然是基於貪贓的機會，所以佐雜對官吏趨炎附勢，求得委批案件。李伯元家世中是否有人擔任此不得而知，但透過他搜羅而來的各種官場現象來看，對晚清州縣衙門內執法人員的人謀不臧描述得入木三分，活脫是晚清州縣衙門的縮影。

### 1. 衙 役

俗話說，「有官就有吏」，「吏」是各級官府中最基層的人員，但又是站在專制權力最直接、最巧取豪奪的體現者。根據鄭秦的分析，衙役是衙門中執役人員，州縣衙役分爲皂、壯、快三班，禁卒和仵作也可算這一類人。衙役的主要職責有緝捕和執行兩方面，如拘傳、搜捕、起贓和站堂、行刑、解囚等，他們還可以受州縣官場派遣協同鄉里調處民間糾紛，所以衙役也是州縣司法中不可缺少的人物。衙役與當事人關係最密切和直接，對人民的擾害也就越大。〔註65〕衙役法律身份微賤，「工食」微薄，上級官吏尚且加以剋扣，

---

〔註61〕 參見魯迅：《中國小說史略》，頁 351。
〔註62〕 參見魏紹昌輯：《李伯元研究資料》，（上海：古籍出版社，1980 年 12 月），頁 94。
〔註63〕 見《清會典事例・吏部・漢員遴選》，（北京：中華書局，1991 年）。
〔註64〕 見《吏部處分則例》，（香港：蝠池書院，2004 年），卷四十七。
〔註65〕 參見鄭秦：〈清代州縣審判試析〉，載《清史論叢》第九輯（北京：中華書局，1986 年 10），頁 182。

但由於他們握有最底層的實權，恣意行使敲詐的職權，故願意任職的人仍然很多，甚至有超出員額的部分，定額以外者甚至連「工食」都沒有，但爲了追求額外的收入和欺壓人民的權勢，投入者仍眾。

　　《活地獄》裡對衙役的描寫極爲豐富，爲了索賄威逼，勤於奔走，有幾段精采的描述：「書差的工食，都入本官私囊。到了這個分上，要想他們毀家紓難，枵腹從公，恐怕走遍天涯，如此好人，也找不出一個。」〔註66〕「不發工食，是衙署通例。既使枵腹從公，焉能責其絲毫無弊。」〔註67〕「向例衙門裡發錢，能有一半到底下，是從來沒有的。」〔註68〕「層層剝削，中國衙門，大率類此。」〔註69〕

　　衙役剝削平民百姓的利器，首先便是手中握有「牌票」（又稱「差票」），憑之理直氣壯直闖民宅捉拿被傳喚者，被傳喚人按陋規必須付給衙役跑腿費，甚至強索錢賤及酒食招待，故衙役之票，即訛錢之券也。「牌票」的核發者是書辦，爲了取得「牌票」，往往不惜手段，將門路費用層層反映在無辜被傳喚者身上，這種勾結勒索的現象，即使在清正廉明的官員手下仍然不時發生。

　　《活地獄》便詳述了幾個衙役的惡形惡狀，其一，快班總頭史湘泉請求稿案讓知縣批准差票：

> 「人家告他久帳，才不過一百五十吊，他肯拿一百吊，他爲什不再加上五十吊，還清了這一注帳，免得打官司呢？」趙稿案道：「哪能夠由他的便，他肯拿錢他爲甚麼不早拿，既然這事情到了我們手裡，就得揭他一層皮。」〔註70〕

其二，地保勾結縣衙錢糧書辦誣陷劉老大欠交錢糧：

> （知縣）立刻提筆稟詞批准，另出一張火票，簽差一名王升，協同本圖地保，前往該鄉拿人。……差頭王升奉到火票，一來是奉公差遣，二來也是自己衣食飯碗所關，便不肯片刻遲延，立時同了地保，帶了夥計前去。

劉老大不意逢此大禍，想要來票子細看，衙役一手便搶回，要他打聽規矩再看。既而一干人用鐵鏈「牽了劉老大，趕著豬，抱著雞，一路高談闊論嘻嘻

〔註66〕參見李伯元：《活地獄》〈楔子〉，頁1。
〔註67〕參見李伯元：《活地獄》第13回顧兩樓評，頁82。
〔註68〕參見李伯元：《活地獄》第18回，頁111。
〔註69〕參見李伯元：《活地獄》第18回顧兩樓評，頁111。
〔註70〕參見李伯元：《活地獄》第2回，頁9。

哈哈同往前村而去。」而後與劉老大娘子議價，要來了劉老大岳母的棺材本二十塊後，還嫌不夠，地保做好做歹，兩個衙役方當面平分了。〔註71〕

其三，皂頭邢興（諧音「刑興」）握有差票要提秀才胡勝標，本想敲他一頓，後又看上胡秀才的妹妹，圖奸不成後，又設陷報復，誣告她通奸殺夫的重罪。（第十三～第十八回）

其四，捕快吳良（諧音「無天良」），教唆褚忠如何做賊，明言「捕快就是賊，你想老爺一箇大錢不給，就讓是喝西風，也還有沒有風的時候。」〔註72〕吳良夥人做賊，抓無辜之人頂替，小說藉褚忠之口暗暗驚異：「從前我只聽見說是被了賊，只要報捕快，捕快就會去辦人，不然官就要不依他。那裡曉得是這樣無法無天，弄著好人逼著他去認，這樣說來，沒有捕役，賊還可以少點。」〔註73〕周忠被栽贓，衙吏見什麼拿什麼，「周子玉家裡，不特細軟的東西一件不存，就是粗重的布草衣裳，已都是不翼而飛，連養的兩口豬十只雞，也不知道哪裡去了。」〔註74〕故事末尾帶上一筆：「凡是天下的差役捕快，都是如此，并不是安徽天長縣一處如此。」〔註75〕林林總總，衙吏的惡形惡狀，完全展現。俗話說，「錢到公事辦，火到豬頭爛」，利之所至，人必趨之，最悲哀莫甚於無辜的升斗小民了。

### 2. 獄 吏

有關中國古代監獄制度之討論，文獻繁多，〔註76〕我們翻閱中國司法制度史，也會看到歷朝有許多關於刑律的規範，並由此出現各種反對監獄體系的力量，將人們引向一個重要的新主題，即對人文科學的關注；對各種社會規範和倫理道德的思考；使得司法體系不只要思考如何控制犯罪者的肉體，更要思考如何控制犯罪者的靈魂。

在傅柯的規訓理論中，司法體系的「人性化」和「人文科學化」一起促使規訓與懲罰更深入地延伸到社會結構中。這不僅迫使掌權者開始「審判罪

〔註71〕 參見李伯元：《活地獄》第 13 回，頁 81～82。
〔註72〕 參見李伯元：《活地獄》第 23 回，頁 138。
〔註73〕 參見李伯元：《活地獄》第 24 回，頁 143。
〔註74〕 參見李伯元：《活地獄》第 25 回，頁 151。
〔註75〕 參見李伯元：《活地獄》第 26 回，頁 162。
〔註76〕 參見李甲孚：《中國監獄法制史》（台北：台灣商務印書館，1984 年 6 月）；薛梅卿：《中國監獄史》，（北京：群眾出版社，1986 年）；武延平編：《中外監獄法比較研究》（北京：中國政法大學出版社，1999 年 4 月）；李文彬：《中國古代監獄簡史》（北京：西北政法學院科研處，1984 年）。

行之外的東西，即罪犯的靈魂」，即將精神錯亂和瘋癲之人與其犯罪行爲聯繫在一起；而且使得更多的人獲得懲罰和判決的權力，將判決的能力延伸到諸如精神病學家、教育學家等其他「審判者」中。由此也就出現了新的科學的司法知識體系，並構成現代「科學司法綜合體」的基礎。在這種綜合體中，由於人類成爲「懲罰和科學話語的物件」，因此科學知識不僅使得身體成爲一個政治領域，並產生控制身體的政治和權力。

　　但回顧中國古代，顯然並未有如此人性化的機制，中國監獄制度雖淵源甚早，監獄歷代都是司法領域最黑暗的所在，西漢初年的開國功臣周勃，平定了諸呂之亂，並迎立劉恒（即漢文帝）爲帝，對漢初政治的安定起了重大作用。文帝即位後，周勃爲右丞相，被誣告企圖謀反，逮捕下獄。他在獄中遭到侮辱，體驗到監獄獄卒之淫威，只好以千金賄賂獄吏，出獄後周勃大嘆：「吾嘗將百萬軍，安知獄吏之貴也！」〔註77〕太史公〈報任少卿書〉中言：「見獄吏則頭搶地，視徒隸則心惕息。」〔註78〕蘇軾因烏臺詩案下獄，捎予蘇轍的書信亦有「獄吏稍見侵，自度不能堪」的詩題，清代監獄制度之黑暗，桐城派散文家方苞的〈獄中雜記〉有深刻的描述：

> 苟入獄，不問罪之有無，必械手足，置老監，俾困苦不可忍；然後
> 導以取保，出居於外，量其家之所有以爲劑，而官與吏剖分焉。中
> 家以上皆竭資取保。其次求脫械，居監外板屋，費亦數十金。惟極
> 貧無依，則械繫不稍寬，爲標準以警其餘。〔註79〕

寫出了獄吏狠毒之狀，貧病則無藥石醫治者，往往至死。另寫獄吏行刑之兇狠，處死刑時：「順我，即先刺心，否則四支解盡，心猶不死。」處絞縊之刑則「順我，始縊即氣絕。否則三縊加別械，然後得死。」〔註80〕讀之令人驚心動魄！臨刑仍須看獄吏的臉色，否則「不得好死」，則獄吏之可恨，莫此爲甚。獄吏還可以掌管囚犯的生殺大權，方苞〈獄中雜記〉亦記載了胥吏收受賄賂之後，竟可篡改死刑名單，移花接木、偷天換日，並篤定主其事者即使

---

〔註77〕　事見《漢書·周勃傳》，錢鍾書亦引用此句，並兼論其他獄吏酷煩之例，「獄
　　　　　吏之『深刻殘賊』，路人皆知，故不須敷說圜牆況味乎？」參見《管錐編·絳
　　　　　侯周勃世家》第一冊，頁303。
〔註78〕　參見司馬遷：〈報任少卿書〉，收入《冊府元龜》卷九○三〈總錄部·書信一〉，
　　　　　頁10495。
〔註79〕　參見〔明〕方苞：《方苞集》（上海：上海古籍出版社，1983年5月），頁709
　　　　　～710。
〔註80〕　參見〔明〕方苞：《方苞集》，頁710。

知悉，爲了烏紗帽亦不敢道破，其膽大包天之行徑，駭人聽聞。

公案劇中稱獄吏爲「牢子」，利用職務之便，對犯人必先打幾十棒「殺威棍」，上場則說：「手執無情棒，懷揣滴淚錢，曉行虎狼路，夜伴死尸眠。」〔註81〕執法不手軟，收賄不心軟，彰顯出牢子冷酷無情無義的一面。

3. 劊子手

與衙役、獄吏等等官職有類似性質的職務者，尚有一種，即劊子手。劊子手是專門執行極刑如死刑之人，在文牘檔案中，他們只是一個符號、爲統治者執刑的殺人者，不會對其人性或心理作出描寫，但在公案文本中，可約略看到一些記載。

例如《聊齋誌異》卷二〈快刀〉，〔註82〕寫明末山東盜賊猖獗，捕得十多人，押赴市曹斬首，其中一位士兵所佩帶之刀刃十分鋒利，其中一位盜賊認得此士兵，囑其以此刀斬之，必可減少疼痛，不須揮刀兩次。士兵同意，提刀之時，刀起頭落，滾出幾步之外，猶圓轉未定時，人頭大讚士兵：「好快刀！」小說的虛構與眞實必有出入，此乃小說之特性，自不待言。想像此幕情景，彷彿是一種黑色喜劇，被殺的人在不得已情況下，接受斬首，只好選擇對自己最佳的工具及執刑者，頭顱落地後猶不忘讚嘆執刑者的好刀法，無奈中帶著蒼涼。令人想到另一種關係：醫生與病人之間。醫生是操刀者，眞正敵對的是病魔，病人帶著無可奈何請求醫生拿出最好的醫術，雖然刀起命絕，仍不忘讚賞其刀法。這種「醫病關係」與刑場之上「吏囚關係」有異曲同工之妙。

傳統公案裡的「官」與「吏」中，「官」多半有名姓可稽，而「吏」則鮮有名籍，更遑論其司法態度或心理思維，透過劊子手的眼睛，較能發現屬於這個身分、角色的「人生哲學」的，可用《檀香刑》裡的趙甲爲例。

莫言藉由精心設計的敘事筆法，讓趙甲作了淋漓盡致的獨白，他可說是酷刑實施的靈魂人物，書中有大量劊子手的獨白與人生哲學，從他的自敘中，可知趙甲個性冷峻，在刑部大堂執法已四十餘年，親手處死的犯人有九百八十七，二十歲那一年與師父合作，以「閻王閂」漂亮處決了偷咸豐帝七星槍的小蟲子，賺得銀子當娶妻的本錢，常年執刀臨刑的結果，「男女之事」早已做不成，可說一生都奉獻給了這一行。

不同於史傳中扁平無個性的單調記載，小說中的劊子手，展現了一般人

〔註81〕參見〔明〕臧晉叔編：《元曲選》〈包待制三勘蝴蝶夢〉，第三折，頁7。
〔註82〕參見蒲松齡：《聊齋誌異》卷2，頁209。

無法看到的「視野」:「面對著的活生生的人不見了,執刑柱上只剩下一堆按照老天爺的模具堆積起來的血肉筋骨。」〔註83〕這裡差可與《莊子·養生主》之庖丁相比擬,解牛已十九年的庖丁眼中,所見已非全牛,無非是肌理骨骼的有機體罷了。「他想起自己的恩師余姥姥的話:一個優秀的劊子手,站在執行台前,眼睛裡就不應該再有活人;在他的眼睛裡,只有一條條的肌肉、一件件的臟器和一根根的骨頭。」〔註84〕在趙甲手中執行過腰斬、凌遲等等大刑,官知止而神欲行,其技能爐火純青,已提升到了「道」的境界,與庖丁解牛又有何異?

在小說家筆下,原來劊子手也有許多忌諱,如忌嘻笑打鬧,為了尋求行為的正常性,還揣摩了職業專屬的官冕堂皇的源頭:

> 咱這行當的祖師爺是皋陶,他老人家是三皇五帝時的大賢人、大英傑,差一點繼承了大禹爺爺的王位。現如今的種種刑法和刑罰,都是他老人家制定的。據俺的師傅余姥姥說,祖師爺殺人根本不用刀,只用眼,盯著那犯人的脖子,輕輕地一轉,一顆人頭就會落到地上。皋陶祖師爺,丹鳳眼,臥蠶眉,面如重棗,目若朗星,下巴上垂著三綹美髯。〔註85〕

這種造型,與《三國演義》中的關雲長十分相似,小說中也不諱言,劊子手師父認為關羽即為皋陶所轉世的。執法行刑者與關羽的正義形象劃上等號,亦等於為自己執行國法的行徑找到了心安理得的說法。

趙甲把這個行業看得異常神聖,因為這個職業,他接受過慈禧太后的面見及恩賜,並得到袁世凱的讚賞,對專心從事此職的趙甲而言,看得比什麼都還要光榮:「起碼是在這一刻,自己是至高無上的,我不是我,我是皇上皇太后的代表,我是大清朝的法律之手!」〔註86〕登台臨刑的那一刻,職務賦予他的神聖使命,是讓他不厭倦於擔任劊子手的緣故。不只如此,從旁人口中的肯定,也是他對自己信心滿滿的的原因,惹惱慈禧太后的戊戌六君子之一:劉光第,與趙甲原有些交情,曾對趙甲道:「刑部少幾個主事,刑部還是刑部;可少了你趙姥姥,刑部就不叫刑部了。因為國家縱有千條律法,最終

---

〔註83〕參見莫言:《檀香刑》,頁214。
〔註84〕參見莫言:《檀香刑》,頁209。
〔註85〕參見莫言:《檀香刑》,頁48。
〔註86〕參見莫言:《檀香刑》,頁214。

還是要落實在你那一刀上。」〔註87〕在「趙甲道白」一章裡，趙甲面對袁大人的請願也提到了自己的「貢獻」：「小人斗膽認為，小的下賤，但小的從事的工作不下賤，小的是國家威權的象徵，國家縱有千條律令，但最終還要靠小的落實。」〔註88〕可以看出，趙甲對自己的專長與價值異常自負。為了報答與劉光第之間的友誼，當戊戌六君子棄市菜市口時，趙甲以磨得鋒利無比的利刃，迅速的刀法，回報了好朋友。

從趙甲的觀察角度，群眾觀看凌遲，有以下三項心態：

> 劊子手向監刑官員和看刑的群眾展示從犯人身上臠割下來的東西，
> 這個規矩產生的法律和心理的基礎是：一、顯示法律的嚴酷無情和
> 劊子手執行法律的一絲不苟。二、讓觀刑的群眾受到心靈的震撼，
> 從而收束惡念，不去犯罪，這是歷朝歷代公開執刑並鼓勵人們前來
> 觀看的原因。三、滿足人們的心理需要。〔註89〕

的確，公開執行的酷刑，既是一種慶祝法律勝利的莊嚴儀式，又是一場盛大的演出。針對受刑者肉體所實施的種種求生不能、求死不得的酷刑，對中國人艱苦而乏味的日常生活來說極具刺激性和吸引力。因為通過對這些極度痛苦的生命狀態的參照，旁觀者獲得了生存的優越感，而這又增強了對暴政的忍受能力。當一個個體變成犯人後，普通民眾在觀念上和思想上已將其摒棄在自己的同類之外，他們成了一場戲中的必不可少的道具，人們期待著他痛苦的叫喊聲，將這場戲推向高潮。

本書在第四章第二節「看客心態」中，曾經討論旁觀者的心理狀態，而此處則是從權力的施加者——劊子手，來看待公開行刑的效果。肉體的酷刑針對人的身體，在公眾場合施行肉體酷刑，亦即對圍觀者施以精神凌遲。因為恐懼的力量，並不亞於肉體的巨大。酷刑不僅可加諸於肉體，也是精神的折磨。在歐洲中世紀宗教裁判所廣場的火刑柱上，把異端付諸一炬，或中國古代在刑場上對犯人進行公開斬首、凌遲……等酷刑，都是對圍觀者的一種精神酷刑。精神酷刑不同於肉體酷刑，除了肉體的實際疼痛外，使人處於一種極度的焦慮感與震懾，因恐懼而服從，意味著獨立意志的徹底喪失。精神酷刑的目的，也正在於使人徹底泯滅自己的自我意識，接受施刑者的精神制約。

---

〔註87〕參見莫言：《檀香刑》，頁234。
〔註88〕參見莫言：《檀香刑》，頁335。
〔註89〕參見莫言：《檀香刑》，頁215。

# 第二節　千年回眸——走向人性的規訓

## 一、前景化的規訓體制

從諸多公案故事中發現，司法制度對於規訓的方式，即刑訊制度、施刑原則等，在中國存續超過二千年之久，尤其刑訊乃刑事訴訟法的重要一環，但與小說呈現的結果，仍有許多出入，公案故事與司法檔案之間存在著內在的關連，亦即公案故事是從司法檔案蛻變出來的一種文學類型。但二者之間仍有極大的差異，從司法審判活動到文字語言的建構，受到種種實際利益和道德動機的影響、小說創作者有意或無意的剪裁，都必然使文學文本增添了想像虛構，這是文學之根本特性。因此文學文本看似充滿想像與修飾，其實正是來自社會實際生活的體現和流露。當然，文學的「真實」與歷史的「真實」不盡然相同，本文認為從看似極度虛構誇張的文學作品，亦蘊涵著社會生活的另一種「真實情況」。

此真實情況，亦即在虛構的文學文本中，隱約仍透顯出當時的律法制度，可作為歷史、社會、法律研究的參佐。當研究重點放在小說情節，這些背景資料便成為小說世界得以建構的環境；而當撇開小說元素時，是否可以看到背後浮現的律法規訓？伊瑟爾（Wolfgang Iser）於論述組織文學文本的材料策略時，提出了「前景與背景」是兩組主導性結構之一，文本之中各種因素允許在某一時刻超群獨立，而使其他因素退居一般背景之中。〔註90〕這個理論來自俄國形式主義思潮，代表人物維克多·什克洛夫斯基（Viktor Shklovskij）的「前景化」（foregrounding）理論，與背景（background）、自動化（automation）和常規（convention）相對應，指人們在感受視覺藝術的過程中需把主題或背景區別開來。這是文體學常見的術語，它是從繪畫引進的概念，在此可借用作為小說文本與真實律法之間的襯托。

從「刑」與「罪」的關係來看，構成酷刑，應該具備幾個要件：一、「刑」的實施主體是行使國家刑事司法權的自然人或公共權力機關，「刑」的接受主體為涉嫌犯罪或構成犯罪的人。依通常的理解，公共權力包括立法權、行政權、司法權，行使公共權力的人一般指在立法、行政、司法機關從事公務的

---

〔註90〕參見〔德〕沃爾夫岡·伊瑟爾著，金元浦、周寧譯：《閱讀活動——審美反應理論》（The Act of Reading: a Theory of Aesthetic Response），（北京：中國社科出版社，1997年7月），頁111～115。

人。不以公共權力名義剝奪或損害他人的權力的行為，不論該行為有多麼殘忍、不人道，均不能稱之為酷刑。二、施「刑」者主觀上表現為故意，目的常為從受「刑」人身上獲得信息，或懲罰之。三、酷刑已經造成了或者必然造成受「刑」人肉體或精神的劇烈痛苦。四、酷刑的嚴厲性必須明顯超過受「刑」人所涉罪行的惡劣性和危害性，往往會讓受「刑」人體驗過多且無必要的痛苦。

刑罰（尤其是酷刑）是古代中國最常使用的規訓手段，不過，依傅柯的觀點，不全然認為凡是犯罪者均須受到如此嚴厲的懲罰，酷刑的濫施，不僅會造成國家機器成為反叛、暴動的鬥爭對象，且製造了許多身體的痛苦。

根據許多資料發現，西方的拷訊酷刑亦有許多嚴厲殘忍、匪夷所思之處，例如《西洋拷問刑罰史》，臚列了西方各國歷史上使用過的各類拷問刑罰，具體描述刑具的種類和作用，並以部分生動的情景描述。每一種刑罰莫不千奇百怪、變化多端，並且噁心至極。此書原名為《拷問室的樂趣》，〔註91〕人性嗜血與殘忍可見一斑。《刑罰的歷史》以彩色照片、圖文並茂的方式陳列各式刑罰，〔註92〕此書主要以歐洲酷刑史為主，頗能呼應傅柯《規訓與懲罰》第一部分所描述的斷頭台場景。將傅柯對規訓的主張放在西方的刑罰脈絡裡觀察，便會發現傅柯這種點觀點的進步和可貴。

在中國審判思想上，歷代依不同的經濟條件、思想潮流及統治者的政策而異，戰時時期，孟、荀先後從不同角度宣揚、發展孔子學說，以儒家的禮治與尊卑貴賤等級秩序，貫徹於審判實踐，認為尊長與卑幼之罪行必須承擔不同的刑事責任，體現以孝為本位的家族主義。法家則主張不分貴賤，人性中有趨利性，因此必須用審刑來遏制犯罪，君主可以「獨斷」制裁以鞏固政權。西漢時期開始才採折衷的思想，假藉天命審判，以源於夏商的天罰觀作為濫刑重判的合法外衣，一方面又採取儒與道的教化倫理道德觀，對於違反社會秩序的行為，必須繩之以法，審判活動中亦不得貪贓枉法，然而實際審判實踐中的濫刑與酷刑，也一直與上述審判思想互為表裡。唐宋時期的理學觀念，引導法制朝向存天理、滅人欲（《朱子語類》卷十二）的方向，對於傅

---

〔註91〕 Pleasures of the Torture Chamber, By John Swain, London, 1931，〔日〕大場正史翻譯為《西洋拷問刑罰史》，再由劉朝莉譯為中文（中和：台灣實業文化出版社，2000 年 10 月）。

〔註92〕 參見陳麗紅、李臻譯，〔英〕凱倫・法林頓（Karen Farrington）著：《刑罰的歷史》（廣州：希望出版社，2004 年 3 月）。

統專制的審判思想有修正的作用。然而，諸多朝代的遞嬗中，仍不脫傳統的包袱，即專制統治，「人治」的主導權仍然占據一切改革的可能，直到十九世紀中葉後，西方列強入侵，產生中西重大的文化及社會衝擊後，才有沈家本爲首的改革行動出現。

## 二、沈家本的修律與人權思想

隨著西學東漸，中國的人權思想逐漸產生。清代著名法學家沈家本（1840～1913）是提倡人權思想，並修訂中國司法律令的重要人物，對沈家本的研究已成爲法律史研究的重點，關於他的各種史料和文獻，不斷被發現、整理、出版。〔註93〕若以皮埃爾‧布爾迪厄的實踐理論及場域、資本、慣習等概念，亦可將研究視域放在他置身其中的社會世界（social world）中，尤其是晚清的司法場域。通過研究晚清司法場域，觀察沈家本對晚清司法場域變遷的影響，是法律史中很重要的一環。

沈家本是呼喚人道、力行減省酷刑的典刑人物。從人類的歷史看來，刑罰的輕緩是一個伴隨社會經濟、政治、文化的發展而不斷演化的過程。對酷刑的理性批判，有助於加快這一個進程。對沈家本的法律思想及修法研究較有代表性的是張國華《沈家本年譜初編》〔註94〕、李貴連〈沈家本與晚清變法修律——兼論中國法律的近代化〉〔註95〕、李光灿《評〈寄簃文存〉》〔註96〕等等。其中描述了沈家本如何「參考古今、博稽中外」，〔註97〕特別是吸收西方國家審判制度的長處以補己之短，在修正的同時亦必須參稽中國的國情。西元 1927年，國民政府奠都南京後，仍延續清末民初繼受西方法制的立法事業，權宜時勢、盱衡損益，在 1930 年代前後，逐漸制頒民刑及各類法典，完成「六法全書」的雛型，〔註98〕均有賴沈氏草創的法規，須歸功於他筆路藍縷的艱辛。

---

〔註93〕沈家本爲 1883 年進士，歷任刑部、大禮寺、法部、資政院等職，1902 年奉派爲修律大臣後，主持修訂大清新刑律、大清現行刑律、刑事民事訴訟法等重要法典，畢生致力於中國各朝代之法律，撰有《沈寄簃先生遺書》

〔註94〕參見張國華：《沈家本年譜初編》（北京：北京大學，1989 年 6 月）。

〔註95〕參見李貴連〈沈家本與晚清變法修律——兼論中國法律的近代化〉，收入張晉藩主編：《二十世紀中國法治回眸》（北京：法律出版社，1998 年 9 月）。

〔註96〕參見李光灿：《評〈寄簃文存〉》（北京：群眾出版社，1985 年）。

〔註97〕參見〔清〕沈家本撰：《寄簃文存‧重刻明律序》，收入鄧經元、駢宇騫點校：《歷代刑法考‧附寄簃文存》（北京：中華書局，2007 年 7 月），頁 2210。

〔註98〕參見楊幼炯：《近代中國立法史》（台北：台灣商務印書，1966 年 9 月），頁

在修律的部分，在禮法制度尚不完備的殷代，執行死刑的方式和場所，採公開的「明刑」或私下的「隱刑」，兩者皆有可能，沈家本曾評之曰：「刑人於市，古之通法。疏謂殷法貴賤皆刑於市，他無可證。」〔註99〕周代，以受刑人是否係王之同族與有無爵位爲準，兼採明刑、隱刑兩種，沈家本對周代執行死刑的場所有一段考證：

> 刑必適市，而遂士云刑殺各於其遂，縣士云刑殺各就其縣，皆不言適市。……據賈疏，似古者刑人國中於市，六遂以下皆在本獄之所，不盡在市也。《孟子》「在國曰市井之臣」，《考工記》「匠人營國，面朝後市」，似市必在國中。《周禮》遺人，「五十里有市」，五十里必有都邑，故亦有市，然遂縣之獄未必皆與都邑近。賈云在本獄之所，於情理爲近。若遂縣而必於市，恐有遠隔數十百里者，甚不便也。
> 〔註100〕

故周代執行死刑的方式，兼採執行於公開場所的「明刑」與隱密場所的「隱刑」，其分別在於「不忍與眾棄之」，因以受刑人之身分是否爲王之同族與有無爵位爲據，保全其身分應有的尊嚴，故是階級社會的表徵之一。

在人道主義尚未興起的古代，刑罰經歷了漫長的演變歲月。秦代死刑的名目繁多，如族、梟首、腰斬、車裂、體解等，近年出土的《雲夢秦簡研究》，可分戮〔註101〕、棄市〔註102〕、磔〔註103〕、定殺〔註104〕四種。僅從秦代以前

---

373。

〔註99〕 參沈家本：《行刑之制考》，頁5。

〔註100〕 參沈家本：《行刑之制考》，頁2～3。

〔註101〕 《睡虎地秦墓竹簡》「法律問答」一則：「『譽適（敵）以恐吾心者，戮（戮）。』『戮者可（何）如？生戮，戮之已乃斬之之謂戮（也）。』」意爲：贊揚敵手而令自己的軍心搖動者，應遭到戮刑。何謂戮刑呢？先活著刑辱示眾，再予以斬首謂之。此種方式顯係明刑。參見帛書出版編輯社：《雲夢秦簡研究》（台北：帛書出版社，1986年7月），頁445～446。

〔註102〕 《睡虎地秦墓竹簡》「法律問答」兩則：「士五（伍）甲毋（無）子，其弟子以爲後，與同居，而擅殺之，當棄市。」意譯即士伍甲無子，以其侄爲子，一同居住，而擅自將他殺死，應當棄市處分。「同母異父相與奸，可（何）論？棄市。」意即同母不同父的人相互通奸，如何論處？應當棄市。參見帛書出版編輯社：《雲夢秦簡研究》，頁490。

〔註103〕 《睡虎地秦墓竹簡》「法律問答」一則：「甲謀遣乙盜殺人，受分十錢，問乙高未盈六尺，甲可（何）論？當磔。」意即，某甲密謀派遣某乙殺人，給予十錢作爲報酬，而某身高不到六尺，甲應如何論處？應當受磔刑，參見帛書出版編輯社：《雲夢秦簡研究》，頁452。磔的執刑方式，有「張其尸」、「張

的用刑制度，可知早期律令之嚴酷。漢初的刑罰體系是文帝景帝時改革的，由「笞」、「罰」和作爲「正刑」的各種肉刑、死刑組成，勞役由無期變爲有期。肉刑一般不單獨運用，往往「刑盡」後，又罰使勞役。這樣形成一個從輕到重，從生到死，相互銜接，有等次的刑罰體系。過誤、特殊的犯罪主體以及輕罪，則適用罰金或贖刑。故意、重罪適用勞役、肉刑，甚至死刑。此外，漢初刑罰體系明顯受先秦刑罰思想的影響，刑罰被視爲對犯罪者的「報復」有強烈的預防的色彩。

　　沈家本有段話提出了「明刑弼教」、「刑人於市」，是古人信行的教條：

> 竊維「明刑弼教」，貴有以通其意，而不徒襲其名。其與斯民心性相關者，尤在杜其殘忍之端，而導之於仁愛之路。考古者，「刑人於市，與眾棄之」。推原其意，誠以犯法者多不肖之人，爲眾所共惡，故其戮之也，亦必公之於眾。孟子所謂「國人殺之」，其意正同。迨相沿日久，遂謂此乃示眾以威，俾之怵目而警心，殊未得眾之本旨。且稔惡之徒愍不畏死，刀鋸斧鉞，視爲故常；甚至臨市之時，謾罵高歌，意態自若，轉使莠民感於氣類，愈長其兇暴之風，常人習於見聞，亦漸流爲慘刻之行。此非獨法久生玩，威瀆不行，實與斯民心性相關，有妨於教育者也。〔註105〕

「明刑弼教」典出《僞古文尚書·大禹謨篇》，是舊律中有關刑罰的基本原則；「刑人於市」典出《禮記·王制篇》，是執行死刑的方式及其場所的具體規定。沈氏並進一步提到，犯法之人本該受到應有處決，但後人並未能對古訓「通其（明刑）意」，而「徒襲其（明刑）名」，使得刑罰的施用淪爲「示眾以威，俾之怵目警心」的工具；加上作惡之徒冥頑不畏，無視刑場肅穆氣氛而高歌謾罵，使得執法者因氣憤而益增殘暴之行，嚴重者「法久生玩，威瀆不行」，「有妨於教育」。對於執法者的報復式刑罰，沈家本深不以爲然，「明刑」或

---

　　其尸、懸其首」、「車裂」等幾種說法，沈家本認爲「令其乾枯不收」爲磔，屬於「明刑」一類。參沈家本：《歷代刑法分考》（台北：台灣商務印書館，1976 年 10 月），卷 2，頁 21。

〔註104〕《睡虎地秦墓竹簡》「法律問答」一則：「『癘者有罪，定殺。』『定殺可（何）如？生定殺水中之謂殹（也）。或曰生埋，生埋之異事殹（也）。』」意思是，麻瘋病人犯罪，應當定殺。何謂定殺？就是活著投入水中淹死，有的認爲是活埋，活埋與律法之意不合。參見帛書出版編輯社：《雲夢秦簡研究》，頁 471。

〔註105〕參沈家本：《寄簃文存·變通行刑舊制議》，卷一，頁 37～38。

「隱刑」亦顯示出身分貴賤與法制待遇的差別，根本應予以革除。

中國傳統法律精神向來追求的是穩定和秩序，以無訟爲其價值取向，不論從中國歷史出發還是從代法學的觀點來看，都有益於文明進展。回顧過去，從先秦諸子開始提出的自然和諧觀，到了晚清明顯產生矛盾的對立與變化，民間正義的維繫力量，從清官爲主的中心地帶逐漸旁落，再顛覆、瓦解，傳統法律的精神受到極大的挑戰，表現在小說中尤其明顯，回顧律法的成長過程，從遠古的私自復仇到極刑處死，至今日符合人道的死刑方式，經歷了漫長而曲折的過程。這段漫長的時間，同樣也是酷刑的成長、精細與衰亡的過程。從某種意義上來講，酷刑是對人類想像力的極端考驗，體現著獸性與人性、愚昧與文明的對抗。

事實上，人性與獸性同時潛伏於人類的性格之中，人性高揚之時，亦爲獸性蟄伏之時；人性的約束力減弱，獸性便會彰顯，如洪水猛獸般肆虐，猶如天使與撒旦，在人心之中彼此拉鋸。

值得注意的是，在中國古代社會中，法律規則的操作和實現，並非司法判決的終極價值及目標。法律與倫常等其他裁判依據，在書判中往往交互作用，最終構成裁判的根本價值取向，這就是一些司法實踐者經常提及的「情理」。只有閱世深刻，既精熟於法律，又深諳人情風俗者，才是理想的司法官員人選。清代樊增祥說：「大抵審判之事，一要天分，二要學問，三要閱歷，四要存心公恕，不貪不酷不偏，然後可爲折獄之良吏。世嘗有讀書萬卷而坐衙不能一言，治律專家而作官不了一案者。」其中便說明了這一現象。

西方民主國家也是在十八世紀、十九世紀時，隨著民權運動的興趣，才逐步意識到：酷刑的懲罰對於犯人固然是一種差辱，但同時被差辱的還有政的社會其他人。因爲，社會不平等的存在是犯罪的重要根源，「主權在民」的觀念也使人們意識到，對於這個根源政府有責任，每一個作爲公民的人都有責任，因爲國家是公民的國家而不是君主的國家。另外，即使最殘暴、最卑劣的罪犯，他仍然是我們的同類，他身上具有的、人的特性亦即「人性」，仍然應該得到尊重。罪犯的命運也同樣是人類命運的一部分，我們尊重了他的人性，其實是尊重自己作爲人的存在，凌辱了他的肉體，也等於凌辱了我們自己的尊嚴。筆者認爲，民眾意識到罪犯是自己的同類，這在人類文明史上具有重要意義。這構成了《禁止酷刑和其他殘忍、不人道或有辱人格的待遇或處罰公約》等一系列國際人權公約的道德基礎；也成爲刑事訴訟法的無

罪推定原則與刑法的罪刑法定原則及罪、責、刑相適應原則的法理基礎。

在公民教育的意義上，權利意義的覺醒是非常重要的，它意味著個人在關注自己利益的同時，也注意到他人及社會的利益，並試圖使三者達到平衡。更重要的還在於，它教會了尊重生命，了解到人的尊嚴是至高無上的。這是反對酷刑最強有力的思想基礎。

中國傳統法律，尤其唐律，被公認為世界法制史上難得的佳構，與同時代世界其他地區的刑法典相較，可見其成熟。日本學者仁井田陞曾說：

> 中國的刑法，在古來，其發展甚為顯著。歐洲在進入十六世紀之前，其刑法尚為未開化狀態，而與此相對的中國七世紀的刑法典——唐律，並不比歐洲十九世紀的刑法遜色。而由於唐律以前的的諸法典已亡失之故，唐律遂獨占了對於中國刑法的贊美之辭。事實上，對於唐律的贊美之辭，同時對於漢、晉，甚或以前的中國古刑法，亦應給與之。〔註106〕

的確，中國的成文刑典為世界最古的刑法之一，與「漢摩拉比法典」（Hammurapi, 約1792～1750 B.C.）、「摩奴法典」（Manavadharmasatra, 約200 B.C.～200 A.D.）可相媲美，儘管中世紀後期的「加羅利那刑法典」（Constitutio Criminalis Carolina, 1532年），被歐洲大陸譽為劃時代的典制，不但較唐律遲七百年左右出現，而其發展的程度亦不及唐律。但是，傳統中國帝制的包袱，使得大唐以降的法學律學之風不彰，沈家本曾指出：「舉凡法家言，非名隸秋曹者，無人問津，名公鉅卿，方且以為無足輕重之書，摒棄勿錄，甚至有目為不祥之物，遠而避之者。」〔註107〕縱使富有使命的臣子，亦不免淪為御用的官僚，囿於體制與君權，因此原地駐足幾百年。反觀歐洲刑法學，自「加羅利那刑法典」之後能夠建立有體系的理論，發展迅速，有後來居上之態勢，亦超越了唐律的刑法理論。直到晚清在列強外逼內反的嚴峻情勢下，才將西方近代法典及思想源源不絕地輸入中國。

中國傳統的舊律，不曾求變，阻撓社會進步也斷喪民族生機與自信活力，晚清有部分禮教派人士，認為繼受外國法制有傷民族自尊，甚至「致令綱紀蕩然，國將以亡」，顯然無視於法律發展的原則，愚昧瞞旰，故步自封，忽略

〔註106〕參見仁井田陞：《補訂中國法制史研究》，〈刑法〉（東京：東京大學出版社，1981年1月），頁172。
〔註107〕參見沈家本：《寄簃文存・法學會雜誌序》，卷六，頁2060～2061。

了「法教」的積極意義。〔註108〕沈家本則著手修訂大清新刑律，具體內容例如法興體裁編制及立法技術的改進、罪刑法定主義的確立、劃分法律與道德的界限，實施刑罰人道主義及刑事政策……等。輕刑罰、重人權、滿漢平等等觀念，是受到歐美影響後始有的新思維。其次是對列強法律的翻譯，吸收西方法學思想，設法律館並兼辦法律學堂，培養法律人才，司法與行政分立。雖亦引起朝野一場禮法之爭，眾口啾啾，但以事後來看，卻可認為是徹底解決中國法律文化新舊之爭的契機。即使當時繼受西方的承擔者尚有多人，例如伍廷芳（政治家、律師、留學生）、董康、江庸、王寵惠等，亦有留日學生的參與，但若無沈家本這樣在舊體制內已卓然有成的領導者，難以全其功。

沈家本出身於傳統禮法社會，浸濡傳統律法思想，在其後的法律觀念中不乏「德主刑輔」、「明刑弼教」等思考，亦帶有「以禮為體，以法為用」等仁義綱常的倫理意識，有些學者以為沈氏為「中體西用」、「託古改制」者，〔註109〕不過，沈氏修律的過程中，滲入了新時代的觀念，以打破傳統沈疴的思想情感處理「法律與道德」的關係，其「道德」已不同於傳統的禮教道德，為注重人格和個人尊嚴的西方近代道德觀。此處茲引張晉藩於對沈家本修律的評議作結：

> 他組織的修律實踐中，既未能完全擺封建法律文化的羈絆，也未能
> 完全西化。在傳統的法律文化與西方的法律文化的衝突中，沈家本
> 站在維護法制近代化的立場，對於守舊派進行了力所能及的反擊，
> 但也無可奈何地進行了妥協。這種妥協恰恰表現了他的局限性，這
> 是不應苛求於古人的。〔註110〕

## 第三節　本章小結

本章分兩個部分，根據傅柯的理論，分別討論權力的性質及規訓的作用。權力，是一種影響力或支配力，其正當性是在受影響者或受支配者願意受其影響或支配，方為合理情況。但行使權力者，通常會顯示出強為影響或強為

---

〔註108〕參見王伯琦：《近代法律思潮與中國固有文化》（台北：法務通訊，1989 年 6月），頁 68。

〔註109〕有關此部分近代法制西化運動中的「禮教派」與「法治派」思想的論述，詳參曾憲義、范忠信編著：《中國法律思想史研究通覽》（天津：教育出版社，1989 年 7 月），頁 124。

〔註110〕參見張晉藩：〈沈家本法律思想綜論〉，收入《張晉藩文選》（北京：中華書局出版，2007 年 6 月），頁 722。

支配的態勢。尤其在古代中國，行政、檢調、司法集於一身的官府，是絕對的權力支配者。本章試圖從執法者的體系中，找出兩大類型的人物，探討權力在不同的身分角度，有何不同的展現力，並探討其人生哲學。

其一是「官」，集中討論「清官」與「酷吏」這個決策階層的靈魂人物。通俗文學中，「清官」具有絕對的文學魅力，乃因人們將人間正義的求索，透過文學作品的閱讀暫時獲得滿足，因此自包公「箭垛式人物」成形後，施公、彭公等等名公判案的作品層出不窮。作者多半依據真有其人或真有其事而作為創作的根據，因此許多公案文本中的廉正清官籍名可考。例如蒲松齡筆下便刻畫了一批公正明察的廉吏。不過，在要求「官」必須「清高」、「清廉」的同時，過去往往忽略了其行政能力，以及是否能符合人民的期待，「清官」固然「一清如水」，但若不能體察民意、明察秋毫，反而嚴刑峻法、夏楚並施，剛愎自用，則非人民之福，反而造成另一種迫害。此種清官則與「酷吏」無異。

最為人們熟知的例子即是《老殘遊記》裡的酷吏，揭開了後人對於清官的另一種思維。玉賢執法如山，急欲求好，但也犧牲了人民的福祉與生命財產自由；剛弼固然夠「清」，但不夠「明」，劉鶚將李贄以來對於「清官」的質疑，以小說家的筆法做了最佳的示範。至於《活地獄》中幾個不折不扣的酷吏，則完全泯滅人性，以虐殺人民為樂趣，對於正義的求索則完全化為泡影。晚清小說《九命奇冤》中一件案子迫使主角必須層層上告，才有平反的機會，清官只在最後才得出現，不再賦予傳統「清官」的神化與崇高地位，突顯法律因人而異、缺乏監督機制的缺失。

傳統公案文本敘述重點在於案情進展過程、結局是否邪不勝正，但對於判官的內心活動與道德掙扎鮮有著墨，故本文舉出兩個特別的「清官」。其一是藍鼎元，書寫自己任職廣東知縣期間審理之案，並述遭誣下獄的過程與心跡，無異是一份珍貴的「夫子自道」實錄。另一是現代小說《檀香刑》中的知縣錢丁，面對清政府與德軍的威勢、以及遭逼為寇的民間游民，他雖極力想保有「讀聖賢書，所學何事」的知識分子道德良知，但是更為強大的權力逼迫，使得他所有的努力與反擊，變成可笑的「唐吉訶德式」行動，終究徒勞無功。

另一種是「吏」，討論「衙役」、「獄吏」及「劊子手」三個類型的人物。衙役是各級官府中最基層的人員，負責緝捕、搜贓、押解等職務，是直接面

對嫌犯或受害者家屬的第一線人物，因此也是最容易壓榨人民索取賄賂的人物。獄中的吏卒甚至可以操持囚犯的生命大權，給予行個方便或存心惡整，也都要看獄吏的臉色。文中例舉了《活地獄》中如吸血鬼的行徑，令人憎厭。中國歷史上不少文人便在獄中吃足苦頭，太史公、蘇軾、文天祥、方苞、金聖嘆……等，留下令人嘆息的文獻可資參證。

同屬執行階層的「劊子手」，則又是十分另類的「吏」。古代小說等文獻中，較少看到執行層面的「吏」的人物內心活動情形，更遑論以第一人稱的方式抒寫文本，《檀香刑》的趙甲是絕無僅有的例子。小說描述趙甲是晚清政府刑場中第一把交椅，他為朝廷處決過許多死刑囚，書中以淋漓酣暢的筆墨描述的執刑大戲就有腰斬、箍腦、凌遲、斬首、檀香刑等，並津津樂道於自己的重要性：「國家縱有千條律令，但最終還要靠小的落實。」「為盜殺人，於理難容；執法殺人，為國盡忠。」這便是他樂此職業不疲的緣故，也是他的劊子手人生哲學。上了刑場，眼前已不再是個人，而是骨骼、肉塊的組合體，為了回報國家給他的知遇之恩，每一場執刑大戲，莫不小心翼翼、如履薄冰。通過莫言通透恣肆、夾敘夾議的筆觸，讓人對劊子手的心態有了更深刻的認識。

第二節，探討的是「規訓」的作用，從公案文本中可以發現，每一個文本背後都可以找到足資社會、歷史、法律的文化參考，因此透過公案文本的研究，可以看出規訓體制在其中浮現，成為「前景」。法律的制定即是一種規訓，在民主政治體制下出現的官僚主義，與在官僚政治體制下出現的官僚政治體制不同，前者不一定會形成官僚主義，後者則權大於法，法律對官吏的約束監督微弱，人民處於無權的地位，對官吏的行為也無與論權，所以官吏只要欺上，就可以胡作非為，統治者對官吏所要求的無非對自己忠誠、有效實施對所轄地區人民的統治、能夠成為向人民搜刮的工具。法律和判決的公正與否，都是維繫人性尊嚴與生命財產的關鍵，官吏和升斗小民之間的對應關係，也常受因緣際會而有不同的境遇。

在過去的西方社會亦有許多泯滅人性的酷刑，促使傅柯思考規訓的意義和必要，「監獄」的設置是使身體柔順服從的規訓之一，與權力之間可建立聯繫。而中國的規訓方式歷經了漫長的過程，律法雖然有據，但官吏之濫用酷刑，有部分是源於制度上的問題，蓋明、清二朝的審理制度，「口供」是最重要的斷罪證據，儘管其他的罪證確鑿，但沒有被告親自畫押認罪，無法獲得認可，還擔心一旦縱囚，日後遭到誣陷的反咬。因此造成古代的審判成為報

復式的「瓜蔓抄」，動輒株連，使其斷無再翻案或復仇的機會。至於審判思想，歷代有不同的思想潮流與政體，大體不脫「人治」的傳統包袱，直到沈家本的司法改革及倡議人權，方使中國古代的法治走向現代化。

# 第六章 結 語

## 第一節　研究問題之解決

　　在第一章緒論中，筆者提出的研究動機，大致可歸納爲三項問題，通過本書各章節的探討之後，以下一一予以說明。

### 一、酷刑是古代司法的「不必要之惡」

　　緒論中曾經提出，規訓、懲罰與酷刑三者之間的分際，如何拿捏？第四章第二節舉出傅柯認爲懲罰成爲酷刑有三個基本標準，首要之原則是，它必須產生某種程度的痛苦，這種痛苦必須能夠被精確地度量，至少能被計算、比較和列出等級，這種製造痛苦的活動是受到控制的，酷刑也成爲某種儀式一部分。它是懲罰儀式上的一個因素。〔註1〕

　　筆者認爲，「規訓」是法制環節中屬於柔性導正的一面，「懲罰」是剛直嚴厲的代稱，當懲罰背離人的感情和理性，就屬於「酷刑」。「懲罰」與「酷刑」的分別，「懲罰」是指刑罰，即司法機關依據法律對罪犯強制實行的制裁，一般發生於特定人實施了特定犯罪行爲之後，是主體的犯罪行爲招致的法律後果，它屬於刑事實體法範疇；「酷刑」是指對被羈押人犯的各種體罰，涵蓋了刑事實體法和刑事程序法兩個領域，沒有「刑」，也就不存在著「酷刑」。「酷刑」則是人類行爲結出的惡果，其特點是過於殘忍、太不人道、使受刑人遭

---

〔註1〕　參見傅柯：《規訓與懲罰——監獄的誕生》，頁32。

受特別劇烈的痛苦，以致令人毛骨悚然、慘不忍睹，這是判斷「刑」是否「酷」的一般標準。

酷刑現象的存在，在公案文本中不時出現，尤其是刑訊，乃因中國傳統的審判制度以口供為定罪的必要一環，面對狡賴的嫌犯，不得不以刑具使其產生恐懼之心；或者即使無罪，但不幸遇到昏官酷吏，則械具必不可免，刑訊為中國法制史上的重要制度之一，以唐代為例，嚴格規範內容包括刑訊的程序和條件、刑具的種類和標準、刑訊的限制和處罰等等。明代的刑訊制度基本以唐代為原型，但是在立法技術、刑訊手段和證據制度上，與唐代相比又有若干變化。這反映出在中央集權的專制主義國家背景下，濫用刑訊與遏制刑訊之間的衝突，以及道德同情與合法暴力之間的糾葛。礙於刑訊往往必須施於狡詐的罪犯，良善之人或因此蒙受其冤，公案文本經常在維持了文學正義的同時，亦扮演著掩護非法酷刑的角色，使得公堂成為正義的暗角。由此而觀之，酷刑（尤其是刑訊）應該是古今中外司法現象一種「不必要之惡」，它使得傳統儒家精神內涵中的「道德」與「教化」功能隱不而彰，無法達到導正視聽、教化百姓的良性美意。

## 二、「屈打成招」無礙公道正義的存在

研究動機中還提到，酷刑的使用，究竟能否達到規訓及懲罰的目的呢？即使屈打成招，是否真能求得事實的真象呢？事實上不盡然。執法者貴為權力擁有者，永難體會被支配的身體受到折磨的苦痛，刑訊過程猶如心理戰術與人肉沙包的交鋒，肉體的疼痛總有極限，因為對刑求的恐懼，使人容易「屈打成招」。但是文本中還是可以找到「屈打不招」的實例，錢鍾書在《管錐編》舉出貫高的例子，以及《竇娥冤》皆然，這是極度痛苦的忍耐，為了公道正義而抵死不招，不做執法者「欲加之罪，何患無辭」所構陷的對象。然而竇娥最後仍然招承，是另有原因，為了救婆婆而甘為犧牲者。這可證明古今屈打成招者，必有不得已之苦衷，但即使招認，亦無妨礙於公道、正義的實現。

第四章第二節提到了「替罪」意識，舉出勒內‧吉拉爾的「替罪羊」理論，統治者為了追求社會和諧，認為犧牲的方案是可行且合乎邏輯的，並為此求得社會秩序或利益。西門豹治鄴時巫師祭河神的女子、《搜神記‧李寄》獻童女祭巨蛇的陋習，都是在這種心理基礎下進行。凡吐實者均為不能忍痛者，透露出人性中的弱點，統治者也就充分利用了這個弱點進行權力的壓制。

因此屈打成招者，其實也就成了犧牲者，乃形勢比人強之下，不得不做的妥協，然其浩然精神仍存。

### 三、公案酷刑書寫呈現心理壓抑下的獨特美學

公案中的「恐怖美學」，是以文本寫作策略營造的氛圍而言，若以公案中執法者行使權力的手段而言，亦可朝「暴力美學」的角度予以分析。

我們觀賞小說文本時，畢竟與作品帶著一段距離，所有的焦慮、緊張，是透過觀看著「他者」的角度而產生，與現實生活完全不同。也正因為身為旁觀者，故帶著尋找刺激、增添生活樂趣的消閒心態，這種的美感欣賞，是殘忍的恐怖審美心理活動，一方面驚懼於酷刑之慘烈，一方面又消閒著這份恐怖感，成為矛盾複雜的心理反應。

創作者企圖使得身體痛苦的想像成為一種文字上的真實，其中不乏揉雜創作者以語言「陌生化」的企圖來達到譁眾取寵、引人側目的寫作策略，酷刑書寫現象背後的文化成因，例如暴力美學，由影像特徵轉嫁到古代公案的文字中。暴力呈現在有形的暴力（鞭笞、杖打等）及無形的暴力（精神凌虐、身體禁錮）兩方面，中國古代之法與暴力幾乎等同，本文以王德威討論文學與歷史互動之時提出的「歷史暴力」之說，說明本文所指稱的「無形暴力」。王德威認為歷史固然有其道德訓誡的終極目標，但往往以負面形式展現其功能，達到「紀惡以為戒」的目的。例如《活地獄》在李伯元小說創作中的特殊之處是其酷刑敘述。李氏對官府酷刑的冷靜敘描既滲透著批判激情，又隱含耽溺激情，受刑者「人」的特徵被嚴重削弱。李伯元的酷刑書寫體現著傳統政體的獨斷意識，有著末世文人精神失怙的茫然，顯示出人道主義的歷史性缺位，也反映了近代商業寫作的利益制約。這種無形的暴力可說也是受到權力的影響。

## 第二節　論文探究之回顧

中國被歷朝歷代統治者列為法定刑和官府刑訊逼供用的種種酷刑，令人匪夷所思。通常，我們將酷刑的使用，歸結為統治的殘暴。但不免令人充滿疑惑，中國歷代統治者崇尚酷刑的原因何在？若說有什麼樣的人民就有什麼樣的政府，那麼中國的文化與民眾又給了酷刑統治一個什麼樣的的社會基礎？仔細思索這些問題，對於理解現代中國的法治化進程中面臨的問題，有

重要的意義。本文的論述過程中，各個章節末尾已做了清楚的小結，此處針對論題的內涵，作總體的回顧。

## 一、「權力」之作用，爲規訓、懲罰背後的關鍵

傅柯的《規訓與懲罰》以監獄的誕生爲表現對象，有效地呈現了其思想的結構特徵以及他在學術實踐上的追求。其中所進行的歷史表現蘊涵了多層含義，監獄誕生的過程事實上也是傅柯所描述的現代性展開的過程，對規訓與懲罰之間關係的描述同時也包含了對現代性的批判與抑制。規訓或是懲罰，背後有一支巨大、隱形的手掌控一切，是爲權力。身體在權力的擺布下，呈現逐漸馴服的狀態。依傅柯的研究發現，過去嚴厲的酷刑如斷頭台等，容易造成群眾情緒失控，造成社會更大的動盪不安，故須以另一種懲罰來作柔性的規訓，即「監獄」的設置，經由身體的禁錮，達到約制心靈的效果。這一思想的提出，成爲西方的法治走向現代化的重要理論標竿。

反觀中國古代至近代，由於專權統治的約束，朝代遞嬗在帝制系統下，威權與絕對服從籠制了人道思想的抬頭。從各種傳世的「家訓」、「家規」，以及儒家「道不行，乘桴浮於海」、道家「全生保生」、李白詩歌「人生在世不稱意，明朝散髮弄扁舟」等等忍辱謙退、明哲保身的思想，也都直接或間接管束了中國古代以來的處世言行。但是另一方面，當身體屬於握有權力的一方時，對於同類的欺凌與相殘，又是那麼地不遺餘力，「吃得苦中苦，方爲人上人」，成爲人上人之後，往往早已忘卻過去所受的屈辱，加倍地從權力的握柄中取回曾經失去的一切。翻閱史冊，許多帝王爲求鞏固政權，從即位之初的放低身段到不惜剷除異己，心狠手辣的程度令人難以想像，例如漢高祖、王莽、明太祖……等等，史跡斑斑可考。

中西方緣於文化不同，歷史背景殊異，因此西方從中古世紀的酷虐之刑走向近代的規訓，有跡可循。但中國自古以來，「法」，幾乎就等於「刑」，《鹽鐵論・詔聖》云：「法者，刑罰也，所以禁強暴也。」〔註2〕刑訊使用口供，以取得審判定讞的正當性，使得公案的審判程序，是以酷刑作始，定罪以後，再以酷刑終止。直到清末沈家本改革律法後，終止酷刑之使用，才終於使得近代中國的「規訓」作用浮現。法律原以規訓人民爲立意之旨，懲罰乃進一

---

〔註2〕 參見〔西漢〕桓寬著，王利器校注：《鹽鐵論》（天津：古籍出版社，1983年）。

步之戒惡策略，酷刑爲非人道之手段，應消弭於無形；而省視中國傳統公案文本，權力的運用使得古代司法出現十分詭譎的異象，「酷刑——懲罰——酷刑」的程序，須待近代方能開啓現代化的機制，眞正達到「規訓——懲罰」的境地。

## 二、酷刑書寫的心理因素與解讀密碼

　　本文第四章以「異」聞及「異」象的接受角度，觀察公案裡反人道、反人性的酷刑儀式，這種「異」的表現狀態，呈現在以志怪傳統下的酷刑透顯之「異」，以及晚清以反映時事爲主的譴責官場小說呈現的「異」。前者這種對異於人間之常的現象，可用「集體無意識」分析，因爲從神話傳說時代以來，歷經六朝志怪思維，對於「他界」的想像與接受，無論從創作或閱讀角度，是先天存在意識中的意識，它的來源並非個人經驗，並非後天獲得，而是先天存在，是爲「異」聞。它在人們心中組成一種超個性的心理基礎。此外，對於時至晚清大量官場黑幕的公案迅速出版，公案中的酷刑書寫以展示醜態及諷諭抨擊的姿態出現，揉和了時代創作氛圍的影響，可用布爾迪厄場域理論來貫串文化再生產的邏輯，並試圖說明公案中的酷刑書寫在整個晚清文學場域的發展情形，是爲「異」象。

　　從酷刑產生的心理因素，本書剖析了四個酷刑書寫長期不輟的原因：權力與酷刑的展示、罪苦與冤屈的擔負、旁觀與嗜血的人性及果報與冥判的警惕，堪稱解讀酷刑的密碼。解讀過程中，引用傅柯的觀點來批判執法者的權力擴張，具有絕對的強制性，且往往性質上的強制性亦等於手段的暴虐，刑訊拷問充斥於文本之中，使公案成了酷刑展示場。其次「罪苦與冤屈的擔負」運用勒內‧吉拉爾的「替罪羊」理論，說明權力掌握者如何利用代罪羔羊，使社會維持表象的和諧，從中亦透顯權力的威勢無所不在。此外，中國民族性格中有怯懦的一面、加上人類嗜血的天性，使得執法者可以透公開展示酷刑達到精神的懲戒，並使劊子手的執法過程成爲合法的殺人表演。最後一項「果報與冥判的警惕」，佛教因果輪迴觀念引導人們重視生前的言行是否合乎天理、人欲，否則死後必須接受冥界慘酷的懲罰，無形中亦使人們約束自己的言行。

## 三、觀看酷刑的意義

　　執法者運用懲罰或酷刑時，不僅是對受刑者的懲處，也是對圍觀者的一

種規訓與借鏡。這些挖空心思發明的、讓豺狼虎豹也聞之喪膽的肉體戕害，絕不只是為了懲罰犯罪者，更重要的是以儆效尤，是對無罪者發出無聲的恐嚇。當刑罰變成了一項民族的特質，成為一個政權統治的手段，可怕的就不再是有形的殘殺，而是它對人們的心理意志和精神信仰長期的無形的摧毀。

這種精神凌遲的主要手段，不在肉體摧殘，雖然它並不乏肉體的摧殘。它對精神受刑者而言，沒有血淋淋的刑責，沒有實質的血與痛楚，似乎較為「文明」一些，但在某些時刻，恐懼仍然無孔不入，對人的精神、意志、人格、尊嚴造成致命的威脅。半個多世紀以前，美國羅斯福總統曾提出四大自由，其中一項便是人民有免於恐懼的自由（Freedom from fear）。〔註3〕對照中國過去的統治者竭盡所能地製造恐懼，通過恐懼去摧毀個體的尊嚴與人格，達到馴服與統治的目的，無疑是十分扭曲人性的。

歷來的公案酷刑，在不同的時間、不同的人所遭受的殘酷無比的刑罰，和鮮血淋漓的受刑場面的描寫，把隱藏於人們心靈之中的看客心理進行了更為細致和深刻的展示；這其中有看客麻木而「獸性」的欣賞，有統治者自行取樂、宣泄淫威的病態表現，有對被征服者肆意的羞辱、有劊子手扭曲的心理展現，使這一民族劣根性得到了充分的暴露。通過對酷刑實施過程中看客病態表現的解剖，可將扭曲的心靈與民族歷史相連結，揭示了古老中國的歷史圖景，也表現了作者蘊藏於內心的潛意識。

公開的行刑場面，彰顯了顯性存在的有形權力對臣民的威攝力量，在凌遲或斬首的同時，給予周遭群眾產生的法律和心理基礎是：一、顯示法律的嚴酷性；二、讓觀刑的群眾受到心靈的震撼，因此收束惡念；三、滿足人們的獵奇心理。酷刑是統治者至高無上的權力的象徵，執法者是有形的物質和無限權力的二元複合體，是權力過剩的肉體；相對於執法者，罪犯則是權力匱乏的肉體，它的微不足道成為統治者演練權力的工具，也是君主全權無限存在的證明。在酷刑的「表演」中，圍觀的民眾是必不可少的主角，他們是

---

〔註3〕 1941 年美國總統羅斯福發表《大西洋憲章》曾揭櫫人權四大自由：言論自由、信仰自由、免於匱乏的自由、免於恐懼的自由。戰後《聯合國憲章》第二條第三、四項更明文規定：「各會員國在其國際關係上不得使用威脅或武力，或與聯合國宗旨不符之任何其他方法，侵害任何會員國或國家之領土完整或政治獨立。」參見〈聯合國憲章有關「武力行使」規範研討〉http://www.worldcitizens.org.tw/awc2010/ch/F/F_d_detail.php?view_id=1326，點閱日期：2012 年 6 月 6 日。

權力威攝的對象，從他們對慘烈酷刑的反應，可以驗證權力的巨大威力和統治者的至高無上，鼓勵他們看行刑和罪犯遊行，統治者對自身的權力也作了最好的現身與宣傳。同時，圍觀群眾也是酷刑表演的參與者之一，他們的在場，會刺激劊子手的表現慾和創造力，使酷刑變得具有美學價值和觀賞價值，使受刑者的剩餘價值發揮到極致。遠古以來中外君王處決犯人時，不乏盛大公開的場合，例如古羅馬貴族端坐競技場，觀看鬥士與猛獸肉搏的血腥場面，結局愈是殘酷，愈是令高高在上者賞心悅目。觀看公開行刑是人類陰暗本性的展示，戲園裡的戲是小戲假人生，刑場表演的戲才是大戲眞人生。

## 四、清官意義的再評價

清官的地位從過去不可動搖至清末的橫移瓦解，《老殘遊記》發表的言論予人的印象最爲深刻。縱使對清官提出質疑的並非自老殘始，在老殘挺身上公堂的形象建立的開始，使得清官神話徹底粉碎，卻是不爭的事實。

在第五章第一節，論述清官時，亦提出其他文人對清官的看法，從另一個角度來看，清初反理學思潮而影響政治學說及文學，亦是一個重要因素。明代程朱、陸王之爭勢如水火，然成爲明遺民之後，「經世致用」使明清儒者意識到重理性、講實用的必要，揚棄空疏僵化。戴震在〈與某書〉云：「酷吏以法殺人，後儒以理殺人。」〔註4〕意謂不通人情、罔顧民意，酷吏與理學家並無二致。清官縱使可做到「一清如水」，但不能盱衡人情世故，以公正廉明爲宗旨，則流於專斷獨行，甚至禍國殃民，絕非以爲自己不受賄則可以一意孤行。

今日在評價清官時，往往會遇到道德評價與歷史評價之間的矛盾，比如秦始皇修長城，役使大量民工，耗費無窮國力，致使天怒人怨，成爲秦末農民起義的誘發原因之一，歷代對此舉的評價貶多於褒，這是一種道德評價。但從整個歷史長河來看，這條長城在保護農業文明免受游牧文明的侵襲產生重要的作用，久而久之，長城亦成爲中華民族之民族意識的凝聚和象徵，這又是一種歷史的評價。評價清官時，也有類似的矛盾，公案小說中的清官與現實世界的清官，必有道德與歷史的差距。一部清官的研究史，實際上也是一部舊制度的文明史，它既分享著、也創造著中國古代文明的燦爛輝煌，也參與和沾染著舊制度下的黑暗與血腥。

---

〔註4〕 參見〔清〕戴震：《東原文集》，卷九〈與某書〉（合肥：黃山書社，2008 年 12 月），頁245。

# 第三節　研究局限及展望

　　本書從公案文本中抉發有關酷刑書寫的題材，過程中不時面對殘酷的描寫、不人道的虐刑，發現酷刑是懲治犯罪的手段，但同時也是古代社會套在自己脖頸上的枷鎖，阻礙了法治文明的進展，其中的過程和演變雖說明了人類的殘忍和狹隘，也凸顯了古代統治者專權、弄權的的一面。在人類與犯罪鬥爭的漫長過程中，人們逐漸認識到了酷刑的局限性，所以它最終退出了歷史舞台。研究中發現，古代刑法也是人類生物報復本能的產物，從刑法制度的實踐效果來看，不論人們的理智、文化如何試圖壓制、塑造，它仍然不時衝撞文明的「超我」，展露其原生的、抗拒文化規訓的一面。

　　選擇公案文本作為本書的酷刑書寫研究對象，乃因公案與中國古代社會的脈動息息相關，任何人類社會所制定的規範、約定，皆為文明的表徵，但酷刑卻又是以「非文明」的行為而進行著，故其中有許多矛盾與衝突。大體而言，本書的研究是從文學中窺伺法律文化在文本中的活動情形，無論小說、戲曲、家規族訓、野史筆記、寶卷變文等等，其敘事角度，相對來說是民間化的，而其敘述的法律故事，大多數都貼近於庶民生活、市井商販，且故事的廣泛流傳，可看出他們對敘述內容的可接受度。規訓與懲罰是人類文明進展中的一項制約，表現在公案文本中，呈現出法律文化的解讀可能。

　　在本書的論述中，容或有不足及局限之處，因為以個人有限之時間及論文篇幅，勢無法將中國古代浩如煙海的文本作全面性的搜索，因此僅僅盡可能竭力從古代小說、戲曲以至於近代文學文本中，抽取有關集中描寫酷刑的書寫內容，並兼顧人間世與幽冥界兩個角度，期望能將研究範圍在能力許可之內儘量延展，優先選擇具有代表性、且與本研究議題相關之處較多的文本，並注重其中挖掘的深度與周密度，俾便呈現研究思辨的預期成果。此外，由於個人專業學門的限制，對於古代司法檔案及律令的嫻熟度必然不如法律專業者，故進行文本之比對、分析時，較偏向公案文本本身的藝術寫作效果及文學之審美活動，亦旁及小說研究的宗教觀照，而無法對於司法制度及法規作太多的著墨，是為本文之最大局限處。當然，文學文本如小說、戲曲、筆記、話本等等必然還存在著本文尚未發掘之酷刑書寫，有待他日繼續研究。

# 參考文獻

## 一、公案及相關小說文本

1. 〔南宋〕洪邁：《夷堅志》，台北：明文書局，1982 年 4 月。
2. 〔明〕無名氏撰：《包公案》，台北：三民書局，1998 年 1 月。
3. 〔明〕吳承恩著，繆天華校訂：《西遊記》，台北：三民書局，1992 年 10 月。
4. 〔明〕施耐庵著：《水滸傳》，台北：三民書局，1991 年 9 月。
5. 〔明〕馮夢龍：《三言》，湖南：岳麓書社，2002 年 10 月。
6. 〔明〕凌濛初：《初刻拍案驚奇》，長春：時代文藝出版社，2000 年。
7. 〔明〕臧晉叔編：《元曲選》，北京：中華書局，1979 年 6 月。
8. 〔清〕浦琳著：《清風閘》，上海：上海古籍出版社，1992 年不著月份。
9. 〔清〕劉鶚著、田素蘭校訂、繆天華校閱：《老殘遊記》，台北：三民書局，1999 年 2 月。
10. 〔清〕石玉崑原著、張虹校注：《三俠五義》，台北：三民書局，1998 年 3 月。
11. 〔清〕石玉崑著：《七俠五義》，台北：黎明文化事業公司，1986 年 1 月。
12. 〔清〕李漁著：《連城璧》，上海：古籍出版社，1990 年。
13. 〔清〕紀昀著、嚴文儒注釋：《新譯閱微草堂筆記》，台北：三民書局，2006 年 6 月。
14. 〔清〕李伯元：《活地獄》，《晚清小說大系》，台北：廣雅出版社，1984 年 3 月。
15. 〔清〕李伯元：《官場現形記》，《晚清小說大系》，台北：廣雅出版社，1984 年 3 月。

16. 〔清〕吳趼人：《九命奇冤》，《晚清小說大系》，台北：廣雅出版社，1984年3月。

17. 〔清〕吳趼人：《廿年目睹之怪現狀》，《晚清小說大系》，台北：廣雅出版社，1984年3月。

18. 〔清〕西周生輯著：《醒世姻緣傳》，濟南：齊魯書社，1984年10月。

19. 魯迅：《魯迅全集》，北京：人民文學出版社，19982年不著月份。

20. 魯迅：《吶喊》，台北：風雲時代出版社，1989年10月。

21. 魯迅：《彷徨》，台北：風雲時代出版社，1989年10月。

22. 魯迅：《墳》，台北：風雲時代出版社，1989年10月。

23. 魯迅：《且介亭雜文》，台北：風雲時代出版社，1989年10月。

24. 魯迅：《南腔北調集》，台北：風雲時代出版社，1989年10月。

25. 陳萬益等編：《歷代短篇小說選》，台北：大安出版社，1988年2月。

26. 王夢鷗：《唐人小說校釋》，台北：正中書局，1998年11月。

27. 吳組緗、端木蕻良、時萌主編：《中國近代文學大系·小說集》（1840～1919），上海：上海書店，1992年1月。

28. 莫言：《檀香刑》，台北：麥田出版社，2002年1月。

29. 葉兆言：《花煞》，台北：麥田出版社，1998年6月。

30. 王季思：《全元戲曲》，北京：人民文學出版社，1999年2月。

31. 李春祥：《元代包公戲曲選註》，河南：中州書畫社，1983年。

32. 洪天富、葉廷芳譯，〔奧〕弗蘭茨·卡夫卡（Franz Kafka）著：〈在流刑營〉，《卡夫卡全集》，石家莊：河北教育出版社，1996年12月。

33. 梁永安譯，詹姆斯·普魯涅（Jame's Prunier）繪，〔美〕愛倫坡（Edgar Allan Poe）著：《陷阱與鐘擺：愛倫·坡短篇小說選》，台北：台灣商務印書館，2002年4月。

34. 王之光譯：〔法〕薩德（Marquis De Sade）著，《索多瑪120天》，台北：商周出版社，2004年7月。

35. 鄭煥隆選編校注：《藍鼎元論潮文集》，深圳：海天出版社，1993年7月。

36. 黃永武編：《敦煌寶藏》，台北：新文豐出版公司，1986年8月。

## 二、古　籍

（一）經

1. 〔春秋〕左丘明著、杜預集解、竹添光鴻會箋：《左傳會箋》，台北：天工書局，1988年9月。

2. 〔西漢〕董仲舒著、賴炎元註譯：《春秋繁露》，台北：台灣商務印書館，1992 年 11 月。

3. 〔西漢〕鄭玄注：《周禮鄭注》，台北：中華書局，四部備要本，不著出版年月。

4. 〔南宋〕邢昺疏：《論語注疏》，台北：中華書局，1986 年 11 月。

（二）史

1. 〔西漢〕司馬遷著、瀧川龜太郎校注：《史記會注考證》，台北：洪氏出版社，1986 年 9 月。

2. 《二十五史・漢書》，上海：上海古籍出版社，1992 年 8 月。

3. 《二十五史・後漢書》，上海：上海古籍出版社，1992 年 8 月。

4. 《二十五史・魏書》，上海：上海古籍出版社，1992 年 8 月。

5. 〔唐〕段成式：《西陽雜俎》，台北：漢京文化事業公司，1983 年 10 月。

6. 〔北宋〕王欽若等編：《冊府元龜》，南京：鳳凰出版社，2006 年 12 月。

（三）子

1. 〔春秋〕王弼：《老子註》，台北：藝文印書館，1975 年 9 月。

2. 〔周〕韓非著、陳奇猷校注：《韓非子集釋》，台北：漢京文化事業公司，1983 年 5 月。

3. 〔漢〕孔鮒：《孔叢子》，台北：台灣商務印書館，1968 年 3 月。

4. ［清］王先謙：《莊子集解》，台北：華正書局，1985 年 6 月。

（四）集

1. 〔西漢〕桓寬著，王利器校注：《鹽鐵論》，天津：古籍出版社，1983 年。

2. 〔唐〕來俊臣、萬國俊著：《羅織經》，香港：中華書局，2004 年 9 月。

3. 〔唐〕白居易著，朱金城箋注：《白居易集箋校》，上海：上海古籍出版社，1988 年 12 月。

4. 〔唐〕朱景玄撰：《唐朝名畫錄》，收《古畫品錄》，上海：上海古籍出版社，1991 年 8 月。

5. 〔唐〕顏之推：《還冤記》，收入《叢書集成新編》82 文學類，台北：新文豐出版公司，1985 年。

6. 〔南宋〕耐得翁：《都城紀勝》，《叢書集成續編》240 冊，台北：新文豐出版公司，1991 年 8 月。

7. 〔南宋〕吳自牧著，符均、張社國校注：《夢梁錄》，西安：三秦出版社，2004 年 5 月。

8. 〔南宋〕羅燁：《醉翁談錄》，台北：世界書局，1965 年 3 月。

9. 〔宋〕竇儀等撰：《宋刑統》，台北：文海出版社，1964 年 8 月。

10. 〔南宋〕朱熹集注：《楚辭集注》，台北：文津出版社，1987 年 10 月。

11. 〔明〕李贄：《焚書》，台北：漢京文化事業公司，1984 年 5 月。

12. 〔明〕馮夢龍：《增廣智囊補》，台北：新文豐出版公司，1979 年 5 月。

13. 〔明〕方苞：《方苞集》，上海：上海古籍出版社，1983 年 5 月。

14. 〔明〕顧炎武：《日知錄》，台北：台灣商務印書館，1978 年 6 月。

15. 〔清〕陳夢雷纂集、蔣廷錫等編：《古今圖書集成・祥刑典》，上海：商
    務印書，據清雍正間內府銅活字排印本縮影印，1919 年。

16. 〔清〕藍鼎元：《東征集》，南投：臺灣省文獻委員會編印，1997 年 6 月。

17. 〔清〕黃六鴻：《福惠全書》，台北：九思出版社，1978 年 10 月。

18. 〔清〕俞樾：《右台仙館筆記》，台北：廣文書局，1967 年。

19. 〔清〕蒲松齡：《聊齋誌異》，台北：漢京文化事業，1984 年 4 月。

20. 〔清〕戴震：《東原文集》，合肥：黃山書社，2008 年 12 月。

21. 〔清〕袁枚著，胡光斗箋釋：《小倉山房尺牘》，台北：廣文書局，1978
    年。

22. 〔清〕李斗：《揚州畫舫錄》，北京：中華書局，1997 年 12 月。

23. 〔清〕沈家本：《沈寄簃先生遺書・甲編》，台北：文海出版社，1964 年
    9 月。

24. 〔清〕沈家本：《行刑及行刑之制考》，台北：台灣商務印書館，1976 年
    11 月。

25. 〔清〕沈家本：《歷代刑法分考》，台北：台灣商務印書館，1976 年 10
    月。

26. 〔清〕沈家本，鄧經元、駢宇騫點校：《歷代刑法考・附寄簃文存》，北
    京：中華書局，2007 年 7 月。

27. 〔清〕彭文勤等纂輯，賀龍驤校勘：《道藏輯要》（台北：新文豐出版公
    司，1986 年。

28. 賀長齡編：《皇朝經世文編》，台北：國風出版社，1963 年 7 月。

## 三、中文專書（按姓氏筆畫排列）

### （一）小說史

1. 孟犁野：《中國公案小說藝術發展史》，北京：警官教育出版社，1996 年
   9 月。

2. 孟瑤：《中國小說史》上下冊，台北：傳記文學出版社，2002 年 6 月。

3. 曹亦冰：《俠義公案小說史》，浙江：浙江古籍出版社，1998 年 12 月。

4. 陳平原：《二十世紀中國小說史：第一卷》（1847～1916），北京：北京大學出版社，1997 年 7 月。

5. 陳文新：《中國筆記小說史》，台北：志一出版社，1995 年 3 月。

6. 黃岩柏：《中國公案小說史》，瀋陽：遼寧教育出版社，1991 年 5 月。

7. 葉洪生、林保淳著：《台灣武俠小說發展史》，台北：遠流出版社，2005 年 6 月。

## （二）理論專著

1. 王文融譯，〔法〕 熱奈特（Gérard Genette）著：《敘事話語·新敘事話語》，北京：中國社會科學出版社，1990 年 11 月。

2. 王泰來等編譯：《敘事美學》，四川：重慶出版社，1987 年 12 月。

3. 方珊等譯，〔俄〕什克洛夫斯基（Viktor Shklovskij）等著：《俄國形式主義文論選》，香港：三聯書店，1989 年 3 月。

4. 朱立元、張德興等著：《西方美學通史：二十世紀美學》（上、下冊），上海：上海文藝出版社，1999 年 11 月。

5. 朱光潛：《文藝心理學》，台南：大夏出版社，1988 年 12 月。

6. 李文彬譯，〔英〕佛斯特（E. M. Forstor）著：《小說面面觀》，台北：志文出版社，1986 年 2 月。

7. 金元浦、周寧譯，〔德〕沃爾夫岡·伊瑟爾（Wolfgang Iser）著：《閱讀活動──審美反應理論》，北京：中國社科出版社，1997 年 7 月。

8. 金健人：《小說結構美學》，台北：木鐸出版社，1988 年 9 月。

9. 張寅德編選：《敘述學研究·文學作品分析》，北京：中國社會科學出版社，1989 年 5 月。

10. 曾祖蔭：《中國古代文藝美學範疇》，台北：文津出版社，1987 年 8 月。

11. 陳迺臣譯，〔美〕William Kenney 著：《小說的分析》，台北：成文出版社，1977 年 6 月。

12. 陳慧、袁憲軍、吳偉仁譯，〔加〕諾思羅普·弗萊（Northrop Frye）著：《批評的剖析》，天津：百花文藝出版社，1998 年 11 月。

13. 徐岱：《小說敘事學》，北京：中國社會科學出版社，1992 年 9 月。

14. 胡經之、王岳川主編：《文藝美學方法論》，北京：北京大學出版社，1995 年 4 月。

15. 浦安迪：《中國敘事學》，北京：北京大學出版社，1998 年 1 月。

16. 羅鋼：《敘事學導論》，昆明：雲南人民出版社，1999 年 7 月。

17. 劉昌元：《西方美學導論》，台北：聯經出版事業，1987 年 8 月。

18. 劉暉譯，〔法〕皮埃爾・布迪厄（Pierre Bourdieu）著：《藝術的法則：文學場的生成和結構》，北京：中央編譯出版社，2001 年 3 月。

## （三）文學評論專著

1. 王溢嘉：《不安的魂魄》，台北：野鵝出版社，1995 年 4 月。

2. 王維東、楊彩霞譯，〔美〕馬克夢著：《吝嗇鬼、潑婦、一夫多妻者——十八世紀中國小說中的性與男女關係》，北京：人民文學出版社，2001 年 3 月。

3. 王德威：《從劉鶚到王禎和：中國現代寫實小說散論》，台北：時報文化出版社，1986 年 6 月。

4. 王德威：《如何現代，怎樣文學？：十九、二十世紀中文小說新論》，台北：麥田出版社，1998 年 10 月。

5. 王德威：《小說中國：晚清到當代的中文小說》，台北：麥田出版社：2001 年 12 月。

6. 王德威：《跨世紀風華：當代小說 20 家》，台北：麥田出版社，2002 年 8 月。

7. 王德威，宋偉杰譯：《被壓抑的現代性：晚清小說新論》，台北：麥田出版社，2003 年 8 月。

8. 王德威：《想像中國的方法：歷史・小說・敘事》，香港：三聯書店，2003 年 9 月。

9. 王德威：《歷史與怪獸：歷史，暴力，敘事》，台北：麥田出版社，2004 年 10 月。

10. 朱萬曙：《包公故事源流考》，合肥：安徽文藝出版社，1995 年 12 月。

11. 呂小蓬：《古代小說公案文化研究》，北京：中央編譯出版社，2004 年 1 月。

12. 李漢秋、朱萬曙：《包公系列小說》，瀋陽：遼寧教育出版社，1992 年 10 月。

13. 吳淳邦：《清代長篇小說諷刺研究》，北京：北京大學，1995 年 12 月。

14. 余英時：《歷史與思想》，台北：聯經出版事業公司，1976 年 12 月。

15. 余英時：《中國思想傳統的現代詮釋》，台北：聯經出版事業公司，1987 年 8 月。

16. 余英時：《士與中國文化》，上海：上海人民出版社，2008 年 3 月。

17. 伍曉明譯，〔捷〕米列娜（Milena Dolezelová Velingerová）編：《從傳統到現代——19 至 20 世紀轉折時期的中國小說》，北京：北京大學出版社，1991 年 10 月。

18. 吳福助：《史記解題》，台北：河洛圖書出版社，1979 年 4 月。

19. 林明德編：《晚清小說研究》，台北：聯經出版事業公司，1988 年 3 月。

20. 胡士瑩：《話本小說概論》，台北：丹青圖書公司，1983 年 5 月。

21. 胡適：《胡適文集》，北京：北京大學出版社，1998 年 11 月。

22. 胡適：《中國章回小說考證》，台北：里仁出版社，1982 年 1 月。

23. 胡衍南：《人文薪傳：當代知識推手群像》，台北：書林出版有限公司，2005 年 7 月。

24. 侯健：《中國小說比較研究》，台北：東大圖書公司，1983 年 12 月。

25. 苗懷明：《中國古代公案小說史論》，南京：南京大學出版社，2005 年 9 月。

26. 馬幼垣：《中國小說史集稿》，台北：時報文化出版公司，1987 年 3 月。

27. 張中：《李伯元與官場現形記》，瀋陽：遼寧教育出版社，1992 年 10 月。

28. 張中月編：《元曲通融》，太原：山西古籍出版社，1999 年 8 月。

29. 張國風：《公案小說漫話》，台北：遠流出版社，1990 年 9 月。

30. 張淑香：《元雜劇中的愛情與社會》，台北：大安出版社，1988 年 1 月。

31. 康來新：《晚清小說理論研究》，台北：大安出版社，1999 年 11 月。

32. 康來新：《發跡變泰──宋人小說學論稿》，台北：大安出版社，2000 年 11 月。

33. 陳平原：《中國小說敘事模式的轉變》，台北：久大出版社，1990 年 5 月。

34. 陳平原：《從文人之文到學者之文》，北京：三聯書店，2004 年 6 月。

35. 陳文新、魯小俊、王同舟：《明清章回小說流派研究》，湖北：武漢大學出版社，2004 年 3 月。

36. 陳幸蕙：《愛與失望──《二十年目睹之怪現狀》研究》，台北：駱駝出版社，1996 年 9 月。

37. 陳慶浩、澄波譯，〔法〕Georges Bataille：《文學與惡》，台北：國立編譯館，1997 年 7 月。

38. 黃岩柏：《公案小說史話》，瀋陽：遼寧教育出版社，1992 年 10 月。

39. 黃洽：《《聊齋誌異》與宗教文化》，濟南：齊魯書社，2005 年 11 月。

40. 黃錦珠：《明清時期小說觀念之轉變》，台北：文史哲出版社，1995 年 2 月。

41. 高桂惠：《追蹤躡跡：中國小說的文化闡釋》，台北：大安出版社，2005 年 9 月。

42. 高拜石：《古春風樓瑣記》，台北：民生報出版社，1981 年 9 月。

43. 〔俄〕高爾基：《高爾基文集》，北京：人民文學出版社，1981 年 8 月。

44. 郭玉雯：《聊齋誌異的幻夢世界》，台北：學生書局，1985 年 7 月。

45. 熊秉眞編：《讓證據說話》，台北：麥田出版社，2001 年 8 月。

46. 潘重規編：《敦煌變文集新書》，台北：文津出版社，1994 年 12 月。

47. 魯迅：《中國小說史略》，台北：風雲時代出版社，1996 年 7 月。

48. 楊儒賓編：《中國古代思想中的氣論及身體觀》，台北：巨流圖書公司，1993 年 3 月。

49. 龔斌：《鬼神奇境：中國傳統文化的鬼神世界》，瀋陽：遼寧教育出版社，1990 年 7 月。

50. 劉苑如：《身體・性別・階級：六朝志怪的常異論述與小說美學》，台北：中央研究院中國文哲研究所，2002 年 12 月。

51. 齊裕焜、陳惠琴：《鏡與劍：中國諷刺小說史略》，台北：文津出版社，1995 年 9 月。

52. 劉燕萍：《怪誕與諷刺——明清通俗小說詮釋》，上海：學林出版社，2003 年 7 月。

53. 樂蘅軍：《古典小說散論》，台北：純文學出版社，1984 年 12 月。

54. 樂蘅軍：《意志與命運》，台北：大安出版社，2003 年 5 月。

55. 蕭金林：《中國現代通俗小說選評・偵探卷》，上海：上海文藝出版社，1992 年 2 月。

56. 錢鍾書：《管錐編》，香港：中華書局，1990 年 4 月。

57. 劉紀蕙：《文學與藝術八論——互文・對位・文化詮釋》，台北：三民書局，1994 年 10 月。

58. 劉紀蕙：《孤兒・女神・負面書寫：文化符號的徵狀式閱讀》，台北：立緒文化事業，2000 年 5 月。

59. 劉紀蕙：《心的變異：現代性的精神形式》，台北：麥田出版社，2004 年 9 月。

60. 劉紀蕙編：《他者之域：文化身分與再現策略》，台北：麥田出版社，2001 年 3 月。

## （四）社會、法律制度專著

1. 刁筱華譯，〔美〕蘇珊・桑塔格（Susan Sontag）著：《疾病的隱喻》，台北：大田出版社，2000 年 11 月。

2. 于奇智：《傅科》，台北：東大圖書公司，1999 年 10 月。

3. 中國法制史學會編：《中國法制現代化之回顧與前瞻》，台北：台灣大學法學院出版，1993 年 6 月。

4. 中國大百科全書編輯：《中國大百科全書・法學卷》，台北：錦繡出版事業，1993 年。

5. 中南財經政治大學法律史研究所編：《中西法律傳統》上下卷，北京：中國政法大學出版社，2001 年 10 月。

6. 仁井田陞：《補訂中國法制史研究》，東京：東京大學出版社，1981 年 1 月。

7. 王永寬：《中國古代酷刑》，台北：雲龍出版社，1998 年 4 月。

8. 王志弘：《流動、空間與社會：1991～1997 論文選》，台北：田園城市文化事業有限公司，1998 年 11 月。

9. 王志弘、張華蓀、王玥民譯，〔美〕愛德華‧索雅（Soja）著：《第三空間》，台北：桂冠出版社，2004 年 4 月。

10. 王志亮：《中國監獄史》，桂林：廣西師範大學出版社，2009 年 2 月。

11. 王伯琦：《近代法律思潮與中國固有文化》，台北：法務通訊出版社，1989 年 6 月。

12. 王亞南：《中國官僚政治研究》，台北：谷風出版社，1987 年 7 月。

13. 朱師轍：《商君書解詁定本》，香港：中華書局，1974 年 7 月。

14. 金良年：《酷刑與中國社會》，浙江：人民出版社，1991 年 6 月。

15. 包振遠、馬季凡：《中國歷代酷刑實錄》，北京：中國社會出版社，1998 年月。

16. 余宗其：《法律與文學的交叉地》，遼寧：春風文藝出版社，1995 年 5 月。

17. 余宗其：《中國文學與中國法律》，北京：中國政法大學出版社，2002 年 9 月。

18. 宋代官箴研讀會編：《宋代社會與法律—《名公書判清明集》討論》。台北：東大圖書，2001 年 4 月。

19. 呂伯濤、孟向榮：《中國古代告狀與判案》，台北：台灣商務印書館，1999 年 2 月。

20. 民間司法改革基金會主編：《看電影學法律》，台北：元照出版社，2002 年 12 月。

21. 李文彬：《中國古代監獄簡史》，北京：西北政法學院科研處，1984 年。

22. 李古寅：《中國古代刑具的故事》，北京：中國文史出版社，2005 年 1 月。

23. 李甲孚：《中國監獄法制史》，台北：台灣商務印書館，1984 年 6 月。

24. 李甲孚：《監獄制度之比較研究》，台北：中央文物供應社，1983 年 4 月。

25. 李喬：《中國的師爺》，台北：台灣商務印書館，1999 年 12 月。

26. 李喬：《清代官場百態》，台北：雲龍出版社，1991 年 6 月。

27. 李光灿：《評〈寄簃文存〉》，北京：群眾出版社，1985 年。

28. 李光燦、張國華：《中國法律思想通史》，山西：人民出版社，2001 年 3

月。

29. 李貴連：《沈家本評傳》，南京‧南京大學出版社，2005 年 12 月。

30. 李勇：《中國法律的艱辛歷程》，哈爾濱：黑龍江人民出版社，2002 年 1 月。

31. 李曉東譯，〔美〕布瑞安‧伊恩斯（Brian Innes）著：《人類酷刑史》，長春：時代文藝出版社，2001 年 5 月。

32. 李猛、李康譯，〔法〕皮埃爾‧布迪厄、〔美〕華康德著：《實踐與反思：反思社會學導引》，北京：中央編譯出版社，1998 年 2 月。

33. 祁曉玲譯，〔清〕汪龍莊、萬楓江著：《中國官場學》，台北：捷幼出版社，1993 年 5 月。

34. 林端：《儒家倫理與法律文化——社會學觀點的探索》，台北：巨流圖書公司，1994 年 1 月。

35. 林乾：《中國古代權力與法律》，北京：中國政法大學出版社，2004 年 8 月。

36. 帛書出版編輯社：《雲夢秦簡研究》，台北：帛書出版社，1986 年 7 月。

37. 吳福助：《睡虎地秦簡論考》，台北：文津出版社，1994 年 7 月。

38. 吳莉君譯，約翰‧伯格（John Berger, 1926～）著：《觀看的方式》，台北：麥田出版社，2005 年 10 月。

39. 沈弘編著：《晚清映像：西方人眼中的近代中國》，北京：中國社會科學出版社，2005 年 6 月。

40. 邱天助：《布爾迪厄文化再製理論》，台北：桂冠出版社，2002 年 3 月。

41. 邱澎生、陳熙遠編：《明清法律運作中的權力與文化》，台北：聯經出版公司，2009 年 4 月。

42. 邱興隆：《關於懲罰的哲學：刑罰根據論》，北京：法律出版社，2000 年 12 月。

43. 邱興隆：《刑罰理性評論：刑罰的正當性反思》，北京：中國政法大學出版社，1999 年 1 月。

44. 徐忠明：《包公故事：一個考察中國法律文化的視角》，北京：中國政法大學，2002 年 7 月。

45. 徐忠明：《法學與文學之間》，北京：中國政法大學出版社，2000 年 1 月。

46. 徐忠明：《思考與批評：解讀中國法律文化》，北京：法律，2002 年 10 月。

47. 徐忠明：《情感、循吏與明清時期司法實踐》，上海：上海三聯書店，2009 年 4 月。

48. 馬健君、廖炳惠主編：《文學‧法律‧詮釋——全國比較文學會議論文選

集》,台北:中華民國比較文學學會出版,1996 年 3 月。

49. 梁治平:《法意與人情》,北京:中國法制出版社,2004 年 1 月。

50. 梁治平:《尋求自然秩序中的和諧:中國傳統法律文化研究》,上海:人民出版社,1991 年 8 月。

51. 陶希聖:《清代州縣衙門刑事審判制度及程序》,台北:食貨出版社,1972 年 1 月。

52. 陶東風譯,〔美〕戴維‧斯沃茨著:《文化與權力:布爾迪厄的社會學》,上海:上海藝文出版社,2006 年 5 月。

53. 高思謙譯,〔古希臘〕亞里斯多德著:《尼各馬科倫理學》,台北:台灣商務印書館,2006 年 1 月。

54. 陳麗紅、李臻譯,〔英〕凱倫‧法林頓(Karen Farrington)著:《刑罰的歷史》,廣州:希望出版社,2004 年 3 月。

55. 陳登武:《從人間世到幽冥界:唐代的法制、社會與國家》,台北:五南出版社,2006 年 3 月。

56. 陳耀成譯,〔美〕蘇珊‧桑塔格(Susan Sontag)著:《旁觀他人之痛苦》,台北:麥田出版社,2005 年 3 月。

57. 楊玉奎:《古代刑具史話》,天津:百花文藝出版社,2004 年 6 月。

58. 楊幼炯:《近代中國立法史》,台北:台灣商務印書,1966 年 9 月。

59. 楊惠君譯,〔美〕里察‧波斯納(Richard A. Posner)著:《法律與文學》,台北:商周出版社,2002 年 2 月。

60. 周密:《宋代刑法史》,北京:法律出版社,2001 年 12 月。

61. 周慶華:《身體權力學》,台北:弘智文化事業有限公司,2005 年 5 月。

62. 郭建:《衙門開幕》,台北:實學社出版社,2003 年 8 月。

63. 郭建:《五刑六典:刑罰與法制》,長春:長春出版社,2004 年 1 月。

64. 郭建:《師爺當家:明清官場幕後傳奇》,台北:實學社出版社,2004 年 2 月。

65. 郭建:《古代法官面面觀》,上海:上海古籍出版社,1993 年 12 月。

66. 曾錚:《清代官場奇聞》,北京:華文出版社,1993 年 5 月。

67. 曾憲義、范忠信:《中國法律思想史研究通覽》,天津:教育出版社,1989 年 7 月。

68. 曾憲義、范忠信:《中國法律思想史研究通覽》,天津:教育出版社,1989 年 7 月。

69. 郭二民編譯,〔德〕卡爾‧布魯諾‧賴德爾著:《死刑的文化史》,北京:三聯書店,1992 年 12 月。

70. 黃仁宇:《放寬歷史的視界》,台北:允晨文化,1999 年 10 月。

71. 黃榮堅：《刑罰的極限》，台北：元照出版公司，1998 年 12 月。

72. 黃鳳譯，〔義〕貝卡里亞著·《論犯罪與刑罰》，北京：中國法制出版社，2005 年 1 月。

73. 黃伯思：《東觀餘論》，收入《邵武徐氏叢書》，不著出版年月。

74. 黃彰健：《明代律例彙編》，台北：中央研究院歷史語言所，1979 年 3 月。

75. 黃源盛：《中國傳統法制與思想》，台北：五南出版社，1998 年 10 月。

76. 馮川、蘇克等譯，〔瑞〕榮格著：《心理學與文學》，台北：久大出版社，1990 年 10 月。

77. 馮壽農譯，〔法〕勒內・吉拉爾（René Girard）著：《替罪羊》，北京：東方出版社，2002 年 1 月。

78. 馮克力編：《老照片》，濟南：山東畫報出版社，1998 年 4 月。

79. 馮象：《木腿正義》，北京：北大出版社，2007 年 1 月。

80. 滋賀秀三等：《明清時期的民事審判與民間契約》，北京：法律出版社，1998 年 10 月。

81. 路大荒：《蒲柳泉先生年譜》，收入《北京圖書館藏珍本年譜叢刊》，北京：北京圖書館，1999 年 4 月。

82. 夏之乾：《神判》，上海：三聯書店，1990 年 8 月。

83. 夏鑄九、王志弘編譯：《空間的文化形式與社會理論讀本》，台北：明文書局，1993 年 3 月。

84. 張晉藩：《中國法制史》，台北：五南出版社，1992 年 9 月。

85. 張晉藩主編：《二十世紀中國法治回眸》，北京：法律出版社，1998 年 9 月。

86. 張國華、李貴連合編：《沈家本年譜初編》，北京：北京大學，1989 年 6 月。

87. 慈繼偉：《正義的兩面》，北京：三聯書店，2001 年 12 月。

88. 陸士諤：《社會官場秘密史》，天津：百花文藝出版社，1993 年 8 月。

89. 武樹臣：《中國傳統法律文化辭典》，北京：北京大學出版社，1999 年 10 月

90. 武延平編：《中外監獄法比較研究》，北京：中國政法大學出版社，1999 年 4 月。

91. 那思陸：《中國審判制度史》，台北：正典出版文化公司，2004 年 11 月。

92. 胡幼慧：《質性研究：理論、方法及本土女性研究實例》，台北：巨流出版社，2008 年 5 月。

93. 郭立誠：《中國人的鬼神觀：揭開禁忌、迷信的神秘面紗》，台北：台視文化出版社，1992 年 3 月。

94. 程維榮：《中國審判制度史》，上海：上海教育出版社，2001 年 8 月。

95. 舒國瀅譯，〔德〕古斯塔夫・拉德布魯赫（Radbruch）著：《法律智慧警句集》，北京：中國法制出版社，2001 年 10 月。

96. 蔡兆誠：《法律電影院：精闢解析 18 部經典法律電影》，台北：五南出版社，2007 年 3 月。

97. 唐瑞楨：《清代吏治掠微》，台北：文史哲出版社，1978 年。

98. 謝宗林譯，〔英〕亞當・史密斯（Adam Smith）著：《道德情感論》，台北：五南出版社，2007 年 1 月。

99. 謝靜國：《中國大陸消費社會的影像敘事》，台北：秀威資訊，2006 年 2 月。

100. 薛梅卿主編：《中國監獄史》，北京：群眾出版社，1986 年。

101. 趙鳳喈：《中國婦女在法律上之地位》，台北：稻鄉出版社，1993 年 5 月。

102. 戴炎輝：《中國法制史》，台北：三民書局，1998 年 10 月。

103. 蘇力：《法律與文學：以中國傳統戲劇為材料》，台北：元照出版社，2006 年 9 月。

104. 熊秉真編：《讓證據說話》，台北：麥田出版社，2001 年 8 月。

105. 熊秉真編：《睹物思人》，台北：麥田出版社，2003 年 7 月。

106. 盧建榮：《鐵面急先鋒》，台北：麥田出版社，2004 年 8 月。

107. 蕭登福：《漢魏六朝佛道兩教之天堂地獄說》，台北：學生書局，1989 年 11 月。

108. 瞿同祖：《中國法律與中國社會》，北京：中華書局出版，2003 年 9 月。

109. 劉北成、楊遠嬰譯，〔法〕傅柯（Michel Foucault）著：《規訓與懲罰——監獄的誕生》，台北：桂冠圖書公司，2003 年 12 月。

110. 劉北成、楊遠嬰譯，〔法〕傅柯（Michel Foucault）著：《瘋癲與文明》，香港：三聯書店，2002 年 2 月。

111. 劉佳林譯，〔德〕諾貝特・埃里亞斯著：《論文明、權力與知識》，南京：南京大學出版社，2006 年 7 月。

112. 劉宗為、黃煜文譯，〔美〕大衛・葛蘭（David Garland）著：《懲罰與現代社會》，台北：商周出版社，2006 年 5 月。

113. 劉朝莉譯，〔日〕大場正史著：《西洋拷問刑罰史》，中和：台灣實業文化出版社，2000 年 10 月。

114. 劉滌凡：《唐前果報系統的建構與融合》，台北：學生書局，1999 年 8 月。

115. 萬怡等譯，〔奧〕弗朗茨・M・烏克提茨（Franz M. Wuketits）著：《惡為什麼這麼吸引我們？》，北京：社會科學文獻出版社，2001 年。

116. 顧壽觀譯，〔法〕拉・梅特里著：《人是機器》，北京：商務出版社，1991

年 12 月。

117. 龔永慧譯，〔英〕Tim Dent 著：《物質文化》，台北：書林出版社，2009 年 9 月。

（五）辭典、彙編

1. 大辭典編纂委員會：《大辭典》，台北：三民書局，1985 年 8 月。

2. 《中國大百科全書‧法學卷》，北京：新華書店，1986 年 3 月。

3. 朱一玄：《聊齋誌異資料彙編》，河南：古籍出版社，1992 年。

4. 馬幼垣等：《中國古典小說研究資料彙編：公案小說研究資料》，台北：天一出版社，1991 年。

5. 孫楷第：《中國通俗小說書目、日本東京所見小說書目》，台北：天一出版社，1974 年 10 月。

6. 羅敬之編著：《蒲松齡及其聊齋志異》，台北：國立編譯館主編，1986 年 2 月。

7. 魏紹昌輯：《李伯元研究資料》，上海：古籍出版社，1980 年 12 月。

8. 朱金鵬、朱荔譯，〔美〕M.H.艾布拉姆斯（M.H.Abrams）著：《歐美文學術語辭典》，北京：北京大學出版社，1990 年。

9. 劉建基譯，〔英〕雷蒙‧威廉斯（Raymond Williams）著：《關鍵詞：文化與社會的詞彙》，台北：巨流圖書公司，2003 年 10 月。

10. 廖炳惠編著：《關鍵詞 200》，台北：麥田出版社，2003 年 12 月。

11. 孫遜、孫菊園編：《中國古典小說美學資料匯粹》，台北：大安出版社，1991 年 1 月。

（六）其他專著

1. 中國美術全集編輯委員會：《中國美術全集：寺觀壁畫》，台北：錦繡出版社，1988 年 3 月。

2. 朱秋華：《西方音樂史》，香港：中文大學出版社，2002 年，不著月份。

3. 〔美〕唐能理（Neal Donnelly）著：《中國地獄之旅》（A journey through Chinese hell），台北：藝術家出版社，1990 年 9 月。

# 四、學術論文

（一）學位論文

1. 「公案、法律、哲學、宗教」論文：見【附錄一】、【附錄二】、【附錄三】。

2. 其他類論文：

康珮：《《忠義水滸全書》的義理闡釋——從人性、權力與符號的角度分

析》，中央大學中文所博論，2007 年。

鄭淑娟，《晚清小說反映的清末政治文化》，東海大學中國文學研究所碩論，2001 年。

鍾越娜：《晚清譴責小說中的官吏造型》，東海大學中國文學研究所碩論，1977 年。

## （二）單篇論文

1. 于君方：〈寶卷文學中的觀音與民間信仰〉，《民間信仰與中國文化國際研討會論文集》，台北：漢學研究中心，1993 年 4 月。

2. 田濤編譯，〔日〕仁井田陞：〈大木文庫印象記——有關官箴、公牘與民眾之間關係的資料述略〉，《日本國大木幹一所藏中國法學古籍書目》，北京：法律出版社，1991 年。

3. 朱堅章：〈泛談正義——生活中的公道〉，戴華、鄭曉時編：《正義及其相關問題》，台北：中央研究院中山人文社會科學研究所，1991 年 10 月。

4. 李春祥：〈附錄：元代包公戲新探〉，《元代包公戲曲選註》，河南：中州書畫社，1983 年 10 月。

5. 李俏梅譯，〔奧〕西格蒙德‧弗洛伊德著：〈論神秘和令人恐怖的東西〉，《論文學與藝術》，北京：國際文化出版公司，2001 年 5 月。

6. 江玉祥：〈中國地獄「十殿」信仰的起源〉，《古代西南絲綢之路的研究》第 2 輯，成都：四川大學出版社，1995 年。

7. 林保淳：〈中國古代公案小說概述〉，《中國古典小說賞析與研究》，台北：中華文化復興運動總會，1993 年 8 月。

8. 余英時：〈中國古代死後世界觀的演變〉，《中國思想傳統的現代詮釋》，台北：聯經出版社，1987 年 8 月。

9. 齊曉楓：〈元代公案劇的基型結構〉，《文學評論》第四集（台北，巨流圖書公司，1975 年。

10. 張晉藩：〈沈家本法律思想綜論〉，《張晉藩文選》，北京：中華書局出版，2007 年 6 月。

11. 唐小兵：〈暴力的辯證法〉，《再解讀：大眾文藝與意識型態》，香港：牛津出版社，1993 年。

12. 郝建：〈美學的暴力與暴力美學——愛森斯坦的雜耍蒙太奇新論〉，北京：《當代電影》，2005 年 5 月。

13. 楊聯陞著，段昌國譯：〈報——中國社會關係的一個基礎〉，《中國思想與制度論集》，台北：聯經出版社，1979 年 5 月。

14. 孫楷第：〈包公案與包公案故事〉，《滄州後集》，北京：中華書局，1985 年 8 月。

15. 鄭秦：〈清代州縣審判試析〉，《清史論叢》第 9 輯，北京：中華書局，1986 年 10 月。

16. 鄭振鐸：〈元代「公案劇」產生的原因及其特質〉，《中國文學研究新編》，台北：明倫出版社，1971 年 2 月。

17. 鄭清茂譯，〔日〕吉川幸次郎著：《元雜劇研究》，台北：藝文印書館，1987 年 10 月。

18. 蕭登福：〈敦煌寫卷《佛說十王經》之探討──兼談佛、道兩教地獄十殿閻王及獄中諸神〉，《敦煌俗文學論叢》，台北：台灣商務印書館，1988 年 7 月。

19. 羅錦堂：〈元代「公案劇」產生的原因及其特質〉，《錦堂論曲》，台北：聯經出版公司，1977 年 3 月。

20. 劉紀蕙：〈「現代性」的視覺詮釋： 陳界仁的歷史肢解與死亡鈍感〉，25 屆中華民國全國比較文學會議論文，（國立暨南國際大學，2001 年 5 月 19 日～20 日）

（三）期刊論文

1. 王爾敏：〈清代公案小說的撰述風格〉，《中國文哲研究集刊》第四期，1994 年 3 月。

2. 方孝謙：〈評黃金麟著《歷史、身體、國家：近代中國的身體形成 1895 ～1937》〉，《中國文哲研究集刊》第 20 期，2002 年 3 月，頁 627～631。

3. 石守謙：〈有關地獄十王圖與其東傳日本的幾個問題〉，《中央研究院歷史語言研究所集刊》第 56 本第 3 分冊，1985 年 9 月。

4. 李念祖、林詩梅：〈法律人從文學中獲得什麼？〉，《律師雜誌》，第 290 期，2003 年 11 月，頁 2～4。

5. 向陽：〈蒙塵與出土：小論文學舊書再版重印現象〉，《文訊雜誌》221 期，2004 年 3 月，頁 41～45。

6. 沈幼平、黃麗卿譯，金介甫著：〈中西推理小說的比較〉，《聯合文學》一卷第 10 期，1985 年 8 月，頁 96～97。

7. 呂明修：〈試析兩篇唐人公案小說──「崔碣」與「蘇無名」〉，《輔仁學誌──文學院之部》，1994 年 6 月。

8. 吳福助：〈秦律「重刑主義」下的彈性法規探討〉，《東海中文學報》第 13 期，2001 年 7 月。

9. 林保淳：〈中國古代的「清官」文化及其省思〉，《2005 海峽兩岸明清研討會論文集》，2005 年 11 月。

10. 林美君：〈從《太平廣記》〈精察類〉看「公案小說」的雛型〉，《國立台北商專學報》，1996 年 6 月，頁 283～301。

11. 邱澎生：〈物質文化與日常生活的辯證〉，《新史學》17 卷 4 期，2006 年 12 月。

12. 苗懷明：〈清代公案俠義小說與清代中後期大眾文化心理〉，《通俗文學評論》，1999 年 3 月。

13. 邵瓊慧：〈傾聽文學的聲音〉，《律師雜誌》11 月號，第 325 期，2006 年 10 月，頁 1～3。

14. 邵瓊慧：〈尋找卡夫卡——法律世界與文學心靈〉，《律師雜誌》，第 290 期，2003 年 11 月，頁 20～31。

15. 徐忠明：〈中國傳統法律文化視野中的清官司法〉，《中山大學學報•社科版》第 3 期，1998 年 3 月，頁 108～116。

16. 侯旭東：〈東晉南北朝佛教天堂地獄觀念的傳播與影響——以游冥間傳聞為中心〉，《佛學研究》，1999 年。

17. 黃永林：〈中國「公案小說」與西方「偵探小說」的比較研究〉，《外國文學研究》，1994 年第 3 期。

18. 夏鑄九：〈建築論述中空間概念之變遷——一個空間實踐的理論建構〉，《建築學報》第 5 期，1991 年 12 月，頁 1～20。

19. 陳俊啓：〈晚清小說的現代性追求：以公案／偵探／推理小說為探討中心〉，《經典轉化與明清敘事文學學術研討會》，中研院文哲所，2004 年 11 月 18～19 日。

20. 陳俊啓：〈從「街談巷語」到「文學之最上乘」——由文化研究觀點探討晚清小說觀念的演變〉，《通俗文學與雅正文學全國學術研討會論文集》，2001 年。

21. 陳崔倩：〈時間與暴力的對位：格非、余華寫作中的歷史蜃影與集體敘事〉，《中外文學》第 33 卷，第 12 期，2005 年 5 月。

22. 陳新民：〈亂世用重典？——談新加坡的鞭刑制度〉，國家政策論壇，第一卷第五期，2001 年 7 月。

23. 陳捷先：〈中國古代官場貪瀆之風〉，《歷史月刊》，72 期，83 年 1 月。

24. 黃清連：〈兩唐書酷吏傳析論〉，《輔仁歷史學報》第五期，1993 年 12 月。

25. 黃錦珠：〈論九尾龜的諷刺結構〉，《台北師院學報》第八期，1995 年 6 月，頁 171～174。

26. 黃錦珠：〈論吳沃堯的短篇小說〉，《國立中正大學學報》第九期第一卷，1998 年 12 月，頁 117～143。

27. 張麗卿：〈曹雪芹《紅樓夢》中王熙鳳四個事件的古事今判〉，《月旦法學》，169 期，2009 年 6 月，頁 109～127。

28. 張麗卿：〈法律與文學：第一講　哈代「黛絲姑娘」 性犯罪被害人〉，《月旦法學教室》40 期，2006 年 2 月，頁 62～71。

29. 張麗卿：〈法律與文學：第二講　施耐庵及羅貫中的「水滸傳」武松殺人，饒不得也〉，《月旦法學教室》44 期，2006 年 6 月，頁 83～94。

30. 張麗卿：〈法律與文學：第三講　羅曼羅蘭「約翰克利斯朵夫」——正當防衛與聚眾鬥毆〉，《月旦法學教室》51 期，2007 年 1 月，頁 75～85。

31. 張麗卿：〈法律與文學：第四講　羅貫中《三國演義》王允與貂嬋的連環記——正犯後的正犯〉，《月旦法學教室》58 期，2007 年 8 月，頁 88～96。

32. 鄒文海：〈從冥律看我國的公道觀念〉，《東海學報》，1963 年 5 月，頁 109～125。

33. 楊玉成：〈劉辰翁：閱讀專家〉，《國文學誌》第 3 期，1999 年 6 月，頁 199～248。

34. 蔡娉婷：〈《聊齋誌異》公案故事析論〉《親民學報》第 7 期，2002 年 12 月，頁 185～193。

35. 蔡娉婷：〈論《九命奇冤》的敘事技巧〉，《親民學報》第 8 期，2003 年 10 月，頁 207～218。

36. 蔡娉婷：〈身體哀鳴：《活地獄》中的晚清獄訟想像〉，《親民學報》第 12 期，2006 年 7 月，頁 91～102。

37. 蔡娉婷：〈藍鼎元《鹿洲公案》之自我表述〉，《親民學報》第 13 期，2007 年 7 月，頁 21～33。

38. 蔡懋棠譯，〔日〕澤田瑞穗著：〈玉歷鈔傳〉，《台灣風物》第 26 卷第 1 期，1976 年 3 月。

39. 鄭仁華：〈「前景化」概念的演變及其對文學文本解析的功用〉，《華南理工大學學報》（社會科學版），1 卷 2 期，1999 年 12 月。

40. 賴惠敏、徐思泠：〈情慾與刑罰：清前期犯姦案件的歷史解讀〉，《近代中國婦女史研究》第六期，台北：中央研究院近代史研究所，1998 年 8 月，頁 37～72。

41. 賴惠敏、朱慶薇：〈婦女、家庭與社會：雍乾時期拐逃案的分析〉，《近代中國婦女史研究》第八期，台北：中央研究院近代史研究所，2000 年 8 月，頁 1～40。

42. 劉紀雯：〈多重孤獨，多重空間：加勒比海——加拿大作家的多倫多空間想像〉，《中外文學》，25 卷 12 期，1997 年 4 月，頁 133～158。

## 五、網路資源

1. 《中國基本古籍庫》

2. 中國古代立法與司法：http://hk.chiculture.net/1005/html/index.html

3. 「明清城市文化與生活」計劃網站：http://citylife.sinica.edu.tw/intro.htm

4. 「明清城市文化與生活」論文：http://citylife.sinica.edu.tw/harvard.htm

5. 「台灣廢除死刑推動聯盟」
   網站：http://www.taedp.org.tw/index.php?load=read&id=234

6. 傅正明：〈檀香刑與文身刑〉，《文學評論‧時代與文學專欄》
   http://huanghuagang.org/hhgMagazine/issue04/big5/7_1.html（點閱日期：
   2009/09/27）

7. 連俐俐譯，Claire Margat 著：〈面對恐怖的藝術（Les arts face terrorreur）〉，
   http://www.wretch.cc/blog/momotin&article_id=6679586 （點閱日期：
   2009/12/7）

8. 〔中廣新聞網〕〈俄亥俄死刑犯折騰 2 小時死不了，州長下令暫緩執行〉
   http://www.taedp.org.tw/index.php?load=read&id=506 （點閱日期：
   2009/09/17）

9. 〔法新社華盛頓〕〈電椅死刑變燒肉　美國行刑猶如謀殺〉
   http://tw.news.yahoo.com/article/url/d/a/091019/19/1t88m.html （點閱日
   期：2009/10/19）

10. 〈聯合國憲章有關「武力行使」規範研討
    http://www.worldcitizens.org.tw/awc2010/ch/F/F_d_detail.php?view_id=
    1326（點閱日期：2012/6/6）

# 附　錄

## 附錄一　中國歷代法定執行死刑的方式

| 朝代 | 死　刑　名　稱 | |
|------|------|------|
| 先秦 | 炮烙、焚、烹、轘、車裂、腰斬、斬首、磔、梟首、醢脯、絞縊、棄市 | |
| 秦 | 車裂、腰斬、梟首、磔、棄市 | |
| 漢 | 棄市、梟首、腰斬 | |
| 曹魏 | 梟首、腰斬、棄市 | |
| 晉 | 梟、斬、棄市 | |
| 梁 | 梟首、棄市 | |
| 後魏 | 轘、梟首、斬、絞 | |
| 北齊 | 轘、梟首、斬、絞 | |
| 後周 | 磬、絞、斬、梟、裂 | |
| 隋 | 絞、斬 | |
| 唐 | 絞、斬 | |
| 宋 | 絞、斬 | |
| 元 | 絞、凌遲處死 | |
| 明 | 絞、斬 | |
| 清 | 《清舊律》 | 絞、斬 |
| | 《清現行刑律》 | 絞、斬 |
| | 《清新刑律》 | 絞 |
| 民國 | 民國元年《暫行新刑律》 | 絞 |
| | 民國 17 年《刑法》 | 絞 |
| | 民國 36 年《監獄行刑法》 | 在未設置電機或絞機前：暫用槍斃<br>在設置電機或絞機後：電、絞 |
| | 現行《監獄行刑法》 | 未設電氣刑具或瓦斯室者：得用槍斃<br>設電氣刑具或瓦斯室者：電、瓦斯 |

註：參考戴炎輝：《中國法制史》製表（台北：三民書局，1998 年 10 月），頁 90～97。

# 附錄二 台灣地區近年公案相關之學位論文
## （1987～2012）

## 一、個別公案小說的文本研究

| 年度 | 級別 | 論　文　題　目 | 研究者 | 指導教授 | 校名 | 所別 |
|---|---|---|---|---|---|---|
| 2009 | 碩士 | 《聊齋誌異》公案故事研究 | 楊芝萍 | 張清發 | 台南 | 國文 |
| 2006 | 碩士 | 《龍圖公案》的成書及其公案性格研究 | 楊靜琪 | 胡衍南 | 淡江 | 中文 |
| 2006 | 碩士 | 李伯元《活地獄》研究 | 陳上琳 | 游秀雲 | 銘傳 | 中文 |
| 2005 | 碩士 | 論清代俠義小說中的烏托邦主義——以《施公案》及《三俠五義》爲例 | 林美君 | 呂素端 | 靜宜 | 中文 |
| 2005 | 碩士 | 《于公案奇聞》析論 | 盧盈如 | 徐信義 | 中山 | 中文 |
| 2004 | 碩士 | 海瑞故事研究 | 曾淑卿 | 陳錦釧 | 政治 | 在職班 |
| 2004 | 碩士 | 高羅佩《御珠奇案》之中譯研究 | 陳翠琴 | 賴慈芸 | 輔仁 | 翻譯 |
| 2002 | 碩士 | 《施公案》的江湖世界 | 張鴻志 | 黃錦珠 | 中正 | 中文 |
| 2001 | 碩士 | 《三言》公案故事計謀之研究 | 倪連好 | 張素貞 | 臺師 | 國文 |
| 1999 | 碩士 | 《龍圖公案》之公道文化研究 | 鄭安宜 | 林啓屛 | 暨南 | 中文 |
| 1995 | 碩士 | 《施公案》研究 | 楊淑媚 | 張火慶 | 中興 | 中文 |
| 1994 | 碩士 | 《海公案》研究 | 廖鴻裕 | 王三慶 | 文化 | 中文 |
| 1993 | 碩士 | 《施公案》研究 | 張慧貞 | 金榮華 | 文化 | 中文 |
| 1989 | 碩士 | 《三言》獄訟故事研究 | 郭靜薇 | 葉慶炳 | 輔仁 | 中文 |
| 1988 | 碩士 | 《三俠五義》研究 | 柯玫文 | 王國良 | 東吳 | 中文 |

## 二、單一時代的公案文本研究

| 年度 | 級別 | 論　文　題　目 | 研究者 | 指導教授 | 校名 | 所別 |
|---|---|---|---|---|---|---|
| 2012 | 博士 | 明代公案小說流變之研究 | 陳麗君 | 許建崑 | 東海 | 中文 |
| 2007 | 碩士 | 通俗的性暴力——晚明公案小說集的書寫風格 | 黃琬甯 | 李玉珍 | 清華 | 中文 |
| 2007 | 碩士 | 明代公案集研究 | 李淳儀 | 陳兆南 | 逢甲 | 中文 |
| 1996 | 碩士 | 明代公案小說研究 | 鄭春子 | 皮述民 | 文化 | 中文 |

## 三、跨時代的公案文本研究

| 年度 | 級別 | 論　文　題　目 | 研究者 | 指導教授 | 校名 | 所別 |
|---|---|---|---|---|---|---|
| 2003 | 碩士 | 唐宋獄訟故事研究——以文言作品為主 | 吳佳珍 | 胡萬川 | 清華 | 中文 |
| 2002 | 博士 | 明清公案小說研究 | 王琰玲 | 金榮華 | 文化 | 中文 |
| 1997 | 博士 | 俗文學中包公形象之探討 | 丁肇琴 | 曾永義 | 輔仁 | 中文 |
| 1988 | 碩士 | 包拯故事研究 | 翁文靜 | 葉慶炳 | 輔仁 | 中文 |

## 四、公案劇研究

| 年度 | 級別 | 論　文　題　目 | 研究者 | 指導教授 | 校名 | 所別 |
|---|---|---|---|---|---|---|
| 2011 | 碩士 | 俗文學包公戲曲文本五種探討 | 曾慶文 | 林鋒雄 | 台北 | 民俗藝術 |
| 2004 | 碩士 | 元雜劇「公案劇」情節類型分析 | 陳佳彬 | 王士儀 | 文化 | 戲劇 |
| 2000 | 碩士 | 元雜劇包公戲與明包公小說研究 | 龍潔玉 | 曾永義 | 台大 | 中文 |
| 1995 | 碩士 | 元雜劇中官場之探討 | 曾子玲 | 黃敬欽 | 逢甲 | 中文 |
| 1993 | 碩士 | 元雜劇中的獄訟劇研究 | 王緯甄 | 傅錫壬 | 淡江 | 中文 |

## 五、跨文類的研究（公案與俠義、偵探）

| 年度 | 級別 | 論　文　題　目 | 研究者 | 指導教授 | 校名 | 所別 |
|---|---|---|---|---|---|---|
| 2005 | 博士 | 從公案到俠義——《施公案》《三俠五義》《彭公案》小說研究 | 霍建國 | 黃志民 陳錦釧 | 政治 | 中文 |
| 1995 | 碩士 | 從公案到偵探——晚清公案小說敘事模式的轉變 | 陳智聰 | 林保淳 | 淡江 | 中文 |

## 六、跨領域的研究（文學與法律）

| 年度 | 級別 | 論　文　題　目 | 研究者 | 指導教授 | 校名 | 所別 |
|---|---|---|---|---|---|---|
| 2008 | 博士 | 文學、道德與法律的辯證：以包公故事為例 | 胡龍隆 | 康士林 彭錦堂 | 輔仁 | 比較文學 |
| 2006 | 博士 | 明代公案小說「法律與文學文本」的融攝 | 簡齊儒 | 謝明勳 | 東華 | 中文 |
| 1994 | 碩士 | 《三言》公案小說中的罪與法 | 霍建國 | 黃志民 | 政治 | 中文 |

| 1993 | 碩士 | 正義的神話？！──《施公案》、《三俠五義》與《彭公案》中文學與法律的互文關係 | 陳麗君 | 陳俊啓 | 東海 | 中文 |
|------|------|------|------|------|------|------|
| 1987 | 碩士 | 《施公案》與清代法制 | 陳　華 | 張偉仁 | 台大 | 法律 |

## 七、跨領域的研究（文學與社會）

| 年度 | 級別 | 論　文　題　目 | 研究者 | 指導教授 | 校名 | 所別 |
|------|------|------|------|------|------|------|
| 2005 | 碩士 | 明代公案小說形塑「清官典型」的社會意義 | 邱婉慧 | 陳玉女 | 成功 | 歷史 |
| 2004 | 碩士 | 《三言》公案小說所反映的明末社會現象 | 詹淑杏 | 黃文吉 | 彰師 | 國文 |

註：每一類別按出版先後次序排列，晚出在前。【附錄二】、【附錄三】亦同。

# 附錄三　台灣地區有關「法律、哲學與倫理」議題之學位論文（1984～2012）

| 年度 | 級別 | 論　文　題　目 | 研究者 | 指導教授 | 校名 | 所別 |
|------|------|------|------|------|------|------|
| 2008 | 碩士 | 晚清州縣司法制度與獄政管理──以李伯元《活地獄》為中心 | 吳珊妃 | 孟祥瀚 | 中興 | 歷史 |
| 2008 | 碩士 | 傅科《規訓與懲罰》的法律倫理研究 | 陳建宇 | 陳榮波 | 東海 | 哲學 |
| 2007 | 碩士 | 從刑罰目的觀論刑罰裁量 | 廖正豪 | 吳佶諭 | 文化 | 法律 |
| 2007 | 碩士 | 論刑罰的應報思想 | 鄭人傑 | 林東茂 | 東吳 | 法律 |
| 2005 | 碩士 | 元代的地方獄政初探 | 范洋達 | 洪金富 黃敏枝 | 清華 | 歷史 |
| 2003 | 博士 | 漢代刑罰制度 | 杜　欽 | 廖伯源 | 台師 | 歷史 |
| 2002 | 博士 | 宋代刑罰修正之研究 | 黃純怡 | 王明蓀 | 中興 | 歷史 |
| 2002 | 博士 | 南宋縣衙的「獄訟」 | 劉馨珺 | 王德毅 | 台大 | 歷史 |
| 2001 | 碩士 | 罪與罰──試探中國古代法罪刑的發展與政治社會遞變之關係 | 戴麗柔 | 王健文 | 成功 | 歷史 |
| 2000 | 碩士 | 明代的獄政管理 | 連啓元 | 吳智和 | 文化 | 史學 |
| 1998 | 碩士 | 傅柯的「權力」概念 | 鄭瑞濱 | 石朝穎 | 文化 | 哲學 |
| 1987 | 碩士 | 刑罰理論的倫理學基礎 | 游惠瑜 | 黃慶明 | 中央 | 哲學 |
| 1984 | 碩士 | 西漢律令中的倫常觀 | 李貞德 | 韓復智 阮芝生 | 台大 | 歷史 |

## 附錄四　台灣地區與有關「文學與宗教果報」議題之學位論文（1967～2012）

| 年度 | 級別 | 論　文　題　目 | 研究者 | 指導教授 | 校名 | 所別 |
|---|---|---|---|---|---|---|
| 2008 | 碩士 | 《青瑣高議》果報觀研究 | 李世玫 | 李李 | 文化 | 中文 |
| 2007 | 碩士 | 《三言》果報觀研究 | 王芊月 | 何淑貞 | 玄奘 | 中文 |
| 2006 | 碩士 | 《冤魂志》研究 | 陳佩鈴 | 傅錫壬 | 淡江 | 中文 |
| 2006 | 碩士 | 《聊齋誌異》果報故事研究 | 張雅文 | 陳錦釗 | 政治 | 國文教學 |
| 2006 | 碩士 | 《二拍》果報故事研究 | 黃郁茜 | 韓碧琴 | 中興 | 中文 |
| 2006 | 碩士 | 《二拍》果報故事研究 | 王子華 | 林登順 | 台南 | 語教 |
| 2005 | 碩士 | 唐代的幽冥世界觀：地獄十王信仰結構與流變的探討 | 林廷叡 | 黃清連 | 東海 | 歷史 |
| 2004 | 碩士 | 《醒世姻緣傳》因果報思想與文學技巧探析 | 陳淑敏 | 龔顯宗 | 中山 | 中文 |
| 2004 | 碩士 | 《太平廣記》報應類故事研究 | 吳孟羲 | 汪　娟 | 銘傳 | 應用中文 |
| 2003 | 博士 | 歷代筆記小說中因果報應故事研究 | 劉雯鵑 | 皮述民 | 文化 | 中文 |
| 2003 | 碩士 | 佛教的果報觀與唐代社會 | 林裕盛 | 黃清連 | 東海 | 歷史 |
| 2002 | 碩士 | 印度教、佛教與道教對地獄視覺描述之探討 | 陳振龍 | 孫春望<br>陳玲鈴 | 台科大 | 設計 |
| 2000 | 碩士 | 唐代佛教果報地獄小說研究 | 陳敏瑄 | 林聰明 | 逢甲 | 中文 |
| 1999 | 碩士 | 宋代果報小說研究 | 邱芳津 | 洪順隆 | 文化 | 中文 |
| 1998 | 博士 | 唐前果報系統的建構與融合 | 劉滌凡 | 鮑國順<br>鄭阿財 | 中正 | 中文 |
| 1998 | 碩士 | 兩漢靈冥世界觀研究 | 龔韻蘅 | 黃俊傑<br>林啓屏 | 暨南 | 中文 |
| 1997 | 碩士 | 唐人小說報意識研究 | 蔡明眞 | 李豐楙 | 輔仁 | 中文 |
| 1996 | 碩士 | 蒲松齡地獄思想研究 | 劉岱旼 | 陳妙如 | 文化 | 中文 |
| 1994 | 博士 | 佛教因緣文學與中國古典小說 | 張瑞芬 | 潘重規 | 東吳 | 中文 |
| 1989 | 博士 | 話本小說果報觀研究 | 咸恩仙 | 葉慶炳 | 文化 | 中文 |
| 1988 | 碩士 | 《聊齋志異》之宿命論與果報觀研究 | 金仁喆 | 葉慶炳 | 輔仁 | 中文 |
| 1981 | 碩士 | 宋人的果報觀念 | 劉靜貞 | 王德毅 | 台大 | 歷史 |
| 1980 | 碩士 | 《冥報記》研究 | 片谷景子 | 吳宏一 | 台大 | 中文 |
| 1967 | 碩士 | 因果觀念在民間社會的流衍 | 王世榕 | 鄒文海 | 政大 | 政治 |